프루스트를 읽다

겸하여 나의 추억과 생각을 담아서

프루스트를 읽다

겸하여 나의 추억과 생각을 담아서

정명환 지음

H
현대문학

어머니의 영전에

　나는 평생 일종의 부끄러움을 남몰래 간직하면서 살
아왔다. 그것은, 명색 불문학자, 그것도 현대불문학 전공
자로 통해온 내가 프루스트의 『잃었던 때를 찾아서』를 통
독하지 않았기 때문이다. 그러면서도 '불문학개론' 같은
제목의 강의를 할 때는, 단지 사화집에 실린 몇몇 에피소
드만을 이용하면서도, 그 대작을 익히 알고 있는 듯한 행
세를 해왔으니 뻔뻔하기도 했다.

　최근 말년이 되자, 나는 이 부끄러움과 뻔뻔함을 어느
정도나마 해소하지 않고서는 자괴심 때문에 편히 눈을 감
을 수 없으리라는 생각에 시달리게 되었다. 그래서 드디어
처음부터 읽기 시작했다. 끝까지 읽지 못하고 죽어도, 아

예 안 읽고 죽는 것보다는 마음이 편하겠지 하고 생각하게 된 것이다. 그러나 죽음과의 이 경쟁이 수월하지는 않았다. 하루에 기껏 한두 시간 읽고 몇 자 적고 나면 피곤해서 노구가 그 이상 버티기를 허락하지 않았다. 게다가 이것저것 잡일이 생기기도 해서, 2016년 초에 시작한 읽기와 이 단상 쓰기를 이제야 겨우 마쳤으니 5년이란 긴 세월이 걸린 셈이다.

나는 읽는 도중에 가끔 책을 내려놓고는 한숨을 쉬었다. 한 인간이 어쩌면 이렇게 엄청난 감성과 지성, 관찰력과 상상력, 분석력과 구상력을 함께 갖출 수 있단 말인가! 찬탄의 한숨이라기보다도, 나로서는 사소한 흉내조차 낼 수 없는 예술적 전지전능 앞에서의 경외가 자아내는 한숨이었다.

그러나 다른 한편으로는, 잃었다고 생각된 과거를 되살리려는 화자의 시도는, 나로 하여금 나 자신 속에 묻혀 있던 과거를 추억하게 만들었다. 별로 뜻은 없겠지만, 나도 때로는 쓸쓸한 일들을, 때로는 즐거웠던 일들을 상기하고 그것들이나마 망각하기에는 아깝다는 생각에서 여기에 적어놓았다. 이 대하소설은 특히 화자가 자신을 돌이켜 보는 이야기이니만큼, 독자 역시 망각된 과거를 추억하도록 자극할 뿐 아니라, 또한 자신의 존재에 대한 총체적 반성을 촉구하는 것이기도 하다. 또한 프루스트의 통찰을 계기 삼아 떠오르는 나 자신의 생각을 피력해놓기도 했다. 기껏 그 정도의 생각밖에는 못 했느냐는 독자들의 비판을 감수하기로 각오하고 말이다.

그런 점에서 이 책은 결코 프루스트 연구서가 아니라 (도대체 내가 어찌 지금에 와서 본격적인 연구를 시작하겠다는 터무니없는 생각을 할 수 있었겠는가!), 그의 대작 중의 어느 장면들과 언급들이 나에게 준 자극과 인상의 기록이다. 한데, 이런 다분히 주관적이며 완전히 비체계적인 읽기의 과정에서, 나는 차츰 프루스트에게서 멀어져 가는 것을 느꼈다. 읽기 시작했을 때의 매혹에서 풀려난 것은 아니지만, 프루스트와 나 사이에는 문학적 지향에 있어서 어떤 본질적인 차이가 있다는 것을, 읽어 나갈수록 더욱 절실하게 의식하게 된 것이다. 한마디로 해서 프루스트는 자기중심적인 사람이어서, 구원의 원리를 제 속에서 찾아낸 반면에, 나는 자기혐오와 자기비판을 문학 공부의 동기로 삼아왔고, 이런 지향은 한심스럽게도 죽음을 앞둔 지금까지도 계속되고 있다. 그 차이는 이 단상의 뒷부분에서 더 구체적으로 나타날 것이다. 따라서 이 글들은 프루스트 문학의 이해라기보다도, 프루스트를 빙자한 한 이질적인 문학도의 소회라고 말하는 것이 더 타당할지 모른다.

마지막으로 변명을 한마디 해두어야겠다. 최근 기력이 크게 쇠퇴하여 더는 작업을 계속하기가 어려워졌다. 그래서 검토해야 할 텍스트를 얼마큼 남겨두고 중단하려고 한다. 참으로 유감이다. 그러나 문학적 지향의 차이 때문에 프루스트의 생각을 받아들이지 못한 몇 가지 점을 지적했음에도 불구하고, 마지막으로 살핀 그의 예술론에는 충분히 동감하면서 이 글을 끝내게 되어 기쁘기도 하다.

노년이 되어서야 철이 들었는지, 요새 어머니 생각이 간절하다. 그래서 쓰라린 추억 한 가지로 이야기를 시작했고 책을 어머니 영전에 바친다.

원문의 번역으로는 이형식 서울대학교 명예교수의 완역 『잃어버린 시절을 찾아서』(펭귄클래식코리아, 전 12권)를 많이 따랐고, 인용 부분의 권수와 면수가 예컨대 제3권 135면이라면 3/135와 같이 표기했다. 또한 요시카와 교수의 새로운 일역본(이와나미문고, 전 14권)을 참고하기도 했다.

심심한 사의를 표한다. 공들인 번역문을 내 마음대로 이용하는 것을 허락해준 이 교수에게, 언제나 각별한 호의를 내게 베풀어주시는 『현대문학』 양숙진 회장님에게, 원고를 꼼꼼히 살피는 편집부 윤희영 팀장과 여러 분에게, 그리고 나를 위하여 평생 고생한 아내에게. 아울러 나의 외손 황인준이 원고의 정리와 전산 처리로 수고했다는 말을 병기해둔다.

2021년 4월 5일
정명환

차례

일러두기

인용문의 경우 이형식 서울대 명예교수의 완역 『잃어버린 시절을 찾아서』를 저
본으로 삼았다.

§1

프루스트를 읽음으로써 독자가 얻는 효험의 하나는 독자 역시 자신의 사라진 과거를 재생시키는 계기를 얻게 된다는 것이리라. 아직 첫 부분을 읽고 있지만 내 머리에도 벌써 여러 가지 기억이 떠오른다. 그중의 한 가지를 적어둔다.

그것은 화자(대부분의 경우, 작가 프루스트의 분신으로 보아도 무방할 것이다)와 어머니의 관계에 관한 이야기를 읽으면서(1/64-81) 상기한 일이다. 우선 그 이야기를 요약하면 다음과 같다.

어린 시절, 화자는 잠자리에 들기 전에 꼭 어머니의 키스를 받고 싶어 하는데, 손님을 늦게까지 대접하느라고 어머니가 제 침실로 못 와준 어느 날, 기어코 어머니를 만난 후에야 자려고 한밤중에도 부모의 침실 앞 복도를 오랫동안 서성거린다. 한데, 그것을 발견한 아버지가 딱하게 여겨, 어머니에게 오늘 밤은 이 아이와 함께 자주라고 너그러운 허락을 한다. 그러자 화자는 몇 시간을 초조하게 기다렸던 고생이 새삼스럽게 억울했던 한편, 마침내 어머니를 차지하게 된 기쁨에 겨워 눈물을 쏟으면서 어머니와 하룻밤을 함께 보낸다.

이 과거의 이야기를 하면서 현재의 화자는 다음과 같은 요지의 반성을 한다. (이 소설의 중요성은 단순히 과거의 재생에 있는 것이 아니라, 현재의 입장에서 과거를 해석하고 평가한다는 점에 있다. 과거와 현재의 이 간단없는 왕래가 소설의 매력을 이룬다.) 그때 화자의 어머니는 그가 우는 것을 보고 당신도 울컥하는 것을 간신히 참고 있는 것 같았다. 그러나 그 이유는 전혀 달랐을 것이다. 화자와 동감이기는커녕 그에게 상심했기 때문이다. 이제 됐으니 가서 주무세요, 하는 늠름한 자식을 기대했는데 그렇지가 못했기 때문이다. 아니, 그보다도 자식의 응석을 받아준 자신의 처사가 지극히 후회되었기 때문이다.

"어머니는 필경 고통스럽게 느끼면서 나에게 최초의

양보를 하신 것이며, 그것은 나를 위하여 품어온 이상의 최초의 포기이며, 그토록 노력해온 분이 최초로 패배한 것을 시인하신 것 같았다. 비록 내가 승리했다 해도 그것은 어머니를 상대로 쟁취한 것 같았고, 흡사 병이나 깊은 슬픔이나 나이가 그렇게 하듯이, 내가 어머니의 의지를 약화시키고 이성을 왜곡시킨 것이며, 그날 밤은 새로운 시대의 시작이 되어 영영 슬픈 날로 남을 것으로 여겨졌다."(1/80)

이 이야기는 나의 어머니와 나의 관계에 관한 여러 가지 일을 상기시켰다. 그중의 한 가지로, 어렸을 때가 아니라, 나이 마흔이나 되어서 있었던 일을 잠시 언급해보련다. 기나긴 세월, 귀한 아들이라고 나의 응석을 거의 모두 받아주셔왔던 어머니, 그러나 결국은, 집안을 훌륭히 다스리고 이어 나갈 수 있는 어엿한 남자가 되지는 못했구나 하고 적이 슬퍼하셨을 어머니… 곡절은 다음과 같다.

하루는 나와 어머니 사이에서 이런 말이 오갔다. "어머니, 제사를 지낸다는 것에 무슨 큰 뜻이 있어요? 요식행위에 지나지 않죠. 그것 그만두고 할아버지, 할머니, 아버지의 기일에는 저녁을 먹기 전에 기도를 하죠. 그것이 더 정성스러운 일이죠." "뭐라구? 안 된다. 내가 죽거든 네 마음대로 해라. 그러나 내가 살아 있는 한 제사는 꼭 지내겠다." 이 결연한 대답에 나는 말을 잃고 당황했다. '아이코!

어머니의 가슴에 칼을 들이댔구나! 어머니로서는 제사란 신성불가침한 행사인데 그것을 그만두자고 했으니' 하는 생각이 치밀어서 어찌할 바를 모른 것이다. 그러자 그 모습을 보고 계시던 어머니는 이렇게 고쳐 말씀하셨다. "그러면 앞으로는 너의 할머니의 제사를 따로 또 지낼 것 없이 지금처럼 할아버지의 기일에 합사하는 것으로만 해두고, 내가 죽으면 너의 아버지 제삿날 밥그릇 하나 더 올려놓기만 해라. 그러면 네 번 지낼 것을 두 번만 지내면 될 테니까." 마흔 살 자식의 '응석'을 전적으로 배척할 수 없어서, 제시된 타협안이었다.

그러나 그날 밤, 어머니는 애지중지 길러놓은 자식에게 결국 배신당하고 버림받았다는 말할 수 없는 섭섭함에 남모를 눈물을 흘리셨을 것이다. 하지만 이튿날 어머니는 그런 내색은 조금도 보이시지 않고, 도리어 내 눈치를 살피시는 듯했고, 그 후로도 그 일에 대해서는 일절 언급이 없으셨다.

연년세세 어머니의 기일이 돌아오면 그 일이 생각나서 가슴이 뜨끔거린다.

§ 2

"우리는 오직 다른 이들만의 악벽밖에 모르고, 우리 자신의 악벽들 중 어느 것을 겨우 알게 되는 경우에도, 오직 다른 이들로부터 그것을 배우듯 알 수밖에 없는 것이다."(1/220)

어찌 악벽만이겠는가? 모든 점에서 자기 인식은 타인을 통해서 이루어진다. 타인은 우리가 의식적으로 또 무의식적으로 감추려는 우리의 비밀과 본체를 드러낸다. 타인은, 우리 자신으로서는 성실하고 정직한 행동과 언어라고 자부하는 표현조차 꿰뚫어 보고, 그것을 은폐의 기호로 해석하는 것이다. 그런 일을 밝힌 것이 누구보다도 학문적으로는 프로이트이며, 예술의 분야에서는 바로 프루스트이다. 그리고 타인의 눈을 통해서 이렇게 밝혀진 자신의 진모를 받아들이는 용기 있는 겸손의 윤리를 사르트르는 정화적 반성réflexion purificatrice이라고 불렀다.

<h2 style="text-align:center">§ 3</h2>

이 소설을 과거의 추억의 재생으로만 읽는 것은 잘못이다. 이 소설은 자기의 체험을 소재로 삼은 성숙한 작가가 성숙한 언어로, 그리고 엄청난 상상력을 가동시키면서 현재의 입장에서 꾸민 허구이다. 과거로 설정된 이야기 속에 부단히 현재가 개입할 뿐만이 아니다. 그 추억담의 디테일들, 특히 소년기의 이야기의 디테일은 현재의 허구를

과거로 투영한 이중의 허구라고 말할 수 있다. 그러나 이 허구성을 안다고 해서 소설의 의의가 삭감되는 것은 결코 아니다. 소설을 읽는 뜻은 프루스트 자신의 말마따나 실인 생에서는 장시간 걸려 아주 엷어지는 행복이나 괴로움을, 상상력을 통해서 응집적으로 체험하는 데 있다.(1/152 참조) 어찌 행복이나 괴로움뿐이랴! 이 소설이 큰 가치를 지니는 것은 섬세하건 거대하건 간에 삶과 세계의 모든 양상의 인식에 있어서 예술이 수행하는 역할을 극대화시키고 있기 때문이다.

§4

제1권을 다 읽었다. 때로는 얼른 이해하기가 어려워서 힘이 들기도 했지만, 세 가지 매력에 끌리지 않을 수가 없다. 첫째는 묘사의 매력이다. 대상 자체의 섬세한 묘사뿐만 아니라 그것이 지닌 암시적 상징적 의미가 주는 매력이 엄청나다. 특히 인상에 남는 것은 게르망트 공작 부인에 대한 연정과 결부된 산사나무의 이미지와 숨은 의미를 간직한 종탑의 이미지이다. 둘째로는 여러 군데에 깔려 있는 복선의 매력이다. 질베르트와의 관계는? 공작 부인에 대한 관심의 향방은? 스완의 본체는? 하는 따위의 많은 궁금증은 후속의 이야기를 읽지 않을 수 없게 만든다. 셋째로는 이른바 '개별성 속의 보편성l'universel dans le particulier'이 주는 매력이다. 상식을 뒤집으면서 제시되는 인물들의 개별적 양상 속에서 우리는 인간의 보편적 양상을 볼 수 있다. 가정부 프랑수아즈의 이중성, 뱅퇴유 양과 그녀의 아버지의 관계, 병상의 레오니 아주머니의 타인에 대한 호기심… 그런 것은 모든 인간 속에 내재하는 현실과 욕망의 축약도이다. 프루스트 자신이 말했듯이 소설이란 현실 생활에서는 흩어져서 엷어지고 소실되는 진실과 경험을 집중적으로 보여주는 글쓰기이다.

§5

한 구절 한 구절이 이렇게도 매력적인 소설이 달리 또 있을까! 그러나, 오호라, 감탄의 한숨을 쉬고 때로는 충격을 흡수하려고 잠시 눈을 감고 쉬다가 읽기도 하지만, 금방 그 내용을 잊고 만다. 무엇 하나 변변히 기억하는 것이 없을 정도로 늙어버렸다. 이 즉각적 망각이 분하다.

오늘은 망각하기 전에 꼭 한 가지 적어두고 싶다. 그것은 음악에 관한 것이다. 스완은 애인 오데트로 하여금 뱅퇴유가 작곡한 피아노 소악절을 서투르게나마 치게 하면서 이중적인 태도를 보인다. 첫째로는 그 음악과 오데트를 연결시킨다. 그것을 들을 때마다 일체의 물질적, 현실적 이해관계를 마음속에서 무산시키고 그 빈터에 그녀를 들어앉힌다. 이것은 음악 자체를 듣는 것이 아니라, 음악을 연주하는 사람에게 신경을 쓴다는 환유적 일탈digression métonymique이며, 음악 감상과는 거리가 먼 비진정한 태도이다. 그러나 스완은 또한 음악 그 자체에서 어떤 야릇한 본질을 느낄 때도 있다. "자신이 인간들에게 낯설고, 눈멀고, 논리적 능력이 결여된, 전설 속의 일각수와 거의 흡사한, 오직 청각만으로 세계를 인지하는 환상적인 생명체라고 느끼는" 것이다.(2/87) 이것은 예술 작품이 베푸는 바람직한 변신이다.

나는 이 구절을 읽으면서 나 자신의 음악 수용의 태도를 생각해보았다. 나 역시 스완처럼 두 가지 다른 태도로 음악을 들어온 것 같다. 때로는 환유적 일탈을 하고(가령 하이든의 첼로 협주곡 제2번을 들으면, 그 곡을 자주 틀어준 민석홍 선생의 얼굴과 충신동의 그 댁의 모습이 떠오른다), 때로는 음악 자체 속으로 나의 심신을 용해시켜 어떤 초월적 경지로, 적어도 비현실적인 이미지의 세계로 빠져들기도 해왔다. 전자는 비진정한 태도이고, 후자는 다소라도 심미적 수용에 가까울 것이다. 그러나 양자가 모두 나에게 잠시나마 행복감을 가져다주는 점에서는 동일하다. 음악 이론을 전혀 모르고 악기를 만져본 일도 전혀 없는 아마추어로서는 별수 없는 일이겠지만, 이런 소박한 음악 듣기라도 삶의 귀중한 일부로 삼아온 것을 다행으로 생각하고 있다.

§6

제2권에서 연연히 계속되는, 평민 출신의 유복한 베르뒤랭가의 살롱에서 일어나는 이야기— 어쩌면 그 이야기가 다소 지루하다는 느낌을 줄 수도 있을 것이다. 그러나 공들여 읽어보면 그곳에 모이는 자들의 가지가지의 경박한 언행들이 인간의 행태의 백화점처럼 느껴진다. 들뢰즈가 『프루스트와 기호들』에서 '허망한 기호signes vides'라고 지칭한 그들의 사교적 언행은 우리들 속에 깃들어 있는 허영, 교만, 아첨, 잔꾀, 중상, 질투, 변덕, 지배욕, 자기과시, 적대적 대타 관계 등, 온갖 악폐가 노정되어 있다. 그들의 경박성은, 우리가 진지함, 점잖음, 예의범절과 같은 미덕으로서 은폐하고 있는 인간의 본성을 드러내고 있는 것이다. 읽을수록 나 자신을 생각하게 되고 나의 과거의 치부가 새삼스럽게 상기되어 스스로 낯이 뜨거워진다. 얼마나 아이로니컬한가! 프루스트를 읽음으로써 내가 되찾은 과거란 그런 것이라니!

그렇다면 이 자기 멸시의 연속을 끊기 위해서 그만 읽을까? 아니다, 속죄하는 마음으로 읽어 내려가려고 한다.

그러다가 혹시 오물을 모두 건져낸 연못처럼 마음이 깨끗해질지도 모를 테니까. 그리고 그것을 나의 '되찾은 시간'으로 삼을 수도 있을 법하니까.

§7

스완의 오데트에 대한 사랑의 집념.

"그 사랑이 어쩌나 그와 일체가 되었던지, 그 사람 자체를 거의 몽땅 파괴하지 않고는, 그에게서 그 사랑을 뽑아낼 수 없었을 것이다. 흔히 외과의사들이 말하듯, 그의 사랑은 이미 수술을 할 수 없는 상태였다."(2/201)

연애에 있어서는 상대방의 존재가 중요한 것이 아니다. 그것은 상대를 소유하려는 자신의 욕심, 자신의 집착과의 갈등이며, 그것 때문에 생기는 자학적 고뇌이다. 이 점에서 프루스트는 그것을 병이라고 말하고 있다. 더구나 이 병은 환자의 고황에 깊이 뚫고 들어가서, 환자와 일체가 되어 있다. 따라서 그것을 도려내려고 하면 환자 자신을 죽이는 꼴이 되어서 수술이 불가능하다.

나는 오늘 이 대목을 읽다가, 불교에서 말하는 고체라는 말이 생각났다. 집착에 묶여 있는 인생이 바로 고체이고 이 고통에서 해방되는 길은 오직 자력에 의해서 집착을 멸하는 것, 그럼으로써 도체에 이르는 것인데, 스완은 과연 그런 바람직한 길을 택할 수 있을 것인가? 혹은 반대로 상대를 소유하겠다는 실현 불가능한 욕망에 스스로 차여서 파멸하고 말 것인가? 이 이야기는 이런 불교적 견지에서 읽어도 재미있다.

§8

오늘 몇 시간에 걸쳐서 제2권에 포함된 프루스트의 음악론을 읽고 있다. 읽고 있다기보다도 한 줄 한 줄을 음미하고 있다. 그러면서 40여 년 동안 음악을 들어온 나 자신의 경험과 일치하는 점을 부분적으로나마 발견하고는 나의 음악관이 크게 틀리지 않았구나 하는 엷은 자기만족을 느끼기까지 했다.

가령 뱅퇴유의 바이올린 소나타를 두고 한 다음과 같은 말은 필력이 약한 나의 생각을 대변해주고 있는 것 같다.

"마치 태초에, 아직은 지상에 그 둘(바이올린과 피아노)만 있었을 때와 같았다. 아니 그보다는, 그 이외의 모든 것을 향해서는 닫혀 있는 세계, 어떤 창조자의 논리에 따라서 구축된 이 세계에서는 영영 그 둘만 있게 된 것 같았다. 그것이 바로 그 소나타였다."(2/267)

§9

이 소설의 읽기만을 일과로 삼아왔는데도, 달포가 지난 이제야 겨우 둘째 권을 마쳤다. 이렇게 속도가 느린 것은 두 가지 이유 때문이다. 하나는 노쇠해서 기운이 없어서이고, 또 하나는, 그 깊고 질기고 미묘한 문장들을 씹기가 쉽지 않았기 때문이다. 프루스트 읽기는 즉각적인 즐거움이라기보다도 감성과 지성의 수련의 과정이며, 즐거움은 이 과정을 겪어야 맛볼 수 있는 것이다.

그러나 그가 베푸는 희한한 관찰들 중에는 가끔 어떤 한계가 있어 보인다. 그것은 '부잣집 도련님'이라는 그의 사회적 신분에서 유래되는 제한된 비전 때문이다. 나는 이제2권의 마지막 장을 닫으면서 고개를 갸우뚱했다. 나 자신의 느낌이 대조적으로 떠오르기도 한 것이다.

프루스트는 말미에서 현대(물론 그의 현대인 1910년 대를 뜻하는 것)의 문물과 풍속이 우아함과 세련됨을 잃고 속악해진 것을 한탄하고 있다. 이 한탄은 하기야 나 자신의 현대에 대한 나의 한탄이기도 하다. 단정하게 쪽을 찌고 품위 있으면서도 우아하게 한복을 차려입은 나의 어머니와 같은 부인을 찾아볼 수 없다. 모두들 머리를 지지고 볶거나 마구 풀어헤쳐놓고는, 별의별 모양으로 쌍스럽게 '개량'된 한복을 거추장스럽게 걸치고 성큼성큼 걸어

다니는 여성들을 볼 때, 또 두루마기를 입지 않고 알록달록하거나 원색적인 마고자나 동저고리 바람으로 거리를 활보하는 남자들을 볼 때(이런 한복 차림조차 명절에나 눈에 띄는 것이지만), 전통에 뿌리박은 멋이 사라진 것이 적이 섭섭하다. 그리고 이와 대조적으로 일본인들이 전통적인 하오리, 하카마, 기모노를 지키는 것에 대한 부러움이 깊이 느껴진다.

그러나 다른 한편으로는 중상류층의 멋의 상실은 서민층의 의상의 향상으로 벌충되고도 남는다는 점에서 나는 한국의 현대를 긍정적으로 수용할 수 있다. 우리 집 행랑방에 살던 사람들의 꾀죄죄한 옷차림, 거리에서 벌거벗고 뛰놀던 아이들, 하루에도 몇 번씩 찾아오는 거지들의 누더기… 다행스럽게 그 모든 것이 사라졌다. 만일 프루스트가 가난한 사람들과 섞여 살았거나 빈민가에 자주 가보았다면, 그 역시 우아함의 상실만을 한탄하지는 않았을 것이다.

§ 10

"나는 내가 희원하던 그 새로운 우정이 지난날의 우정과 같음을 어렴풋이 느꼈다. 왜냐하면 새해와 지난해가 무슨 깊은 도랑에 의해서 분리되어 있는 것이 아니기 때문이다. 우리의 욕망은 세월을 장악하고 변화시킬 수는 없어서, 세월 몰래 우리 멋대로 새해라는 다른 이름을 붙일 따름이다."(3/95)

'나'는 정월 초하루가 되자, 질베르트(스완과 오데트 사이에서 낳은 딸)와의 사랑이 새로워지리라고 기대했다. 그러나 그날을 특별히 생각하는 것은 해가 새로워지듯이 우리의 욕망도 새로워지고 충족되리라는 헛된 희망을 품기 때문이다. 도시 새해 첫날이라고 해서 객관적으로 달라지는 것은 아무것도 없다. 그날부터 새로운 다른 세계가 갑자기 시작되는 것은 결코 아니다. 그것은 그 전날과 다름없는 하루에 불과하다.

이른바 '송구영신'이라는 개념의 허구이다. 한데 이 말에는 두 가지 다른 의미가 있다. 첫째는 정월 초하루를 기점으로 세상이 새로워지니 과거를 버리고 그날을 적극적으로 받아들이자는 뜻이다. 말하자면 세계의 회춘을 우리 각자의 갱생과 변신의 기회로 삼자는 것이다. 이 희망은 며칠이면 사라질 환상에 불과하며, 인류의 역사적 어리석음의 증좌이다.

또 하나의 의미는 개인적, 주체적인 각오와 관련된 것이며, 이것은 보다 현실적이다. 가령 금연을 못 하고 있던 골초가 새해 첫날부터는 꼭 담배를 끊겠다고 다짐하는 경우이다. 한데, 이런 개인적 변화의 기점이 반드시 정월 초하루여야 할 이유는 없다. 다른 월초라도 좋고 제 생일날이라도 좋을 것이다. 또한 이런 변화의 각오가 다른 날이 아니라 꼭 정월 초하루에 이루어져야만 결정적으로 실천된다는 보장도 없다. 다만 한 살 더 먹는 그날은(새해가 밝으면 한 살 더 먹는다는 계산법은 서양에는 없지만) 자신을 되돌아보고 장래를 생각해보는 날로 삼기에 다른 날보다 더 적합하다는 뜻에서 다른 날과는 구별된다는 말은 할 수 있을지 모른다. 그러나 며칠이 지나면 이런 마음가짐도 엷어지고 결국 소실되고 말 것이다. 위에서 인용한 프루스트의 구절은 이런 인간의 약점도 고려하면서 음미해보면 좋을 것이다.

§11

"프랑수아즈(화자의 가정부)는 날마다 나에게로 다가와 이렇게 말했다. "도련님의 안색이 끔찍해요! 직접 보시지 않아 모르시겠지만, 누가 보면 죽은 사람이라고 하겠어요!" 내가 가벼운 감기에만 걸려도 프랑수아즈는 역시 초상이라도 난 듯 구슬픈 기색을 드러냈을 것은 사실이다. 그러한 구슬픈 탄식은 나의 병세보다 오히려 그녀가 속한 '계층'에 기인하였다. 나는 그 시절, 프랑수아즈에게서 발견되던 그 비관주의가 슬픔인지 만족감이었는지 분간하

지 못하였다. 다만, 그것이 사회적이고 직업적인 비관주의라고 잠정적인 결론을 내렸다."(3/113)

'내'가 어려서 신열로 고생했을 때 프랑수아즈가 내게 던진 이 비관적 견해를 통해서, 그녀는 과연 내 병세를 진정으로 걱정했다기보다는 오히려 자신의 걱정에 만족했으며, 그것이 계층적, 사회적, 직업적인 것이라는 이 구절을 독자가 해석하기는 얼른 생각할 만큼 그렇게 쉽지 않다. 세 가지 해석이 가능하다.

첫째로, 그녀는 그런 표면적 걱정을 표방함으로써 하인으로서의 프로토콜에 충실했다고 스스로 만족해했다는 뜻인가? 혹은 그 표면적 걱정의 밑바닥에는 일종의 계급적 분풀이, 즉 '상전인 너도 고생을 해보아라, 그것 잘되었다! 너도 죽으면 그만이다' 하는 따위의 복수심이 깔려 있었다는 뜻인가? 또 한 가지로 해석의 범위를 넓혀볼 수도 있다. 그녀의 이 발언은 더욱 일반적으로, 인간의 사회적 관계, 즉 대타 관계가 본질적으로 적대 관계('인간은 인간에 대해서 늑대, Homo homini lupus')이기 때문에, '타인의 지옥'에서 벗어나, 적자생존의 경쟁에서 우위를 차지하기 위해서는 타자의 존재에 대해서 부정적 태도를 취할 수밖에 없다는 것을 말해주는 것으로 해석될 수도 있을 것이다. 이 후자의 해석은 결코 지나친 것이 아니다. 왜냐하면 프랑수아즈가 보이는 인정은 겉치레에 지나지 않을

지도 모르기 때문이다. 그녀는 닭이나 오리를 잡을 때만이 아니라, 가정부로서의 자신의 라이벌을 대할 때도 매우 잔인한 짓을 하는 위인이다.

더욱 보편적으로 말해보자면, 타인과의 평화로운 공생을 지향하는 공동체적 윤리로서 이 스산한 적대 관계의 현실을 초월하기는 어려워 보인다. 그 윤리는 이 존재론적 적대 관계가 지나치게 표면화되지 않도록, 다소라도 완화되고 간접화되도록 할 수 있을 뿐이다. 개인적 잔인성에 대처하기 위해서는, 가령 격투기를 위시한 스포츠를 장려하여 소위 카타르시스를 유도하고, 정치적, 사회적 횡포에 대해서는 자유와 평등의 이념을 강조하는 식으로 말이다. 동양식으로 말하면, 성선설은 '성악'을 제거할 수는 없고, 다만 누그러뜨리기 위한 방편이며, 그 한도 내에서 정화적 기능을 수행할 수는 있을 것이다.

§ 12

화자는 그 유명한 작가 베르고트와 처음으로 만나 인사를 했는데, 그 초라하고 못난 모습을 보고 곤혹감과 실망에 휩싸인다.(3/185-188 참조) 작품을 통해서 상상하고 있었던 고상한 풍모와 실인물과의 불균형이 하도 심해서, 이번에는 실인물에서 출발해서 작품을 생각해보니 작품의 가치조차 떨어지는 것 같았다는 이야기이다.

　　이 에피소드는 내게 다음과 같은 연상을 가져왔다. 우리들은 꼭 작가의 용모가 아니더라도, 그 인품이나 일상적 자아와 작품을 결부시켜 그 사이에 일관성이나 대응 관계가 있다고 생각하기 쉽다. 작품이 곧 우리가 이미 알거나 새로 발견하게 될 작가의 언행의 반영이라고 생각하는 일은 여러 나라에 널리 퍼져 있었고(19세기의 대표적 비평가 생트뵈브는 그 대표자였다), 오늘날에는 특히 일본의 문학평론의 관례가 그래서, 흔히 "누구누구의 인간과 작품"이라는 제목으로 평전이나 비평서가 나오고, 그것으로 작가의 세계가 이해된 것으로 치부한다. 하기야 일본문학에서는 이른바 사소설의 전통이 큰 자리를 차지하니까 일리 있는 일일지도 모른다. 다만, 오늘날의 한국문학에서도 가끔 보이는 그런 접근법, 즉 전기비평에는 한계가 있다는 것을 인정해야 할 것이다. 겉으로 나타나는 자아와 심층적인 자아는 딴판이며 작품은 후자의 소산일 경우가 많다는 데에 주목해야 한단 말이다. 화자와 베르고트의 만남에 대한 프루스트의 능란하고 아이로니컬한 필치는 나로 하여금 이런 점까지 부연해서 거듭 생각하게 만들었다.

§13

작가 베르고트는 이렇게 화자를 칭찬한다. "보아하니 당신에게는 지적 즐거움이 있는 것 같군요. 그 즐거움을 아는 모든 사람들에게처럼 그것이 아마 당신에게도 특히 중요하겠죠." 그러자 화자는 이렇게 반발한다. "애석한 일이었다. (…) 나에 대한 그의 그런 말이 사실과 부합하지 않음을 내가 얼마나 절실히 느꼈던가! 나는 아무리 고상하다 해도 논리적 언변에는 냉담했다. 나는 내가 일상생활에서 열망하는 것이 얼마나 순전히 물질적이었는지, 얼마나 쉽사리 지성이라는 것을 무시할 수 있었는지를 느끼고 있었다."(3/219-220)

여기에서 화자가 거부하는 지성intelligence이란 무엇인가? 그것은 현상과 사물에서 얻은 체험과 인상을 정리하여, 객관적 입장에서 그 의미와 본질을 밝히려는 정신적 작용이다. 한데, 화자는 그런 작업에는 관심이 없고, '순전히 물질적인 것'만을, 즉 일상생활에서 향유할 수 있는 즐거움만을 추구했다고 말하고 있다. 가령 샹젤리제를 산책한다거나, 게르망트 공작 부인과 친분을 맺는다거나, 옛 추억에 젖어든다거나 하는 구체적 체험 따위이다.

그렇다면 프루스트는 지성이라는 것을 끝끝내 송두리째 무시하고 배척한 것인가? 결코 그렇지 않다. 지성은 프루스트에게서 가장 중요한 정신적 기능의 하나이다. 그러나, 앞질러 말해두지만, 지성은 감성적 체험의 후에 작동해야 한다는 것이 그의 주장이었고, 내 생각에도 이 주장은 지당하다. 그렇지 않고 지성을 앞세운다면, 그것은 해골을 이리저리 만지면서 이것이 인체의 가장 중요한 부분이라고 내뱉는 것과 같을 것이다. 우리는 그 점을 이 소설의 마지막 권인 『되찾은 때』에서 분명히 알게 될 것이다.

§14

화자는 비교적 길게 살롱의 단골인 상류층 부인들에 관한 이야기를 한다.(3/264-277) 그 이야기는 사교계라는 것이 '허영의 장터Vanity Fair'라는 것을 보여주기 위해서다. 그렇다면 그녀들이 허영의 언행을 꾸미는 이유는 무엇인가? 단순히 심심풀이를 위해서 혹은 장난삼아서 하는 짓일까? 아니다. 내 생각으로는 그것은 적대적 존재로서의 대타 관계의 표현이다. 그것은 '나는 당신보다 우월한 사람이다'라는 것을 서로 다투어 보임으로써, 상대방의 인정을 받아내고 상대방을 제압하기 위한 기만이다. 우리 모두도 일상적으로 빠지기 쉬운 함정이다.

§15

제3권까지 읽었다. 읽으면서 나는 자꾸만 한숨을 쉬었다. 일언일구가 지식과 관찰과 체험과 상상에 있어서, 즉 내면적 인생의 면에서, 내가 얼마나 모자란 인간인가를, 그리고 지금에 와서는 전혀 달리 될 수는 없다는 것을, 이 소설은 누누이 일러주기 때문이다.

오늘은 셋째 권을 끝내면서 이런 구절에 마주쳤다. "심적 고통의 추억보다는 시적 감동의 추억이 누리는 평균수명이— 훨씬 길다."(3/328) 이 말은 다음과 같은 사정에서 나온 것이다. 사랑하던 질베르트 때문에 겪은 슬픔이 사라진 지는 오래되었지만, 5월의 대낮에 그녀의 어머니 오데트의 양산 밑에서 그 시절 오손도손 이야기하던 자신의 모습을 떠올리면서 느끼는 기쁨은 지금도 살아 있다는 것이다.

내 느낌으로는 이 말은 단순한 비교가 아니다. 시적 감동의 추억이 마음의 고통의 기억보다 긴 것은 그 고통 역시 오랫동안 밑에 깔려 있었기 때문이다. 그 기쁨은 마음의 고통을 겪은 자에게 베풀어지는 반대급부이다.

한데, 내게 그런 시적 감동의 추억이 전혀 없는 것은 진정으로 마음의 고통을 느껴본 일이 없기 때문이다. 실로 평평범범한 인생이었다. 대과 없이 살았다는 것은 관습에 젖어서 살았다는 뜻이다. 문학이란 존재에 대한 이의 제기라고 평생에 걸쳐 주장해왔지만, 그것은 나 자신의 실천과는 상관없는 관념적인 것이었으며, 이의 제기를 한 사람들에 대한 부러움의 표현에 지나지 않았다. 생텍쥐페리의 유명한 비유를 빌리자면, 비상하는 능력을 잃은 집오리가 하늘을 유유히 나는 야생의 오리를 부러운 눈으로 쳐다보고 퇴화한 날갯짓을 해보는 격이다. 말년이 되어서도, 남들처럼 불경이나 성서를 펼치지 않고, 굳이 프루스트에 집착하는 '철없는' 짓을 하는 이유의 하나도 그 때문이다.

§ 16

나는 이 글들을, 화자의 말이 곧 프루스트의 생각의 반영이라는 전제하에서 쓰고 있는데, 그렇다면 프루스트의 사회관에는 아무래도 가진 자로서의 한계가 보인다. 화자는 자신과 함께 휴양지 발벡으로 떠나게 된 가정부 프랑수아즈의 용모와 복장을 매우 긍정적으로 묘사하고 나서는 농민 출신의 이런 사람들에 대해서 다음과 같이 말한다.

"그녀의 시선에서 발휘되는 빛이나 그 코와 입술의 섬세한 선(을 보고 있으면), (…) 이렇게 자문해 볼 수도 있었으리라. 농사꾼이라는 보잘것없는 별종의 동포들 중에도, 부당한 운명 때문에 소박한 사람들과 섞여서 무식한 채로 살 수밖에 없는 사람들이 있지 않겠는가, 그러나 사실은 유식하다는 대부분의 인사들보다 더욱 천부적, 본질적으로 엘리트의 소질을 갖춘 사람들이 있지 않겠는가 하고."(4/22-23)

이 말을 들으면, 그가 농민에 대해서 동정하고 있다는 것을 분명히 알 수 있다. 그러나 그 동정은 사회·경제적 차원의 것이 아니다. 하기야 "부당한 운명 때문에"라는 말은 '빈곤 때문에'라는 뜻이겠지만, 그 빈곤의 원인이 어디에 있는 것인지를 사회·경제적 차원에서 생각해보는 대신에, 도리어 빈곤의 결과로 우수한 소질을 지닌 사람들이 매장되어버렸다는 지적 차원의 불운에 대한 동정으로 경사되어 있다. 그러나 그 동정은 무관심보다는 나았겠지만, 무력한 것에 지나지 않는다. 그것은 우수한 농민의 사회적 상승을 위한 구상이나 실천은 아닌 것이다.

하기야 이런 한계가 대부분의 선의의 지식인이, 두뇌의 우열 여하를 넘어서서 무릇 빈한한 서민을 대하는 태도에 나타나며, 나 자신도 그 예외는 아니다. 다만 이 무력한 동정은 한 가지 윤리와 결부될 수는 있다는 것이 내 생각이다. 그것은 그들 앞에서 겸손해야 한다는 것이다. 그 점에서는 나는 남들보다 뒤지지 않았다고 자부하고 있다. 아울러, 더욱 넓은 범위에서, 작가나 지식인의 합당한 글과 말이 정치가들의 실천에 반영되면 좋겠다는 한 가닥 희망을 품고 살아온 사람이 나만은 아닐 것이다.

§ 17

"커다란 사회적 문제가 있다. 그 유리벽이 언제까지라
도 이 야릇한 짐승들의 향연을 보호해 줄 것인지, 그리고
어둠 속에서 탐욕스럽게 그들을 주시하고 있던 무명의 무
리들이 수족관 안으로 몰려와 그들을 잡아서 먹어치우지
않을지 모를 일이다."(4/69)

이 구절은 화자가 휴양지 발벡의 호화 호텔에 투숙했
을 때의 이야기다. 그 호텔에는 대 식당이 있는데, 도로로
면한 쪽은 큰 유리창이 벽의 구실을 해서 바다를 환히 내
다보게 되어 있다. 한데 밖에 어둠의 장막이 내리면, 휘황
하게 전등을 밝힌 그 식당에서 부유한 투숙객들이 사치스
러운 식사를 하면서 즐기고 있는 광경을, 거리를 지나가던
노동자나 어부나 서민들이 유리창에 얼굴을 맞대다시피
하면서 구경한다. 마치 어항 속에 갇힌 희한한 물고기나
연체동물을 구경하듯이.

이 장면을 통해서 엄청난 계급적 격차를 의식한 화자
는, 그 가난한 자들이 부유층의 행태를 부러워할 뿐 아니
라, 언젠가는 안으로 쳐들어와서 그들을 잡아먹으려고 하
지 않을까 하는 불안을 느끼고, 그것은 큰 사회적 문제라

고 말하고 있는 것이다. 그러나 프루스트의 하층계급에 대한 태도는, 그런 막연한 불안으로 그치는 것 같다. 그에게는 동시대의 레옹 블루아Léon Bloy나 에밀 졸라가 보여준 바와 같은 사회주의에 대한 관심이 없었고, 또 가진 자로서의 미안한 감정이나 죄책감에 시달린 것 같지도 않다. 그러나 바로 이런 한계가 있었기 때문에, 그는 사회계급의 문제를 넘어서서 인간에 대한 날카로운 관찰과 분석과 비판을 수행할 수 있었던 것이라고 볼 수도 있다. 인간과 인생이 제기하는 모든 문제들을 속속들이 살피고 해결하는 재주를 가진 사람은 아무도 없다.

§ 18

화자는 조모와 함께 휴양지 발벡으로 가서 그 휴양지의 거리를 마차로 돌아본다. 도중에 그는 많은 처녀들이 지나가는 것을 보며 흥분한다.

"그 모든 처녀들이 나의 눈앞에 보이다가 사라지는 일이 나를 더욱 흥분시켰다. 그래서 우리의 욕망에 제동을 가하기를 권유하는 철학자들의 말에 어느 정도 지혜가 있다고 느꼈다. 하지만 나는 그러한 지혜로움이 완벽한 것은 아니라고 판단하고 싶었다. 그런 만남이 세계를 더 아름답게 보이게 해 준다고 느꼈기 때문이다. 모든 시골길에

서 야릇하고도 흔한 꽃들을 자라게 하는 그런 세계이니 말이다."(4/117-118)

이 인용문에서 알 수 있듯이, 산책길에서 만나게 되는 처녀들이 주는 기쁨은 순수한 미적 대상으로서의 기쁨은 아니다. 그것은 성적 충동의 소산이다. 그는 그중의 한 아름다운 처녀의 곁에서 살고 싶다는 욕망을 품어보기도 하고, 그것이 환상임을 자각하면 앞으로도 그럴 기회를 가질 수도 있으리라고 기대한다.

이런 욕망은 모든 청소년의 것, 따라서 내 것이기도 했다. 명륜동에서 화동의 중학교까지 매일 걸어 다닐 때, 내가 지나치거나 마주치는 예쁜 여학생들을 보는 것이 어찌 즐겁지 않았겠는가! 그리고 그 즐거움의 밑에는 어렴풋한 성적 욕망이 깔려 있다는 것을 어찌 몰랐겠는가! 그것이 거의 80년 전… 이제는 아무리 아름다운 여성을 보아도 그런 충동을 느끼지 않는다. 노쇠할 대로 노쇠했으니, 모든 면에서 무감각해진 것일까? 그렇지는 않다. 아직 미적 감각은 살아 있는 것 같다. 아름다운 여성을 순수한 미적 대상으로 삼고 홀린 듯이 바라보면서 기쁨의 미소를 떠올릴 때도 많은 것이다. 마치 한 송이 화사한 장미꽃을 바라볼 때처럼 말이다. 그래서 성적 욕망이 사라진 노년은 다소 섭섭하지만, 다른 한편으로는 순수미를 반기는 그런 반대급부가 있다고 생각해두려고 한다. "아름다운 것은 영원한 기쁨A thing of beauty is a joy forever"이라는 존 키츠의 시구를 떠올리면서.

§ 19

휴양지 발벡에서 처음 만난 빌파리지 후작 부인의 조카 생루. 그는 교만한 귀족 같았으나 곧 문학과 예술에 끌리는 친절한 사람으로 판명되고, '나'와의 관계를 "우리들의 우정"이라고 부르며, 우정이야말로 인생의 가장 큰 기쁨이라고 말한다. 그러나 그의 말은 나의 동감을 자아내지 못한다. 도리어 "그러한 말들이 나에게 일종의 슬픔을 야기시켰고, 나는 그 말에 응답하기가 난처했다. 그와 함께 있으면서 한담을 나누는 것에서—물론 다른 누구와도 마찬가지였을 것이지만—나는 도리어 혼자 있을 때에 맛볼 수 있었던 그런 행복감을 전혀 느낄 수 없었기 때문이다. 혼자 있을 때면 가끔, 감미로운 편안함을 주던 인상들 중의 어떤 것이 가슴속으로부터 굽이치는 것을 느낄 수 있었다."(4/148)

내가 프루스트 읽기에서 재미를 느끼는 이유의 하나는, 나 자신의 과거의 체험을 상기하게 되기 때문이다. 지금 우정에 관한 이 구절을 읽으면서도 머리에 떠오른 것은 대조적으로 생텍쥐페리와 앙드레 말로의 글이다. 이들에 비하면 프루스트는 진실한 우정을 모르는 외롭고 자기 중심적인 인간으로 보인다. 왜냐하면 그 두 행동주의자에게 있어서 우정이란 어떤 공통적 목표의 추구라는 매개가 있어야 성립하는 것인데, 프루스트에게는 그런 목표가 없기 때문이다. 화자는 생루와 문학이나 예술에 관해서 이야기를 나누고 때로는 동감한다 하더라도, 그것은 '당신도 나와 취미가 같구나' 하는 정도의 상호 인지에 지나지 않는다. 이런 대화와 동감은 프루스트의 말마따나 혼자 있을 때 가끔 느끼는 황홀한 순간(가령 어떤 음악이나 상상이나 추억이 가져오는 것)처럼 행복할 수가 없다. 이에 반해서 폭풍우 속에서 취약한 비행기를 몰고 간다거나(생텍쥐페리), 혁명의 대의를 위해서 투쟁하는 경우(앙드레 말로)에는, '나'의 존재는 동지의 존재와 혼연일체가 되어야 하고, 진실한 우정은 이렇듯 운명 공동체로서 자신을 넘어서는 중에 맺어진다. 이런 일은 프루스트의 문학 세계에서는 찾아볼 수 없는 것이다. 그러나 이런 한계는 그의 글이 무가치하다든가 열등하다는 의미는 전혀 아니다. 모든 문학적 표현에는 그 나름대로의 특징이 있고, 독자는 그런 상이한 견해와 비전을 대하면서 자신의 이해의 지평을 넓혀 나가게 되는 것이다.

§ 20

미덕과 단점과 사랑.

"이 세상에서 가장 널리 퍼져 있는 것은 아마도 양식이 아니라 선의이리라. (…) 그러나 단점들의 다양성 또한 미덕들의 유사성 못지않게 찬탄할 만하다. 가장 완벽한 사람도, 다른 사람들에게 충격을 주거나 그들을 격노케 하는 특유의 단점을 가지고 있다. (…) 우리의 친구들 하나하나가 각자의 단점을 어찌나 많이 가지고 있는지, 그들을 계속 사랑하기 위해서는, 각자의 재능이나 선량함이나 다정함만을 생각하면서 그 단점들을 잊거나, 혹은 그보다, 아예 우리의 선의를 한껏 발휘하여 그것들을 고려조차 하지 않을 수밖에 없는 처지에 놓이게 된다."(4/155, 156, 158)

"양식은 이 세상에서 가장 널리 공유되고 있는 것"이라는 데카르트의 말을 비틀어서, 선의의 보편성을 지적한 것을 보면, 프루스트는 분명히 비관주의자는 아니다. 그러나 이 글에서 결국 중요한 것은 물론 그런 점에 있는 것이 아니다. 그는 모든 사람이 지니고 있는 가지가지의 결점에도 불구하고 사랑할 수 있다는 뜻의 견해를 피력하고 있다. 그 점에서 그는 도스토옙스키의 『백치』에 나오는 무쉬킨과는 다르다. 무쉬킨의 인간 사랑은 결점조차 인용하는 무조건적인 것이지만, 프루스트의 경우에는 그것은 상대방의 결점을 알면서도 애써 눈감아주려고 할 때에만 성립할 수 있는 것이다. 하기야 화자 마르셀은 가정부 프랑수아즈의 계급의식과 잔인성을 알고 있으면서도 그녀를 미워하지 않는다. 또한 부모의 협량을 의식할 때가 있지만 그런 것은 무시한다. 그러나 그의 주위에는 도저히 눈감을 수 없는 결함을 지닌 인간들이 있다. 사교계의 허영덩이들이 그런 족속이다. 그런 경우에는 사랑이나 동정의 감정 대신에 경멸이 자리한다.

따라서 '사랑하기 위해서는 상대의 결함에 눈을 감아야 한다'는 말은, '그러나 도저히 눈을 감을 수 없는 결함이 있어 사랑이 불가능하다'는 말로서 보충되어야 한다. 그리고 더욱, '사랑하기 위해서 여태껏 눈을 감아왔는데, 이제는 더는 눈을 감을 수가 없다'는 단계에 이를 수도 있을 것이다. 그때는 사랑이 끝나는 것 같지만, 또 얼마큼 시간이 지나서 어떤 뜻하지 않은 상황이나 변덕이 생기면 다시 상대방의 결함에 눈을 감고 사랑의 불씨를 키울지도 모른다. 이 소설에서 스완이 오데트와 맺은 관계가 그렇지만, 이런 일은 현실적으로 우리 모두에게 있을 수 있는 관계이기도 하다.

§ 21

아랫사람에 대한 친절에 관해서.

귀족이면서도 민중파인 화자의 친구 로베르 생루는 때로는 하인인 자기의 마부를 호되게 꾸짖는다. 그것을 본 가정부 프랑수아즈는 그의 서민 존중이 가짜라고 생각한다. 한데 생루 자신의 생각은 정반대이다. 그 꾸지람은 사회계급의 차이를 의식하고 있기 때문이 아니라 계급의 평등을 믿고 있기 때문이라는 것이다. 그는 꾸지람이 너무 가혹하지 않느냐는 화자의 말에 이렇게 대꾸한다.

"내가 왜 그에게 구태여 친절하게 말하는 척해야 한단 말인가? 그와 나는 평등하지 않은가? 그 사람도 나의 숙부나 사촌들 못지않게 나의 측근이 아닌가? 자네는 내가 그를, 마치 열등한 사람인 양, 정중하게 대해야 한다고 생각하고 있는 것 같네! 자네는 귀족처럼 말하고 있군."(4/215)

이러한 생루의 언변에는 일리가 있어 보이지만, 내 생각으로는 그것은 소박한 이상주의적 표현에 불과하다.

일반적으로, 발신자의 의도와 성실성은 수신자에게 그대로 전달되지 않는 경우가 많다. '내가 당신을 호되게 꾸짖는 것은 당신을 나와 동등한 인간으로 생각하기 때문이다'라는 그의 의도는, 마부가 그것을 사전에 숙지하고 있지 않은 이상, 그대로 전해질 수 없다. 그래서 마부를 그와 동등한 인간으로 대접하려는 훌륭한 의도에서 나온 그의 꾸지람은 마부에게는 아랫사람을 혹독하게 다루는 귀족의 교만으로 받아들여질 수밖에는 없을 것이다. 마부는 그런 냉혹한 말투에 익숙해 있어서 '이 사람이 또 상전 행세를 하는군' 하고 대수롭지 않게 생각했을지 모르고, 혹은 그럴 때마다 모욕감과 원망을 느꼈을 터이다. 그는 부드러운 말투가 귀족의 오만이라고 생각하기는커녕, 그런 부드러움을 귀족의 휴머니즘으로 알고 고맙게 여겼을 것이다.

문학비평에서 이른바 '의도의 오류fallacy of intention'라는 것이 있다. '나는 이러이러한 의도에서 이 작품을 썼다'는 작가의 변이 그대로 독자에게 수용되어야 한다는 도리는 없다. 작품이 일단 독자의 수중에 들어가면 작가의 의도와는 딴판으로, 심지어는 반대로 읽힐 수도 얼마든지 있다.

이런 의도의 오류는 문학작품만이 아니라, 일상생활에서도 언제나 일어날 수 있는 일이다. 위의 장면에서, 생루의 의도가 아무리 가상하다 하더라도, 그가 아무리 제 행위를 변명한다 하더라도, 처지가 전혀 다른 청자에게 그대로 수용될 수는 없는 일이다. 발신자와 수신자 사이의 이 어긋남은 언어 사용에 부수하는 어쩔 수 없는 난점이며, 우리는 상통을 위한 언어가 오해와 상극의 언어로 변질하는 위험을 안고 매일매일을 살아갈 수밖에는 없다.

§ 22

"위대한 예술가의 친절에 비하면, 지체 높은 나리의 친절은, 그것이 아무리 매력적이라 할지라도, 배우의 연극이나 흉내와 같은 기색을 풍긴다. 생루가 남들의 호감을 사려고 한 반면에, 화가 엘스티르는 주기를, 자신을 내주기를, 좋아하였다. 그는 생각들이건, 작품들이건, 그리고 그것들보다 훨씬 하찮게 여기던 나머지 다른 것들이건, 자기가 소유하고 있던 모든 것을, 자기를 이해하는 사람에게 기꺼이 주었을 것이다. 그러나 사귈 만한 사람들이 없어, 비사교적인 고립 상태에서 살았는데, 그런 비사교성을, 사교계의 사람들은 우쭐거림이며 버릇없음이라고, 정치적 권력가들은 불온사상이라고, 이웃들은 광기라고, 집안 사람들은 이기주의이며 오만이라고 칭하였다."(4/284)

이 인용문은 화자가 엘스티르를 알게 된 초기에 그 화가를 예찬하면서 술회한 것이다. 나는 이와 관련하여 몇 가지 주석을 달아두려고 한다.

(1) 작가 프루스트의 대변자인 화자는 냉정한 비판적 태도를 견지한다. 그는 그의 식구나 하인에 대해서와 마

찬가지로 친지에 대해서도 그들의 결함을 지적하기를 서슴지 않는다. 여기에서는, 친교를 맺은 귀족 생루의 약점이 지적되어 있다. 그의 대타 관계에는 진정성이 없다. 그는 비록 친절하고 서민의 편에 서 있지만, 화자가 보기에는, 그것은 남의 환심을 사려는 부자연스러운 제스처에 지나지 않는다. 즉 그는 남에게 자신을 바치는 것이 아니라, 자신을 위해서 남에게 작용하는 것이다. 그것은 일종의 구애이며 구걸이다. 사르트르의 용어를 빌리자면 자기기만mauvaise foi이다.

(2) 이와 반대로 엘스티르와 같은 진정한 예술가에게는 고고한 프라이드가 있다. 그들은 공중의 환심을 사기 위한 어떠한 제스처도 취하지 않는다. 그 반면에, 혹시 다행히도 자기를 이해해주는 사람이 나타나면 자기의 모든 것을 기꺼이 그에게 바친다. 남을 내 속으로 끌어들이는 것이 아니라 내가 남의 속으로 들어가는 것이다. 마치 애인의 품에 안기듯이 말이다.

(3) 그러나 그런 행복은 드물다. 예술가는 대부분의 경우 자기를 알아주지 못하는 속악한 세상에서 고독과 불운의 삶을 보낸다. 베를렌이 자칭한 '저주된 시인poéte maudit'이나, 보들레르의 『악의 꽃』의 서시에 나오는 시구들이 그 점을 말해주는 대표적인 예이다. 이 인용문의 후반에서도 언급되고 있는 진정한 예술가들의 이러한 고독과 불운은,

이 소설의 배경이기도 한 19세기 후반기의 유물주의적 서양 사회에서 특히 두드러지게 나타난 일이다.

　(4) 그렇다면 현대에서는? 남이 알아주지 못하는 걸작을 작업실 한구석에 처박아두고 겨우 조반석죽을 이어가는 저주된 예술가는 이제는 거의 존재하지 않는다. 예술적 안식이 높아진 공중이 전 세계에 걸쳐서 엄청나게 증가하여, 예술품의 시장이 획기적으로 확대되고 정보의 유통이 엄청나게 발전했기 때문이다. 그러나 다른 한편으로는 대중의 환심을 삼으로써 명예와 부를 한꺼번에 획득하려는 사람들이 예술가로 행세하는 추세가, 19세기 후반기와는 비교도 할 수 없이 헌저해져서, 진정한 예술가들을 그쪽으로 유혹하고 그의 본래의 입지를 좁힐지도 모른다. 그리하여 스탕달이 말하는 '행복한 소수the happy few'(대중파가 보기에는 도리어 '불행한 소수')만이 간신히 예술을 지켜 나가게 될지도 모른다. 대중사회가 문화마저 지배하려는 경향이 가능태가 아니라 급속하게 진행되고 있는 세계적 현실태이니 말이다.

§23

"나는(그 바다 그림들을 보면서), 각 화폭의 매력이 어디 있는지를 알았다. 시에서 메타포라 칭하는 변용과 유사하게, 표상된 사물들이 겪는 일종의 변용에 있는 것이다. 그리고 하느님 아버지가 모든 사물에 제각기 명칭을 부여하면서 창조한 반면, 엘스티르는 사물들로부터 그 명칭을 박탈하거나 그것들에 다른 명칭을 붙이면서 재창조했다는 것을 알아차릴 수 있었다. 사물들을 가리키는 명칭은 항상, 우리가 받는 진정한 인상과는 무관한 지성이 만든 개념에 부응하는 것이며, 지성은 우리로 하여금 그런 개념에 연관되지 않는 모든 것을 그 인상에서 삭제하도록 강요하는 것이다."(4/295)

엘스티르의 화실을 방문한 화자가 술회하는 이 구절은 소설의 마지막 권 『되찾은 때』에 나오는 그 유명한 예술론의 전조이다. 여기에서 가장 중요한 단어는 변용 metamorphose인데, 우리는 이 말과 관련된 프루스트의 매우 정당한 견해에 주목하게 된다.

화가가 그린 대상, 가령 바다는 바다라는 일반적 개념의 표상이 아니라, 힘의 상징일 수도, 빛의, 평화의, 노여움의, 공포의 정수일 수도 있다. 그리고 그림이 빚어내는 이러한 변용에 해당하는 것이 시에 있어서는 메타포이다. 메타포는 한낱 비유가 아니라 대상의 변용이다.

이렇듯 프루스트는 철학과 예술의 사물관의 근본적 차이를 분명히 지적하고 있다. 철학에서 중요한 것은 지성이 파악하는 일반적 개념이다. 지성은 인상과는 동떨어진 것이며, 일반적 개념과 관계없는 모든 것을 제거하도록 강요한다. 이에 반하여, 예술에서 중요한 것은 그런 개념에서 해방된 인상 그 자체이다. 이 '진실한' 인상은 순간적으로 사라질 성질의 것이 결코 아니다. 그것은 우리를 새로운 인식과 사유의 길로 들어서게 하여, 세상을 보는 눈을 완전히 달리하게 만들 수도 있다. 사람에 따라 개별적이고 특수한 현상에 지나지 않는다고 생각하기 쉬운 이 '진실한 인상'이 보편성을 띠는 경우는 얼마든지 있다. 그것이 예술의 기능이다. 우리는 향유자로서 예술 작품을 읽고 보고 들음으로써, 예술가와 함께 이러한 변용에 참여하는 것이다.

§ 24

그렇게도 보고 싶었던 알베르틴을 처음으로 만나, 대화를 하게 된 화자는 자기의 말이 그녀에게 어떻게 받아들여질지 몰라서 불안해한다. 그러고는 다음과 같은 일반론을 첨부한다.

"나는 내가 하는 말들이, 바닥을 알 수 없는 심연으로 던진 조약돌처럼, 어디에 떨어져 어찌 되는지도 모르는 채 그녀와 한담을 나누었다. 일반적으로(우리가 하는 말)는, 그것을 듣는 사람이 자기의 실체에서 이끌어내는 의미를 지니는 것이며, 우리가 그 말에 담은 의미와는 현격하게 다르다. 이것은 일상생활에서 항시적으로 알게 되는 사실이다."(4/361)

　누구나 경험하는 너무나 당연한 이야기다. 언어는 항상 모험이다. 말하는 자는 그의 말이 듣는 자에게 자기의 뜻대로 전달될지 불안하다. 비록 상대방과 오랜 교제가 있어왔다 하더라도, 그가 지금 이 순간에 생각하거나 느끼고 있거나 처해 있는 상황이 그 말을 엉뚱하게 받아들이게 될 가능성은 얼마든지 있는데, 발화자는 그것을 짐작하기 어렵다. 한데, 그런 어긋남에 대한 불안은 역으로 듣는 자가 발화자에 대해서 품는 것이기도 하다. 가령 '저 사람이 갑자기 나를 좋아한다고 하는데 왜 그런 말을 했을까?'라는 따위의 의심이 그것이다. 그 이유를 직접 물어보아도 소용없다. 그가 대는 이유가 진정한 것인지, 위선이나 위장인지, '나'를 이용하려 하는 술책인지, 혹은 내 반응을 알아보려는 것인지 알 수 없다. 그래서, '열 길 물속은 알아도 한 길 사람의 속은 모르기' 때문에 빚어지는 쌍방 간의 불안과 오해와 착오는 왕왕 비극적 결말로 치닫기도 한다.

　그러나 언어는 불행의 씨앗이기도 하지만, 행복한 어긋남을 가져오기도 한다. 그것은 발화자가 접촉 불가능하거나, 무시되어도 상관없거나, 사라졌거나 하는 경우, 그리고 그 청자가 불특정 다수로 확산되는 경우이다.

내가 말하려는 것은 특히 문학작품과 관련된 것이다. 작가가 익명이거나 사망했거나 만날 수 없는 사람이고, 작품만 덩그러니 존재한다면, 도시 큰 문제가 생기지 않는다. 독자가 할 수 있는 것은 기껏 작품에서, 혹은 주변의 여러 자료에서, 그 의도를 짐작하는 수밖에 없다. 하지만 그런 작업이 작품의 이해에 얼마나 도움이 될지는 의심스럽다. 또한 비록 작가가 소설이나 시를 썼을 때의 제 의도를 아무리 구체적으로 밝혀놓았다 하더라도, 독자는 그것을 존중해야 할 의무는 없다. 좀 더 근본적인 차원에서 말해보자면 그의 의도가 곧이곧대로 작품에 나타나 있지 않는 일조차 있고, 또 그것이 작품에 잘 나타나 있다 하더라도, 자칫 작품에서 찾아볼 수 있는 풍요로운 의미들을 도리어 제한하는 역효과를 가져오기 쉽다.

일찍이 플라톤은 작가가 죽으면 작품은 고아가 되어 수많은 독자들에 의해서 이리저리 끌려다니며 학대를 받는다고 말한 일이 있지만, 바로 이 학대야말로 작품의 행복한 운명이며, 학대가 많은 사람들에 의해서 여러모로 일어날수록 그 고아는 영예로운 것이다. 그리고 아비의 뜻을 알건 모르건, 작품을 고아처럼 다루는 학대자는 큰일을 한 것이 된다. 그것은 작품의 의미가 풍요하다는 것을 말해주기 때문이다.

문학작품만이 아니라 회화나 음악에 있어서도 작자의

의도가 존중되어야 할 이유는 없다. 나는 기나긴 세월 동안 작곡가의 의도에 아랑곳없이 내 멋대로 음악을 들으면서 기뻐하기도 하고 슬퍼하기도 하고, 또 행복한 꿈을 꾸기도 해왔다. 그것이 음악을 듣는 본도가 아니라고 누가 말하면 나는 이렇게 대꾸할 것이다. "인생에 본도가 없듯이 예술의 수용에도 본도라는 것은 없소. 다만, 책을 읽건 그림을 보건 음악을 듣건, 그 체험이 깊은 인상과 감동을 자아낸다면 그것으로 충분한 것이오."

§25

"자신의 종족으로부터 완전히 탈피했다고 자부하는 사람들의 속에도, 유대인으로서의 애국심이나 기독교도로서의 격세유전과 같은 것이 피할 수 없이 뿌리 깊이 잔존하고 있다는 것을 나는 알고 있었다. 그와 마찬가지로 뿌리 깊고 필연적으로 알베르틴이나 로즈몽드나 앙드레의 장밋빛 꽃송이 같은 용모의 밑에는, 뭉뚝한 코나 돌출한 입이나 비만한 살덩이가, 본인들은 모르게, 때가 되면 나타나도록 예비되어 있었다. 그것들을 보게 되면 누구나 놀라겠지만, 사실은 무대로 튀어나올 태세를 갖추고 그 뒤에서 대기하고 있었던 것이다. 마치 드레퓌스 옹호론이나 성직자 지상주의나 국수주의적, 봉건적 영웅주의가 상황에 대응하여, 개인보다도 오래된 어떤 본성에서 별안간 나타나듯이 말이다. 개인은 그 본성을 따라서 생각하고 생활하고 변화하고 강해지고 죽고 하는 것인데도 불구하고, 자기의 개별적 동기와 본성을 구별하지 못하고, 개별적 동기를 본성이라고 착각하는 것이다."(4/375-376)

위의 글과 관련해서 나는 다음과 같은 생각을 해보았다.

(1) 알베르틴을 위시한 처녀들에 관한 언급은 이제 막 사랑의 감정이 싹트려는 시기의 것인데, 화자는 벌써 어여쁜 그녀들이 나이가 들면 용모가 밉게 변질할 것을 내다보고 있다. 그 추악화는 그녀들 속에 내포되어 있는 숙명적인 인자 때문에 필연적이다. 그 슬픈 일은 현재로서는 그녀들의 의식에 떠오르지 않고 또한 의식한다 하더라도 그녀들로서는 어찌할 수 없는 것이다.

(2) 그러나 이런 용모의 변질을, 인간의 종족적 본성의 나타남과 동질적인 것으로 치부하고 있는 화자의 말이 반드시 옳은 것인지는 의심스럽다. 늙거나 병들면, 미녀가 추녀로 변하는 것은 용모 그 자체의 변화이며 되돌리기 어려운 것인 반면, 종족적 본성은 경우에 따라 출몰하는 것이다. 화자가 들고 있는 예를 따라 말해보자면, 드레퓌스 사건에서 어느 유대인이(사실 프루스트 자신이) 유대인 장교 드레퓌스를 옹호하고 나선 것은 개인적, 주체적 선택

이 아니라, 과연 유대인으로서의 그의 본성이 발동한 것인지도 모른다. 그러나 이 사건이 퇴조하면, 그는 다시 주체적 개인으로서 사고하고 행동할 것이다. 그리고 그 사고와 행위가 유대인적 본성을 넘어선 것이라고 판단되면, 우리는 그것을 크게 반길 것이다. 아닌 게 아니라, 바로 그렇기 때문에, 우리는 유대인의 뿌리를 가진 프루스트의 이 방대한 소설을, 유대인적 본성의 표현이 아니라, 보편적 인간에 대한 통찰로서 읽는 것이다.

(3) 우리는 개인적 선택을 했다고 생각하지만, 사실은 종족적 본성을 따르는 것이라는 이런 종류의 결정론은 주로 19세기 후반에 서양에서 널리 퍼진 것이다. 문학의 분야에서도 종족, 환경, 시대의 세 요소의 결정적 작용을 주장한 비평가 텐Hippolyte Taine과, 유전 및 환경이 인간을 지배한다는 견지에서 연작소설을 쓴 에밀 졸라는 그 대표적인 예이다. 그러나 이들은 그런 결정론에 틈새를 만들었다. 텐은 소설가나 시인이 저마다 가지고 있는 주된 재능faculté maîtresse을 통해서 결정적 요소를 제 나름대로 '소화'한다는 것을 밝혔고, 졸라는 죽음을 넘어서 연면히 지속되는 삶의 에너지가 유전과 환경에서 초래되는 역경을 극복하고 인류의 행복을 기약한다는 희망을 버리지 않았다. 그렇다면 프루스트의 경우는? 종족적 본성을 중시하는 그의 결정론은 그의 사상을 총체적으로 고찰할 때, 어

느 정도의 무게를 갖는 것인가? 나로서는 대답하기가 어려워서, 전공자에게 물어보려고 한다.

(4) 본성으로 말하자면, 인간에게는, 특정한 종족이나 지역이나 문화권을 불문하고 보편적으로 깃들어 있는 본성이 있다. 그것은 영생을 바란다는 본성이다. 그러나 인간은 다른 한편으로는 그 희구를 좌절시키려는 죽음과 필연적으로 마주치게 된다. 하지만, 인간은 또한 '죽으면 그만'이라는 체념에 안주하지는 않고, 육체의 파괴 너머로 생명이 연장되기를 꿈꾼다. 영원불멸과 극락왕생을 믿고, 자손을 만들고, 사후에 위인으로서 이름을 남기기를 바란다. 이런 각도에서 보자면, 사라진 시간을 되찾아서 얻은 것을 승화시켜 보석 같고 반석 같은 작품을 창조하여, 다시는 시간의 풍화작용을 겪지 않도록 하려는 프루스트의 기도 역시 영생에 대한 인간의 본성적 희구의 일단이다.

§ 26

"자신만을 위하여 살 가능성을 가지고 있는 이들은—이들이 바로 예술가들이며, 나는 이미 오래전부터 예술가이기는 영 틀렸다고 생각하고 있었지만—또한 그렇게 살아야 할 의무도 가지고 있다. 한데 우정이라는 것은 그들에게는 그 의무를 피하게 하는 일종의 면제 증명서이며,

자신의 포기이다. 우정을 표현하는 방법인 대화 그 자체가 피상적인 헛소리에 불과하며, 우리에게 아무 이득도 주지 못한다. 우리가 평생을 두고 아무리 떠들어대도, 텅 빈 시간들이나 채우는 잡담을 끊임없이 반복할 따름인 데 반하여, 예술적 창조의 고독한 작업 속에서는 사유의 진행이 심층부를 향하며, 그 방향만이 우리가 진실이라는 결과를 얻기 위하여 전진할 수 있을 (…) 유일한 방향이다."(4/397)

이 구절은 프루스트의 사상의 한계를 보여주는 것 같다. 진리를 찾고 형상화시키려는 예술가의 작업이 고독 속에서 이루어진다는 것은 사실이다. 그러나 이 고독한 예술적 작업과 우정을 상극적인 것으로만 보려는 것은 단견이다. 오직 무익한 수다가 우정의 표현이라는 프루스트의 생각은 그가 상류사회의 살롱을 드나들면서 얻게 된 편견에 기인하는 것인지도 모른다.

예술가는 때로는 고독을 못 견디고, 자기의 고충을 호소하기 위해서 친구를 얼마든지 찾을 수가 있다. 그는 그 고충을 토로하여 친구로부터 값진 도움을 받을 수 있다. 또 심지어는 친구와 나누는 잡담에서 어떤 영감을 얻기도 한다. 비록 깔깔 웃어대면서 쌍말을 주고받는다 해도(쌍말을 주고받을 수 있는 것은 오직 친구 사이에서뿐이다), 그것이 기분 전환이 되어, 다시 예술 창조를 위한 고독 속으로 묻힐 기운이 생기기도 할 것이다.

　이것은 매우 상식적인 이야기다. 한데 이런 상식적인 일에 생각이 못 미치고 예술가의 고독과 우정을 빙탄불상용으로만 보고 후자를 배척하는 프루스트의 인생 체험은 답답할 정도로 편협하다. 그가 부유한 가정과 상류사회라는 울타리를 벗어나서, 이질적이고 다양한 세상으로 나가 보지 못한 것, 그렇기 때문에 만사에 넓고 너그러운 생각을 못 한 것은 아쉬운 일이다.

§ 27

　"나는 다른 처녀들이 어느 오후의 모임에 참석하는 몇 시간을 앙드레와 함께 보냈다. 나는 앙드레가 나를 위해서 기꺼이 그런 모임을 포기하리라는 것을 알고 있었다. 그리고 비록 내키지 않더라도, 다른 처녀들에게 또 자기 자신에게, 사교적이라고 할 수 있는 쾌락을 중시한다는 인상을 주지 않으려는 도덕적인 멋을 부리기 위해서, 그런 포기를 했으리라고 나는 생각했다. 그래서 나는 매일 저녁나절 그녀를 독차지하려고 방안을 마련했다. 알베르틴에게 질투심을 일으킬 생각을 해서가 아니라, 오직 나의 위신이 그녀의 눈에 돋보이게 할 요량으로, 적어도 내가 사랑하는 것은 그녀이지 앙드레가 아니라는 것을 알리더라도,

나의 위신이 상실되는 일만은 없도록 할 요량으로 그렇게 한 것이다."(4/427)

위의 텍스트에서 보는 바와 같은 사랑을 뭐라고 할까? 계략적 사랑, 타산적 사랑, 이기적 사랑, 두뇌적 사랑, 유혹으로서의 사랑? 아무튼 그것은 자기 자신을 사랑의 대상 앞에 내던지는 정열적 사랑, 속되게 말하면 죽기 살기로서의 사랑과는 정반대이다.

이런 연애의 경우 대상 소유의 시도는 대상과의 처절한 또는 애절한 행동을 통해서 이루어지지 않는다. 거기에는 '너는 내 것, 나는 네 것'이라는 피아 일체를 위한 협박도 애원도 없다. 거기에 있는 것은 상대를 향해서 나를 내바치려는 충동이 아니라, 상대를 내게로 끌어들이려는 간사한 계략이며 두뇌 플레이다.

화자의 행위가 바로 그런 것이다. 그는 자기가 고상한 인간이라는 인상을 주기 위해서, 그럼으로써 '내'가 사랑하는 대상은 앙드레가 아니라 알베르틴 당신이라는 것을 알리면서도, 위신을 잃지 않기 위해서, 사교적 쾌락을 무시하는 척하는 앙드레와 놀아난다는 간사한 기교를 부리는 것이다. 진실인지 모르지만, 그것이 화자의 변이다. 그렇다면 그의 책략은 성공할 수 있을까, 도리어 그의 바람과는 달리 알베르틴의 질투만을 가져오지 않을까, 그리고 계략 같고 두뇌 플레이 같은 이런 연애가 낙착할 곳은 어디인가 하는 물음을 안고 이 이야기를 계속 읽어 내려가보자. 이런 것이 소설의 재미이니까.

§28

"아마도, 그 시기에 알베르틴의 속에서 찾아본 존재들이 하도 다양해서, 나는 후일 그중의 어느 알베르틴을 상기하느냐에 따라서, 나 자신이 다른 사람이 되는 습관을 붙인 것 같다. 나는 경우에 따라, 질투하는 남자, 무관심한 사람, 호색가, 우울한 사람, 노기로 날뛰는 사람이 되었다. 한데, 이런 변화는 다만 우연히 떠오르는 추억으로 인하여 재생한 것일 뿐이 아니다. 그 변화는, 동일한 추억의 경우라도 그 추억을 할 때에 개입하는 확신의 정도에 따라서, 그 추억을 평가하는 양상의 차이에 따라서 재생하는 것이었다."(4/456)

이 글을 얼른 이해하기는 쉽지 않아 보이는데(사실 내게는 쉽지 않았다), 화자의 입장을 두 단계로 설정해보면 이해에 도움이 될 것 같다.

첫 단계는 교제의 초기에 객관적으로 알베르틴의 사람됨을 관찰했을 때이다. 그때 화자는 그녀의 인격에 여러 다른 측면이 있다는 것을 간파했다.

이윽고 그녀를 연애의 대상으로 삼은 둘째 단계가 온

다. 이 후일의 단계에서는 '나'는 이미 객관적 관찰자가 아니다. '내'가 추억하는 그녀의 다원적 인격의 한 면이 나에게 직통으로 작용하기 때문이다. '내가 생각하는 알베르틴의 측면 여하에 따라' 나 역시 달라진다. 가령 그녀가 섹시하다고 추억하면 나는 호색가가 되고, 그녀가 바람둥이인 점을 추억하면 질투꾼이 되는 따위이다.

한데, 그러나 그녀의 인격의 어느 한 가지 면이 머리에 떠오른다 해도, 그 추억은 이미 우연히 떠오르는 순수한 추억만은 아니다. 왜냐하면 이 둘째 단계에 접속하여 셋째 단계로 볼 수 있는 확신의 개입이 있기 때문이다. 무슨 말이냐 하면, 가령 그녀가 바람둥이라는 것을 상기하여, 내가 질투하는 남자로 변하는 경우를 생각해보자. 이때 '옳아. 그녀는 무엇보다도 바람둥이다. 틀림없다'라고 굳게 믿게 되면 그 바람둥이라는 측면에 대한 추억은 다른 측면보다 두드러지고 오래갈 것이다. 반대로 이 확신의 강도가 낮은 추억의 경우에는, 다른 추억으로 쉽게 이어질 것이다. 따라서 추억의 변동은 내가 특정한 추억을 평가하는 정도에 따라 그 리듬을 달리하게 된다.

이런 현상은 추억만이 아니라, 현재적 체험에서도 얼마든지 일어나는 일이다. 나의 경우를 한 예로 들어보련다. 나는 후배인 L을 자주 만난다. 그는 유능한 학자이며, 올바른 판단력을 가지고 있으며 또한 친절한 사람이다. 그래서 그 어느 측면을 생각해도 그에게는 호감이 갔다. 한데, 내 평가가 확 달라지는 일이 생겼다. 나로서는 전혀 생각할 수 없는 비겁한 짓을 그가 한 것이다. 그것을 안 이후에는 나는 그를 비겁한 자로 확신하게 되었고 이전의 그의 모습은 내 머리에서 사라졌다. 그러나 이 확신이 엷어지고 그에게 다시 높은 평가를 할 날이 올지도 모른다.

추억이건 현실이건 간에 우리가 타자와 관련될 때, 그 인식에 있어서 객관적 태도를 유지한다는 것은 있기 어려운 일이다. 타자는 항상 인식 주체인 우리 자신의 태도와 입장의 함수로서 인식된다. 그리고 이 현상은 역으로 타자가 인식의 주체로 행사하여 우리를 보고 평가할 때도 마찬가지이다. 이리하여 대타 관계는 자칫 적대 관계로 전락한다. 상대에 대한 확신이 상대를 찬양하는 긍정적 기능을 하는 일은 드물고, 대부분의 경우 비판적, 부정적이기 때문이다. 존재론적으로 '인간은 인간에 대해서 늑대'여서 그런 것일까? 아무튼 간에, 사르트르의 희곡 『닫힌 방』은 이런 문제를 다룬 한 대표적인 문학작품이다.

§29

제5권을 펼치니 다음과 같은 구절이 나와서, 어린 시절의 나 자신이 문득 연상되어서 적어둔다.

"나이에 따라서는, 명칭이라는 것이, 우리에게 현실의 장소를 가리키는 동시에, 우리 자신이 그 명칭에 부여한 어떤 야릇한 것의 이미지도 제공하는 수가 있다. 그런 나이에는, 현실의 장소와 그 야릇한 것을 동일시하지 않을 수 없어서, 그 도시에는 실재하지 않지만 이미 축출할 수 없게 된 영혼을 찾아 거기로 떠나게 된다."(5/13)

나는 소학교 3, 4학년경부터 아동용의 일본 책을 조금씩 뜯어 읽을 수 있게 되었다. 그러자, 이따금씩 도쿄(동경)라는 이름과 마주치면, 내 머리에는 그 도시가 꿈속인 양 그려졌다. 동경은 현실의 장소이지만, 동시에 내가 보지 못한 부럽고 놀라운 것들이 가득한 몽환적인 도시였다. 그 이름에 한 영혼을 부여하지는 못했을망정, 내가 사는 서울과는 본질적으로 다른 우아하고 화려하고 신비로운 별세계가 동경이었다. 그러나, 프루스트의 화자는 꿈에 그린 도시의 영혼을 찾아서 떠날 수 있었지만, 식민지 소년이었던 나로서 꿈의 도시 동경을 가본다는 생각은 전혀 할 수 없었다.

중학교 2, 3학년부터는 동경은 더욱 환상적인 도시가 되었다. 사춘기가 시작되었기 때문이리라. 꽃의 동경이라느니 사랑의 동경이라느니, 긴자의 버드나무 밑에서 만나자느니 하는 유행가가 나의 몽상을 더욱 화려하게 물들였으며, 그 후로는 지적인 욕망까지 가세하였다. 4학년을 마치면, 일본에서 으뜸가는 동경의 제일고등학교로 들어가서 동경대학으로 진학하기를 바랐던 것이다. 그러나 결국 이 모든 환상과 욕망은, 미군의 공습으로 그 꿈의 도시가 폐허로 일변하고, 이윽고 우리나라가 해방되어서 깡그리 소멸되고 말았다. 10년이 지나 나는 프랑스로 떠나는 길에 잠시간 동경에 머문 일이 있는데, 그때는 그곳이 아직도 전후 복구로 어수선한 시기였고, 또 나도 완전히 현실주의자로 변모한 후였다.

　　화자의 술회와는 얼토당토않은 이야기를 하고 말았다.

§30

　　"(가정부 프랑수아즈는) '게르망트 가문은 정말 대단한 가문이야' 하고 존경스럽게 덧붙였다. 한데, 그 가문이 대단하다는 근거는 가족의 수효가 많은 동시에, 가문의 명성이 찬연하다는 데 있었다. 마치, 파스칼이 종교의 진실의 근거로 이성과 성서의 권위를 내세운 듯이 말이다."(5/31)

　　게르망트 가문에 대한 그녀의 존경을, 파스칼의 호교론과 비교해서 빈정거리는 것을 보면, 프루스트는 기독교에는, 적어도 파스칼에는 끌리지 않았던 것 같다. 수적으로 대가족이라는 것과 찬연한 명성을 누린다는 것은 본질적으로 다른 것인데도 불구하고, 그 두 가지 이유를 하나로 묶어 대단한 가문이라고 말하는 것은 어불성설인데, 마찬가지로 이성과 성서라는 이질적인 두 가지를 종교적 진리의 근거로 내세우는 파스칼의 논리도 합당하지 않다는 프루스트의 비판(내 생각으로는 이론의 여지가 있는 비판)이 위의 인용문의 밑에 깔려 있는 것이다. 프루스트가 이와 같이 파스칼에 대해서 호감을 갖지 않았다는 것은 이 소설의 다른 곳에서도 산견된다. "일개 비누 광고문에서도 파스칼의 『명상록』에서와 똑같은 소중한 발견을 기대할 수 있다"(11/193)든가, "그 시절 나와 특정 부류의 금발 소녀들 사이에 존재한다고 믿었던 건너뛸 수 없는 심연은, 파스칼이 말한 심연만큼이나 가공적이었다"(12/17)고 빈정거리고, 또 화자가 경멸하는 반드레퓌스파의 현학자 브리쇼의 입에서 '자아는 가증스럽다'는 파스칼의 그 유명한 말을 내뱉게도 했다.(12/159)

그렇다면 그의 기독교관 그 자체는 어떠한 것이었던가? 이것은 나로서는 지금 확실히 대답할 수 없는 큰 문제여서, 참고상 다음 두 가지를 적어두기만 하겠다.

(1) 가톨릭 작가 프랑수아 모리아크는 1922년 프루스트의 죽음에 즈음하여 이렇게 말했다. "신은 마르셀 프루스트의 작품에서 전혀 찾아볼 수 없다. 문학적 관점에서

볼 때, 이것은 그의 약점이며 한계이다. (…) 도덕적 관심의 결핍은 프루스트가 창조한 인간상을 빈약하게 만들고 그의 세계를 왜소하게 만들어놓았다."

나의 생각에도 이 비판에는 일리가 있으나, 문학적 관점을 오직 종교적, 도덕적인 차원으로 한정하고 있는 모리아크의 견해도 옹졸하다. 프루스트에는 모리아크에게서는 찾아볼 수 없는 섬세한 관찰과 예리한 성찰이 있기 때문이다.

(2) 프루스트는 그 자신 신자는 아니지만 또한 기독교에 대해서 철저하게 적대적도 아니었을 뿐 아니라 그것이 필요하다고까지 생각한 것으로 여겨진다. 그 증거로 그는 1905년의 정교분리에 반대했다. 그 이유는 무엇이었을까? 그는 심미적 입장에서 성당과 성화와 같은 기독교적 예술을 높이 평가했는데, 가령 "성당들이 가장 아름다운 기념비가 되어온 것은 그것이 과거의 유적이 아니라, 가톨릭으로서의 믿음이 프랑스 사람들의 마음에 박혀 있기 때문"이라는 것이다. 달리 말하면 '나는 신자가 될 수 없지만, 기독교적 예술을 유지하기 위해서라도 민중의 신앙은 필요하다'는 다소 이중인격적인 생각이 그를 지배한 것인가? 또는 민중을 다스리기 위해서는 기독교적 정서가 필요하다는 볼테르의 후예로서의 생각이 그의 의식의 밑바닥에 깔려 있어서 정교분리에 반대하고, 기독교(천주교)

는 끝끝내 국교로서의 절대적 지위를 유지해야 한다고 생각한 것일까?

　다른 한편으로, 그는 드레퓌스사건에서는 대부분의 기독교 신자들과는 반대로, 이 유대인 장교를 옹호했다. 그것은 종교적 신념 여하를 불문하고 지식인은 정의의 편에 서야 한다는 도덕적 양심의 소산이었을까? 혹은 앞서 본 것처럼, 인간은 결국 종족적 천성에서 벗어날 수 없다고 단정한 결정론자 프루스트 자신의 반응이었을까? 왜냐하면 그는 모계로는 유대인의 혈통을 이어받았기 때문이다. 그리고 그가 방금 말한 것처럼 정교분리에 반대한 것은, 부계로서는 가톨릭 혈통의 계승자였고, 성당에서 영세를 받았다는 사정과 무관하지 않게 보인다. 다시 말해서 그의 종교적 의식은 분열되어 있었고, 게다가, 반유대주의가 창궐하던 당시, 고루한 가톨릭 신자처럼 정교분리에 반대한 것은 유대인으로서의 자기의 내력을 위장하려는 저의도 있었기 때문이 아닐까 하고 의심해볼 수도 있을 것이다.

　아무튼 그는 종교적 문제에 관해서는 괴로웠을 것이다. 그는 이렇게 고백한 일이 있다 한다. "당신의 말처럼 나는 신자가 아니지만, 내 인생에서 단 하루라도 종교적 관심이 없었던 날은 없소."

　이 소설에는 종교에 관한 언급이 따로 없어서, 나로서

는 프루스트의 종교적 체험에 관해서 이 이상 아는 바가 없어, 앞으로 기회가 있으면 전공자의 연구를 살펴보려고 한다. 여하간에, 종교의 문제는, 우리들 동양인의 경우와는 달리, 서양의 작가나 지식인이나 정치가에게는 공통적으로 가장 심각한 문제 중 하나이다.

§ 31

"(유능한 연극배우의 경우, 그 재능은 그의 역할과 일체를 이룬다.) 마찬가지로, 위대한 음악가의 경우(뱅퇴유가 피아노를 연주할 때가 그런 것 같았는데), 그의 연주가 하도 위대한 피아니스트의 솜씨인지라 듣는 사람은, 그 연주자가 피아니스트라는 사실조차 의식하지 않게 된다. 왜냐하면, (…) 그 연주가 하도 투명하고, 또 그가 연주하는 것만으로 충만되어 있어서, 연주자 자신은 듣는 사람의 눈에 보이지 않고, 걸작인 곡을 향해서 열린 창문에 불과하게 되기 때문이다."(5/67-68)

프루스트는 대단한 감성을 갖춘 심미가이다. 탁월한 피아니스트의 연주를 칭송하는 이 언급은 내 경험에 비추어보아도 참으로 정곡을 찌른 것이다. 그 누가 프루스트처럼 연주의 극치를 이렇게 표현할 수 있으리오! 피아니스트가 탁월하면 할수록 그는 존재하면서도 존재하지 않는다. 진실로 존재하는 것은 그로 말미암아 탄생하는 음악이다. 프루스트의 기막힌 표현을 빌리자면 연주자는 "곡을 향해서 열린 창"이다. 만일 우리가 연주자의 손가락의 절묘한 움직임이나 표정에 주목할 때는 곡은 사라진다. 그럴 때는 우리는 음악의 세계로 빠져드는 것이 아니라, 연주자의 기교를 칭송할 따름이다. 마치 곡예사의 연기를 보듯이 말이다. 그래서 나는 음악회에 가도, 연주자라는 이름의 창문이 열어주는 별세계의 소리만을 더 잘 향유하기 위하여, 눈을 감는 일이 많았다.

§ 32

"나는 「화이드라」에 대한 그녀들의 평가를, 이 세상에서 가장 위대한 평론가의 평가보다 더 알고 싶었다. 왜냐하면 그런 평론가의 평가에서는 지성만을, 나의 지성보다는 우월하되, 본질은 같은 지성만을 발견하였을 것이기 때문이다. 반면, 게르망트 공작 부인과 게르망트 대공 부인의 생각을 들으면, 그 두 시적인 여성의 본성에 관한 이루 말할 수 없이 귀중한 자료를 얻게 되리라 싶었다. 나는 그녀들의 이름에 의지하여 그런 상상을 하였는데, 그 이름에는 이성으로는 설명할 수 없는 매력이 있다고 상정했던 것이다."(5/81)

나는 앞에 적은 §29에서 도시의 이름이 주는 환상에 대해서 언급했는데, 이번에는 귀족의 명칭에서 비롯되는 환상에 대해서 잠깐 이야기해보려 한다.

화자는, 명배우 라 베르마(소설상의 이름, 실명은 Gabri-elle Réjane)가 주역으로 나오는 라신의 대표작 「페드르 Phèdre」를 보려고 극장의 특별석을 차지하고 있는 게르망트 공작 부인과 게르망트 대공 부인의 용모를 환상적으로 보고 났다. 그러고는 연극에 대한 두 귀부인의 생각을 헤아려본다. 그는 이때 그녀들을 '시적 인간'으로 상정하고, 그녀들의 평가에는 어떤 비평가도 못 미치는 시적 통찰이 있으리라고 상상한다. 한데, 이 상정도 상상도 게르망트라는 귀족의 명칭이 주는 "이성으로는 설명할 수 없는 매력"에서 비롯된 것이다.

그렇다면 귀족의 명칭으로부터 탁월한 심미적 감성까지 걸친 이 매력은 언제까지나 지속될 수 있을까? 만일 화자가 그녀들과 직접 교제하고 친밀하게 말을 주고받는 사이가 되어도, 이 현실은 귀족성이 주는 그런 초이성적 매력을 지탱할 수 있을까? 혹시 그때가 되면 이름의 매력도 인품의 매력도, 결국은 환상에 불과했다는 자각이 생기고 소멸되지 않을까? 그리고 화자는 환멸 속에서 큰 실망을 하고, 다른 환상으로 달려가지 않을까? 가령 사랑의 환상으로 말이다. 그리고 또 사랑의 환상마저도 좌절된다면?… 이런 것이 소설로서의 재미일 텐데, 프루스트의 이 뜻깊은 소설에 대해서 지금 이런 상상을 해보는 것은 너무 통속적일지도 모른다. 하여튼 이야기 줄거리에도 관심을 갖고 읽어 내려가보아야겠다.

(위의 텍스트에서, 예술 수용에 있어서의 지성의 역할은 낮게 평가되어 있는 것 같으나, 이것은 말하자면 방법론적 입장에서 한 말이다. 프루스트에 의하면, 예술 감상의 첫 단계에서 중요한 것은 감성이며 지성이 아니다. 그러나 그 후의 단계, 즉 예술의 의의를 탐구하고 밝히는 작업을 해야 하는 것은 감성이 아니라 지성이다. 이 점에 대해서는 훨씬 후에 프루스트의 텍스트를 인용하면서 살펴볼 것이다.)

§ 33

"전에 어머니와 나는, 하인들을 두고 '그 족속, 그 별종'이라고 말하는 사즈라 부인을 자주 경멸했었다. 그러나 이제 나도 말해 두어야겠는데, 내가 왜 프랑수아즈를 다른 하녀로 바꿀 생각을 하지 않았느냐 하면, 바꿔본들 그녀 역시 똑같이 그리고 불가피하게 하인이라는 보편적인 족속에, 또한 내 하인들이라는 별종에 속했을 것이기 때문이다."(5/93)

결정론적 견해는 프루스트의 사상에 있어서 상당한 무게를 지니고 있는 것 같다. 위의 §25에서 나는 프루스트가 텐과 매우 유사하게 종족적 결정론을 포지하고 있다는 점에 주목했는데, 이 텍스트는 화자의 입을 빌린 그가 사회계급에 관해서도 결정론적 사상을 지니고 있음을 보여준다.

화자는 매일처럼 게르망트 공작 부인을 만나러 가기 위해서 몸치장을 한다. 한데, 그럴 때 나를 도와주어야 하는 가정부 프랑수아즈가 그 외출을 못마땅해하는 것을 알고, 가정부를 바꾸어볼까 하다가 그 생각을 거두어들인다. 모든 하인이 똑같은 근성을 지니고 있다고 판단했기 때문이다.

그에 의하면, 사회적 신분으로서 인간은 귀족, 부르주아(그 자신은 이른바 중상류계층upper middle class에 속한다), 그리고 하인의 세 종류로 구분되고, 각각 필연적으로 제 본질을 지니고 있는 것으로 치부된다. 화자가 게르망트 공작 부인의 용모와 표정의 변화에도 불구하고 그녀에 대한 연정에 한결같이 끌리는 것은 그녀에게, 부르주아 여인에게는 없는 어떤 고귀한 귀족 여성으로서의 매력적 특질이 본질적으로 내재해 있다고 믿기 때문이다.

이러한 결정론적 인간관과 사회관은 이 엄청난 소설의 한계를 말해주는 것이기도 하다. 거기에는 개인적이건 집단적이건 간에 사회적인 차원에서의 변신이나 생성을 위한 어떠한 모험도, 또 그런 시도에 연유하는 좌절도 없다. 화자-프루스트의 시도는 오직 예술을 통한 시간과 죽음으로부터의 초탈이라는 형식으로 이루어지는데, 나는 극히 일부의 지식인만 향유할 수 있는 그 시도에 찬탄을 아끼지 않지만, 도스토옙스키의 『백치』에 등장하는 무쉬킨을 대했을 때와 같은 깊은 감동을 느끼지는 않는다. 그러나 평생 병약했던 프루스트로서는 그 이외의 구원의 길은 생각해볼 수 없었을 것이다.

(이 소설에 관한 나의 모든 글은 화자가 작가 자신의 생각을 담고 있다는 전제하에서 쓰인 것이다. 하기야 작가는 자신을 비판하기 위하여 일인칭 화자를 아이로니컬하게 이용하는 수도 있으나, 이 소설에서는 대체적으로 화자=작가로 보아서 무방할 것 같다. 이것은 물론 소설의 스토리에 관한 말이 아니라, 그 밑에 깔린 사상과 성찰에 관한 언급이다.)

§ 34

"사랑의 경우에도(연정이라는 사랑에, 삶에 대한 사랑과 명예에 대한 사랑도 덧붙이자. 그 두 유형의 감정을 꼭 품은 사람들도 많다니까 말이다), 소음에게 멈춰달라고 애원하는 대신에 아예 자기의 귀를 막아버리는 사람들처럼 처신해야 하지 않을지, 그리고 그들을 본보기로 삼아, 우리의 관심과 방어책을 우리의 내면으로 돌려, 진정한 정복 대상은 우리가 사랑하는 외적 존재가 아니라, 그 외적 존재로 인하여 괴로워하는 능력을, 우리의 그 관심과 방어책에게 내맡겨야 하지 않을지, 자문해볼 수도 있을 것이다."(5/108)

이 구절을 읽으면서 나는 불교에서 말하는 '멸제滅諦'를 생각했다. 곡절은 다음과 같다.

화자는 소리에 관해서 이야기하는 도중에 귀를 완전히 막은 병자에게는 아무런 음성도 들리지 않을 것이라는 너무나 당연한 말을 한다. 그러고는 잠깐 화제를 옮겨서 사랑에 있어서도 그런 병자의 경우처럼 아예 그 감정을 스스로 막아버리면 좋지 않겠느냐는 말을 한다. 화자에게 있어서 사랑이란, 연정만이 아니라 생존에 대한 사랑과 명예에 대한 사랑도 가리키는데(사랑이라는 말 대신 욕심이라는 말을 써서 각각 애욕, 생존욕, 명예욕이라고 하면 우리 동양인에게는 더 적합할 것이다), 그 모든 것의 추구가 기쁨이 아니라 괴로움이기 때문이다. 그러나 그 병자가 소리 그 자체를 없애는 것이 불가능한 것처럼, 사랑하는 자도 사랑의 대상 그 자체를 없앤다는 것은 불가능한 일이다. 그러니 그 병자의 경우, 자신의 귀가 막혔기 때문에 소리를 못 듣게 된 것처럼, 우리는 괴로움만을 가져오는 그 욕심을 스스로 막아버리도록 애쓰면, 정온과 평화를 얻지 않겠느냐는 것이다. 해결의 열쇠는 이렇듯 대상에게 있는 것이 아니라, 자신에게 있다는 말이다.

화자는 그 이상의 말을 하고 있지 않지만, 이런 생각은 욕망을 초월하고 멸각하여 집착에서 해방되기를 지향하는 불교적 수도로 이어질 수 있을 것이다. 그렇다면 불교를 전혀 모르는 화자는 제 나름대로 멸제의 길을 고안하고 실천해 나갈 것인가? 혹은 사랑 즉 욕심의 멸각 운운은 이 소설에서 잠시간의 덧없는 기상에 불과했던 것인가? 이후, 화자는 생존욕과 명예욕에 대해서는 특별히 언급이 없고 그 대신 애욕에 있어서는 지겨울 정도의 집념을 보인다.

§35

과거의 재생에 관하여 프루스트는 다음과 같은 세 가지 경우를 들고 있다. 세 가지 경우라기보다 세 단계라고 말하는 것이 더 합당할지도 모른다. 매우 뜻깊다고 생각했다. (인용한 텍스트의 번호는 내가 편의상 붙인 것이다.)

"(1) 시인들은 주장하기를, 우리가 젊은 시절 살았던 집이나 정원으로 돌아가면, 잠시나마 옛날의 우리를 되찾게 된다고 한다. 그러나 이런 일은 지극히 불확실한 순례여서, 그 결과 우리는 성공을 거두기도 하지만 또 그만큼 환멸을 맛보게도 된다. (2) 서로 다른 여러 시절과 함께 존재했던 일정한 장소들은 차라리 우리 자신의 내면에서 찾아보는 것이 낫다. (…) (우리가 어린 시절을 보낸 정원을) 다시 보고 싶으면, 여행으로 떠날 필요는 없다. 그 발견을 위해서는 깊이 파고 내려가야 한다. 지상을 덮고 있던 것은 이미 지상에는 없고 그 밑에 있다. 사멸한 도시를 방문하기 위해서는 가벼운 여행만으로는 충분하지 않고 발굴 작업이 필요하다. (3) 그러나 순간적이고 우발적인 어떤 인상들이 그러한 조직적 해체 작업보다도 얼마나 더 섬세한 정확성으로, 얼마나 더 경묘하고 더 비물질적이고 더 아찔하고 더 필연적이고 더 영원한 날갯짓으로 우리를 과거로 데려가는지를 알게 될 것이다."(5/131, 132)

(1) 프루스트에 의하면, 시인들이 찾아가는 고향이란, 옛일을 즐겁게 상기시켜주기도 하고 또 반대로 상실의 슬픔을 안겨주는 장소이기도 하다. 그러나 후자의 경우가 더 많은 것 같다. 옛집은 황폐하여 사는 사람이 없고, "어린 시절에 불던 풀피리 소리 아니 나고"(정지용, 「고향」), "문전옥답 잡초에 묻혀 있"(오기택, 「고향무정」)고, 옛 동무는 온데간데없다. 이런 슬픈 체험은 시인만의 것은 아니다. 나 역시 최근에 안국동 옛집을 찾아가보았지만, 건물

은 형체 없이 헐리고, 판잣집 같은 조그만 염색공장이 대신 들어서 있었다. 추억을 불러올 문짝 하나도 돌멩이 하나도 없었고, 나는 씁쓸한 입맛을 다시면서 뒤돌아섰다. 동서고금에 걸쳐서 이런 일이 옛 고향이나 옛집을 찾는 많은 사람의 체험일 것이다. 시간은 과연 파괴의 원리이다.

(2) 이렇듯 과거는 물질적으로는 존속하지 않지만, 다행히 우리의 내부에 간직되어 있는 일이 많고, 우리는 그것을 재현시키기 위해서 추억이라는 정신적 작업을 한다. 이 작업이 잘 이루어져서 과거가 쉽사리 떠오르는 일이 있기도 하지만, 반대로 어떤 과거는 별의별 시도를 해도 여간해서 나타나지 않는다. 당시의 상황을 그려보아도, 여러 연상을 해보아도 불러내고 싶은 과거는 꼭꼭 숨어서 나타날 기색을 보이지 않는다. 프루스트가 말하듯이 고고학자가 발굴이라는 조직적 해체 작업을 하듯이 제 속을 뜯어 발겨보아도 소용없다.

(3) 한데, 피로만 가져오는 그런 자기 천착이 아니라, "순간적이고 우발적인" 어떤 현재의 인상이, 마치 가냘픈 낚싯바늘이 대어를 낚아 올리듯이, 되살리고 싶은 과거를 잠재의식에서 끌어올리는 계기가 되는 수가 있다. 그것이 바로 그 유명한 마들렌 과자의 일화의 경우이다. 그러나 이런 우발적 체험은 요행이라는 한계가 있어, 아무에게나 언제나 주어질 수 있는 것이 아니다. 또한, 프루스트에게

는, 이렇게 우연한 계기로 유발된 과거가 기쁨의 원천이었지만, 어떤 사람에게는 얼토당토않게도 영영 묻어두고 싶었던 혐오스러운 과거일 수도 있을 것이다. 아무튼 간에, 인간은 행이건 불행이건 간에 우연에 노출되어 있으며, 이성과 의지로서 자신을 지탱해 나갈 수만은 없는 존재이다.

§ 36

"저쪽에 있는 것은 그 사람이다. 우리에게 말을 건네는 것은 그의 음성이다. 그러나 그 음성은 얼마나 멀리 있는가! 불안 없이는 그 음성에 귀를 기울일 수 없었던 때가 그 몇 번이었던가! (…) 가장 다정하게 다가오는 것 같지만 사실은 거짓이라는 것을 나는 느끼곤 하였다. (…) 이렇듯, 그토록 멀리에서 내게 말하는 사람은 볼 수 없고 음성만에 귀를 기울이고 있노라면, 그것이 다시는 빠져나올 수 없는 심연으로부터 외치는 소리같이 느껴지는 일이 아주 많았다."(5/194, 195)

장거리전화가 개통된 초기의 이야기.

화자는 친구인 생루가 입대해 있는 지방으로 가서 머문다. 그리고 파리에 사는 조모의 안부를 알려고 장거리전화를 걸려고 한다. 그러기 위해서는 어느 정도 수고를 해야 한다. 그는 지정된 시간에 우체국으로 가서, 여신 같기도 하고 마녀 같기도 한 교환수의 재주에 의지해야 한다. 그러나 이렇게 해서 듣게 된 조모의 음성은 그에게 안심보다도 도리어 불안만 더 짙게 만든다. 다정한 목소리만 간신히 들리고 그 모습을 볼 수 없는 안타까움, 심연에서 들려오는 듯한 형체 없는 그 음성 때문에 할머니가 혹시 위독한 상태에 있지 않을까 하는 근심을 씻어내지 못한다. 마치 사진만을 볼 수 있고 그 음성은 들을 수 없는 반대의 경우와 마찬가지로.

그리운 사람의 음성이 귓전에 들릴수록 그 실체는 더욱 멀리 느껴진다는 이런 장거리전화의 역설을, 나도 어느 정도 체험했다. 1970년대에 파리에 있었을 때의 일이다. 당시만 해도, 프랑스의 통신시설은 한국보다도 더 낙후되어 있어서, 나와 같이 염가의 대학 기숙사에 체재하는 사람으로서는 국제전화가 그렇게 하기 쉬운 일이 아니었다. 요금도 비싸거니와 접속이 잘 안 되고 통화 중에 툭 끊어지는 일도 있었다. 그래도 '만난을 무릅쓰고' 어머니와 몇 마디 나누고 나면, 위에 인용한 화자의 불안과 흡사한 불안이 엄습했다. "아무 일 없으시죠?" 하는 나의 물음에 어머니는 항용 "아무 일 없다. 너나 잘 있다가 오너라" 하고 대답하셨지만, 멀리 타향으로 공부하러 간 자식에게, 병상에 있다손 치더라도 그것을 알리는 어머니가 어디 있겠는가? 또 무슨 일이 돌발해서 내가 쉽게 돌아가기가 어렵게 될지도 모르고, 예정대로 몇 달 후 돌아갈 수 있게 되었다 해도, 그 전에 어머니에게 무슨 나쁜 일이 생길지도 모른다는 불안이 그 전화의 음성 때문에 절실해졌다.

'그 음성이 심연에서 들려오는 외침'이라는 절망적인 느낌은 아니었을망정, 내가 전화를 건 지 얼마 후, 서울에서 전화가 걸려왔다 하여 수화기로 달려가는 순간 나는 두려움에 싸이고, 다시 어머니의 음성을 듣고 나서야, 안도의 한숨을 내쉬었다. 그러나 어머니의 모습을 볼 수 없어서, 곧 불안을 되새긴 일이 생각난다.

이러한 일은 이제는 옛이야기가 되었다. 오늘날, 우리는 화상통화가 가능하고 하루에도 몇 번씩 이메일이나 카카오톡을 주고받고, 당장이라도 고속 열차나 비행기를 잡아탈 수 있는 세상, 거리가 소거되어버린 세상, 따라서 '불안한 그리움' 역시 소거된 세상에 살고 있다. 그래서 더 행복하게 된지는 모르겠지만.

§ 37

"(…) 나는 아직도 할머니를 나 자신으로 여기고, 할머니를 오직 나의 영혼 속에서만, 그리고 항상 과거의 같은 자리에서만 보아왔다. (…) 한데, 새로운 세계, 시간의 세계, '많이 늙었군' 하는 말을 듣는 낯선 사람들이 사는 세계의 일부를 이루고 있는 우리 집의 살롱에서, 내가 갑자기 본 것은—처음으로 보고 곧 사라져서 한순간의 일이었지만—내가 모르는 한 초췌한 노파의 모습이었다. 전등불을 받고 소파에 앉아, 붉어진 얼굴과 아둔하고 기품 없고 병색이 짙은 모습으로, 몽상에 젖은 듯, 펼쳐놓은 책 위로 몽롱한 두 눈을 굴리고 있는 그런 노파였다."(5/206)

지방에 내려가 있던 화자는 장거리전화로 할머니의 음성을 들은 후 그리움에 사무쳐서, 새로 이사한 파리의 집으로 돌아온다. 그러나 예고 없이 돌연히 들어선 살롱에서 발견한 것은, 자상한 할머니의 모습이 아니었다. 그것은, 할머니와 손자 사이에 전류처럼 흐르는 애정이 시간을 초월하고 '내' 마음에 새겨놓은 얼굴이 아니라, 추한 노파의 민낯이었다. 그러나 그것은 한순간의 일이었고 곧 사라졌다. 아마도, 그 노파가 고개를 들고 손자를 알아보자마자 추악한 모습은 다시 자상한 할머니의 모습으로 변용되었기 때문이리라. 그렇다면 화자는 그 이후 할머니로서의 얼굴에 의해서 사라졌을 그 민낯을 그의 의식에서 완전히 소거할 수 있을 것인가, 혹은 그 처량한 모습은 어느 때 다시 의식화될까? 또 혹은 바로 그 이중의 모습 때문에 할머니에 대한 화자의 애정은 더욱 깊어져 갈까? 다시 말하면, 죽음을 앞두고 추해진 노파이기 때문에 그녀가 쏟아붓는 사랑은 더욱 애절하다고 손자인 화자는 절실하게 느낄 것인가? 그럴 경우에는, 화자의 감정적 세계는 도스토옙스키의 세계에 가까울 것이다. 프루스트가 제시하는 대답을 기다려보아야겠다.

(80대 후반에 들어선 아내를 간간이 쳐다보면서, 그리고 그 모습에 왕시의 고운 얼굴을 겹치면서 이 글을 썼다.)

§ 38

"사랑의 괴로움의 원인이 되는 환상."(5/235)

이것은 매우 상식적인 일이라서, 특별히 언급할 필요도 없어 보인다. 그러나 좀 더 살펴보자. 왜냐하면 괴로움을 가져오는 이 사랑의 환상에는 서로 다른 두 가지가 있기 때문이다.

(1) 첫째로 상대의 정체에 대한 환상이다. 귀한 집안의 규수인 줄 알았더니 천한 일을 하는 여자라는 것이 밝혀지는 경우와 같이, 환상이 무너지는 일이 있다. 이것이 화자의 친구인 생루에게 일어난 일이다.

생루는 우상처럼 섬기고 환심을 사려는 그의 애인 라셀이 사실은 창부라는 것을 차차 알게 된다. 화자가 창가에서 단돈 20프랑을 내고 잠시간 열락의 대상으로 삼았던 바로 그녀가, 생루의 눈에는 백만 프랑의 목걸이를 사주어도 아깝지 않은 이상적인 사랑의 대상으로 비쳐서, 그녀의 신비로운 마음을 사로잡으려고 애썼던 것이다. 사랑의 환상은 곰보 자국도 보조개로 보이게 한 것이다.

하기야, 일반적으로 이럴 경우, 사실이 밝혀졌다고 해서, 환상이 당장에 무너지고 그 관계가 깨끗이 청산되는 일은 드물다. 비록 천한 여자지만 현명하고, 그 영혼도 순수하고 고귀하다고 생각하여, 사랑을 이어갈 수도 있다. 그리고 그 결과에는 세 가지가 있을 것이다. 첫째는 그녀가 과연 고귀한 영혼의 소유자라는 것을 확인하는 경우이고, 이때에는 환상이 부분적으로나마 현실이 된다. 둘째로는 환상이 완전히 무너지고 관계를 영영 끊어버리는 경우가 있을 것이다. 그리고 셋째로는 환상을 무너뜨린 현실에 체념하고 관계를 질질 끄는 시답지 않은 경우를 상정해볼 수 있다. 이 소설에서 생루가 어떤 길을 가건 아무튼 간에, 환상은 이렇게 해서 처리가 될 것이다.

(2) 그러나 사랑의 괴로움을 가져오는 또 한 가지의 환상은 처리되기 어려울 뿐 아니라 끝끝내 남아 끔찍한 자학으로 이른다. 그것은 상대방의 육체는 물론, 그 정신마저 완전히 소유하겠다는 환상이다. 열 길 물속은 알아도 한 길 사람 속은 모른다는, 대타 관계에 있어서의 인식의 존재론적 한계를 감수하지 못하고, 상대방의 완전 소유라는 환상을 좇아, 상대방만이 아니라 자신을 들들 볶다가 파멸하는 것은 결국 자기 자신이다. 우리는 그 양상을, 화자와

그의 애인 알베르틴 사이의 구질구질한 관계에서 지겹도록 보게 될 것이다.

§ 39

"불쌍한 사람에 대한 우리의 연민은 아마도 꼭 들어맞지는 않을지도 모른다. 왜냐하면 정작 불쌍한 사람은 괴로움과 맞서 싸우느라고 자기 연민에 빠질 겨를도 없건만, 우리는 상상력을 동원해서 그 괴로움을 재창조하기 때문이다. 그와 마찬가지로, 짓궂음의 경우에도, 상상만 해도 끔찍한 그런 순전하고 달콤한 잔인성은 짓궂은 사람의 마음에는 아마도 없을 것이다. 증오가 짓궂음의 원인이 되고, 또 노기 때문에, 큰 즐거움과는 아무 상관없는 격렬하고 적극적인 짓궂음이 유발되는 것이다. 짓궂음에서 기쁨을 맛보려면 사디즘이 작동해야 하지만, 짓궂은 사람은 그가 괴롭히는 대상 역시 짓궂은 사람이라고만 생각하는 것이다."(5/255)

나는 이 텍스트를 여러 번 읽었다. 예민한 관찰력과 깊은 통찰력을 가진 프루스트의 생각이 이런 것이라고는 얼른 납득하기가 어려웠기 때문이다. 혹시 이 견해는 프루스트 자신의 것이 아니라, 오직 소설상의 가상 인물로서의 화자의 생각으로 제시되고 있는 것이 아닐까 하는 느낌마저 든다. 아무튼 간에 나는 다음과 같은 주석을 달아 두고 싶다.

(1) 어떤 불행으로 괴로워하는 당사자와 그를 바라보고 측은해하는 제삼자 사이에는 본질적 거리가 있다. 아무리 연민의 정을 쏟아도 제삼자는 그 괴로움의 생생한 체험 밖에 있기 때문이다. 당사자는 이렇게 말할 것이다. "당신의 연민은 고맙지만 그것으로 내 괴로움이 풀리지는 않소."

이런 너무나 당연한 이야기를 무엇 하러 한 것일까? 하기야, 제삼자의 경우, 남의 괴로움에 대한 목격과 연민이 계기가 되어, 괴로움을 덜거나 없앨 수 있는 방책의 탐구로 나서서, 사회적으로나 의학적으로 인류를 위한 큰 공헌을 하는 일이 많다는 점을 지적했다면, 이 이야기는 그렇게 싱거운 것은 아닌 것이 되었겠지만, 프루스트의 시야는 자기 자신과 그가 출입하는 좁은 상류사회에 한정되고 그 밖의 세상으로 확대되지 못한다. 그렇다면 왜 그 언급을 했을까?

(2) 그것은 짓궂은 언행의 이해를 돕기 위한 비교의 대상으로 이용하기 때문이다. 불행에서 오는 괴로움을 겪는 사람과 그를 측은해하는 사람 사이에 괴리가 있는 것과 마찬가지로, 짓궂은 짓을 하는 사람과 그것을 보고 평가하는 사람 사이에도 괴리가 있다는 것이다. 제삼자는 그런 못된

행위자가 끔찍한 잔인성을 즐긴다고 상상하지만, 사실은 그렇지 않고, 행위자 자신에게는 그 나름대로의 다른 이유가 있다는 말이다. 화자는 마치 '짓궂음을 위한 변명'으로 나선 것 같은 어투이다. 순전한 잔인성이 아니라, 증오나 노기가 그 원인이고, 또한 자기가 당한 짓궂은 짓에 대한 앙갚음으로 자기도 같은 짓을 한다는 것이다.

일리 있는 견해이다. 그러나 여러 예를 들면서 반론을 제기해볼 만도 하다. 우리의 마음속에는 측은의 정과 함께 잔인성이 선천적으로 박혀 있지 않을까, 그리고 그 충족이 쾌감을 가져오지 않을까 하는 의심이 가시지 않는 것이다. 풍뎅이의 머리를 비튼다든가 개구리의 한쪽 다리를 잘라서 절고 가는 것을 보고 좋아한다는 따위의 어린 시절의 장난으로부터, 투견이나 투계와 같은 놀이를 거쳐, 또 사람을 힘센 짐승과 싸우게 해서 어느 쪽이든 피를 흘리는 것을 보고 쾌감을 느끼는 구경거리를 거쳐, 권투나 프로레슬링 따위의 격렬한 격투기로 승화된 스포츠 관람에 이르기까지, 우리는 짓궂고 잔인한 행위가 주는 쾌감의 추구와 무관하지 않은 일상을 보내고 있다. 게다가 요새 큰 문제가 되어 있는 각급 학교에서의 '집단 따돌림'을 생각해보라. 그것은 증오나 노기나 앙갚음과는 전혀 무관한 약자 골탕 먹이기이며, 그 짓궂음에서 오는 가장 비열한 사디즘적인 쾌감을 겨냥하는 짓이다.

이런 일은 대인 관계가 공생 관계인 동시에 적대 관계이기도 한 우리의 숙명일지도 모른다. 따라서 쾌감을 동반하는 이 짓궂음의 근절은 기대하기 어려운 이상, 우리는 그것을 딴 데로 돌리거나 승화하기 위한 방책을 강구하면서 공동체를 지켜 나갈 수밖에 없을 것이다.

§ 40

"이런저런 종족에 속하는 동방 사람들을 사교계에서 만나게 되면, 우리는 마치 강신술의 마력에 의해서 나타난 인물과 마주친 듯한 느낌이 든다. 우리가 지금까지 알아온 것은 다만 피상적인 이미지에 불과했는데, 이제 그 이미지가 깊이를 띠고 세 차원으로 팽창하여 움직이는 것이다."(5/280)

다른 문화권의 외국인을 처음 만났을 때의 기이함과 신비로움.

여기에서 언급하고 있는 동방 사람이란, 오늘날의 동양 사람이 아니라, 고대의 그리스, 페르시아, 유다야 등에 살고 있는 사람이다. 프루스트와 같은 근대 서양인들은 옛 그림이나 조각을 통해서 그 지방의 사람들의 이미지를 그려왔는데, 그들 중의 어떤 사람을 처음으로 만나게 되면, 그 옛 예술 작품의 모습이 실존 인물로 구현되어 나타난 듯이 느껴진다는 말이다. 다시 말해서 오래된 역사를 지닌 나라의 이방인에 대해서, 우리가 품는 환상은 역사적, 문화적인 깊이를 갖는다는 뜻이다. 가령 그리스 여성을 보면 옛 항아리에 그려진 여인이 살아 나와 움직이는 것 같다는 말이다. 더 일반적으로 말해보자면, 우리는 예컨대 독일 사람이니까 정직하고, 프랑스 사람이니까 예술적이라는 식으로 민족적 단위로 외국인에 대한 환상을 품기조차 한다.

그러나 이런 환상은 모든 다른 환상과 마찬가지로 결국 무너지고 만다. 그들이 입을 열고 말을 시작할 때, 그들의 민낯과 맨몸을 보게 될 때, 그들이 우리와 가까워지고 우리의 이웃이 될 때, 그들은 찬연한 역사적, 문화적, 예술적, 민족적 유산을 구현하고 있는 존재가 아니라, 우리와 똑같은 결함과 문제를 지닌 동류자임을 알게 될 것이다. 그러나 바로 이러한 환멸과 현실 인식이야말로 중요한 것이다. 그때 우리는 헛된 부러움으로 미화된 이방인이 아니라, 이 어려운 세상을 함께 살아갈 동포를 얻게 되는 것이기 때문이다.

§41

"자기가 느끼는 것을 언제나 감추려고 작정하고 있는

우리는, 그것을 어떻게 표현하면 좋을지 단 한 번도 생각해본 일이 없는 터이다. 그런데 문득, 우리의 내면에 잠재하고 있는 야릇하고 흉측한 짐승이 으르렁대는 일이 있다. 우리의 결함이나 악덕을, 뜻하지 않게, 생략적으로, 거의 억제할 수 없게 폭로하는 그 소리를 듣게 되는 사람은 때로는 그 억양에 두려움마저 느끼게 된다. 마치, 죄인이라고는 생각지 못했던 범죄자가 자신이 저지른 살인 행위를 고백하지 않을 수 없어, 별안간 간접적이고 야릇한 형식으로 털어놓는 소리를 들을 때처럼 말이다."(5/300-301)

소설 제5권에서는 사교계에 출입하는 사람들의 모습과 수다에 관한 묘사가 연연히 이어진다. 그런 일종의 세태 묘사는 들뢰즈Gilles Deleuze의 지적처럼 '공허의 기호 signes de vacuité', 즉 그들이 헛되게 떠도는 무가치한 인간들이라는 것을 말해주기 위한 것인데, 읽어 내려가기가 다소 지루하다. 그러나 가끔 위에서 인용한 것 같은 주목할 만한 언급이 눈에 띈다.

사실, 우리는 전혀 뜻하지 않게 자신을 드러내는 경우가 있다. 그리고 그것이 자기 고백이라는 것조차 자각하지 못한다. 자기도 모르는 사이에 지른 외마디 소리, 어떤 사람을 보고 중얼거린 야릇한 한마디, 어느 계제에 새어 나온 깊은 한숨, 무의식적으로 되풀이하는 어떤 관용구 등이 그런 것이다. 하지만, 그런 소리는 우리들 속에 숨어 있는 "야릇하고 흉측한 짐승"을 통해서 알려진 결함이나 악덕만은 아니다. 억압된 욕망이나 회구일 수도 있고 또 자신이 의식하지 못하고 있는 인생관이나 세계관일 수도 있다. 이 점에 주목하면서 언어를 성찰한 사람은 누구보다도 프로이트이지만, 또한 문체론의 대가인 슈피처Leo Spitzer 이기도 하다.

그러나 양단간에 그 기호를 마땅하게 이해하기 위해서는 신중한 해석의 능력이 갖추어져 있어야 한다. 우리의 미숙한 판단은 가령, 괴로움의 기호를 범죄의 표현으로 오해하고, 불치의 결함의 기호를 일시적 괴로움의 표출로 넘겨짚는 일도 얼마든지 있을 것이다.

§ 42

"우리들이 서로 상대방에 대해서 가지고 있는 견해나, 우정관계, 가족관계 등은 오직 표면적인 부동성만 보이고 있을 뿐, 실은 바다만큼이나 영원히 유동적이라는 사실을 염두에 두어야 할 것이다. 그래서, 완벽하게 결합된 듯이 보였던 부부가 이혼했다는 소문이 시끄러웠는데, 얼마 후에는 서로 다정하게 이야기한다. 또 결코 헤어질 수 없으리라 믿었던 두 친구가 상대방에 대해서 야비한 욕설을 입에 올리다가도, 우리의 놀라움이 미처 가시기도 전에, 다시 화해한 모습을 보게 된다. 그리고 국민들 간에 맺었던 동맹관계가 삽시간에 뒤집히는 일도 비일비재하다."(5/401)

이 지적은 언변만 능하면, 누구나 할 수 있는 평범한 말이다. 이런 일은 다만 부부 사이, 친구 사이, 나라 사이에서만이 아니라, 정도의 차이는 있겠지만 모든 대타 관계에서 일상적으로 일어날 수 있는 것이다. 한데, 이 덧없는 이합의 변덕과 관련해서는, 세 가지 태도가 있을 것 같다. 첫째는 헤어졌다 화합했다 하는 것이 인생이니, 어쩔 수 없다고 체념하고 사는 것이다. 그런 변덕을 지혜롭다고 평가하는 현실주의자들도 있을 것이다. 둘째로는 사람과 사람의 관계에 있어서, 평화나 화합, 사랑은 가상에 지나지 않으며, 실상은 적대 관계이며 이기적 욕망의 추구라고 보는 것이다. 프루스트는 이런 비관적 인생관을 바닥에 깔고 있는 작가로 보인다. 셋째로는 변함없는 순수한 사랑과 우정과 평화의 가능성이 남아 있다고 믿고 행동하는 사람들이 있다. 그들은 비록 이 지향이 외부적 상황에 의해서 혹은 인간 조건, 그 자체 때문에 좌절된다 하더라도, 그 좌절을 고귀한 것으로 받아들인다. 생텍쥐페리나 도스토옙스키의 문학에서 찾아볼 수 있는 이런 긍정적 대타 관계는, 가치관의 하향적 평준화가 촉진되고, 목전의 물질적 이해관계가 너그러운 이해와 깊은 사려를 추방해 가는 오늘날의 포스트모던사회에서는 이미 사멸한 것인지도 모르지만.

§43

"이기주의자들은 항상 상대방의 기를 꺾어놓는다. 그들은 애초부터 자기들의 결심이 흔들릴 수 없다고 정하고 들어가기 때문에, 그 결심을 포기하라는 상대방의 호소가 가슴에 와닿는 것이면 그럴수록 더욱, 비난받아야 할 것은 그 호소에 저항하는 자기들 자신이 아니라, 자기들을 저항하지 않을 수 없게 만든 상대방이라고 여긴다. 그 결과, 그들의 무정함이 극단적인 잔인성으로까지 치달을 수 있게도 된다. 그들의 눈에는, 이런 일이, 괴로워한다거나 설득을 하는 따위의 서투른 짓을 하는 상대방의 잘못을 그만큼 더 가중시켜, 자기들이 몰인정하게 행동할 수밖에 없는 괴로운 입장을 비굴하게 조성하는 것으로 비치는 것이다."(5/419)

이 텍스트는 이기주의자가 자기 정당화를 위해서 부리는 고집과 억지가 얼마나 끔찍한지를 여실히 보여준다. 인간의 심리와 행위에 대한 이런 날카로운 비판이 프루스트의 장기라고 말할 수 있다.

에고이스트가 반드시 냉혈한은 아니다. 그들에게도 사리를 분간할 능력이 있고 동정심도 없지 않다. 그러나 그들은 그런 사리나 동정심이 자기의 계획에 방해가 된다고 판단할 때는 그것을 한사코 물리치고 잔인한 짓조차 서슴지 않는다. 나는 이 글을 읽으면서, Z군이 오래전에 내게 털어놓았던 이야기를 상기하지 않을 수 없었다.

"나는 겉으로는 순해 보일지도 모르지만, 만만한 사람에게는 사악한 고집을 부리는 에고이스트가 되기도 하네. 일전에 귀한 친구가 학회의 일로 상경한 김에, 나와 술을 곁들인 저녁 식사를 나누기로 한 일이 있었지. 나는 물론 흔쾌히 나가려고 외출복을 차려입고 있었는데, 아내가 다가와서, '내가 감기 기운이 있으니까 제발 일찍 돌아오세요, 날씨가 차니 당신도 감기 들까 걱정되니까.' 이 당연한 부탁을 듣고 나는 알았소 하고 대답했지만, 속은 부글부글 끓었지. '또 설교군! 에이, 왜 하필 오늘 아프담! 그 소리 들으니 술맛이 벌써 다 가셔버리는구나!' 나는 아내가 공교롭게 그날 아픈 것도, 또 당연한 부탁을 한 것도 잘못이라는 양 반발하고, 자정이 다 되어서야 만취상태로 돌아와서 아내는 거들떠보지도 않고 쓰러지듯 누워버렸다네. 그러나 이런 이기주의적 오기가 고황에 든 불치의 병처럼 내 속에 박혀 있지는 않을 것이라고 스스로 정상참작을 하고 있네. 그 증거로, 자네를 앞에 두고 그 짓궂은 행위를 고백하면서 자기비판을 하고 있으니까. 그러나 언제 또 이치에 맞지 않는 이기주의적 악벽이 터져 나올지 모르지."

나는 그의 이야기를 듣고는 그가 바로 내 이야기를 한 듯이 당황했다. 그래서 한마디 덧붙였다. "자네가 털어놓은 따위의 일은 누구에게나 있을 수 있는 것이지."

§44

"대중 조종에 능란한 그 합리주의자도 아마 자신의 조상에 의해서 조종당했을 것이다. 가장 많은 진실을 내포하고 있다는 철학적 체계의 저자들 역시 따지고 보면 결국 감정적 이성에 의해서 지배되는데, 하물며 드레퓌스사건과 같은 단순한 정치적 사건에서, 그런 종류의 이성들이 논객 자신도 모르는 사이에 그의 이성을 지배하지 않으리라고 어찌 상상할 수 있겠는가? (…) 하기야 이성은 더 자유로운 것이리라. 그럼에도 불구하고 이성은 자신이 <u>스스</u>로 선택하지 않은 어떤 법칙들에 복종하고 있는 것이다."(5/443-444)

이 텍스트의 이해를 위해서 우선 한두 가지 주석을 달아두자. 모두에서 언급된 능란한 대중 조종자란, 드레퓌스 옹호파인 실인물 조제프 레나크Joseph Reinach 국회의원을 가리키는데, 그는 유대인이다. 또 한 가지로, 여기에서 "감정적 이성"이라고 번역된 말의 원어는 "raison de sentiment"라는 모순어법이다. 그것은 기저에 깔려 있는 어떤 감정(가령 민족 감정)이 이성의 행사에 특정한 뉘앙스와 방향을 띠게 한다는 뜻이리라.

나는 그 "감정적 이성"이라는 말에 끌려서 본제에서 일탈한 다음과 같은 세 가지 생각을 해보았다.

(1) 전에도 지적한 것처럼, 프루스트는 19세기 말의 결정론, 특히 종족적 결정론의 영향을 받고 있는 것 같은데, 여기에서도 또 그 점을 확인할 수가 있다. 레나크는 유대인이니까 드레퓌스를 옹호하고, 그 옹호를 위해서 이성을 동원했고, 마찬가지로, 보수적 기독교 신자들은 반유대적 감정 때문에, 드레퓌스 단죄에 찬성하고 그 목적을 위해서 이성을 동원했다는 것이 프루스트의 생각이었을 것이다.

그렇다면 드레퓌스사건에 대해서 프루스트 자신이 취한 태도는 어떠한 것이었던가? 그가 드레퓌스 옹호파가 된 것도, 단순히 그의 무죄를 확신했기 때문이 아니라, 역시 감정적 이성과 관련되어 있다고 생각하는 것이 당연하리라. 다시 말하면 그는 이 경우 부계인 기독교적 조상이 아니라, 모계인 유대계 조상의 인력에 끌린 것인가? 그렇다면, 유대인이 반드레퓌스에 가담하고, 반대로 보수적 가톨릭교도들을 조상으로 가진 사람이 드레퓌스 옹호로 나섰다면, 즉 감정적 이성에 어긋나는 짓을 했다면 그것은 조상과 자신에 대한 배반이 되는 것인가? 그 대답의 일단으로서 다음의 두 가지 경우를 살펴보자.

(2) 우리는 감정적 이성이라는 말을 더 넓게 적용해볼 수 있다. 무엇이 중요하느냐는 것에 대한 판단은 이성적 입장보다도 감성적 충격에서 유래하는 수가 더 많다. 세상이 혼란스러우면 질서가 필요하다고 느끼고, 독재로 짓밟히는 사람들을 보면 그들을 구해야겠다는 감정이 절실해진다. 이성의 행사는 그 감정에서 비롯된다. 사실, 전자는 데카르트적 이성으로의 길을 트고, 후자는 볼테르적 이성으로 연장된다. 양자가 모두 보편타당성을 주장하지만, 서로 다르다. 전자는 루이 왕조를 정상으로 하는 통제 사회의 이데올로기가 되고, 후자는 기존 질서와의 투쟁을 겨냥한다. 양자는 빙탄불상용이다. 이렇게 보면 칸트가 주장하는 순수이성이란 허구에 지나지 않는다. 실재하는 것은 특정한 시대의 이데올로기에 대한, 혹은 이데올로기를 위한 감정적 이성의 언어이다.

(3) 또 한 가지로, 우리는 감정적 이성이라는 말을 프루스트가 가담한 결정론에서 빼내서, 도리어 자신의 출신을 비판하고 지양하는 바람직하고 유익한 개념으로 활용할 수 있을 것이다. 왜 나는 나의 출신에 갇혀 있어야 하는가 하는 절실한 반발의 감정이, 이질적 타자의 사상과 행위를 살피고, 그 적용의 가능성을 생각해보는 이성적 성찰의 길을 트게 하는 것이다. 그러나 이 환골탈태는 결코 쉽

게 이루어지지 않는다. 19세기 후반기에 동양 삼국이 겪고, 오늘날까지도 그 여파가 지속되는 이른바 서양의 충격을 둘러싼 다양한 반응이 그 어려움을 여실히 보여주었다. 그 판국에서, 우리가 위의 (1)에서 본 바와 같은 감정적 이성, 즉 종족주의는 물러가기는커녕, 더욱 입지를 굳혔다. 서양의 문물을 완전히 배격할 수는 없지만, 그것 때문에 종족의 정체성이 손상되어 서양이 침략하는 길을 터주면 안 된다는 제법 융통성 있는 주장이 가장 합당한 것으로 받아들여졌다. 한국의 동도서기, 중국의 중체서용, 일본의 화혼양재와 같은 구호가 그것이다. 그 구호들은 유구한 전통의 민족정신을 주로 삼고, 문물의 혁신을 종으로 삼으면서 나라를 꾸며 나가자는 절충적 고육책이었다. 그러나 그 결과는 어떠했는가? 상반되는 두 종류의 감정적 이성에서 비롯된 이 구호는 지금도 유효한가? 혹시 주종 관계가 뒤집히고, 사상적 혼란이 가중된 것이 아닐까? 우리는 현재 이런 어려운 질문에 봉착하고 있다.

참고로 말해두지만, 역으로 서양인은 오늘날 그들의 문명이 막다른 골목에 처했다는 느낌에서 동양 쪽으로 눈을 돌리는 움직임을 산발적으로 보이고 있는데, 그들은 그 두 가지의 감정적 이성을 어떻게 처리해 나갈지 두고 볼 일이다.

§45

소설 제6권은 죽음의 결정타를 겪는 조모의 최후에 대한 감동적인 묘사로 시작한다. 그리고 이 묘사에 곁들여서, 일반적인 현실에 대해서 언급하기도 한다.

우리는 죽음의 필연성을 익히 알고 있으면서도, 그 시기를 특정되지 않은 먼 곳에 위치시킨다. 아침에 상쾌하게 산책을 하고 낮에는 맛있는 점심을 먹고 돌아오는 길에, 몸의 상태가 다소 이상하다고 느낄 때라도, 우리는 죽음이 벌써 몸속에 들어앉은 것을 모르고, 내일도 같은 즐거운 시간을 갖기를 기대한다. 그러다가 결국 며칠 후, 믿었던 생명이 우리를 내버리는 날을 맞게 된다.

대개 이런 말이 나오는데, 이 언급은 노쇠한 말년의 나자신으로 하여금 죽음 앞에서 어떻게 처신하면 좋을까 하는 반성으로 또다시 나를 몰아세웠다. 그래서인지 이번에는, 오래전에 읽었던 「철학한다는 것은 어떻게 죽느냐는 것을 배우는 것이다」라는 몽테뉴의 유명한 글(『수상록』 제1권, 제20장)이 머리에 떠올라, 그것을 다시 읽고 생각을 가다듬어보려고 했다.

몽테뉴가 그 글에서 언급하고 있는 죽음은 돌연사, 사고사, 자살과 같은 비자연적, 반자연적 죽음이 아니라, 대부분의 사람이 겪는 죽음, 즉 생로병사라는 자연적인 과정의 끝에 오는 죽음, 늙고 병든 사람이 서서히 맞게 되는 죽음이다. 이 과정은 인간의 필연적인 진실인 이상, 그 운명을 불가피하게 받아들일 수밖에 없기도 하겠지만, 오히려 자진해서 받아들이는 것이 더 마땅하다는 것이 몽테뉴의 생각이다.

그 길은 죽음의 상념을 경원하는 것이 아니라, 반대로 그 상념과 친숙하게 지내서 죽음의 위력을 꺾고, 그 두려움에서 해방되어, 죽음의 경시라는 덕조차 갖추는 데 있다. 구체적인 예를 들자면, '죽음이여, 오늘 오려면 오라'고 하며 맞아들일 태세를 늘 갖추고, 만일 안 오면 또 하루를 덤으로 살았다는 요행을 누리는 것이다. 이런 죽음에 대한 적극적 순응 태세가 있어야 우리는 노년의 괴로움을 덜고 염담하고 평정한 나날을 보낼 수 있다.

몽테뉴는 대충 이런 말을 하고 있는데, 그 실천이 쉬워 보이지는 않는다. 기력의 약화에 꺾이고 불치의 중병에 시달리면서도 죽기는 싫다는 욕심에서 철없는 짓을 하며 자신을 더욱 들볶는 노인들이 비일비재하다. 부끄럽지만 나도 그런 늙은이다. 몽테뉴의 사생관을 따라야겠다는 생각을 안 하는 것은 아니지만, 그것이 부럽다는 느낌이 더 절실하다.

§ 46

"(한 번만 창조된 것이 아니라, 독창적인 예술가가 불시에 나타날 때마다 그만큼 빈번하게 창조되는) 이 세계는, 종전과는 전혀 다른 모습으로, 그러나 완전하게 선명한 모습으로 우리 앞에 나타난다. (…) 이제 막 창조된 세계, 그러나 필경에는 소멸될 세계가 그러하다. 그 세계는 독창적인 다른 화가나 문인이 야기시킬 다음 지각변동이 일어날 때까지 존속할 것이다."(6/30, 31)

한 독창적 작가의 새로운 출현은 지금까지 거장으로 알려져온 작가와는 다른 참신한 인식을, 적어도 본질적으로 다른 문제를 제시한다는 것은 두말할 필요가 없다. 그리고 과거와 현재의 비전을 지양하는 이런 독창적 작가의 연속적인 출현이 이상적인 문학사를 이룬다는 것도 물론이다. 그러나 이 발언에는 두 가지 주석이 필요할 것이다.

(1) 새로운 인식이나 문제를 보여주는 작가의 출현은 반드시 시간적 순서를 따르는 것만은 아니다. 우리는 도리어 역시간적으로 과거에서 지각변동을 일으킬 작가를 새로 발견하는 수가 있다. 다름 아니라, 프루스트가 『생트뵈브에 반대함Contre Sainte-Beuve』에서 보여주고 있는 바와 같이, 이 비평가의 이른바 전기비평의 부당성을 지적하고, 이미 과거의 사람이 된 보들레르가 뒤미처 혁명적 의

의를 수행한 점을 밝힌 것은 그 좋은 예이다. 또한 이 지각 변동은 다른 문화권의 작가들이 가져오는 수가 있다. 그들의 이질적인 인생관과 세계관이 전통적 생각을 뒤흔들어 놓고 새로운 예술적 시도로 들어서게 하는 경우는 우리 문학사에서 부단히 보아온 바와 같다.

(2) 또 한 가지로, 새로운 지각변동을 일으키는 독창적 작가가 나타나면, 그 이전에 창조된 세계는 과연 소멸되는가 하는 질문을 던져볼 만하다. 프루스트의 이 소설이 출현한 지 100년이 지났고, 그동안 문학계에는, 가령 초현실주의 미학, 반소설이라고 칭해진 새로운 리얼리즘, 이른바 부조리의 문학, 실존적 문학, 참여문학 등 여러 새로운 시도가 나타났는데, 그런 경향의 작가들은 모두 지각변동을 일으킬 만한 독창성이 없어서, 프루스트의 소설은 소멸하지 않고 오늘날까지 연명하고 있는 것인가? 혹은 현기증 나게 변동한 20세기의 환경에서 그런 문학적 시도들은 그 나름대로 지각변동을 일으켰는데, 그럼에도 불구하고 프루스트의 소설은 결코 소멸될 수 없는 어떤 초시대적 가치를 지니고 있어서, 호메로스나 셰익스피어의 작품과 함께 소위 고전적 지위를 차지하고 있는 것인가? 그러나 마침내 언젠가는 전대미문의 위대한 독창적 문인이 나타나서(가령 창작하는 인공지능?), 그 모두를 소멸의 운명으로 몰아넣을 것인가? 쉽게 대답할 수 있는 질문들은 아니

다. 문학만이 아니라, 예술의 모든 분야에서, 작품의 가치와 생멸에 관한 논의와 판단은 오늘날, 언제보다도 어려운 문제를 유발한다.

(내가 위에서 사용한 '작가'라는 말은 문학만이 아니라 모든 분야의 창작자를 의미한다.)

§ 47

소설의 제3편 『게르망트 쪽』의 제2부 제1장을 마감하는 6/57에는 조모(외조모)의 임종을 지켜보는 화자의 입장과 인상이 애틋하게 기술되어 있다. 나는 이 소설을 읽으면서 프루스트의 특출한 지식과 통찰에 자주 감탄했지만, 감동하는 일은 드물었다. 한데, 이 장면은 감동적이다. 쌀쌀한 지적 관찰자인 화자가 여기서만은 조모와 일체가 된 듯이 정을 쏟아붓고 있기 때문이다. "나의 입술이 할머니의 몸에 닿자 할머니의 두 손이 마구 떨렸고 할머니의 온몸에 긴장이 퍼져 나갔다. 할머니가 문득 상체를 일으켜 세우시더니 자신의 생명을 방어하려는 사람처럼 격렬하게 애를 쓰셨다." 그 모습을 보고 있던 가정부 프랑수아즈가 울음을 터뜨렸고, 조모는 두 눈을 떴다. 화자의 부모가 조모에게 말을 건넸지만, 거기까지였다. 조모는 숨을 거두었다.

그러자 얼마 지나서, 조모에게 기적 같은 변용이 일어났다. "그토록 오랜 세월 동안 괴로움이 덧붙여놓았던 주름살과 이지러짐과 부기와 긴장과 굴곡들이 사라지고, 다시 젊어진 얼굴 위에 늙음이라는 왕관을 근엄하게 얹어주고 있던 것은 오직 그 머리채뿐이었다." 아득한 옛날, 그녀의 부모가 신랑감을 골라주었던 시절처럼 조모의 용모에는 순결함과 행복감과 쾌활함으로 가득 찼던 처녀의 모습이 되돌아온 것이다.

이런 아이러니가 또 어디 있겠는가? 이것은 생명을 앗아간 죽음이 베푸는 반대급부인가? 혹은 죽음이 끝끝내 부리는 조롱 섞인 악희인가? 어느 쪽이건 간에, 나도 죽고 나면 편안한 얼굴로 변용되기를 바란다. 입관의 절차를 밟을 때, 그때까지도 내 모습이 단말마의 순간처럼 이지러진 채로 남아 있다면, 가족에게 그만큼 더 큰 고통과 슬픔을 주게 될 것이기 때문이다.

§ 48

"우리가 말하고 있는 것들이 우리의 머릿속에 있는 생각과 전혀 닮지 못하도록 방해하는 것으로는, 우리가 품은 욕망만 한 것이 없다. 시간이 촉박하건만, 우리는 우리의 마음을 사로잡고 있는 것과는 아무 상관 없는 이야기들만 늘어놓으면서 마치 시간을 벌기라도 하는 듯한 행태를 보인다. 하고 싶은 말을 한마디만 하면 그것이 벌써 행위가 될 텐데,—즉각적인 쾌락을 맛보기 위해서, 더는 말할 필요도 허락을 받을 필요도 없이 유발할 상대방의 반응에 대한 호기심을 충족시키기 위해서, 비록 그런 행위를 일부러 하지 않는다 하더라도 말이다—우리는 여전히 한담만 늘어놓는다."(6/70)

성적 욕망의 대상인 여성을 앞에 두고 벌어질 수 있는 이런 장면은 매우 흔한 일이다. 그렇다면 왜 이러는 것일까? 머릿속에서 맴도는 욕망의 말을 한마디만 하면 될 텐데 말이다. 한데, 이렇게 욕망을 가리려고 얼토당토않은 딴 이야기만 늘어놓는 이유는 뻔하다. 상대방의 거절이라는 치욕을 당할까보아 두려운 것이다. 그러나 이러다가 매우 아이로니컬한 일이 생길 수도 있다. 상대방 역시 욕망을 품고 있지만, 내색을 하지 않아서 기회를 놓치고 마는 것이다. 하지만 이런 경우에도 명민한 유혹자라면, 그녀의 언어나 제스처에서 새어 나오는 어떤 징후를 포착하여, 그녀가 이쪽의 요구에 응할 태세가 충분히 되어 있다는 것을 간파하기도 할 것이다.

이것이 바로 파리의 화자의 집을 느닷없이 찾아온 알베르틴과 화자의 사이에서 일어난 일이다. 화자는 돌아가려는 그녀를 몇 번이나 말리고 몇 시간이나 있게 하면서도 한담만 하고 아무 요구도 하지 않는다. 위의 텍스트는 그 이야기이다. 그러다가 알베르틴의 말에, 전에는 못 들어본 성숙한 여성의 어휘가 많이 섞여 있는 것을 알고, 이제는 휴양지 발벡에서 처음으로 알게 되었을 때와는 달리, 육체도 마찬가지로 성숙했겠다고 생각하여 욕망을 채우려 한다. 과연 그녀는 화자의 뜻대로 몸을 맡기기를 주저하지 않는다. 그러나 이제 간신히 욕망을 진정시켜 그 이상은 아무것도 바라지 않게 된 화자와는 딴판으로, 알베르틴은 육체적 쾌락이 감정과 결합되지 않으면 천하다고 생각한 것 같다. 그리고 화자 자신도 결국에는 그녀에게 집착하게 되어, 둘 사이에는 구질구질한 관계가 지속되는데, 독자는 사랑이란 그런 것인지, 나아가 프루스트가 생각하는 사랑의 개념은 마땅한 것인지 의심하면서 그 긴 이야기를 따라가보게 된다.

§ 49

"사랑은 끔찍한 속임수이다. 왜냐하면 사랑은 우선, 가시적인 세계의 여성이 아니라, 우리의 뇌리에 있는 하나의 인형과 희롱하게 만들어놓기 때문이다. 그 인형이야말로 우리가 항상 뜻대로 다룰 수 있고, 소유할 수 있는 유일한 여인이다. 상상의 자의성만큼이나 절대적인 추억의 자의성이 만들어낸 그 유일한 존재가 실재하는 여인과 다른 것은, 내가 몽상하던 발벡이 실재하는 발벡과 다를 정도로 엄청나다. 우리는 괴로움을 자초하면서도, 실재하는 여인이 그 인위적으로 만들어낸 여인을 닮도록 조금씩 강요하는 것이다."(6/95-96)

이 텍스트는 진부하다. 구애 없는 상상에 연유했건 또는 일정한 추억(가령 언뜻 보았던 여성의 추억)에서 연유했건 간에, 우리는 실제의 대상을 알기 전에는 그 대상에 대해서 환상을 품고 그 환상을 즐거운 노리개로 삼으면서 희롱한다. 그러나 환상은 현실과 엄청나게 다르고, 아무리 그 현실화를 위해서 애쓴다 해도 자신만 괴롭힐 뿐, 결국은 현실 앞에서 꺾이고 말 것이다. 바로 이런 경우의 이야기를 인생 전반에 걸쳐서 하고 있는 고전이 『돈키호테』이며, 여성이 남성을 사랑의 대상으로 삼으면서 하고 있는 것이 『보바리 부인』이다. 그리고 화자는 이제 알베르틴과의 관계를 통해서, 남성이 여성을 사랑의 대상으로 삼고, 현실의 여인이 몽상의 여성과 다소라도 닮도록 애를 써야 할 판인데, 그 가능성은 "사랑은 끔찍한 속임수"라는 말에 의해서 처음부터 부정되어 있다.

그렇다면 이 본질적인 괴리를 일찍이 자각하고 있는 화자는, 과연 이 자각을 밑에 깔고 그의 사랑의 이야기를 전개시켜 나갈 것인가? 바꾸어 말하면, 환상에서 풀려난 결함투성이의 현실적 두 남녀가 그들의 한계를 서로 충분히 인식하면서도 추구해야 할 현실적 사랑의 모습을 그려나갈 것인가? 혹은 그런 기대와는 반대로, "내가 뭐라고 했소? 사랑은 결국 환멸의 궤적에 지나지 않소"라고 말하기 위해서 그 이야기를 했다면, 그것은 별로 가치 있는 이야기는 아니다.

§ 50

"우정이라는 것은, 예술이란 수단 이외로는 전달할 수 없는 우리 자신의 유일한 부분을 피상적인 자아를 위해서 희생시키려는 노력일 따름이다. 그 피상적인 자아는 진실한 자기 자신 속에서 기쁨을 발견하지 못하고, 외부의 지주에 의해서 떠받쳐지고, 남의 마음속에서 환대를 받고 있다고 느끼면서 혼미한 감동에 젖어드는 것이다."(6/132-133)

(1) 화자의 입을 빌린 프루스트는 이 텍스트 직전에 "우정에 대해서 내가 어떻게 생각하고 있는지는 이미 밝혔다"고 적고 있다. 우정이란 둘이 만나서 떠들어대는 무익한 수다이며 피상적인 헛소리에 지나지 않고, 그것은 고독 속에서 이루어지는 예술적 창조를 방해할 따름이라는 것이 그의 의견이었다. 나는 앞서 § 26에서 그 텍스트

를 인용하고, 프루스트의 우정관이 부당하다는 것을 비판한 바 있다. 우리는 그 텍스트를 '우정 규탄론 1'이라고 지칭해두자.

(2) 한데, 지금 우리는 그의 '우정 규탄론 2'를 보게 되었다. 이번에는, 친구가 우리를 알아주고 위해준다 해도 그것은 피상적인 자아에 지나지 않는다. 우리는 오직 예술이 밝혀줄 진실한 자아 속에서 기쁨을 찾아야 하는데도 불구하고, 친구라는 남의 마음속에서 환대를 받고 있는 것에 감격하고 좋아한다. 이것은 남에게 의존하면서 살려는 피상적 자아의 잘못된 생각이다.

이런 우정 규탄론 2에 대해서도 나는 따로 시비할 생각은 없고, §26에서 언급한 비판적 주석으로 충분하리라고 믿는다.

(3) 그러나 프루스트는 이 텍스트 바로 뒤에서는, 두 번씩이나 규탄한 우정에 대해서 약간의 역설적 효용을 인정하고 있는 것 같다. "그러나 우정에 대한 나의 견해가 어떠했다 하더라도, 그것이 나에게 가져다주던 즐거움, 그 질이 하도 초라해서 피로와 권태의 중간쯤의 무엇과 유사한 그 즐거움에 한정시켜 말하거니와, 어떤 경우에는, 비록 치명적으로 해로운 음료라도 우리에게 필요했던 채찍 같은 자극을 주고 우리 자신 속에서는 발견할 수 없는 열기를 가져다주면서 귀중한 강장제가 되는 것과 같

다."(6/133)

　이 말을 새겨보면, 비록 독이 되는 음료나 마약이라도 극소량만 취하면 새로운 힘이 생길 수 있는 것처럼, 친구와의 떠들썩한 사귐도 정도만 넘지 않으면 고독한 예술적 창조의 작업이 가져온 피로를 풀어주고 활력이 생긴다는 의미로 해석된다(우정이 피로와 권태의 중간에 있다는 말은, 그 사귐이 잠시간이면 피로가 풀리고 지나치면 도리어 권태를 가져온다는 뜻이리라). 그러나 일견 우정에 그나마 긍정적 가치를 인정해주고 있는 듯한 이런 발언도 사실은 우정에 대한 경박한 생각이다. 우정은 결국 다소의 이용 가치가 있지만 본질적으로는 독극물이며, '나'의 에고이즘에 봉사해야 할 수단에 지나지 않는다는 이야기가 되기 때문이다.

　(4) 요컨대, 나는 프루스트를 읽으면서 자주 느끼는 한계를 이 대목에서도 또 느끼게 된다. 그는 날카로운 감성과 통찰력을 갖추고 있지만, 상류사회의 환경과 습성에 갇혀 있기 때문에, 타자와의 공생 관계도 모르고 적대 관계로 몰린 일도 없기 때문에, 그 경험과 관점이 극히 제한되어 있는 이기주의자(이 호칭이 지나치다면 자기중심주의자)이다.

§51

"그 음식점 주인은 자기가 듣거나 읽은 것을, 이미 알고 있는 어떤 텍스트와 비교하는 버릇을 가지고 있었는데, 그 양자 사이에 차이를 찾아보지 못해야 비로소 찬탄의 감정이 싹트는 것을 느끼는 것이었다. 이런 정신상태는 결코 무시할 것이 아니다. 왜냐하면 그것이 정치적 이야기를 할 때나 신문을 읽을 때 작용하는 경우에는 그것이 여론을 형성하여 가장 큰 사건들을 유발할 수도 있기 때문이다. (…) 역사가들이 민중의 행위를 왕의 의지에 의해서 설명하기를 포기한 것은 옳은 일이지만, 그들은 그 대신 개인의 심리, 그것도 범용한 개인의 심리에 의해서 설명해야 할 것이다."(6/149)

이 텍스트에 대해서 시비할 것은 별로 없다. 나도 같은 생각이다. 자기의 선입견을 확인하고 정당화해주는 듯한 정보를 통해서 그 선입견을 굳건한 신념으로 만들어놓는 범용한 개인들의 집단이 큰 정치적 사건을 유발할 수 있다는 것은 사실로 보인다. 프랑스대혁명도 제정 러시아의 몰락도 그렇게 해석될 수 있을 것이다. 그러나 두 가지 비고는 달아두어야겠다.

(1) 이런 집단화, 민중화된 범용한 개인들의 봉기가 과연 자발적인 것인지는 생각해보아야 할 문제이다. 혹시 그

움직임은 소수의 오피니언 리더나 대중 조종에 능한 자들의 공작에 놀아난 결과가 아니겠는가? 오늘날 이런 대중 조작은 여러 매체를 통해서 다반사로 이루어지고 있지만, 그것은 옛날부터 정치적 연설의 주된 목적이었고, 연설의 효과를 증진시키기 위한 레토릭에 대한 성찰이 중시된 이유도 여기에 있다.

(2) 또 한 가지로, 이렇게 해서 동원된 민중의 힘에 의해서, 그리고 그 희생에 의해서 정치적 변혁이나 혁명이 이루어졌다 하더라도 그 열매를 즐기는 것은 민중 자신이 아니라, 새로운 정치권력의 장악을 노려온 그 소수의 선동자들이다. 그리고 자주 일어나는 일이지만, 그들은, 마치 높은 곳에 오르고 나면 사다리를 버리듯이, 그들을 권좌에 올려놓아준 민중을 버리고 배반하면서, 패퇴한 구정권보다도 더 못한 독재정권으로 변모하기도 한다. 이제 그들의 목표는 권력 유지이며, 만일 저항하는 세력이 나타나면 억압해버리다가, 결국 그들과 똑같은 절차를 밟아온 새로운 세력에 의해서 패퇴된다. 그것이 구소련에서 일어났던 일이다. 그리고 이런 권력투쟁과 그것이 가져오는 권력 교체를 익히 알고 한사코 자위하려는 권력자들은 세뇌와 감시와 감금과 같은 수단으로 민중을 가혹하게 억압하는 것을 유일한 정치적 목적으로 삼는다. 그것이 김정은 집단이 하고 있는 짓이다.

§52

　"과거는 까마득하게 멀다고 상상하는 것이, 오시안 Ossian과 같은 기만적인 범용한 작품을 두고, 위대한 작가들조차 탁월한 아름다움의 구현이라고 평가한 사실을 이해할 수 있는 한 이유가 될지 모른다. 우리는 그 아득한 옛날의 음유시인들이 현대적인 사상을 품을 수 있다는 것에 하도 놀라서, 게일의 옛 노래라고만 믿어온 것에서, 현대 작가가 지었다면 재치가 있다는 정도로밖에는 평가해 줄 수 없는 발상을 발견하고 경탄을 금하지 못하는 것이다."(6/165)

　이 견해에는 나도 전적으로 찬동한다. 우리는 먼 과거의 작품을 대하면서, "어쩌면 그 옛날에 이렇게도 지당한 현대적 사상을 품을 수 있었을까!" 하고 감탄하는 일이 많다. 프루스트가 여기에서 예시하고 있는 "오시안"으로 말하자면, 그것이 맥퍼슨Macpherson의 번역인지 편집인지 위작인지 하는 시비는 고사하고, 제3세기 게일의 음유시인이 지었다는 끝없는 전투와 불행한 사랑을 노래한 그 서사시가 18세기 말로부터 19세기 초엽에 걸쳐 유럽 전토의 인기를 독차지하다시피 했다. 나폴레옹과 괴테도 그 찬양자였다. 한데, 프루스트가 보기에는 "오시안"에 대해서 그렇게 열광한 것은 그 작품이 범용한 것임에도 불구하고,

아득한 그 옛날에 현대의 사상을 여실히 담고 있다고들 느꼈기 때문이다.

그렇다면 위작이라도 옛 작품이라고 하면 이런 과대평가를 하는 것은 어디에서 유래하는 것인가? 프루스트는 그 점을 명시적으로 말하고 있지는 않다. 그러나 앞에서는 다른 분야의 예를 통해서 그는 다음과 같이 말하고 있는 듯하다. 우리는 시대가 멀리 떨어져 있을수록, 옛 사람들은 우리와 더욱 다른 별종의 존재라고 생각하기 쉽다. 다시 말하면 모든 인간은 시대를 넘어서는 보편적 인간성을 지니고 있다는 것에 주목하지 않는다. 그래서 혹시 그들에게서 우리와 다소라도 닮은 점을 발견하면 그것을 기적처럼 느끼고 높이 평가하는 것이다. 이것이 "오시안"과 같은 범용한 작품에서 일어난 일이다.

한데, 똑같은 일은 시간적 거리만이 아니라, 공간적 거리에서 비롯되는 잘못된 판단에서도 볼 수 있다. 아프리카의 오지에 사는 원주민뿐만 아니라, 인종과 문화권이 다른 지역의 인간들은 우리와 공통성 없는 별종이라고 생각해오다가 그들의 사고방식이나 행동에서 우리와 같은 점을 발견하면 놀라는 것이다. 현대에는 그런 이방인들과의 접촉이 생활의 여건이 되다시피 하여 이 편견은 많이 사라졌지만, 여전히 잔존하고 있어서 상호이해에 지장이 생기는 일이 없지 않다. 풍습의 차이는 인간성의 차이를 의미하지 않는다는 인식의 필요성은 여전히 절실하다.

§53

화자는 화가 엘스티르가 인상주의적 수법으로 대상들의 희한한 순간을 포착했다는 말을 하고는 다음과 같이 술회한다.

"화가는 시간의 움직임을 이 밝디밝은 순간에 영원히 고정시킬 줄 알고 있었다. 그러나 그 순간이 그토록 강력하게 우리를 압도한다는 바로 그 이유 때문에, 그토록 단단하게 고정된 그 화폭이 덧없이 사라질 듯한 인상을 준다. 그래서 우리는 (화폭의) 그 부인은 곧 돌아가버리고, 배들도 사라지고, 그늘은 이동하여 밤이 내리고, 즐거움도 끝나고, 삶이 덧없이 흘러가고, 함께 어울려 있던 그 많은 빛에 의해서 한꺼번에 보여졌던 그 순간들을 되찾을 수 없다고 느끼게 된다."(6/170)

시간은 무상(덧없음)의 궤적이고, 어둠은 존재들에게서 생기를 앗아간다. 그래서 우리는 사진을 찍어서 무상한 시간의 파괴 작용에 항거하고, 밝은 대낮이 베푸는 빛 속에서 생기 넘치는 대상들을 그림으로 고정시켜놓으려 한다. 예술 작품이란 결국 죽음과 죽음을 상징하는 시간과 어둠에 대한 항거이다.

그렇다면, 우리는 사진이나 그림으로 고정시킨 대상을 통해서 무상과 어둠을, 그리고 죽음의 그림자를 결정적으로 극복할 수 있는가? 이런 반성을 할 때 역설적인 일이 생긴다. 우리는 인위적 산물인 예술 작품을 보면서 다시 덧없는 현실로 되돌아온다. 그렇게 아름다웠던 아내의 사진을 보고 있노라면, 내 의식은 그때로 돌아가기는 커녕, 주름으로 파인 그 노년의 얼굴에서 인생무상을 더욱 절실하게 되느끼게 된다. 프루스트가 르누아르나 마네나 모네와 같은 인상파 화가들의 그림에서 예를 들고 있듯이, 그 부인도 그 범선들도 그 풀밭에서 즐기던 점심의 기쁨도 지금은 모두 사라졌다는 무상감에 서글퍼진다. 앙드레 말로의 말마따나, 예술 작품이란 인간이 대지에 새겨놓은 상흔일 따름이다.

그러니 더 안타깝기만 하다. 그렇다고, 올더스 헉슬리의 소설의 제목을 그 내용과는 상관없이 차용하자면, 'Time must have a stop'이라는 항의를 멈추자는 이야기는 아니다. 그러나 이와 동시에, 우리가 아무리 애써보아도, 시간은 무정하게 흐르기를 멈추지 않고 죽음의 그림자는 사라지지 않는다는 사실을 무슨 환상으로 덧씌운다는 것은 자기기만이다. 나는 이 항시간적 행위와 무상한 현실에 대한 인식이라는 이율배반을 염담하게 받아들이는 데에, 진인사대천명의 뜻이 있고, 운명애가 있고 지혜가 있다고 생각한다.

　그렇다면 프루스트의 경우는? 그는 과연 그가 되찾은 과거의 체험들에 의해서 덧없이 흐르는 시간을 초월하는, 시간이 정지하는 경지에 안주하면서 눈을 감았을까? 혹은 그 역시 시간에 대한 항거는 그 파괴 작용이라는 불가항력을 역설적으로 재확인하는 역설적 기능을 한 것이 아니었을까? 우리는 프루스트의 최후를 추체험할 수 없는 이상, 그 대답을 할 수는 없다. 다만 독자로서의 우리는, 그가 인상파 화가들의 그림에 관해서 말한 바와 같은 역설을 그의 과거 되살리기에 대해서도 적용할 수 있을 것이다.

§54

　"그 시절, 세간의 사람들보다 책을 더 많이 알고 사교계보다 문학을 더 잘 알고 있었던 나는, 공작 부인이 영위하는 사교계의 생활의 무위도식이 진실한 사회적 활동과 갖는 관계가, 예술에 있어서 비평이 창작과 갖는 관계와 같다고 생각했다. 그녀는 시비꾼raisonneur과 같은 변덕스러운 관점과 불건전한 갈증을 주위의 사람들에게 퍼뜨리고 있었다. 그런 시비꾼은 너무나 메마른 제 정신을 적시기 위해서, 조금이나마 새로운 역설을 찾아내려고 하는 것이다. (…) 비평이라는 행위는 여러 세기에 걸친 작품들

상호 간에서뿐만 아니라, 동일한 한 작품에서조차, 너무나 오래전부터 찬연한 빛을 발휘해왔던 것을 어둠 속으로 처박고, 결정적으로 어둠에 처박혀 있어야 마땅한 것을 밝은 세상으로 끌어내는 짓을 한다는 사실을 나는 알고 있었다."(6/240~241, 242)

게르망트 공작 부인은 역설적인 견해와 재치 있는 말장난으로 보수적인 귀족을 놀라게 함으로써 자신을 특출한 사람으로 보이게 하는데, 그녀의 그런 행위의 부당성을 지적하기 위해서, 프루스트는 화자의 입을 빌려, 문학비평을 문제로 삼고 있는 것 같다. 한데, 이 텍스트를 문자그대로 읽으면 비평과 비평가를 모두 싸잡아 규탄하고 있는 듯한 인상을 준다. 그러나 나는 『생트뵈브에 반대함』에서 보들레르를 위시한 작가들의 귀중한 가치를 선양한 프루스트가 그렇게 문학비평 전반을 폄하했으리라고는 여기지 않는다.

그래서 두 가지 해석을 생각해보았다. 첫째는 비평이라는 단어에 '나쁜'이라는 형용사를 붙여서 읽는 것이다. 그러면 비평가를 시비꾼raisonneur이라고 한 것도 '나쁜 비평가'라는 뜻으로 쓴 말이라고 이해할 수 있을 것이다. 또 하나는, 이 텍스트에서는 화자가 작가 프루스트의 대변자가 아니며, 그의 비평관은 도리어 작가에 의해서 비판받아야 할 대상이 된다고 생각해보는 것이다. 무리한 상정일까?

아무튼 간에 텍스트 그대로 읽어야 하고, 그것이 프루스트 자신의 견해라고 한다면, 납득하기 어려운 일이다. 비평가들이 동일한 작품에 대해서나 역사적 여러 작품들에 대해서 평가를 달리하는 것은 그들의 자의적인 장난 때문이 아니다. 그것은 미처 발견할 수 없었던 심층적 의미를 찾아냈기 때문이다. 가령, 성병에 걸린 타락한 삼류 시인으로만 알려진 보들레르가, 그의 시에서 실존적 깊이를 인식한 새로운 비평에 의해서 근대시의 비조로 떠받들려, 그 결과 값싼 서정시와 고답파의 시가 빛을 잃게 된 것이 그 좋은 예이다. 또 한 가지 예를 더 들자면, 지저분한 분뇨담의 작가로 치부되었던 에밀 졸라가, 상상과 현실 사이의 긴장을 겪으면서, 그리고 삶과 죽음의 변증법에 주목하면서 작품을 만들어 나간 대작가로 대접받게 된 것도, 심층적 의미를 캐보려 한 비평적 기도의 덕분이다.

어찌 그뿐이랴! 프루스트 자신의 문학관에 있어서도, 이런 비평적 안목은 핵심적인 것이다. "하나의 책은 우리가 습관이나 사회생활이나 고질화된 버릇에서 나타내 보이는 자아와는 다른 자아의 산물이다"라는 그의 유명한 말은 바로 올바른 비평이 간파하려는 심층적 자아에 관한 것이다. 따라서 위의 텍스트에서 그가 언급하고 있는 것은 인기에만 급급한 일부 직업적 비평가들일 것이다. 그렇다면 마치 비평은 사이비 언어이고 오직 창작이 진실한 언어인 양 대립시킬 것이 아니라(이것은 도시 부당한 명제이다), 경망한 비평가들의 사이비 언어를 바람직한 비평의 진정한 언어와 대립시켜서 전자를 규탄했어야 할 것이다.

§55

게르망트 공작 부인의 살롱에서, 파르마 대공 부인이 그녀에게 묻는다. 엘스티르 화가가 아직도 당신의 초상화를 그리기 시작하지 않았느냐고. 그러자 게르망트 부인이 대답한다.

""그렸죠. 빨간 가재처럼요. (…) 하도 끔찍해서 남편이 없애버리려고 했답니다." 이 마지막 말은 그녀가 자주 입에 올리던 것이었다. 그러나 그녀의 평가가 전혀 다른 적도 있었다. "저는 그의 그림을 좋아하지 않아요. 그렇지만 전에 저의 초상화를 멋지게 그린 일이 있어요." 대개, 이 두 평가 중의 전자는 공작 부인에게 그녀의 초상화에 대한 이야기를 하는 사람들을 겨냥한 것이었고, 후자는 초상화의 이야기를 꺼내지 않는 사람들에게 자기의 초상화가 존재한다는 것을 알리기 위한 언변이었다. 전자는 꾸밈새에서 비롯된 것이었고, 후자는 허영심에서 나온 것이었다."(6/289)

이 텍스트에서 우선 살펴보아야 할 것은, '엘스티르가 내 얼굴을 그렸는데 끔찍하게도 붉은 가재 같았다'는 말이 왜 가식적 언어인가 하는 것이다. 그 대답은 곧바로 주어져 있다. "'그 화가가 저를 보면, 제가 저 자신을 볼 때처럼 매력 없는 여자로 보이는 것이겠죠'라고 게르망트는 말했다. 이렇게 말하면서 그녀는 우울하면서도 겸손하고 아양 떠는 시선을 던졌다. 그런 시선이, 자기는 엘스티르가 그린 것과는 다른 여자라는 것을 나타내는 가장 적합한 방법이라고 여긴 모양이었다."(같은 면)

즉 겸손이라는 위선을 꾸민 것이다. 그리고 그것이 사실은 겸손이 아니라 자존의 수사라는 것을 상대방이 어김없이 눈치채도록 표정을 곁들인 것이다. "우울하면서도 겸손하고 아양 떠는 시선"이라는 표현은 프루스트다운 예민한 감수성에서 나온 기막힌 모순어법이다. 이 교태를 보고 들은 사람은, 게르망트 부인은 참으로 훌륭한 사람이라고 감탄했을 것이다.

이런 자기선전을 위한 또 하나의 작전은 겸손의 대극이라 할 수 있는 허영의 표현이다. 게르망트 부인은 이 측면에서도 능하다. 그녀는 초상화의 존재를 모르는 사람들에게는 그것을 자랑한다. "엘스티르와 같은 유명한 화가가 '내' 초상화를 멋있게 그려주었으니 '내'가 얼마나 미인이며 대단한 인물인지 아시겠죠"라고 우쭐대는 듯이 말이다.

나는 이 텍스트를 읽으면서, 타인에게 자신의 가치를 드높이려는 언사에는 과연 가식적 겸손과 허영의 언어라는 두 가지가 있다는 일반론을 세워볼 수 있을 것이라고 생각했다. 그러나 어느 쪽이 더 잘 먹히느냐는 것은 전적으로 청자의 종류에 달려 있다. 가령 선거의 장면을 생각해보자. 상당한 업적이 있는 한 입후보자가 "저는 재주도 없고 능력도 부족하지만 열심히 일해보겠습니다"(A)라고 말하는 반면에, 다른 입후보자는 "나는 나의 풍부한 경험과 식견을 활용해서 크나큰 발전을 가져오겠습니다"(B)라고 말했다 하자. 만일 그 선거가 다소의 교양을 갖춘 사람들로 구성된 작은 협회의 경우라면, A를 선택하리라. 다른 한편으로, 국회의원이나 대통령을 뽑는 따위의 전국적인 대규모 선거의 경우에는 필경 B가 당선되리라. 왜냐하면 이 경우에는 대다수 선거인이 언어의 뉘앙스나 코노테이션을 모르고, 곧이곧대로 받아들이는 군중으로 구성되어 있기 때문이다.

나는 모든 종류의 선거에서 A를 선택하겠지만, 만일 혹자가 여러 번 입후보하고 그때마다 A의 행세를 습관처럼 되풀이한다면 차라리 B를 지지할지도 모른다.

§56

"우리의 기억과 마음의 용량은 모든 것에 충실할 수 있을 만큼 그렇게 크지는 못하다. 우리는 현재의 생각 속에 생자들과 더불어 사자들을 간직할 수 있을 만한 넉넉한 자리를 가지고 있지 않다. 우리는 선행하는 것들을, (…) 오직 우연한 발굴에 의해서 되찾게 된 것만에 의거해서 구성해 나갈 수밖에 없다."(6/335-336)

이 텍스트는 그 유명한 마들렌 과자의 일화를 상기시키고, 또한 뒤에 나오는 외조모에 대한 추모에 관한 텍스트를 상기시키기도 한다. 사실, 우리의 기억은 짧고 우리의 마음도 좁아서 과거는 잊히기가 쉽다. 노년이 되면 이 망각은 가속화되어, 가까웠던 사람들의 이름도 또 심지어 며칠 전의 일도 뇌리에서 사라진다. 그러나 이 인용문이 말하듯이, 과거를 잊는다는 것은 그것을 완전히 상실했다는 뜻은 아니다. 어떤 우연한 계기가 생기면, 잠재의식 속에 숨어 있던 일들(그것을 우리는 망각이라고 부른다)이 발굴되어(그것은 어려운 작업일 수도 있다) 의식의 표면으로 떠오른다. 그것만 해도 고마운데, 그것이 마치 고구마 줄기처럼 되어 어떤 과거 전체가 거기에 주렁주렁 매달려서 따라 올라오기도 한다. 이리하여 아름답고 귀중하고 기뻤던 과거를 지금 다시 체험한다는 행운을 누릴 수 있게 되는 것이다.

이것이 극히 조잡하게 말해본 프루스트의 소설 세계의 핵심적 부분이다. 그러나 객관적 입장에서 보자면, 과거의 재생이 반드시 반갑지만은 않을 것이다. 남들과 나사이의 실수와 악덕으로 말미암아 서로 주고받던 지난날의 깊은 상처가 미처 아물지 않고 어느 계기에 불쑥 튀어나와 다시 괴로움을 느끼는 일도 없지 않겠고, 지나친욕심 때문에 자초한 불행이 상기되기도 할 것이다. 한데프루스트가 추체험하는 과거에는 이런 부정적 측면을 찾아보기 어렵다. 하지만 그것을 그의 한계라고 지적하는 것은 가혹한 일이다. 불치의 병을 끼고 살았던 사람으로서는시간이란 죽음의 궤적이니, 삶의 보람을 미래가 아니라 과거에서 찾을 수밖에 없었던 사정을 이해해주는 것이 독자의 예의일 것이다.

§57

"게르망트 씨와 보세르회유 씨가 들먹이는 '가문'이라는 것은 내게는 별로 중요하지 않았다. 그 주제에 관해 그들이 나누던 대화에서 내가 찾던 것은 오직 시적 즐거움뿐이었다. 자기들 자신은 그런 즐거움을 모르면서 그것을 내게는 주고 있었던 것이다. 마치 농부나 뱃사람이 경작이나 조수에 관해서 이야기한다 해도, 그런 것은 그들 자신과는 너무나 밀착되어 있는 현실이라서 그 아름다움을 맛볼 수 없고, 아름다움을 추출하는 역할은 내가 스스로 맡고 나서는 것과 마찬가지였다."(6/342)

화자는 게르망트 공작 부인의 살롱에서 그녀의 남편과 B씨가 귀족의 가문에 대해 주고받는 이야기를 들으면서 '시적 기쁨'을 느낀다. 그 이야기가 부르주아사회에서는 아마 맛볼 수 없는 그윽한 냄새를 풍기기 때문이다.

한데, 이런 시적 즐거움은 국외자라야 맛볼 수 있는 것이다. 위의 경우 가문 이야기를 하는 두 귀족으로서는, 만나면 늘 그런 이야기를 하면서 일가친척들의 뿌리를 확인하는 것이 일상화되어 있을 따름이지, 그것이 시적 즐거움을 가져다주는 것은 아니다. 다시 말해서 그 이야기를 듣는 화자의 즐거움은 그가 귀족이 아니라는 사실에서 유래한다.

마찬가지로 국외자라면 이런 종류의 즐거움은 도처에서 체험될 수 있다. 이 텍스트에서 예시되고 있는 것처럼 농부나 뱃사람의 일상적 이야기가 그것을 엿듣게 된 도시인에게는 재미있고 산뜻하게 들릴 것이다. 그리고 이런 종류의 즐거움을 얻기 위해서는 멀리 갈 필요도 없다. 국외자의 입장에 선다면 남들이 일상적으로 하는 고단한 일도 시적 쾌락의 대상이 될 수 있다. 가령 양탄자를 짜는 아낙네들의 능숙한 솜씨, 중무장하고 분열행진을 하는 군인들의 정연한 대열, 초고층 건물의 꼭대기에서 아슬아슬한 곡예와 같은 작업을 하는 사람들의 아찔한 모습… 그런 모든 것이 시적 쾌락을 가져올 수 있다.

그러나 국외자로서의 이런 특권은 다만 가끔만 행사되어야 한다. 어렵고 고단한 작업을 이어가는 사람들의 능숙한 솜씨를 보고 느끼는 시적 즐거움은 특히 그렇다. 만일 그것에 젖어든다면, 우리는 우여곡절이 많은 이 삶을 함께 살아가는 동반자로서의 실존적 공감이라는, 보다 귀중한 가치를 상실하게 될 테니 말이다. 하기야 프루스트가 시적 즐거움을 위한 국외자로서의 거리를 포기한다 한들, 그에게서 이런 실존적 연대 의식을 기대하기는 어려울 것 같다. 그 양상과 의미를 깊이 이해하기 위해서는 도스토옙스키의 소설로 우리의 시선을 돌려야 할 것이다.

§ 58

"우리는 두 활력 중 어느 것을 마음대로 선택하여, 그것에 우리 자신을 맡길 수 있다. 그중의 하나는 우리 자신에게서 솟아오르고 우리의 깊은 인상들로부터 발산되는 힘이며, 또 하나는 외부로부터 우리에게로 온다. 전자는 자연스럽게 기쁨을 수반하는데, 그것은 창조하는 사람들의 삶에서 나오는 기쁨이다. 반면, 후자는 외부의 사람들이 느끼는 흥분을 우리들 속으로 끌어넣어보려는 것인데, 그 활력에는 기쁨이 따르지 않는다. 다만, 우리는 일종의 반동 작용으로 거기에 기쁨을 덧붙여서 도취해볼 수 있으나, 그런 도취는 하도 인위적이어서 금방 싫증으로, 슬픔으로 변하고 만다."(6/359)

우리가 체험하는 기쁨에는 두 가지 종류가 있다는 프루스트의 이 말에는 반대할 이유가 없다. 다만 두 가지 주석이 필요할지도 모른다.

제1의 기쁨은 '우리의 깊은 인상에서, 창조하는 사람들의 삶에서 태어난다'고 말하고 있는데, 여기에서 창조하는 사람들이라고 함은 예술가만이 아니라, 깊은 인상으로부터 기쁨을 자발적으로 추출하는 사람들, 가령 "마르탱빌 성당의 종각이 석양을 받아 선명히 부각된 모습"을 보고 그 희한한 인상에 기쁨을 느낀 화자 자신과 같은 사람들이 포함된다.

그러나 제2의 기쁨에 관해서도 한마디 주석을 달아두려고 한다. 마지막 구절인 "그런 도취는 하도 인위적이어서 금방 싫증으로, 슬픔으로 변하고 만다"는 말은 어떻게 이해하면 좋을까? 남들의 흥분에 덩달아 흥분하고 기뻐하는 일은 우리의 실생활에서도 비일비재하지만, 그런 흥분이 가시고 나면, 남의 장단에 춤춘 것이 싫고 슬프다는 뜻인가? 그러나 화자가 특히 그 말을 한 것은 사교계의 많은 인사들에 관해서이며, 그들은 구슬픈 기분을 안고, 그리고 가능하다면 그런 기분을 풀어보려고 살롱에 출입한다는 사실이다. 그러니까 그 구절은, 기분 풀이를 못 이루고 '원래의 우울한 기분으로 금방 변한다'는 뜻이리라. 내 해석이 억지일지도 모르지만.

§ 59

"우리가 자주 접하는 사람들은 우리가 몽상한 것과는 닮은 바가 거의 없는데, 그것은 저명인사들의 회고록이나 서간집에서 묘사되어 있는 것을 읽고서는 만나보기를 바랐던 사람들의 경우도 마찬가지이다. (…) 우리는 그토록 열성적으로 예술을 옹호했던 퐁파두르 부인과 교분이 있었다면 얼마나 좋았을까 하고 생각하지만, 만일 그녀의 곁에 있었다면 현대의 에게리아들의 곁에 있을 때와 똑같은 권태를 느끼고, 그녀들이 하도 범용해서 다시는 그 곁으로 돌아갈 생각을 하지 않았을 것이다."(6/391-392)

우선 간단한 주석을 달아두자. 퐁파두르 부인Madame de Pompadour은 루이 15세의 총애를 받고 궁정에서 위세를 떨친 여성으로 예술의 적극적 옹호자로 알려졌다. 에게리아Egeria는 초기 왕정 로마의 신화에서 정치적 조언을 했다는 요정으로, 여성 조언자 일반을 가리키는 말로 쓰인다.

이 텍스트는 평범하리만큼 흔한 일에 대한 언급에 지나지 않는다. 다만 두 가지 사족을 덧붙여보자.

첫째로, 예술만이 아니라 학문이나 기술의 분야에서 특출한 업적을 산출한 사람들과 요행히 사귀어보면, 그 인격이 범용하고 때로는 편협하고 비루하기까지 하다는 것을 발견하고 크게 실망하는 일이 흔하다. 그러나 실망을 넘어서서 보다 객관적으로 냉철하게 다시 생각해봄 직하다. 그러면 그 사람들의 자아는 일상적 자아(우리에게 실망을 안겼던 자아)와 이른바 진리 탐구에 심신을 바치는 자아(프루스트의 표현을 빌리자면 '다른 자아', 즉 우리의 감탄을 자아내는 자아)로 이분되어 있는데, 전자를 피상적 자아appearance, 후자를 진정한 자아 또는 심층적 자아reality라고 명명해서 나쁠 것 없을 것 같다. 그러나 평가자에 따라서는, 특히 도덕적 차원에서 평가하는 사람은 전자를 더 중시할 것도 같고, 또 진리 탐구의 제스처로 자신의 진실을 위장하는 간사한 인간도 있을 것이다.

사실, 프루스트가 예시하고 있는 것처럼, 예술 옹호자로서의 퐁파두르 부인이나, 정치적 조언자로서의 에게리아의 경우에는, 그런 공적인 역할을 하는 자아가 피상적 자아이고, 일상생활에서 보이는 평평범범한 자아가 진실한 자아일지도 모른다. 그렇다고 해서 '공적 역할은 피상적 자아의 몫이고, 진실한 자아는 일상생활에서의 사적 자아'라고 일반화하면 그것은 지나친 일이 된다. 모든 일반적 명제는 여러 경우를 두루 고찰한 후에 매우 신중하게 설정되어야 한다. 선악, 진위, 표리, 경중의 판단에서는 쾌도난마처럼 위험하고 해로운 짓은 없다.

또 한 가지로, 위와 반대의 경우를 생각해볼 수 있다. 우리가 평소 범용하다고만 느껴온 사람에게서 아연 특별한 재능이나 깊은 통찰력을 발견하고 놀라는 경우가 없지 않을 것이다. 그 사람이 워낙 겸손해서인지, 혹은 어떤 트라우마에 눌려 있어서인지는 모르겠지만, 그런 소질을 애써 드러내기를 꺼리고, 일상적 자아가 그 찬탄할 만한 심층적 자아를 가린 채로 내버려두었을 뿐이라는 것을 알고, 우리는 그만큼 더 그를 반기게 된다. 이것은 참으로 복된 만남이다.

§ 60

"나는 공연히 베네치아 이야기를 하려는 것이 아니다. 파리의 어떤 가난한 동네들이 연상시키는 것은 베네치아의 가난한 동네들— 아침이면 나팔처럼 벌어진 높은 굴뚝들이 햇빛을 받아 가장 선명한 장밋빛으로, 가장 밝은 붉

은빛으로 빛나는 그 동네들이다. 그 지붕들 위에서 피어나는 하나의 완벽한 정원이 있고, 그 색조가 하도 다양해서 마치 델프트나 하를렘의 튤립 애호가의 정원을 그 도시 위에 이식해놓은 것 같은 느낌이다."(6/396) (Delft와 Haarlem은 둘 다 네덜란드의 도시).

이 텍스트는 프루스트적인 미학의 매력과 아울러 그 한계를 보여주는 전형적인 장면이다. 그는 철저한 국외자이다. 화자는 파리이건 베네치아이건 간에 빈민가의 집들 속으로는 물론, 심지어 그 좁고 잡연한 거리로조차 발을 들여놓은 일이 없다. 그는 호텔 방이 있는 고공에서 그 지붕만을 내려다보고 아침 햇살에 빛나는 찬란한 광경을 심미적 차원에서 감상할 따름이다. 그것이 잘못된 태도라는 말은 아니다. 빈민가에서 경험하는 것이 오직 그것뿐인 것이 아쉬운 것이다. 그나마, 그 지붕의 아름다움과 집 안의 누추한 모습을 잠깐 대비시키기라도 했으면 좋았겠다는 느낌을 지울 수 없다. 우리는 앞서 §57에서 농부나 뱃사람에 대한 그의 언급에 관해서 비판한 바 있는데, 그런 말을 여기에서 되풀이할 필요는 없을 것이다.

§61

"스완은 선조들로부터 물려받은 자질의 덕분으로, 사

교계 인사들의 아직도 감추어져 있던 진실을 매우 명민하게 간파하게 된 바로 그 순간에, 희극적인 맹목 상태를 드러내고 말았다. 누구를 찬양하건 누구를 경멸하건 간에, 드레퓌스 지지 여하를 새로운 기준으로 삼았던 것이다."(6/411)

이 대목을 이해하기 위해서는 다소 설명이 필요할 것이다. 스완은 귀족들의 사교계에 출입하면서 유대인으로서의 자신의 정체성을 잃어갔다. 그러다가 드레퓌스사건을 계기로 아연 조상으로부터 이어받은 그 탁월한 정체성을 자각한다. 형안이 된 그의 눈에는, 그 귀족들이 천 년간의 봉건제에서 벗어나지 못하고 있는 별종의 인간들이라는 것이 간파된다. 그러나 이와 동시에 그의 생각은 우스꽝스럽게 변질한다. 출신 성분이나 과거의 행실 여하를 불문하고, 드레퓌스 옹호자라면 좋은 사람, 그 반대파는 나쁜 사람으로 재단해버려, 마치 마니교도와 같은 안이한 선악 이원론자가 된 것이다.

나는 이 텍스트를 살피면서, 우리나라 지도자들의 단세포적 행태를 상기하지 않을 수 없었다. 친일파는 나쁘고 반일파는 좋은 사람으로 단연코 구분되고, 이른바 보수와 진보가 예각적으로 대립하여 일자가 타자를 전적으로 배척하고, 서양을 찬양하는 자는 민족을 배반하는 나쁜 놈이 되고, 한국의 역사는 영광스러운 민족사였고, 이

승만과 박정희는 오직 못된 독재자에 지나지 않았고, 반면에 김대중은 완벽한 대통령이었고… 일체의 양의성도 애매성도 용납하지 않고, 의론도 변증법도 자기비판도 심지어 타협도 모르는, 요컨대 열린 정신과는 담을 쌓은 패거리들이 정계만이 아니라 지적 영역에서도 지도자의 역할을 하고 있는 것이 한심스럽게도 오늘날 우리의 실정이다.

§62

"괴벽(사람들이 편의상 그렇게 부르고 있는 것)은, 우리 각자의 괴벽은, 사람들이 그 존재를 모르는 동안에는 눈에 띄지 않는 정령처럼, 우리의 몸에 몰래 붙어 다닌다. 선의도, 협잡도, 이름도, 사교계의 관계도 얼른 드러나지 않고 사람들은 그런 것을 감추고 다닌다. (…) 이성이 눈을 뜨게 하여 오류 하나가 제거되면, 감각 하나가 더 생기는 것이다."(7/29)

나는 이제 동성애와 유대인에 관한 이야기를 담은 제7권 『소돔과 고모라』를 읽기 시작했는데, 이 대목은 샤를뤼스 남작이 동성애자라는 것을 모르고 있다가 알게 되었을 때의 일에 언급하면서 한 말이다.

우리는 이 텍스트에 나오는 장면처럼, 가령 A가 동성애자인 것을 발견하고 "그가 그런 줄은 미처 몰랐군" 하고 놀라는 경우가 있을 것이다. 그것을 모르고 지낸 것은 물론 A가 그의 괴벽을 감추고 있었기 때문이다. 그러나 내 생각에는 또 한 가지 이유가 있다. 그것은 인식자 자신의 인식적 한계 때문이기도 하다. 예컨대 '나'는 A가 극히 정상적 성관계밖에 모르는 점잖은 사람이라는 굳어진 편견(그것을 '인식적 괴벽'이라고나 불러둘까?)의 프리즘을 통해서만 그를 보아왔기 때문에, 그가 동성애자로서의 눈치나 징조를 은연히 보여왔음에도 불구하고 그것에 대해서는 전혀 맹목적이었던 것일 수도 있다.

따라서, 이 텍스트에서 이성이 눈을 뜨게 한다는 말은 '이제야 비로소 이성을 마땅하게 행사하게 되었다'는 뜻인데, 지금까지 그런 이성의 행사가 불가능했던 이유는 A의 은폐와 아울러 '나'의 인식적 한계 때문이었다고 이중으로 생각해보는 것이 더 합당할 것이다.

한 가지 더 주목할 것이 있다. 일반적으로 이성과 감각은 대립적인 것으로 알려져 있는데, 이성적 판단에 의한 과오(편견, 고정관념)의 청산이 하나의 새로운 감각을 가져온다는 말을 하고 있으니, 그것은 무슨 역설일까? 천만의 말이다. 그것은 극히 상식적인 사실의 지적이다. 가령 B는 예쁜 소년만 보면 그 애의 머리를 쓰다듬어주는데, 그것을 자주 목격하는 C는 그 행위를 단순한 귀여움의 표시로만 알아오다가, 마침내 이성에 눈떠서 페도필리아라는 것을 식별했다고 하자. 그러면 그 후로는 여사한 행위를 보면 이성적 판단이라는 프로세스를 밟지 않고도 페도필리아라는 것을 한눈에 간파하게 될 것이다.

이런 감각적 간파력은 유능한 의사나 형사의 특질이기도 하다. 의사의 경우에는 생리학이나 병리학과 같은 학문으로 질병에 관한 이성적 판단력을 기르고 오랜 경험을 거쳐, 마침내 환자의 병력과 안색이나 맥박을 살피고는 그의 질병을 감각적으로 정확히 판별하고 적절한 처치를 할 수 있을 것이다. 또한 형사의 경우에도, 범죄학에 관한 지식을 갖추고 범죄자의 행위를 식별하는 방법을 이성적으로 습득하고는, 마침내 범인들의 신상과 소재를 정확하게 직감하는 경지에 이를 수 있을 것이다.

이성적 판단에서 비롯되는 이런 감각적 능력은 다소간을 막론하고 모든 분야에서 찾아볼 수 있는 일이다. 특히 언어를 다루는 여러 분야― 철학, 정신분석학, 그리고 문학적 창작, 비평, 연구에서는 두드러진 현상이다.

§63

정통적 사회에서 배척받고 있는 동성애자들의 처지가 유대인의 처지와 같다는 것을 지적하고 있는 다음의 대목은 프루스트가 과연 탁월한 통찰력의 소유자임을 여실히 증명해준다.

"(동성애자들이라는 종족은) 역시 유대인들처럼, 자기들끼리는 서로 회피하고, 자기들에게 가장 적대적이고 자기들과는 상종하려 하지 않는 사람들과 친해지려 애쓰고, 그들의 매정한 거절을 용서하고, 그들의 배려에 도취한다. 그러나 또한 그들에게 가해진 배척과 그들이 겪는 치욕 때문에 서로 재집결하는 일도 있다. 그럴 경우에는, 이스라엘 민족이 당한 것과 같은 박해로 인하여, 한 종족에게 특유한 신체적, 정신적 특징들— 때로는 아름답지만 대부분은 끔찍한 특징들을 갖추게 된다. 그들은 동류자들과의 교제에서 휴식을 얻고, 동류자와의 생활에서 의지처를 얻는 것이다."(7/33-34)

나는 이 텍스트를 읽으면서, 일제시대에 일본에서 살았던 이른바 재일 교포의 처지를 다시 생각해보지 않을 수 없었다. 일반적으로, 지배자의 종족으로부터 받는 억압과 박해 속에서 살아가야 하는 처지에 놓인 사람들이 취하는 상반된 두 가지 태도는 재일 한국인들 중의 많은 사람이 생존을 위해서 취한 궁핍한 태도이기도 했다.

첫째는 한국인으로서의 흔적을 아예 없애거나(성명을 일본식으로 갈고 배우자조차 속이는 예도 있었다), 그대로 간직한다 해도, 자기는 일본인들이 한국인을 모멸적으로 부르는 그런 '조오센진(조선인)'은 아니라는 것을 강조하고 마치 자기도 일본인이 된 듯이 동족을 회피하고 모욕하고 무시하면서 살아간 사람들이 있었다. 또 하나는 그와 대조적으로, 서로 모여서, 마치 작은 집단 수용소와 같은 군락을 대도시의 변두리에 만들어 비참한 소외된 삶을 서로 위로하고 기대서 살기도 했다.

1945년 해방이 되었을 때의 흥분의 도가니 속에서, 일본에 대한 한국인의 태도를 두고 냉정한 판단을 기대하기 어려웠다. 그러나 그 후 얼마큼의 세월이 지났을 때, 가령 1960년경에는 좀 더 객관적이고 이해성 있는 평가가 있음직했다. 위에서 언급한 나약하고 피동적인 재일 교포들이 비참한 소집단을 형성하고 간신히 생존을 유지한 것에 대해서 "그때는 고생들 하셨군요" 하고 한마디 던져줄 수도 있었을 것이다. 또한 민족 반역자 같은 간사한 태도 역시 생존을 위한 한 방편이었다고 너그럽게 이해해주고, 그들을 규탄하는 대신 반성을 촉구했으면 좋았겠다는 생각이 들기도 한다. 그러나 이런 뉘앙스 있는 판단 대신에, 일제 시대의 사람들은 어디에서 살던 친일파와 반일파의 두 갈래로 분명히 갈린다는 식의 마니교도다운 안이한 선악 이원론—오늘날까지도 모든 분야에서 횡포를 부리고 있는 한국인의 장기—을 보게 되고 그 이후에도 별로 달라진 것이 없다는 것은 슬픈 일이다.

§ 64

"의사들은 대체적으로 자기의 진단이 들어맞는 것을 기뻐하기보다도, 진단이 어긋나는 것에 불만을 품고 화를 내는 일이 더 많다."(7/73)

프루스트의 이 빈정거림은, 의사의 의식이 환자를 위해서, 더 넓게는 휴머니즘을 위해서 작동하기보다는, 자기중심주의로 향해 있다는 것을 말해준다. 하기야 오진을 하거나 예후가 잘못되면 유쾌할 일이 없다. 더구나 오진 때문에 환자의 일가에 큰 불행이 엄습한 것을 알면 더욱 그럴 것이다. 그러나 대부분의 의사는 또한 그런 아픈 실패를 참고로 더 정확한 진단을 위해서 노력할 텐데, 프루스트는 여기에서 그런 차원의 말은 안 하고 있다. 자기의 지병도 개선되지 않고 조모의 죽음도 있고 해서, 의사에 대한 불신을 씻어낼 수 없었던 모양이다.

나는 그래서 의사의 능력에 대한 그의 의심은 일단 이해할 수 있으나, 동시에 프루스트 자신의 인식의 한계에 대해서도 한마디 해둘 필요가 있다고 느꼈다. 그것은 우리의 인식은 우리의 경험이나 선입견에 의해서 제한되어 있다는 것이다. 그리고 이런 인식의 한계를 자각하면 보다 객관적이고 공평한 인식을 위하여 다른 사람들의 생각을 참고해야 할 텐데, 그런 지향은 프루스트의 경우에는 철저한 자기중심주의에 의해서 막혀 있는 듯하다. 내가 그의 통찰에 탄복하면서도, 다른 한편으로는 그의 생각을 답답하게 여길 때도 있는 것은 이런 열린 지성의 결핍 때문이다.

§ 65

누구에게나 공통적으로 있는 일인데, 생각이 나지 않던 인명이 갑자기 머리에 떠오르는 수가 있다. 이하의 텍스트는 그 현상에 대한 설명이다.

"내가 돌연 흐릿한 장막을 뚫고 명료하게 볼 수 있게 된 것은, 나의 의지와 주의력의 훈련의 덕분으로 나의 내면적 안력이 날카로워졌기 때문이다. 아무튼 간에, 망각과 추억 사이에 여러 이행 단계가 있다고 해도, 그런 이행들은 의식화되지 않는다. 왜냐하면 진정한 이름을 찾아내기 전에 우리가 도중에 거쳐 가는 여러 이름들은 모두 틀린 것이며, 그 진정한 이름으로 가까이 가는 데 우리를 전혀 도와주지 못하기 때문이다. 엄밀히 말하자면, 그것들은 이름이라고조차 할 수 없고, 대부분의 경우에 진정한 이름에는 없는 단순한 자음들에 불과하다. 하기야, 무에서 현실로 이르는 정신의 작용은 매우 신비한 것이어서, 그 거짓된 자음들은 결국, 미리 준비된 장대— 비록 서투르지만, 우리가 진실한 이름에 매달리도록 도와주려고 베풀어진 그런 장대라고 볼 수도 있을 것이다."(7/86-87)

내 경험에 비추어보아도 이 텍스트는 매우 합당하다. 망각한 친구의 이름을 상기하려고 하는데, 얼토당토않은 내 멋대로 꾸민 이름들만 떠오른다. 그의 모습이 목전에서 생동하면서 나의 망각을 나무라는 것 같다. 그래서 더욱 초조해지고 한숨마저 나온다. 결국 별의별 글자를 동원해도 허사라고 단념하려는 순간 이게 웬일인가! 진정한 이름이 튀어나온 것이다.

한데, 이 돌연한 진정한 이름의 부상과 거듭된 가짜 이름들의 산출 사이에는 인과관계가 있을 리 없다고 생각하는 것은 피상적인 인상이며, 심층적으로 생각해보면, 연관되어 있다는 지적이 이 텍스트에서 가장 중요한 부분이다. 특히 이 점에서 나는 나의 평소의 생각의 합당성을 재확인하고 고개를 끄떡인 것이다. 내가 이 텍스트에 특별히 동감하는 이유는 인명만이 아니라, 그 유명한 마들렌 과자의 일화의 경우도 그렇다. 그 글에서 프루스트는 '갑자기' 추억이 떠올랐다고만 쓰고 있지만, 이 경우, 앞선 괴롭고도 헛된 시도가 없었으면 진실한 추억은 영영 떠오르지 않았으리라고 나는 오래전부터 생각해왔다. 여기에서 작가는 바로 그 점을 말하고 있는 것이다.

물론 인명이건 다른 일이건 간에, 거듭된 착오가 어떻

게 진실한 추억을 불러오는 데 도움이 되었는지, 그 헛된 노력이 어떻게 진실한 추억의 밑받침이 되었는지 그 프로세스를 해명할 수는 없다. 정신의 작용은 신비로운 것이며, 무의식의 작업을 속 시원하게 밝히는 것은 아직까지는 인간의 능력을 초월하는 것이다. 그 점에서는 장 로스탕Jean Rostand이 유전과 환경에 관해서 한 말이 생각난다. 에밀 졸라가 주장한 것처럼 그 두 요인이 인간을 형성한다는 것은 사실이지만, 그중의 어떤 요소가 어떻게 작용하고 결합하는지는 알 수 없다고 로스탕은 매우 적절한 말을 하고 있다.

아마도 이런 모든 불가사의가 미구에 인공지능의 덕분으로 밝혀질지도 모르고, 더 나가 그 후로는 어떤 불가사의한 것도 존재하지 않게 될지도 모른다. 그러나 그때는 슬픔도 없겠지만 기쁨도 없는, 의문도 없겠지만 신비도 없는, 실패도 없겠지만 성공도 없는 매우 싱거운 삶이 타성처럼 이어져 나갈 것이다.

§ 66

제7권 『소돔과 고모라』에서 줄곧 계속되는 사교계의 이야기. 물론 그곳에 모인 이른바 귀족이라는 속물들의 허영과 공허성에 대한 간단없는 빈정거림과 야유와 비판이 재미있다고 말할 수도 있겠지만, 그런 귀족들의 행태로서 인간의 보편적 모습이 그려질 수는 없다. 예리한 관찰과 섬세한 감성에도 불구하고, 도덕적, 실존적, 사회적 문제 제기가 결핍된 이 대하소설은 나의 취향에 꼭 들어맞지는 않는다. 총체적으로 말하면, 거칠지만 더 다부지고, 무디지만 더 시야가 넓은 에밀 졸라의 『루공 마카르 총서』 20권이 다시 대조적으로 생각난다.

§ 67

"(…) 새로운 상황이 생길 때마다, 이것은 '다른 것'이라고 믿는 인간의 속성. 그 속성 때문에 인간은 예술적, 정치적 오류를 진실인 양 받아들인다. 자기들이 단죄하던 다른 유파의 그림이나 자기들의 증오의 대상이 되어 마땅하다고 여겨온 정치적 사건에 관해서, 그런 것들이 10년 전에 생겼을 당시에는 진실이라고 믿었던 일이 있었는데, 지금 똑같은 오류를 범하고 있다는 사실을 알아차리지 못하고, 이전의 잘못은 청산했음에도 불구하고, 새로운 분장에 속아서 그런 오류들을 다시 범하는 것이다."(7/148)

이런 일이 어찌 예술이나 정치의 분야에만 한정되어 있을 뿐이랴! 넓게는 개인적, 집단적 현상 할 것 없이, 인생의 모든 분야에서, 종류와 규모와 동기 여하를 막론하고 가장 흔하게 일어나는 일이며, 때로는 희극을, 때로는 비극을 가져오는 일이기도 하다. 요컨대 그것은 외양appearance과 진실reality의 관계에 관한 문제이다. 이 양자 사이에는, 전자가 후자를 은폐한다는 필연적인 관계가 있다. 그렇다고 해서, 속임수인 외양을 벗기고 진실을 밝혀야 한다는 명제가 언제나 성립될 수 있는 것은 아니다. 가령, 노부인이 곱게 화장하고 단정하게 차려입으면서 외양을 꾸미는 것은, 노추한 신체라는 진실을 가려 남들에게 불쾌감을 주지 않기 위해서인데, 이 경우에는 그런 외양 꾸밈을 오히려 가상하다고 생각해야 할 것이다. 또한 의식은 외양이고 무의식이 진실이니, 의식이 은폐하고 억압하고 있는 무의식을 언제 어디서나 밝혀내야 한다고 말하는 것도 무리다. 그러다가는 합리적이며 도덕적인 인간관계가 일시에 무너져버릴 것이다.

다만 프루스트는 여기에서 이런 복잡다단한 외양과 진실에 관한 문제에 접근하려는 것은 아니다. 그의 이야기는 예술과 정치의 두 분야에만 한정되어 있다. 그러나 이 두 분야에서도 사정이 각각 다르다. 예술의 경우에는, 외양에 속하는 것도, 또 차후에 진실을 알게 되는 것도 모두 제삼자의 몫인 반면에, 정치의 경우에는 외양을 꾸미는 것뿐만 아니라, 그것을 이용하고는, 마치 독수리의 발톱처럼 감추고 있던 진실을 드러내는 것 역시 정치꾼들 자신의 몫이기 때문이다. 하기야, 독재국가의 권력자들은 외양으로 분장할 필요가 없겠지만, 명색 민주국가의 선거제도하에서는, 오직 국민을 위한다는 가장 그럴듯한 구호를(즉, 국민들이 진실이라고 믿기에 가장 잘 분식된 외양을) 내건 정당이 대부분 승리하게 되는데, 승리한 그 정당의 패거리들은 곧 그런 외양적 구호는 내던지고, 자유와 정의에는 아랑곳없이, 감추고 있던 발톱으로 권력을 움켜쥐고 서로 뜯어먹으려 하는 것이다. 그리고 그 도가 심해져야 민중은 겨우 진상을 자각하고, 다음 선거에서는 반대당에 표를 주지만, 결국은 이 악순환적인 프로세스가 되풀이되기가 십상이다.

　프루스트의 한마디에 자극되어, 외양과 진실의 관계에 대하여 한마디 하고, 그 관련에서, 우리나라의 정치적 현실을 돌이켜보면서 이 서투른 잡문을 적어보았는데, "정치는 가치의 위조"라는 폴 발레리의 명구가 함께 생각나기도 한다.

§68

　"나이 탓이건 질병 탓이건 간에, 신체의 쇠약이 일정 단계를 넘으면, 수면을 희생시키거나 습관에서 벗어나서 즐기려는 모든 쾌락, 모든 방종이 귀찮은 것이 되어버린다. 이야기하기를 좋아하는 사람은 예의를 차리려고, 또는 흥분을 해서 계속 떠들기는 하지만, 잠잘 수 있던 시간이 벌써 지났다는 것을 안다. 또한 그렇게 떠들고 나서 닥쳐올 불면증과 피로감에 시달려 자책하게 되리라는 것도 알고 있다."(7/176)

누구나 동의할 수 있는 이 텍스트에 관해서 두 가지 사족을 달아두고 싶다.

(1) 모든 소설은 두 가지 시간, 즉, '이야기되는 사건의 시간temps du narré'과 '이야기하는 잠재적 혹은 현실적 화자의 시간temps de la narration'으로 구성되고 또 구분되어 있는데, 프루스트의 이 대하소설에서는 그 양자가 부단히 뒤섞인다는 특징이 있다. 『소돔과 고모라』에서 전개되고 있는 이야기 자체로 보아서는 화자인 '나'의 나이는 기껏해야 20대 후반으로 추정되지만, 위의 텍스트는 그 나이의 청년으로서는 품기 어려운 술회이다. 다시 말해서, 그것은 소설을 쓰고 있는 40대의 나, 즉 그 나이의 프루스트 자신의 술회인 것이다. 그 점은 이 텍스트가 현재형 동사로 쓰이고 있는 것만 보아도 분명한 노릇이다. 이렇듯 차원이 다른 두 시간이 뒤얽혀서 소설 같기도 하고 수상 같기도 하고 또 비평 같기도 한 독특한 문체가 산출되었는데, 그것이 이 작품의 매력 중의 한 가지를 이루고 있다.

(2) 쾌락에 관하여— 여기에서 프루스트가 말하고 있

는 것은 나 자신과도 어느 정도 관련되는 것으로 여겨진다. 하기야 나는 쾌락 추구를 인생에서 중요하다고 생각해온 것은 아니다. 성적 욕망을 따를 수 없는 허약한 육체를 지니고 살아온 나는 그 방면의 쾌락은 일찍이 단념했고, 다른 세 가지 쾌락에 관심을 가져왔다. 첫째는 술이다. 지나치게 마시고 여러 기행과 추태를 부렸었다. 그러나 10여 년 전에 위암으로 절제 수술을 받고 나서부터는 끊고 말았으니, 그 두 가지 쾌락에 관해서는 노년이 되었다고 귀찮아할 거리도 없다. 셋째로는 수다 떨기이다. 이점에 있어서는 프루스트의 말은 내게도 절실하다. 나는 지금도 때로는 가만히 앉아 있기가 어색해서 또 때로는 흥분해서 수다를 떨고, 연후에는 쉽게 피로를 느끼고 후회하는 일이 많다.

그러나, 나이가 더 들고 큰 병을 앓게 되면 어떨지 모르지만, 아직까지는 꾸준히 즐기고 있는 것이 한 가지 있다. 그것은 서양 고전음악 듣기이다. 그것은 수면이나 습관을 어기는 무리한 쾌락과는 다르며, 청각만 유지된다면 죽음의 직전까지도 향유할 수 있을 성질의 것이다. 만일 이 쾌락마저 내게 없었으면 노년을 견뎌내기가 더 힘들었으리라는 생각이 든다.

이 몇 자를 적고 있는데 유니텔 클래시카 방송이, 보자르 트리오Beaux-Arts Trio의 주역이었던 프레슬러Menahem

Pressler가 연주하는 피아노곡들을 보내준다. 2014년의 연주이고 그의 생년은 1923년이니까 91세 때에 친 것이다. 그 나이에도 단순한 쾌락 향유자가 아니라, 순수한 쾌락 제공자의 역할을 하다니 부럽기만 하다.

§ 69

"문명의 진보가 어떤 사람들에게는 뜻밖의 장점을, 또 어떤 사람들에게는 새로운 악벽을 드러내게 하는 결과, 그들은 지인들이 보기에 더 소중한 존재가 되거나, 반대로 더 견디기 어려운 존재가 된다. 그래서, 에디슨의 발명이 프랑수아즈에게는 결점 하나를 더 만들어주었다. 그녀는 아무리 편리하고 아무리 급해도 전화를 이용하기를 완강히 거부했다. 누가 전화 사용법을 가르쳐주려고 하면, 마치 예방주사 맞기를 회피하는 사람들처럼, 무슨 구실을 붙여서 달아나곤 하는 것이었다."(7/206) (프루스트의 작은 오해 — 전화를 발명한 사람은 에디슨이 아니라 그레이엄 벨.)

이 텍스트가 내게 불러일으킨 세 가지 연상이 있다.

(1) 나는 어느 정도 가정부 프랑수아즈와 같다. 많은 사람들이 컴퓨터로 글을 쓰기 시작한 1990년대 후반, 그 기계를 능통하게 다룰 줄 아는 한 후배 교수가 나 역시 그

수단을 이용할 것을 권고하였다. 그러나 나는 완강히 거절했다. 원고지가 아니라 기계 앞에 앉으면 간신히 머리에 떠오른 생각이 모두 날아가버릴 것 같았기 때문이다. 게다가 내가 본래부터 지니고 있는 기계공포증이 작동해서 손대기가 겁이 났다. 그러다 3, 4년이 지나자 나는 마침내 그것을 이용하기 시작했고 그 후로는 원고지에 쓰는 일은 전혀 없게 되었으니, 스스로 생각하기에도 우스운 이야기이다. 그 이외로는 자료를 찾아본다거나 원고를 보낸다거나 하는 경우에만 컴퓨터를 이용할 뿐, 남들과 대화하거나 남들에게 의사전달을 하는 경우에는, 그 이용을 삼가고 있다. 그러면 번잡한 일들이 생길 것 같기 때문이다.

(2) 그래서 나로서는 남들과의 소통은 전화로 충분하다. 그러나 이 문명의 이기도 다른 모든 문명의 이기와 마찬가지로, 동시에 문명의 흉기가 될 수도 있다. 표정을 동반하지 않는 이 소통 수단은 위선, 악희, 기만, 협박 등, 가지가지의 비도덕적, 패륜적 행위에 이용되기가 십상이다. 이른바 보이스 피싱은 그 대표적 예이다.

(3) 이렇듯 문명의 진보가 가져오는 엄청난 혜택은 심각한 역기능과 표리일체가 되어 있다는 것은 두말할 필요가 없다. 그러나 이 인식이 보편화된 것은 그리 오래된 일은 아니다. 20세기 초엽, 즉 프루스트가 이 소설을 쓰고 있었던 시대에는 나날이 발전하는 기계문명을 반기고 찬양

하는 것이 주된 흐름이었다. 프루스트도 그랬지만, 당시의 미래주의futurisme나 전일주의unanimisme와 같은 예술적 사조가 그것을 말해준다.

그렇다면 언제부터 그 역기능이 주목되었던가? 산발적으로는 이미 19세기 후반부터 지적된 바 있었는데, 넓은 범위에서 부각된 것은 언제였던가? 자크 엘륄Jacques Ellul이 『테크놀로지의 사회La Société technologique』에서 과학 이론에 기초한 기술의 비약적이며 불가피한 발전이 가져올 필연적인 반인간성을 문제 삼은 것이 1964년인데, 아마도 그 무렵부터가 아닌가 싶다. 한참 후의 일이지만, 나 자신도 그런 역기능을 실감하는 계기가 있었다.

1980년대 중반이었다. 나는 공무로 브뤼셀에서 며칠을 보낸 일이 있었는데, 하루는 식품을 몇 가지 사려고 어느 슈퍼마켓에 들어갔다. 그리고 필요한 물품을 갖추고 계산대의 여점원에게 비교적 고액의 지폐를 냈다. 말하자면 합계 7,476원어치 물건 값을 치르기 위해서 만 원권을 낸 셈이다. 그러나 이 일을 어쩌랴! 바로 그때 공교롭게도 정전이 된 것이다. 여점원은 작동을 멈춘 전동계산기를 물끄러미 내려다보고 있을 뿐 암산으로 잔돈을 치러줄 생각을 하지 않았다. 나는 재촉했지만, 암산을 할 줄 모른다는 대답이었다. 그리고 20분이나 지나서 전기가 다시 들어왔을 때야 간신히 잔돈을 받고 나왔다.

이 일은 문명 진보의 가장 현저한 징표인 발달된 테크놀로지가, 인간의 본래적 능력을 퇴화시킨다는 것을 내게 알려준 첫 케이스였다. 하기야 내가 목격한 퇴화는 다만 계산 능력의 퇴화에 불과할지도 모른다. 그러나 그 후 컴퓨터의 보급은 한결 더 걱정되는 퇴화를 가져왔다. 그것은 지식을 엮어 새로운 지식을 만들어내는 작업, 즉 응용과 창조의 작업을 인간 대신에 수행함으로써 인간의 그 능력을 크게 퇴화시켰다. 단적인 예로 오늘날 젊은이들의 글쓰기의 능력은 저하 일로에 있으며, 이것은 정신의 퇴화의 두드러진 징조이다. 요컨대, 테크놀로지는 과정의 축소, 즉 생력화를 겨냥하는데(가령 몇 시간 동안 걸어 올라가야 도달하던 산정도 로프웨이로 몇 분 만에 오를 수 있게 된 일), 이런 생력화는 육체만이 아니라 정신의 단련도 생략해버려서, 방금 예시한 여점원의 경우와 같은 일이 생기는 것이다.

한데 오늘날에는 더욱이 로봇과 인공지능이 이런 생력화를 가속화시켜 나가고 있다. 그렇다면 미구에 테크놀로지의 덕분으로, 인간은 모든 노역에서 완전히 해방될지도 모른다. 그리고 그때가 오면 생활의 영위에는 쓸모없게 된 육체와 정신의 활동은 생산과는 관계없이 오직 자기 목적적인 것으로만 남을지 모른다. 육체는 자체의 유지와 즐거움만을 목적으로 삼고, 정신도 순수한 쾌락을 그 자체의 목적으로 삼을 것이다.

그런 경지가 과연 유토피아인지 혹은 디스토피아인지는 몰라도, 그 속에서도 재래의 인간으로 살아남는 극소수의 사람들이 잔존할 것이다. 그것은 매우 아이로니컬하게도, 그런 '멋있는' 신세계를 만들어 나가고 운영하고 지배하는 한 줌의 기술자와 기술 관료와 정치가들이다. 그들의 과두정치가 미래의 사회를 장악하게 되리라고 내다보는 것은 한낱 망상에 지나지 않을 것인가?

§70

한밤중이다. 초조하게 기다리고 기다리던 애인 알베르틴이 나타나지 않아 거의 절망하고 있는데 그녀로부터 전화가 걸려온다. 너무 늦어서 오늘 밤에는 약속대로 찾아갈 수 없다는 말이다. 의심이 생긴다.

"그러나 벌써 전화를 통해 들려오던 그 마지막 말들을 듣는 순간, 나는 알베르틴의 생활이 나로부터 하도 멀리 (물론 물리적으로는 아니지만) 떨어져 있어서, 그것을 포착하기 위해서는 힘든 탐사가 항상 필요할 뿐만 아니라, 그 생활은 야전용 요새처럼, 그리고 더 확실한 보안을 위해서 후일 '카무플라주'했다고 불리게 된 그런 요새처럼 조직되어 있다는 것을 알기 시작했다. (…) 알베르틴에 관해서는, 결코 아무것도 모르리라는 것을 예감했고, 자질 구레한 사실들과 믿을 수 없는 일들이 한없이 얽히고설켜서 전혀 헤쳐볼 수 없다는 것을 느꼈다. 그리고 그녀를 죄수처럼 평생 가두지 않는 한(그래도 달아나겠지만), 여전히 그럴 것 같았다. 그날 저녁, 이런 확신으로 말미암아 일말의 불안감이 내 머리를 스쳐 지나갈 뿐이었지만, 나는 그 불안에서 기나긴 고통의 전조 같은 것이 전율하는 것을 느꼈다."(7/210-211)

이 텍스트는 타자 소유의 어려움을 전형적으로 표현하고 있다. 화자는 애인 알베르틴이 무엇을 했는지, 전화로 이야기하고 있는 이 순간에도 어디에서 무엇을 하고 있는지 알 길이 없다. '나'와 그녀와의 사이에는 무한한 거리가 있어서(비록 지척에서 통화하고 있는지도 모르지만 그 심리적 거리는 머나멀다. 또한 "지금 어디에 있는 거야?" 하고 물어본들 그녀는 얼마든지 거짓말을 할 수 있을 것이다), 그 거리를 메울 방도가 없다. 내 손아귀에서 벗어나 있는 그녀를 비록 감옥에 가둔다 해도 결코 그 속마음을 알 수가 없다. 그녀를 완전히 소유하겠다는 욕망이 자아내는 의심은 불안으로 변하고 마침내는 기나긴 괴로움으로 악화될 것이다. 사랑은 스스로 자아낸 고통이다. 결혼한 사람의 경우에는 이런 의심과 불안과 고통을 의처증, 의부증이라고 부른다.

그러나 이렇게 타자 소유의 어려움에서 연유하는 불안과 괴로움은 사랑 이외의 영역에서도 얼마든지 있을 수 있으며, 그것이 모든 대타 관계의 현실이라고 말할 수 있다. '열 길 물속은 알아도 한 길 사람의 속은 모른다'는 우리의 속담처럼 말이다. 충성, 우정, 친절, 자비, 선의가 모두 가면일 수 있고, 반대로 비난, 원망, 적의, 배반과 같은 부정적 반응이 사실은 사랑의 뒤틀린 표현일 수도 얼마든지 있다. 또 반대로 외양이 곧 진실일 수도 있는데도, 상대방이 의심과 불안을 걷지 않는 수도 있을 것이다. 그러나 양단간에 남의 진실을 꿰뚫어 볼 수 있는 능력이 쉽게 갖추어지지는 않는다. 그래서 대부분의 경우에 오해와 비극이 생긴다.

길은 하나밖에 없다. 진정하게 호소하는 것, 우선 자기 자신을 벌거숭이로 만들면서 상대방에게 "내 본심은 이렇소. 당신의 본심을 밝혀주시오"라고 호소하는 것 말이다. 그러나 그 호소가 성공한다는 보장은 없다. 상대방은 끝끝내 가면을 벗지 않을 수도 있고, 또한 자신의 본심을 자기도 알 수 없거나 변덕을 부릴 수도 있다. 남들과 함께 진정하게 산다는 것은 이런 어려운 곡절을 겪어 나가는 것이다.

§71

"질베르트가 내게 준 북 커버나 마노 구슬과 같은 것들이 전에 그렇게도 중요했던 것은 순전히 내 마음의 상태에서 생긴 일이었다. 왜냐하면 지금에 와서는, 그것들은 내게 한낱 여느 북 커버나 여느 마노 구술이 되고 말았으니까 말이다."(7/218)

화자를 한밤중에 찾아온 알베르틴은 책상 위에 있는 그 물건들을 보고 마음에 드니 자기에게 달라고 한다. 화자가 전에 질베르트에게서 받은 것이었지만, 그는 그것들을 선뜻 내준다. 지금은 별 뜻 없어진 여느 물품이 되어 버렸기 때문이다. 다시 말해서, 그것이 뜻있었던 것은 질베르트를 욕망하고 그리워했던 시절이었는데, 알베르틴을 사랑하게 된 지금은, 곁에 놓아두어도 있으나 마나 했기 때문이다.

내 생각에는, 애정이나 우정의 징표인 선물은 세 가지 변신의 과정을 겪는 경우가 있는 것 같다. 첫째로는, 물건에 영성이 깃들어, 사랑하는 사람이나 친밀한 사람을 그 속에서 찾아보듯이 느끼는 단계이다. 그러나 습관은 절실한 느낌을 조금씩 좀먹어가고, 또 어떤 이유이건 간에 상대방에게 무관심하게 되면, 그렇게도 귀중했던 사물이 무의미하게 되어 별로 거들떠보지도 않고, 비록 이용한다 하더라도 여느 사물들과 마찬가지로 순수한 물질이 되어버릴 것이다. 그것이 제2의 변신인데, 간혹 제3의 변신이 일어날 수 있다. 그것은 드문 일이지만, 옛사랑이나 옛 친구와의 관계가 다시 맺어질 때, 혹은 반대로 고독이 칼바람처럼 엄습할 때이다. 그럴 경우에는 무의미화됐던 그 선물은 다시 영성을 갖추고 우리는 그리움에 사무쳐 그것을 꼭 껴안을 것이다.

하지만 제1의 변신의 재현인 이 제3의 변신이 결정적, 영속적이라는 보장은 없다. 아마도 미구에 그것은 다시 무의미화하고 그런 상태로 끝나버릴지도 모른다. 우리의 변덕도 있고 인생도 무상한 것이기 때문이다. 그리고 이런 인간 조건을 염담하게 받아들이고 사는 것을 운명애amor fati라고 부른다.

§72

"어느 정도의 범위에서는, 사교계의 동향들도—예술 운동이나, 정치적 위기나, 또한 세간의 기호嗜好를 (…) 사회사상, 정의의 이념, 종교적 반동, 애국심의 고양 따위로 이끌어가는 변화에 비하면 매우 열등한 것이기는 하나— 그런 움직임의 멀고 굴절되고 불확실하고 흐리터분하고 변덕스러운 반영이다."(7/224)

이 텍스트는 세상의 현격한 변화의 영향을 받아 사교계라는 상류사회도 달라졌다는 말인데, 프루스트는 이 점을 긍정적으로 평가하고 있다. 그에 의하면, 사교계는 변화하지 않는다고 생각해왔지만, "인간의 성격도 거의 역사적이라고 말할 만한 동향 속으로 끌려 들어가는 것이다."

나는 이 발언이 과대평가라고 생각한다. 다방면의 중대한 변화가 사교계에 불러일으킨 반향은, 그 엄청난 변화가 단지 그들의 수다의 종류를 늘려주었다는 것뿐이다. 그들 중의 누구도 그 변화 속으로 뛰어들지 않는다. 그런 수다를 두고 어찌 그들이 역사적 동향 속으로 끌려 들어갔다고 말할 수 있겠는가? 이런 헛바닥 위의 변화는 찻잔 속의 태풍조차 못 되고 찻잔 속의 잔물결에 지나지 않는다. 그리고 얼마 지나면 그 잔물결도 가라앉고, 다시 허영과 허무의 장터로 돌아갈 것이다. 나는 이런 점에서 사교계의 변화를 중요한 사건으로 과대평가한 프루스트 자신 역시 그의 비전, 특히 사회적 비전에 있어서, 사교계의 인간임을 면치 못한다고 생각한다.

§ 73

"추억이 골라낸 영상들도, 상상이 만들어내고 현실이

파괴하는 영상들만큼이나 자의적이고 편협하고 포착할 수 없는 것이다. 우리 밖에 있는 현실적 장소가 몽상의 정경보다도 기억의 정경을 간직하고 있을 이유는 없다. 그리고 새로운 현실은, 추억을 찾아 우리를 여정으로 나서게 했던 그런 욕망을 잊게 하고 혐오하게조차 만들지도 모른다."(7/239)

이 텍스트는 세 가지 다른 종류의 영상에 대해서 언급하고 있다. 첫째는 추억(기억)에서 유래하는 영상, 둘째는 상상(몽상)이 만드는 영상, 셋째는 현실이 주는 영상이다. 첫째의 것은 추억이 여러 영상들 중에서 멋대로 떠올린 것인데, 우리는 그것을 되찾으려고 그 장소에 가보려 한다. 가령 옛 고향의 집이나 동무들을 찾아간다. 그러나 집은 헐려서 잡초만 무성하고 동무들은 산지사방으로 흩어져 버렸다. 더 간단한 예를 들자면 수년 전에 본 해변이 하도 아름다워서 다시 가보니, 그날따라 공교롭게도 안개가 잔뜩 끼고 시커먼 구름이 엄습하여 음산한 영상으로 변해 있었다. 상상하고 몽상하던 영상이 현실에 의해서 무너져버리듯, 추억의 영상도 현실이 무너뜨리고 만 것이다. 그러나 현실은 이 환멸을 보상하고도 남을 만한 새로운 대상을 베풀지도 모른다. 그 상실된 고향 땅에서 돌아오다가 극히 소중한 고대의 유적을, 혹은 산악지대의 절경을 보았다는 따위의 새로운 체험이 왜 없겠는가? 그러나 그 영상이 뇌리에서 사라지지 않아 몇 년 후에 다시 가보면 유적이 있던 자리는 폐허가 되고 절경이었던 산악지대는 밭으로 변하고 자동차 길이 나 있는 환멸적 변화가 생겼을 수도 있을 것이다. 그래서 또….

이렇듯 긍정적이건 부정적이건 간에, 현실에 의해서 부단히 파괴되고 또 생성되고 하는 기억의 영상들 중에서, 아무리 세찬 풍상에도 꿈쩍하지 않는 반석처럼, 시간과 현실의 마모를 겪지 않기를 바라는 영상이란 어떤 것인가? 우리는 그런 영상을 어떻게 찾아내고 어떻게 보전할 수 있는가? 그 발견과 보전의 가능성을 믿고 과거를 탐색하는 이야기가 이 대하소설의 주된 테마일 터이다.

§ 74

"어머니가 돌아가시고 나면, 우리는 어머니와 달라지는 것에 가책을 느낄 것이고, 그 지난날의 존재의 모습, 우리도 그런 존재였지만 다른 것들과 섞여 있었던 모습, 그러나 이제는 순전히 그렇게만 되려는 모습만을 찬미할 것이다. 죽음이 헛되지 않으며 망자는 여전히 우리에게 작용하고 있다고 말할 수 있는 것은 (…) 그런 의미에서이다. 망자가 살아 있는 사람보다 더 큰 작용을 가하기조차 한다. 왜냐하면, 진정한 현실은 오직 정신에 의해서만 밝혀지고 정신적 작업의 대상인 이상, 우리가 진실로 아는 것은 오로지 사고를 통해서만 재창조해야 하는 것, 일상생활이 우리에게 가리고 있는 것이기 때문이다."(7/265-266)

위의 텍스트는 어느 정도 진실일까? 나는 이 글이 과장된 것이라고 생각한다.

프루스트가 우선 언급하고 있는 것은 보기 드문 효자 효녀의 경우이다. 그에 의하면, 어머니 생존 시에는 그 몸가짐에 있어서 어머니를 따르면서도 개성적 행동도 했던 자녀가 어머니의 사후에는 그런 개성적 행동은 버리고 오로지 어머니와 똑같은 존재가 되려고만 한다는 것이다. 여기에서 언급되어 있는 것은 물론 자식에게 이어지는 어머니의 유전적 요소에 관한 이야기가 아니다. 또한 본인은 자각하고 있지 않지만 남들이 보기에는 사별한 어머니를 닮았다는 이야기도 아니다. 그것은 자식들 자신의 의식적인 행위를 의미한다. 그리고 이런 의식적 행위를 시키는 것이 바로 생자의 작용보다 더 큰 망자의 작용이며, 일상생활에서는 가려진 정신적 작업이다.

내 생각으로는 이 텍스트에는 과장된 센티멘털리즘이 있는 것 같다. 이 언급의 바로 앞을 보면, '나'의 어머니가 자기의 어머니(나의 외할머니)를 여의고 나서는 할머니와 똑같은 복장을 하고, 자기가 늘 보여왔던 양식과 외조부로부터 이어받은 남을 놀리기 좋아하는 쾌활한 행동을 끊어버렸다는 말이 있다. 또한 "아마도 사별한 어머니에 대한 애석한 심정에는 일종의 암시가 있어, 그 암시는 우리가 원래 잠재적으로 지녀온 유사점을 마침내 우리의 이목구비에 부각시키는 것인지도 모른다"는 일반적인 진술도 있다.

나는 이런 닮음의 의지와 역학을 부정하려는 것은 아니다. 그러나 세 가지의 유보 사항이 있다. 첫째는 어머니의 어떤 점을 닮으려 하느냐는 문제가 있다. 텍스트에서 말하는 "ce qu'elle etait"는 '어머니의 전체'가 아니라 의역해서 '그녀의 본질적 특징'이라고 이해할 수 있을 텐데 그 본질적 특징은 항구적으로 고정되어 있는 것이 아니라 우리의 생각이나 욕구의 변화에 따라 달라질 수 있을 것이다. 가령 그것은 한때 어머니의 자애를 의미하다가 다음에는 그 인내심을 의미하게도 될 것이다.

둘째로는 "uniquement"(오로지)라는 단어가 적합한지 의심스럽다. 어머니의 본질적 특징을 따른다는 것은 과연 내가 선천적으로 또는 후천적으로 지녀온 다른 요소들(autre chose) 즉, 나 자신의 개성을 송두리째 벗어던진다는 것을 의미하는 것인가? 또한 그런 일이 가능할까?

셋째로 어머니를 따른다는 생각과 그 노력은 이 텍스트가 내포하는 테마에 의해서 아이로니컬하게 부정된다. 다시 말해서 이 글은 그 유명한 '마음의 간헐성Intermittence *du coeur*'이라는 소제목의 장 속에 포함되어 있는데, 마음의 간헐은 다만 사별한 외조모를 잊고 이제야 다시 추억하는 화자의 경우만이 아니라, 모든 사람의 경우이리라. 그렇다면, 이런 변화가 모녀지간에서는 일어나지 않는다고 누가 보장할 수 있으랴? 화자의 할머니는 운명하기 전날 잠깐 의식을 회복하고 곁에 있던 어머니의 손에 뜨거운 입술을 대고는 "잘 있거라, 내 딸아, 이제 영원한 이별이구나" 하고 속삭였는데, 이 영원한 이별은 아마도 어머니로 하여금 오로지 제 어머니의 영원한 분신으로 살아가기를 다짐하게 하는 계기가 되었을지도 모른다. 그러나 그 맹서는 과연 지켜졌을까? 모녀지간은 조모와 손자 사이의 관계와는 진정 다른 차원의 것인가? 다소간의 의심을 품고, 화자와 작고한 할머니의 사이에서 일어난 일을 참고상 인용해두려고 한다. 물론 마음의 간헐성으로 보아, 이 말이 결정적인 것은 아닐 터이지만.

"할머니는 나의 삶의 전부였고, 다른 사람들은 할머니와의 관련하에서만, 할머니가 그들에 대해서 내게 내려주는 평가와의 관련하에서만 존재했었다. 그러나 천만의 말이다. 나와 할머니의 관계는 너무나 덧없어서 우발적인 것이 아닐 수 없었다. 할머니는 이제는 나를 알지 못하고, 나도 할머니를 다시 만나는 일은 없을 것이다. 우리 두 사람은 오직 서로만을 위해서 창조된 것이 아니며, 할머니는

한낱 타인일 뿐이었다."(7/274)

§ 75

"아직도 생생한 슬픔 속에서도 육체적 욕망은 다시 태동하는 법이다."(7/285)

할머니의 죽음을 생각하면서 느끼는 고통과 비탄은 하루가 다르게 엷어진다. 그러나 그 비탄이 아직도 남아 있는데도 성욕은 되살아나 화자는 알베르틴과 희롱하고 싶어 한다.

프루스트는 이런 부조리의 예로서, 어린아이와 사별한 바로 그 방에서 부부가 곧 교접을 하고 다른 아이를 갖게 된다는 언급을 하고 있다. 한데 그 예는 내게 옛날에 들은 말을 상기시킨다. 지금은 거의 볼 수 없게 되었지만, 지난날 부모를 여의면, 상주는 삼베 조각을 너덜너덜 지저분하게 단 상복을 입었는데, 그것은 그 모습을 추하게 만들어서 부부간의 성적 욕구를 감퇴시키기 위해서였다고 한다. 슬픔의 한가운데서도 꺼지지 않는 성욕, 그것은 인간이란 이름을 지닌 짐승으로서의 한심한 현실이다. 그러나 만인이 모두 그 충동에 끌려가는 것은 아니다. 굴복할 수도 극복할 수도 있다. 다만 그 극복은 인습적 규범이나 강요에 의해서가 아니라, 자유로운 결단에서 나오는 개인적 윤리로서 이루어져야 한다.

한데, 이 소설을 읽으면서 답답한 것의 한 가지는, 성적 충동만이 아니라 모든 면에서, 현실과 당위, 욕망과 통제, 자기중심과 자기비판 사이의 갈등이 없다는 것이다. 당장, 위의 인용문의 예를 들어보아도, 할머니의 죽음이 가져온 비탄을 무릅쓰고 태동한 성욕을 어떻게 처리하는 것이 마땅할 것이냐는 윤리적 반성은 없고 그것에 끌려갈 따름이다. 내 생각으로는, 바로 그런 자기 성찰의 결핍이 프랑스의 이 대작가를, 셰익스피어나 괴테나 도스토옙스키에는 못 미치는 존재로 만들어놓고 있는 주된 이유인 것 같다.

§ 76

"괴로워하고 있는 본인이 잘못 해석하여, 애인이 오지 않아 불안해서 그렇다고 생각한다. 이런 경우, 사랑은 어떤 신경성 질환처럼, 괴로운 불쾌감에 대한 부정확한 설명에서 유래한다. 그런 설명을 바로잡아도 소용없다. 적어도 사랑의 경우는 그렇다. 사랑이란(그 원인이 무엇이건 간에) 항상 잘못된 감정이기 때문이다."(7/308)

이 대목은 기다리던 알베르틴이 결국 화자의 방으로 찾아오지 않았다는 이야기에 뒤이어 나오는 것이다.

그녀는 오늘 밤에는 못 간다고 전화로 통지했다. 처음에는 불안했으나 곧 불안이 가셨다. 그러다가 근일 오게 되겠지 하고 대범하게 생각하게 되었다. 한데, 취침하기전에 무슨 약을 먹은 것이 필경 원인이 되었는지 괴로운 불쾌감에 사로잡혔다. 그러자 화자는 그 괴로움이 역시 그녀가 오지 않은 데서 유래하는 것이라고 잘못 판단하게 된다. 마치 몸이 아픈 이유가 가령 폐질환 때문인데, 상사병 때문이라고 잘못 넘겨짚는 것과 마찬가지이다. 이런 인식의 착오는 사랑하는 사람이라면 흔히 체험하는 일일 것이다.

그러나 이런 착오로부터 "사랑이란 항상 잘못된 감정"이라는 보편적 명제가 추출될 수 있는 것일까? 그것은 '사랑하는 사람의 보편적 현상'이라는 뜻을 과장해서 한 말일까? 혹은 어떤 다른 의미일까? 예컨대 상대방을 사랑한다는 것은 상대방을 위한 것이 아니라, 상대방을 제 것으로 완전히 소유하고 싶은데, 그가 늘 손아귀에서 벗어나 포착하지 못해서 품게 되는 의심과 질투의 감정을 두고 하는 말일까? 아무튼 간에, 프루스트는 사랑이라는 말의 가치를 격하시키고 있는 것 같다. 그렇다면 그것이 과연 낭만적 혹은 실존적 드라마에서 탈피한 사랑의 진모일까? 계속 살펴보아야겠다.

§77

"(바쁜 시대에는 템포가 빠른 음악이 어울리는 것이어서), 청중의 주의력을 피곤하게 하는 음악은 안 된다고 주장하기도 했지만, 우리에게는 여러 종류의 주의력이 갖추어져 있기 때문에, 그중에서 가장 고도의 주의력을 불러일으킬 수 있느냐 없느냐는 것은 예술가의 재능 여하에 달려 있다. 가령, 범용한 논설문이라면 단 열 줄만 보아도 벌써 피곤해서 하품을 하는 사람들이 바그너의 4부작 「니벨룽의 반지」를 듣기 위해서 해마다 바이로이트로 떠나는 것이다. 다른 한편으로는, 일시적으로나마, 드뷔시가 마스네와 똑같을 정도로 취약한 작곡가여서, 「멜리장드」의 선율이 「마농」의 선율과 같은 낮은 수준으로 격하되는 날이 오게 되어 있었다. 왜냐하면 가지가지의 이론들과 유파들이 세균이나 혈구처럼 서로 잡아먹고 잡아먹히고 하여, 이런 싸움을 통하여 생명을 이어 나가기 때문이다. 그러나 그런 때가 아직은 도래하지 않았었다."(7/333-334)

(드뷔시의 「펠레아스와 멜리장드」는 마테를링크의 동명 희곡을 오페라로 만든 작품. / 마스네의 「마농」은 아베 프레보의 소설 『마농 레스코』에서 유래하는 오페라.)

프루스트의 활동기는 1880년경부터 제1차 세계대전이 시작되는 1914년까지 30여 년에 걸친 이른바 '화려한 시대la Belle Epoque'와 무관하지 않다. 사회적, 정치적으로 개혁이 추진되고, 정교분리가 이루어지고, 과학기술과 그 산물들이 획기적으로 발전하고, 예술 분야에서는 백화난만의 시대가 전개되었다. 지금껏 우리에게도 낯익은 가지가지의 새로운 주의주장과 유파의 담당자들이 이 무렵 활동했다. 미술에서는 이른바 후기 인상주의의 대가들, 가령 고갱, 브라크, 마티스, 앙리 루소, 젊은 피카소 등이 화풍을 바꾸어놓고, 음악에서는 드뷔시, 라벨, 세자르 프랑크, 에릭 사티, 포레, 생상스 등이 일거에 출현하여, 매우 프랑스적인 감성의 곡조들을 들려주었다. 문학에서는 보들레르가 아연 재인식되고 말라르메, 랭보, 베를렌, 위이스망스, 아나톨 프랑스, 앙드레 지드, 그리고 프루스트가 이름을 날리거나 이름을 알렸다.

그러니까 이 다채로운 예술적 표현들을 어떻게 평가하고 그중의 어떤 것을 선택해서 보고 듣고 읽느냐는 문제가 생길 수밖에 없었다. 여기에 소개한 텍스트는 그런 질문에 대한 두 가지 대답이다.

첫째로 프루스트는 그 나름의 '반시대적' 고찰을 하고 있다. 바로 이 텍스트 앞부분에서 '바쁜 시대에 어울리는 것은 템포가 빠른 음악'이라는 말들도 하지만, 그것은 잘못된 판단이라고 그는 말하고 있다. 그리고 음악의 청중을 사로잡는 것은 여전히 인간의 가장 고도한 주의력을 불러일으키는 유능한 예술가의 작품이다. 그 증거로 범용한 표현은 잠시도 못 참는 사람들이 매년 바그너의 그 기나긴 「니벨룽의 반지」를 들으려고 긴 여행을 서슴지 않는다는 예를 들고 있다. 아닌 게 아니라, 이 엄청난 가변적 세상에서 내가 지금 프루스트의 대하소설을 읽고 있는 이유도 그런 맥락의 것이다.

둘째로 프루스트는 작품에 따라 예술적 가치가 다르다는 것을 밝히고 있다. 드뷔시의 작품과 마스네의 작품은 격이 다르다. 전자는 걸작이고 후자는 범용하다. 한데, 우후죽순처럼 생긴 숱한 이론들과 유파들 간의 생존경쟁으로 말미암아 언젠가는 전자를 끌어내려 후자와 동일한 정도로 생각할 때가 올지도 모르지만, 아직은 그런 시대가 아닌 것이 다행이라는 말이다. 또한 그럴 때가 오더라도 일시적인 일에 지나지 않고, 예술적 가치에 대한 판단에는 변화가 없으리라는 것이 프루스트의 생각이었다.

그러나 이 점에 관해서는 나는 불행하게도 프루스트의 희망을 함께 나누어 가질 수가 없다. 그는 시대가 근본적으로 달라진다는 생각은 별로 해보지 않은 것 같다. 대중문화의 엄청난 힘이 이른바 고급문화를 노도처럼 밀어내고 있는 이 포스트모던의 시대, 캐논Canon도 노옴Gnome도 이미 고물화된 이 시대, 마스네가 도리어 드뷔시와 마찬가지로 엘리트의 예술로 격상된 시대, 뒤샹의 변기나 워

홀의 토마토 깡통이 다빈치의 「모나리자」와 같은 자격으로 미술관에서 당당히 한자리를 차지하게 된 시대, 베토벤의 음악과 유행가의 차이는 오직 취미의 문제이며 취미는 다툼의 대상이 아니라는 시대를 프루스트가 어찌 상상할 수 있었겠는가? 대중문화의 속악성을 끝끝내 배제하면서 '진정한' 문화를 지켜 나가려는 극소수의 사람들이 마치 시대에 뒤떨어진 유물처럼 잔존하고 있는 오늘날, 그들은 긍지를 유지해 나갈 수 있을까? 어떤 소설을 읽어야 하느냐고 젊은이가 물어올 때, 무라카미 하루키가 아니라 이청준의 것을 읽으라고 단연코 권유할 수 있는 사람이 얼마나 남아 있을까?

하지만 이런 모든 답답한 질문에서 잠시 쉬어 가련다. 그리고 예술에 있어서 위대성이란 무엇인가라는 질문이 결코 시효 상실이 아니라고 버티는 반시대적 사람들이 그나마 몇 명이라도 남아서 나를 격려하니 그것을 고마워하련다.

§78

"파리에서는 그들(그 변호사 일가)의 저택은 르 시다네르를 모시는 일종의 신전같이 느껴졌다. 한데, 그런 신전은 무용지물이 아니다. 신이 자신에 대하여 의심을 품게 될 때, 그는 자기의 작품을 위해서 생애를 바친 사람들의 요지부동한 증언들에 의지해서, 그의 자기 평가에 생긴 균열을 쉽게 틀어막기 때문이다."(7/343)

이 텍스트는 예술계에 깔린 속물들에 관해서 이중으로 날카로운 빈정거림을 보여주고 있다. 그것을 쉽게 풀이하면 다음과 같은 이야기이다.

르 시다네르(Henri Le Sidaner, 1862~1939)는 클로드 모네에는 어림도 없는 아류 화가인데도 불구하고, 사교계에 출입하는 한 변호사는 모네보다는 시다네르를 선호한다. 그리고 마치 신전에 신을 모시듯, 그의 작품들을 저택 같은 제집에 전시해놓고 자랑한다. 그것은 쓸데없는 짓이다. 시다네르의 그림을 보고 싶어 찾아오는 사람은 거의 없기 때문이다. 그렇지만 이 변호사처럼 아류 예술가를 숭상하는 속물은 바로 그 아류 예술가에게 필요한 존재이다. 왜냐하면 재주가 부족한 예술가들은 제 능력을 의심하고 자신을 잃는 일이 많은데, 그럴 때면 자기를 천재처럼 받드는 사이비 비평가와 사이비 공중의 높은 평가에 의지하여 자신을 회복하는 것이다. 이것은 전형적인 자기기만이다.

나는 다른 분야는 몰라도 문필가 중에는 그런 아류들이 있다는 것을 경험상 알고 있다. 그들에게 가장 중요한 것은 인기이다. 인기를 즐길 뿐 아니라, 인기가 있다는 것을 주위 사방으로 알린다. 제 글이 어느 잡지나 신문에 실렸다느니, 제 책이 판을 거듭하여 팔린다느니 하면서 자랑을 하고 다닌다. 한데, 그 영향은 걱정스럽다. 여기에서도 그레셤의법칙이 작동하여 악화가 양화를 구축하기 때문이다. 요새 같은 시대에는 대중매체도 이 악화에 동조하여 (그렇지 않으면 팔리지 않기 때문이다), 사태를 더욱 걱정스럽게 만들고 있다.

그러나 이런 내 생각이 통용될까? 어쩌면, "근본적으로 달라진 시대를 자각하지 못하고, 한탄을 하며 진선미를 고집하는 당신은, 구시대인을 전시하는 보호구역에나 수용될 구닥다리요" 하는 장삼이사들의 힐난이 귓전에 들려오는 것 같다. 참으로 '멋있는' 신세계다!

§79

"(…) 만일, 예컨대 어떤 혁명의 결과로 엘리베이터 보이와 나의 사회적 신분이 뒤바뀐다면, 부르주아로 변신한 그가 나를 위해 얌전히 승강기를 운전하는 대신에 나를 (호텔의 6층으로부터) 밀어 떨어뜨리지나 않을지, 그리고, 사교계에서는 현장에 없는 사람에 대해서 험담을 하는 일이 물론 있지만, 그 사람이 불행해졌을 때는 모욕적인 태도를 보이지 않는데, 이와 대조적으로, 어떤 계층의

서민들에게는 더 노골적인 이중성이 있는 것이 아닌지, 내게는 그런 의심이 생겼다."(7/350)

화자는 휴양지 발벡으로 갈 때는 호텔의 엘리베이터 운전원에게 큰 액수의 팁을 주는 것이 보통이지만, 때로는 그러지 못하는 일이 생긴다. 그럴 때면 운전원은 뾰로통한 표정을 짓는다. 이 텍스트는 그런 표정을 보았을 때의 화자의 상상이다. 보통은 친절하고 충실한 엘리베이터 운전원이 만일 혁명이라도 일어난다면 자기를 6층에서 밀어 떨어뜨릴지도 모른다고 상상해보는 것이다. 즉, 계급적 차이에서 유래하는 면종복배에 대한 의심이다.

이 구절은 나로 하여금 6.25사변 때의 일을 상기시켰다. 인민군이 남쪽의 대부분을 잠시 점령하고 있던 동안 학대받아온 하층계급의 사람들이 주인이나 지주를, 그리고 지배층에 속하거나 그 부하라고 생각되는 사람이면 아무나 고발하여 죽음으로 몰아넣는 일이 비일비재했다. 그러나 다른 한편으로는 평소에 인정 있고 너그러운 행동으로 인심을 얻은 상층계급의 사람들을 감싸주고 돌보아주는 하인이나 소작인도 없지 않았다.

따라서 개인적으로 볼 때는, 하층계급의 이중성(면종복배)은 보편적이 아니다. 그러나 내가 프루스트의 계급관에 동의할 수 없는 이유는 그런 현실에 비추어서만이 아니라, 그보다도 그의 생각 자체가 루카치의 비난의 대상으로 안성맞춤이 될 만큼 계급적이기 때문이다. 다시 말해서 그는 귀족 내지는 부르주아의 입장에서 하층계급을 내려다보고 있다. 그의 계급적 편견은 '상류계층의 사람들로 구성된 사교계에는 그런 이중성이 엷다'는 뜻의 발언으로 분명하다. 그는 자기가 속하는 지배계급의 실상을, 피지배계급의 입장에서 비판하려는 자기 정화적인 시도를 하지 않았다. 그들이 면종복배의 이중성을 마치 그들의 본질인 양 내장하고 있다면, 그 책임은 지배계급에 있을 것이라는 뼈저린 사회적, 도덕적 반성을 그는 스스로 가해본 일이 없는 것 같다. 이것이 이 소설의 매우 중요한 한계이다. 이 섬세한 대작과 아울러, 하층민을 다룬 거의 동시대의 거친 소설들, 가령 에밀 졸라의 『제르미날』이나 『나나』를, 하다못해 옥타브 미르보Octave Mirbeau의 『어느 하녀의 일기Le Journal d'une femme de chambre』를 읽어야 하는 이유가 바로 여기에 있다.

§ 80

텍스트 7/352-363을 보면, 화자는 알베르틴과 단둘이 있게 되자, 그녀가 동성애자가 아닌지, 다른 남자와의 관계는 없는지 의심하며, 질투하는 애인으로서의 탐색을 시작한다. 여기에서 내가 '탐색을 한다'는 표현을 쓴 것은 고의적이다. 왜냐하면 화자는 상대방에게 직접적 언어로 격하게 따지거나 그녀의 고백을 강요하는 대신에, 괴롭힘을 통해서 상대방을 떠보려고 하기 때문이다. 한데 이 괴롭힘은 동시에 자신에 대한 괴롭힘이기도 하다. 그는 속된 말로 머리를 이리 굴리고 저리 굴리면서, 다시 말해서 사랑을 고백하는 듯하다가도 시비를 거는 언어를 농한다. 상대를 약 올릴 뿐 아니라 자신을 괴롭히기도 하는 두뇌 플레이를 통해서, 상대의 반응에 따라 불신감에 더 깊이 빠졌다가 안심하는 척하기도 하면서 그녀의 진실을 밝혀내려고 한다.

나는 이 텍스트를 읽으면서 화자는 참으로 치사하고 알밉고 비겁한 인간이라는 느낌을 지울 수 없었다. 이런 식의 탐색은 자신을 상대방에게 내던지면서, 흔히 말하듯이 '사생결단'의 각오로 고백을 호소하고 또 강요하는 정열적 행위와는 정반대되는 것이다. 화자에게 있어서, (그리고 아마도 작가에게 있어서), 주객합일의 지향으로서의 사랑이란 생각할 수 없는 일 같다. 사랑이란 육체적 욕망의 충족과 타자의 일방적 소유를 겨냥하려는 충동이라는 연애관을 애초부터 품고 있기 때문이다. 그래서 '죽기 살기'로서의 사랑의 드라마나 이른바 영육일치를 기대하는 것은 연목구어이다. 그에게 있어서는, 사랑이란 유혹이며, 사랑의 괴로움은 나를 상대방에게 내맡기지 않으면서 상대방을 전적으로 내 것으로 만들려는 이기적 욕심에서 연유한다. 화자의 이러한 태도는, 자신은 옷을 단단히 입은 채 여자를 벌거벗기려는 수작을 부리는 사디스트를 상기시킨다.

한데, 이 기도는 상대를 괴롭힐 뿐 아니라 자신을 괴롭히는 것이 되기도 한다. 상대가 마음의 옷을 벗기는커녕, 더욱더 꼭 여미려고 하기 때문이다. 적어도 화자는 그렇게 생각하고 질투심에 싸인다. 그리하여 상대를 손아귀에 넣을 수 없는 그는 의심암귀疑心暗鬼라는 말처럼 스스로 품은 망상에서 오는 귀신에 시달린다.

이런 상호 소통이 없는 한심한 연애관이, 그렇게도 박식하고 날카롭고 재미있는 이 소설을 위대한 작품이라고는 말할 수 없는 중요한 이유의 하나가 되어 있다. 읽을수록 더욱 그 대척점에 있는 도스토옙스키의 생각이 난다. 다만 아직은 둘 사이의 관계가 초기 단계이고, 더구나 알베르틴은 난숙한 처녀로 성장하기 이전이니까 세월이 좀 지나면 무슨 변화가 있을지도 모르지만.

§81

"알베르틴의 친구인 소녀들이 한동안 발벡을 떠났다. 나는 그녀를 즐겁게 해주고 싶었다. 발벡에서 오직 나하고

만 매일 오후를 함께 보내면 그녀가 행복을 느끼리라고 가정한다 하더라도, 그녀는 그 행복이라는 것에 완전히 젖어 들지는 못하리라는 것을 나는 알고 있었다. 또한 행복감이 불완전한 것은 그것을 제공하는 사람의 책임이 아니라, 그 것을 느끼는 당사자 때문인데, 알베르틴은 그런 사실을 아직 모르는 나이(어떤 사람들은 영영 그 나이를 넘어서지 못한다)인지라, 자기의 환멸의 원인이 내게 있다고 생각하기 쉬웠으리라는 것도 나는 알고 있었다."(7/394)

이 텍스트는 미숙한 소녀와의 성행위에 관한 것이다. 지금으로서는 알베르틴이 그럴 나이여서, 성적으로 무감각한 것은 아니지만, 아직은 이른바 오르가슴이 가져오는 도취적 행복감을 모른다. 그녀는 쾌감의 문턱에서 환멸을 느끼고 그 탓을 화자에게 돌린다.

그렇다면 머지않아 성숙한 처녀가 되어 성적 쾌감을 만족스럽게 향유하게 되면 사정은 일변할까? 그때가 오면, 그녀는 그런 행복감을 완전히 맛볼 수 있을지 없을지는 제 육체에 달려 있다는 것을 아는 동시에, 쾌감의 도입부를 마련해주는 화자에게 감사하는 마음을 가질지도 모른다. 그리고 화자는 그녀의 행복감에 자신도 행복해할 수도 있을 것이다. 그러나 이 행복의 이중주가 과연 연주될까? 그 가능성은 희박해 보인다. 바로 앞의 §80에서 살펴보았듯이, 화자는 지금도 벌써 그녀가 혹시 동성애자가 아닐지, 다른 남자와 놀아나는 것은 아닌지 의심하고 있는데, 그녀가 오르가슴을 알게 되면, 이 의심은 더욱 깊어질 가능성이 크다. 그렇다면 사랑이란 과연 무엇인가? 프루스트의 결정적 대답을 기다려본다.

§ 82

"우리가 매우 싫어하는 대상은 우리와 정면으로 상반되는 사람들이라기보다는 오히려 단점에서 우리를 닮은 사람들, 우리의 나쁜 면을 노정하고 있는 사람들, 우리가 이미 떨쳐버린 결함을 지니고 있어, 우리가 오늘날처럼 달라지기 전에 남들의 눈에 어떻게 비쳤는지를 불쾌하게 상기시키는 사람들이다."(8/23)

자기 자신의 현재와 과거의 약점과 결함을 닮은 분신 같은 사람을 만났을 때의 불쾌감― 내게는 그런 불쾌감이 거의 매일처럼 따른다. 위선, 경망, 속단, 허영, 교만… 내가 그런 태도를 보이는 사람들을 미워하는 것은 많은 경우에 나 자신을 거울에 비추어 보는 듯이 느끼기 때문이다. 하기야 프루스트의 말대로 그런 결함이 나의 과거였으며 현재는 그것에서 탈피했다고 생각하면서, 오직 과거가 재생된 것이 남모르게 불쾌하다고 느끼는 일이 없지 않다. 그러나 지금은 달라졌다는 생각조차 옳은지는 모르겠다.

내 딴에는 과거의 어떤 단점을 청산한 줄 아는데, 남들이 보기에는, 그리고 본질적으로는 청산된 것이 아닌지도 모른다. 평상시에는 그것을 은폐하고 있다가 어떤 뜻하지 않은 상황이 생기면 불쑥 튀어나올지도 모른다. 현재의 것이건 과거의 것이건 간에, 아무튼 제 결점을 상기시키는 사람을 이리저리 만나는 것이 유쾌한 일은 아니다.

§83

"이렇게 높은 곳에서는 공기가 하도 산뜻하고 순수해서 나는 도취하는 느낌이었다. 나는 베르뒤랭 내외가 좋아졌다. 그들이 우리에게 마차를 보내준 것이 감동적인 친절로 여겨졌다. 나는 (동행한 셰르바토프) 대공 부인에게 키스하고 싶기까지 했다. 나는 그녀에게 이토록 아름다운 경치는 본 일이 없다고 말했다. 그녀 역시 다른 어디보다도 이 고장을 좋아한다고 대답했다. 그러나 그녀에게도 또 베르뒤랭 내외에게도, 가장 큰 관심은 관광객으로서 그곳을 관조하는 것이 아니라, 거기에서 맛있는 식사를 하고, 마음에 드는 사람들을 초대하고, 편지를 쓰고, 책을 읽고 하는 것, 요컨대, 고장의 아름다움을 적극적 관심의 대상으로 삼는 것이 아니라, 수동적으로 아름다움에 몸을 맡기면서 그곳에서 생활하는 것이라고 나는 느꼈다."(8/60-61)

이 이야기는 화자가 베르뒤랭 내외의 초대를 받아 그들이 빌리고 있는 별장으로 일행과 함께 가는 길에 바다와 단애와 만이 만들어놓은 절경을 보았을 때의 일이다.

(1) 그 경치에 도취된 그의 눈에는, 지금까지 야유와 빈정거림의 대상이었던 사람들의 면모와 행위까지도 미화된다. 늙어빠진 데다가 거구이며 추상인 셰르바토프 대공 부인에게 키스를 하고 싶어 하고, 속물로서 야유해온 베르뒤랭 내외가 기차역까지 마차를 보내준 친절에 감격한다. 풍경이 베푼 도취가 사람을 보는 눈을 일시적으로 바꾸어놓은 것이다. 마치 인상파 화가에게는 밝은 햇빛 아래에서 삼라만상이 생기로 넘치는 모습으로 변모하듯이 말이다. 새로운 환경, 사물, 사태의 영향이 주는 이러한 변화는 누구나 일상적으로 체험하는 것이며, 생각이나 감정의 일관성과 지속성을 주장하는 사람들의 견해가 잘못된 것이다.

(2) 이 이야기에서 또 하나 주목해둘 것이 있다. 그것은 베르뒤랭 일가와 그들의 살롱의 단골인 대공 부인은 그 풍경의 아름다움에 큰 관심이 없는 사람들이라는 낮은 평가인데, 이 비판은 다소 무리인 것 같다. 왜냐하면 그들은 화자와는 달리 별장에 자주 오는 까닭에, 그 풍경은 신선미를 잃고 생활환경이 되어버렸기 때문이다. 이런 일은 극히 자연스러운 일이다. 누구의 경우에나, 반복과 습관

은 감수성을 무디게 하는 법이다. 만일 화자가 그들을 따라서 여러 번 그 별장에 온다면 마찬가지 현상이 생길 것이다. 이런 일은 풍경만이 아니라 모든 분야에서, 가령 음식, 취미, 애정 관계, 대타 관계 등에서도 일어나는 것이다.

따라서, 원래의 맛을 회복하기 위해서는 일단 자신을 소격화하여 그 대상을 멀리해야 한다. 그리고 상당한 시간이 지나서 그리움이 절실할 때, 다시 말해서 감수성이 새싹처럼 되살아날 때, 돌아와야 한다. 이것을 별리의 미학이라고나 불러둘까? 온 세상의 서정시의 가장 흔한 테마인 고향에 관한 노래는 고향을 떠났던 사람들의 노래이다.

§84

"서민의 의견은 야릇하게 분열되어 있어서, 가장 심각한 도덕적 멸시가 가장 정열적인 존경심에 끼어들어 섞이고, 또 반대로 그런 존경심이 청산되지 못한 오래된 원한과 겹치기도 한다."(8/92)

이미 여러 번 언급한 것처럼 서민에 대한 프루스트의 견해는 그의 계급의식에 의해서 극히 제한되어 있다. 이 대목에 관해서도 적어도 두 가지 면에서 그의 생각의 한계를 지적할 수 있다.

(1) 비록 서민의 그런 이중성이 그 계급의 독특한 약점

이라고 하더라도, 그들을 그렇게 만든 책임은 그들을 착취하고 궁지에 몰아넣은 지배계급에 있다는 통렬한 반성을 프루스트는 스스로에게 과해본 일이 없다. 마치 서민은 자기와 같은 상류계급의 인간과는 본성적으로 다른 족속이라는 듯이 말이다. 이런 무산계급의 행태에 관해서는, 프루스트의 지적보다는, 아득한 옛날의 맹자의 말, "항산이 없으면 항심이 없다"는 그 유명한 말이 한결 이해성 있고 진실에 가깝다.

(2) 또한, 이런 이중성은 정도 여하를 불문하고, 모든 인간에게 공통적인 것이다. 우리는 타인에 대해서 동시적으로, 혹은 계기적으로 다른 태도를 나타낼 수 있다. 충실한 벗의 노릇을 하다가 불구대천의 원수처럼 미워하기도 하고, 동시에 비난하고 찬탄할 수 있다. 가령 다음과 같이 말이다. '그 사람은 인간으로서는 경멸할 만하지만, 시인으로서는 타의 추종을 불허할 만큼 훌륭하다.' 또 '나는 그의 자비로운 언행에 경탄하지만 지난날 나를 모질게 따돌린 일을 결코 잊을 수 없다.' 또 더 일반적으로 '사랑스럽다가도 밉고 밉다가도 사랑스러워, 애증의 길은 둘이 아니다'라고 느끼는 경우가 그런 것이다. 사실 이런 모순되는 이중적 견해와 감정은 이 소설에서 다반사로 나온다. 예컨대 게르망트 부인의 재치에 대한 찬탄과 그녀의 허영에 대한 비판, 또 스완의 예술적 소양과 속물성에 대한 지적, 등

등… 서민은 결코 특별히 미흡하거나 본질적으로 미흡한 인간이 아니다.

§ 85

"엘스티르는 어떤 꽃이라도, 우리가 항상 머물러 있을 수밖에 없는 내심의 정원에 옮겨 심어야만 바라볼 수 있었다. 그는 자기가 보고, 만일 그가 없었다면 우리가 영영 몰랐을 그런 장미꽃들의 출현을 그의 수채화에 담았던 것이다. 따라서 이 화가는 창의적인 원예가처럼 새로운 품종을 만들어서, 장미과를 더 풍요롭게 만들었다고 말할 만하다."(8/130)

이것은 두말할 필요도 없이 지당한 지적이다. 화가이건 시인이건 음악가이건 진실한 예술가가 표출하는 것은 내면화된 대상, 즉 예술가의 독특한 감각과 감수성과 비전에 의해서 창조되는 대상이다. 사진 역시 대상 그 자체를 그대로 재현한 것이 아니라 사진사가 가장 뜻깊다고 생각한 한순간의 모습의 포착이다. 한데, 내 생각으로는 이 창조의 작업에는 크게 두 갈래가 있고, 또 각각의 갈래에 두 가지의 종류가 있는 것 같다.

첫째 갈래는 역사적인 것이다. 선배들이 표현하지 못했거나 알지 못했던 어떤 것을 창조하는 것이다. 여기에는 두 가지 종류가 있다. 하나는 자연의 대상과 관련된 것이다. 다름 아니라, 위의 텍스트에서 언급되고 있는 장미꽃이 그런 예이다. 세상에 장미꽃 그림은 많지만, 엘스티르가 그의 화폭에 담은 장미꽃은 선배들의 것과는 다른 뉘앙스를 띠는 것이다. 마찬가지 말은 하늘의 색깔에 대해서도 (가령 반 고흐의 하늘), 또 산에 대해서도(가령 세잔의 빅투아르 산) 할 수 있을 것이다.

또 한 가지는 문화의 변천과 관련된 것이다. 문학에서 말하는 이른바 문예사조의 변화(이 변화 자체도, 정치적, 사회적, 사상적, 과학적 변화의 함수이기도 하지만)가 가져오는 새로운 주의주장이 그런 것이다. 또한 기술의 경이적 발전이 생각할 수 없었던 모양의 건축물들을 창조하게 만들고, 상업적 금권만능의 시대가 가져온 전통적 미학의 붕괴는 변기를, 깡통을 예술의 대상으로 삼게 만들었다. 또 다른 예를 들자면, 예부터 프란시스 베이컨에 이르는 여러 예수 수난상을 추적해보면, 기독교에 대한 사상의 역사적 변천을 쉽게 밝힐 수 있을지도 모른다.

또 한 가지의 갈래는 개인적 차원의 것인데, 여기에도 두 가지 종류가 있다. 하나는, 30년에 걸쳐서 250여 점의 수련화를 그린 클로드 모네의 경우가 대표적인 것이다. 그는 시간의 변화, 천기의 변화, 계절의 변화에 따라 달라지는 연못의 수련이 주는 이미지를 그때마다 포착하려고 했다. 같은 대상이지만, 잠시 후면 사라질 상이한 영상들을 영원히 화폭에 고정시켜놓으려 한 것이며, 우리는 이런 시도를 인상주의라고 부른다. 아침 대낮 저녁으로 달라지는 바다의 소리와 모습을 음악으로 사로잡으려던 드뷔시의 기도도 그런 것이다.

이러한 동일 대상에 대한 반복되는 관심의 또 하나의 이유는, 그 대상에 잠재하고 있는 어떤 본질적이며 절대적인 핵심을 포착하려는 데 있다. 조각가 자코메티가 인체의 모습을 빚었다가 부수고 다시 또 빚고 부수고 하는 작업을 그렇게도 여러 번 되풀이한 것이 그 예이다. 또한 글렌 굴드는 바흐의 「골드베르크 변주곡」을 세 번 녹음했는데, 그 일도 역시 핵심에 더 가까이 가려는 시도가 아니었을까? 그러나 슬프게도 이런 예술적 추구는 오늘날과 같은 포스트모던의 시대에는 보기 어려운 것이 되고 말았다.

§ 86

"두뇌의 파괴 후의 사후의 삶에 관해서는 왈가왈부가 많지만, 나로서는, 두뇌가 무슨 변질을 겪을 때마다 단편적인 죽음이 따른다는 점을 지적하고 싶다. (…) 현생의 내가 전생의 나를 추억할 수 없듯이, 죽은 후에 다시 태어날 내가 현생의 나를 상기할 이유는 없는 것이다."(8/194, 195)

이 대목은 프루스트가 합리주의적, 과학적 견지를 저변에 깔고 있다는 것을 분명히 밝혀준다. 그에 의하면, 설사 우리의 생이 전생, 현생, 후생의 세 가지에 걸쳐 있다손 치더라도, 현생하고 있는 나는, 최면술이라는 조작의 희생자가 되지 않는 이상, 나의 전생을 기억하지 못하듯이, 후생에는 현생의 내가 무엇인지 모를 것이다. 이 점에서 프루스트는, 전생, 후생, 영혼 불멸 등에 대한 신비주의적 믿음에서 해방되지 못했던 베르크손과는 대조적이다. 소위 '무의지적 기억'이 솟아오른다 해도 그것은 어디까지나 현생에서의 온전한 뇌 기능과 체험에 한정된 것이며, 전생이나 후생의 일과 상관된 것이 아니다. 하기야 그런 기억의 부상은 과거에도 있어왔고 미래에도 있을 테니, 인간의 정신작용은 한결같기는 하다. 그러나 이런 보편적 현상을 두고 그것이 곧 연속되는 나의 전생과 후생들의 소위이며, 영혼 불멸의 증거라고 말하는 것은 무의미하다. 마치 선악을 불문하고 인간의 모든 행위와 역사가 영혼 불멸의 증거라고 말하는 것이 무의미한 것과 마찬가지로 말이다.

§ 87

"거리의 멀고 가까움은 공간이 시간과 갖는 관계에 다

름 아니며, 그 관계에 따라서 변화한다. 어떤 지점에 갈 때 봉착하는 어려움을 우리는 몇 리나 몇 킬로라는 단위로 표현해왔지만, 이 어려움이 감소되는 순간 그런 단위 체계는 헛된 것이 된다. 그로 인해 예술도 변화하는데, 어떤 마을과는 다른 세계에 있는 것처럼 보이던 마을이 규모가 일변한 풍경 속에서는 이웃 마을이 되는 것이다."(8/211)

화자는 알베르틴과 자동차를 타고 달리면서 이 체험을 절실하게 한다. 자동차와 같은 고속 교통수단은 우리의 의식에서 공간의 시간화를 초래한다. 걸어가거나 마차로 이동할 때는, 우리는 목적지까지 몇 리, 몇 킬로미터냐고 묻는다. 그러나 재래의 교통수단과는 비교도 할 수 없는 신속한 수단을 이용할 때 우리가 궁금한 것은 목적지까지의 거리가 아니라 걸리는 시간이다. 오늘날 철도나 자동차를 이용해서 서울에서 부산까지 갈 때, 우리의 관심은 소요 시간이지 거리가 아니다. 그리고 우리는 변함없는 거리인데도, 도로 사정에 따라 때로는 두 배 이상의 시간이 걸릴 수도 있다는 것도 알고 있다.

그러나 소요 시간의 차이에도 불구하고, 텍스트에서 언급된 초기의 자동차의 경우나 엄청난 속도를 낼 수 있는 오늘날의 무릇 교통수단의 경우나 본질적으로 다를 것이 없다. 속도가 풍경들을 주마등처럼 지나가게 하고, 그 결과로서 멀리 떨어져서 다른 환경과 특색을 지니고 있던 마을들이 연속적으로 이어지다가 곧 사라지곤 하여, 우리는 그 풍경을 느긋하게 감상할 수 없게 된 것이다. 예부터 주마간산이라는 표현이 있듯이 말을 타고 가다가 바라보는 자연은 피상적인 것인데, 자동차를 위시한 편하고 빠른 이동 수단은 이런 미흡한 경험을 극대화시키는 것이다. 그중에서도 가장 나쁜 예는 외국 단체 관광이다. 비행기로 머나면 외국의 도시에 가서 관광버스를 타고 며칠 동안 정신 없이 여기저기 끌려다니면 나중에는 혼미하여 무엇을 보았는지조차 생각이 나지 않는다.

교통수단만이 아니라 모든 분야에 걸친 속도의 문명, 그것은 요컨대 힘든 과정을 감소시키기 위한 것이다. 그것을 생력화라고 불러두자. 전화, 계산기, 텔레비전, 컴퓨터… 우리는 이런 기계들이 없어지면 생활 자체가 불가능한 세상에 살고 있다. 그러나 다른 한편으로 생각해보면 그 이용을 통한 생력화는 두 가지의 역효과를 초래할 우려가 있다. 첫째는 능력의 저하이며, 이 저하가 가져올 삶의 기쁨의 감소 내지는 상실이다. 가령 산정에 오를 때 매번 케이블카를 이용할 수도 있지만, 개중에는 구태여 걸어서 오르기를 고집하는 사람이 있는 것은 어려움을 이겨내는 자신의 능력을 확인하고 이 확인을 통해서 삶의 기쁨을 체험하려고 하기 때문이다. 작게는 구구단을 외우고 자랑하는 아동으로부터 크게는 장거리달리기 경주에 참가

하는 선수들에 이르기까지, 그들은 속도의 문명이 가져오는 생력화의 역효과에 심신을 맡길 수 없다는 자각을 한 사람들이다.

또 한 가지로, 속도의 문명은 인간을, 소수의 창출자와 대부분의 이용자로 갈라놓는다. 그리고 과학기술의 원리와 실제를 모르는 후자는 이제 생활의 필수품이 된 기구와 기계의 이용을 위해서 전적으로 전자에 의존한다. 한데 이 소수의 과학기술자들은 또한 그가 소속하는 국가의 정치적 지도자의 주요한 정책에 따라 그의 창출물의 종류와 범위를 조정해 나가게 된다. 독재국가뿐만 아니라 민주주의를 표방하는 나라에서도, 오늘날 같은 치열한 국제적 경쟁과 긴장 속에서는, 한 국가는 실질적인 과두정치가와, 그것에 충실한 소수의 과학기술자들과, 그들이 국익을 염두에 두고 베푸는 기구와 기계를 이용하는 일반인의 세 구성요소로 성립된다고 말할 만하다. 이 구조는 앞으로도 장기간 계속될 것 같고, 이른바 후진국들도 문명화의 이름 아래 속속 이렇게 변화해 나갈 것이다.

(내가 앞서 말한 것처럼, 속도의 문명에 저항하고 인간 본연의 능력을 고양하려는 사람들은 귀중한 존재이지만, 그 존재가 방금 지적한 사회구조에 근본적 변화를 가져오리라고는 생각되지 않는다.)

§ 88

"바쁜 사람들이, 사리사욕과 무관한 교양을 실천하고 있는 사람을 목격하면, 그들의 눈에는 한가한 자의 우스꽝스러운 소일거리로 비칠 것이다. 그러나 그들이 잘 생각해 보아야 할 일이 있다. 그것은, 바로 그 교양이라는 것이, 그들의 업무에 있어서, 그들보다 더 훌륭한 법관이나 행정관도 아닐 동료들을 발군의 존재로 만들어준다는 것이다. 그리고 이런 동료의 빠른 승진을 본 그들은 '그이는 대단한 학식을 갖춘 매우 뛰어난 사람 같군' 하고 존경하게 된다는 것이다."(8/269)

(a) "바쁜 사람들"이란 실무에 전념하는 사람들이라는 뜻이다. 그들이 보기에, 교양을 쌓는 것은 한량들의 소일거리에 불과하다. (b) 그러나 그들 자신과 별로 달라 보이지 않는 동료들 중에서도 어떤 사람이 유난히 빠른 진급을 하는 경우가 있는데 그것은 그들의 교양이 출중하기 때문이다. 그것을 안 그 실무적이기만 한 인간들은 교양 있는 그 승진자를 존경하게 된다.

이 이야기에서 (a)는 지금도 다름이 없다. 실무자들은 여전히, 아니, 이전보다도 더욱, 교양은 실무와 무관할뿐더러, 도리어 실무에 방해가 되는 것, 따라서 폐기해야 하는 것으로 인식하고 있다. (b) 그러나 교양 있는 직원이 고

속 승진한다는 이 말은, 승진을 심사하고 결정하는 상급자가 교양이 있고 교양을 중시한다는 의미를 내포하고 있다. 한데, 이 말에는 격세지감이 있다. 승진 결정권을 가진 상급자들이야말로 승진 대상자보다 더욱 교양을 경시하는 것이 대세이다. 하기야 교양의 유무가 승진의 바로미터가 되었던 프루스트의 시대에도, 교양은 그 자체의 가치 때문이 아니라, 오직 승진의 요건으로서의 종속적 가치 때문에 실무자들의 관심의 대상이 되었을 따름이겠지만, 그만해도 부러운 일이다. 교양이 있을수록 승진은커녕 도리어 퇴물이 될 가능성이 큰 속악한 기능주의가 지배하는 것이 오늘날의 사회이기 때문이다. (c) 그렇다고 교양 지상주의에 함입해서 실무적 요청과 능력을 경시한다면, 그것도 큰 문제가 될 것이다. 우리나라의 경우를 보면, 바로 이것이 교양의 핵심처럼 된 성리학에서 벗어나지 못했던 조선 후기 시대의 현상이었다. 하기야, 교양과 실무의 균형을 도모한 박지원이나 정약용과 같은 실학파의 사람들이 있었지만, 그들의 포부가 성리학이라는 오피셜 이데올로기의 억압을 받아 결실하지 못한 것은 참으로 안타까운 일이다. 그 후 이른바 근대화가 촉진됨에 따라서, 그리고 경제적 발전이 국가의 가장 중요한 목표로 설정됨에 따라서, 사리사욕을 초월한 교양은 입지를 상실해 갔고, 그 무용론조차 현실화될 움직임을 보이게 된 것이다. 이런 경향은 최근의 대학 구조개혁에 여실히 반영되어 있다.

§ 89

"샤를뤼스 씨는 바로 그 악벽 때문에 다른 사람들보다 더 머리가 좋다는 평을 받게 되었다. 대학교수나 조각가로부터 교묘한 자극을 받은 샤를뤼스 씨가 사랑이니 질투니 아름다움이니 하는 것에 관해서 아무리 단순한 격언을 내뱉는다 해도, 그런 격언의 근원이 야릇하고 은밀하고 세련되고 기괴한 그의 경험에 있기 때문에, 살롱의 단골들에게는 이방의 일과 같은 매력을 띠는 것이었다. 마치 우리나라의 극작품이 어느 시대에나 줄곧 제공해온 것과 유사한 심리묘사가, 러시아나 일본의 작품을 그 나라의 배우들이 연기하면, 딴 세상의 일인 것 같은 매력을 띠듯이 말이다."(8/277)

유성 언어의 경우, 그리고 그것이 시나 소설이나 희곡과 같은 창작물이 아니라 일상적인 상황에서 사용되는 경우, 발화자가 전하려는 의미와 청자가 받아들이는 의미가 꼭 일치하지 않는 일이 많다. 그리고 그 이유에도 여러 가지가 있을 것이다. 이 텍스트는 그중의 한 가지로, 청자에 의한 과대평가를 지적하고 있다. 발화자가 인격적으로나 직업적으로, 또는 그 업적에 의한 명성에 힘입어, 보통 사람과는 다른 특별한 인간이라면, 청자는 그의 말에 진기하고 심오한 의미가 담겨 있는 것으로 치부하기 쉽다. 사랑이나 질투에 관해서 샤를뤼스가 내뱉는 평범한 격언이, 그가 남들과 다른 남색가라는 이유 때문에 야릇한 의미를 담고 있는 듯이 들리는 것이다.

　나는 이런 과대평가의 또 하나의 예를 들어보겠다. 그것은 괴테가 운명하기 전에 입에 올렸다는 "더 많은 빛을!(Mehr Licht!)"이라는 마지막 말의 의미에 관한 것이다. 어떤 사람들은 그의 사상을 참작해볼 때, 그 말이 '어두운 이 시대에 더 많은 계몽의 서광이 비치기를 바란다'는 대문호의 유언이라고 주장한다. 그러나 다른 한편으로는, 갑자기 눈을 뜬 그가 '방 안이 너무 어두우니 덧창을 열어달라'는 극히 현실적인 부탁을 한 것이라고 생각하는 사람들도 있다. 나의 개인적 느낌으로는 후자가 진실에 가깝고, 전자는 그의 명성이 자아낸 과대평가가 아닐까 싶다.

　아무튼 간에, 이런 일은 선악을 불문하고 또 누구에게나 항용 일어나는 것인데, 개중에는 매우 한심스러운 경우가 있다. 청자의 과대평가를 의식적으로 유발하는 언사를 농하면서 이득을 도모하는 사악한 무리들이 존재하는 것이다. 무당, 점쟁이, 사이비 예언자와 목회자와 같은 직업을 가진 자, 그리고 감언이설을 쏟아놓는 선동가와 권력자들… 그들의 발언은 말하자면 미끼이다. 그 미끼에 걸려드는 우매한 청중은 무당의 말이고 목사의 말이니까 그들의 언사에는 자기들이 모르는 깊은 의미가 있다고 믿어, 액땜을 하기 위해서, 천당에 가기 위해서 거액을 갖다 바친다. 또한 그들 중에는, 권력자의 선동적 언설을 믿고는 독일의 히틀러유겐트나 중국의 소위 문화대혁명 때와 같은 폭거의 선봉대 노릇을 하는 자들도 있다. 지식인의 중요한 임무의 하나는 이런 과대평가의 폐해를 자각시키는 것인데, 금권과 권력이 지배하는 이 시대에는 그들이 계몽의 의욕을 잃어가고 있으니 걱정이다.

§ 90

"(⋯) 쑥덕공론은 어디에서나 비난받고 아무도 옹호하지 않지만, 그것이 우리 자신을 표적으로 삼아 우리에게 특별히 불쾌하게 들리건, 혹은 제삼자에 관해서 우리가 모르고 있던 것을 알려주건 간에, 그 나름대로의 심리적 가치를 가지고 있다. 우리는 외양에 불과한 것을 실체라고 믿는 허위적 견해를 갖기 쉬운데, 쑥덕공론은 정신으로 하여금 그런 허위에 안주하지 않도록 막아준다. 그것은 (⋯) 외양을 뒤집어서 미처 생각도 못 했던 한구석을 신속하게 드러낸다."(8/287)

우선 번역에 대해서 한마디.— 여기에서 '쑥덕공론'이

라고 번역한 원어 "potin"은 문맥으로 보아 '본인의 면전이 아니라 그 등 뒤에서 하는 험담'이라는 뜻이다. 일본어로는 '陰口(かげぐち)'라는 단어가 있다.

이 텍스트는 상식적인 이야기다. 등 뒤에서 하는 험담은 그것이 우리 자신에 관한 것이건, 혹은 남들에 관한 것이건, 여태껏 감추어 오거나 알지 못했던 진실을 폭로하는 경우가 많다. 그러나 반드시 그런 것은 아니다. 그 험담은 도리어 오해나 중상모략일 경우가 더 많을지도 모른다. 프루스트가 그런 사정을 모를 이치가 없을 터인데, 왜 구태여 험담의 가치를 긍정하는 말을 했을까? 두 가지 이유를 생각해볼 수 있을 것이다. 첫째로, 프루스트가 여기에서 묘사하고 있는 상류 사교계의 표면적 언어는 다른 어떤 모임에서보다도 가식과 위선으로 가득 차 있고, 진실은 쑥덕공론을 통해서 표출되기 때문이다. 또 한 가지로 당사자는 자기에 관한 험담을 앎으로써, 즉 남들이 나를 진실로 어떻게 보고 있는지를 앎으로써, 자기 정화적 반성을 할수 있을 것이다. 그러나 이런 험담에 대한 관심의 지나침은 과유불급의 폐해를, 즉 과민적 집념을, 두 가지 의미에서의 자신(自信과 自身)의 동시적 상실을 가져오기가 쉽다. 내가 아는 저술가 중에는 제법한 글을 쓰면서도 자기의 글에 대한 세간의 쑥덕공론에 유난히 신경이 예민하고, 그 평판 여하에 따라 자신을 평가하는 사람이 있어서, 참으로 한심할 뿐 아니라 불쌍하다고까지 여긴 일이 있다.

§91

억지로 참아가면서 프루스트를 계속 읽고 있긴 하지만, 기나긴 『소돔과 고모라』 편에 이르자 그 매력은 점점 더 줄어서 이제는 답답함과 짜증이 날 정도이다. 수많은 인물들을 등장시키면서, 어떤 대의나 타자를 향해서 자신을 내바치고 자신을 내던지는 인물(그것이 『돈키호테』처럼 희극적이건, 라신의 『페드르』처럼 비극적이건 간에)이 없는 작품, 특히 장편소설은 달리 없을 것이다. 바깥을 향해서 자신을 여는 대신에 바깥을 자신 속에 끌어들여 소화하려고만 하는 이 유한계급 인물들의 자기중심주의 때문에, 거기에는 사랑, 미움, 우정, 원한, 희망, 절망 등, 인간의 감정과 행위 등, 그 어떤 분야에서도 치열성을 전혀 찾아볼 수 없고 따라서 감동이 없는 이 이름난 소설은, 뛰어난 식견과 관찰과 분석에도 불구하고 심각한 부족감을 느끼게 한다. 하기야 프루스트를 읽으면서 내가 이런 부정적 느낌을 갖는 것은, 젊어서부터 실존적 견지에서 문학을 생각해왔고 그런 견지에서 지금껏 탈피하지 못했기 때문인지도 모르지만. 그러나 삶이란 무엇이며, 무엇이 삶을 슬픈 것으로 또 반대로 살 만한 것으로 만들어주느냐는 절실한 질문에 대답해주는 것이 문학이라는 생각이 없었다면 나는 문학 공부를 하지 않았을 것이다.

혹시 마지막 권인 『되찾은 때』에 이르면 프루스트에 관한 내 생각이 일변할지도 모른다는 희망을 품고 끝까지 읽어 나가려고 한다.

§ 92

"연정은 이렇게 사고의 진정한 지각변동을 일으킨다. 며칠 전까지만 해도, 샤를뤼스 씨의 머리는 매우 고른 평원 같아서, 아무리 멀리 살펴도 그 지표에서 상념 하나도 찾아볼 수 없었는데, 돌덩이처럼 단단한 산맥이 불쑥 솟아올랐다. (…) 그리고 그 산맥에서는, 분노, 질투, 호기심, 부러움, 증오, 고통, 오만, 공포, 사랑이 터무니없이 거대한 무리들을 지어서 서로 뒤엉켜 꿈틀거렸다."(8/333)

이 텍스트는, 샤를뤼스 씨가 남색의 상대인 모렐이 밤이면 음란한 호텔로 사라진다는 것을 알고, 그곳으로 가서 그의 행위를 몰래 염탐하려고 할 때의 심경을 이야기한 것이다.

나는 이 텍스트가 프루스트적인 사랑의 한계를 전형적으로 보여주고 있는 것이라고 생각한다. 샤를뤼스가 이런 엿보기로 나선 것은, 일신의 체면과 안전을 보전하면서도 상대를 사로잡으려는 마음가짐 때문이다. 한데 프루스트는 이 비겁하고 쩨쩨한 수작을 부리는 샤를뤼스에게서, 배반당한 애인의 복합적 감정의 전형을 발견한다. 그것을 해소하기 위해서는 사생결단의 각오로 배반자에게 줄기차게 호소하고 따지고 고백을 강요하고 폭력조차 행사해야 하지만, 다시 말해서 체면을 무릅쓰고 자신을 그 시도에 투입해야 하지만, 그는 끝끝내 체면을 지키면서도 상대를 전적으로 자기의 손아귀에 넣으려는 이룰 수 없는 욕망 때문에, 그런 복합적 감정에 스스로 치이는 것이다.

그는 결국 사랑을 하고 있는 것이 아니라, 사랑 비슷한 장난을 하고 있으며, 그 대가를 혹독하게 치르고 있는 셈이다. 장난에 불과하니까, 거기에는 절실함도 처절함도 비장함도 없는 것은 당연한 이야기다. 이런 불성실한 사이비 사랑의 대극에는, 일신을 돌보지 않고 타자를 오직 제 것으로 삼으려는 드라마로서의 사랑이 있다. 가령 에밀리 브론테『폭풍의 언덕』의 히스클리프, 또는 알베르토 모라비아『권태』의 디노의 경우가 그렇다. 또 그 반대의 경우도 있다. 사랑하는 사람의 안녕과 순수성을 지켜주기 위해서 제 몸을 불사르는 자기희생을 하는 경우는 괴테의 베르테르가 널리 알려져 있지만, 도스토옙스키『백치』의 나스타샤가 그렇고, 동성애의 경우는 토마스 만『베네치아에서의 죽음』의 아셴바흐가 그렇다. 우리는 샤를뤼스의 사이비 연애(그럴 수밖에 없는 것이 그는 상류 귀족사회의 일원으로서의 신분을 내던지지 못하기 때문이다. 여담이 지만 그 점에서는 사랑을 위해 왕위를 버린 에드워드 8세의 처신과는 현격한 차이가 있다)에서 느낄 수 없었던 감동을 이런 인물들에게서 느끼게 되는 것이다.

§ 93

"샤를뤼스 씨가, 자기의 성격적인 결함이 작동하는 모든 경우에는, 얼마나 못되고 시시콜콜하게 되는지, 그렇게도 명민한 그가 얼마나 멍청한 인간이 되기까지 하는지 아무도 상상할 수 없을 것이다. 그런 결함들은 일종의 정신의 간헐적 질환이라고 말할 수 있을 것이다. 이러한 현상은 뛰어난 지성을 갖추고 있으면서도 신경과민에 시달리는 여성에게서, 심지어 남성에게서도 일어난다는 것을 누가 모르겠는가? (…) 조금이라도 편두통이 생긴다거나 자존심이 손상되면 모든 것이 일변한다. 그때에는 그 명석한 지성이 과격해지고 발작적이 되고 옹졸해져서, 짜증스럽고 의구심 많고 아양 떠는 자아만을 반영하여, 남의 불쾌감을 살 만한 모든 짓을 하는 것이다."(8/350-351)

프루스트를 읽는 보람의 하나는 분명히 내가 평소에 느껴온 것을 상기시키고 다시 생각해보게 만들어주는 데 있다. 이 상류사회의 묘사가 지루하면서도 위의 텍스트와 같은 보편적인 인간상에 접할 수 있고, 우리는 그 언급을 부연해볼 수 있는 것이다.

요컨대, 우리는 소위 히스테리에 잘 걸리는 여성만이 아니라 남성도 신경과민에서 오는 비정상적인 반응을 보이는데, 나는 그 여러 가지 경우를 싸잡아 '짜증'이라고 명명하고 싶다. 그리고 그 정도 여하에 따라 세 단계를 설정해보면 어떨까 하고 생각한다. 첫째로 그 강도(객관적 척도가 아니라 당사자의 느낌)가 가장 낮은 단계에서는 두 가지의 반응이 있을 것 같다. 하나는 짜증의 이유를 자기 자신에게로 돌려 자신을 규탄하고 반성하는 가장 바람직한 태도이고, 또 하나는 그 이유를 남에게 돌려서 시비를 거는 대부분 불성실한 태도이다.

둘째로는 짜증의 강도가 제법 높아서, 평상시에는 못 보던 야릇한 언행으로 짜증에서 벗어나보려고 하는 것, 즉 자신에게서 도피해보려고 하는 것인데, 그것을 목격한 주위의 사람들은 '저이가 왜 저럴까?' 하고 놀라고 불쾌하게 느끼는 일이 많다. 샤를뤼스의 경우가 바로 그런 것이다. 명석하고 조신했던 사람이 허황된 소리를 한다거나 불끈 화를 낸다거나 공연히 크게 웃는다거나 아무나 껴안는다거나 하는 기행을 가끔 보게 되는 것은 스스로 처리할 수 없는 짜증의 부작용인 경우가 많다.

마지막으로 짜증이 극악해서, 엄청난 긴장 상태로 일신이 파열될 것같이 느끼는 경우가 있는 것 같다. 이때는 공격적 본능도 작동해서 누구에게라도 폭력을 가하지 않으면 자신을 유지할 수 없을 것이다. 오래전에 어느 너그러운 회사 사장은 지하실에 자기의 얼굴을 그린 샌드백을 달아매고, 못 견디게 짜증이 나면 지하실로 내려가서 그 샌드백을 실컷 때리라고 사원들에게 이른 일이 있다. 요새 우리 사회에서 이른바 '묻지 마 살인, 묻지 마 폭력'이 자주 일어나는 것도 이 갑갑한 세상에서 짜증이 극도의 긴장을 가져오기 때문이리라. 이런 짜증, 긴장, 파괴적 본능의 연쇄는 문학작품에서도 찾아볼 수 있다. 가령, 보들레르의 산문시 「나쁜 유리 행상인」은 권태에 시달리는 자가 유리 장수를 높은 아파트로 불러 올려 시비를 걸고 그가 다시 거리로 나서자 무거운 화분을 떨어뜨려 짊어진 유리를 박살내는 이야기이다.

이런 짜증의 세 가지 형태를 모두 해소시켜줄 유토피아는 아마도 찾아오지 않을 것이다. 도리어, 대타 관계가 각박하고 복잡해진 이 사회, 감시와 정보가 치밀한 그물처럼 짜인 이 사회에서는 어느 때보다도 긴장된 삶이 요구되기 때문에 그만큼 더 짜증이 늘어나고 심각해질 수밖에 없을 것이다.

§94

　"이론적으로는 항상 솔직하게 제 생각을 표명하여 오해를 피해야 한다고 누구나 생각한다. 그러나 인생에서는 대개의 경우 오해가 얽히고설켜 있어서, 그것을 불식하기 위해서는, (…) 친구가 우리의 탓이라고 상상하는 잘못보다도 오히려 더 그의 마음을 상하게 하는 어떤 것을 밝혀야 하거나, (…) 혹은 오해보다도 더 나빠 보이는 비밀을 폭로해야 하는 결과가 될 것이다."(8/368-369)

　이 구절 역시 프루스트를 읽는 재미를 가져오는 보편적 사실에 대한 관찰이다. 오해를 해소하려다가 도리어 오해를 증폭시키는 일은 일상생활에서 교우 관계만이 아니라 모든 대타 관계에서 얼마든지 일어난다. 그럴 때는 오해를 풀려고 하지 않는 것이 도리어 나을지도 모른다.

　간단한 경우지만, 내 경험 중의 한 가지를 말해보겠다. 그 옛날 중학교 시절의 일인데, 나는 친구 Y에게 "이 바보야" 하고 한마디 던진 일이 있었다. 어떤 계제였는지 잘 생각나지 않지만, 예컨대 양말을 뒤집어 신는다거나 연필을 거꾸로 쥐고 쓰려고 한다거나 하는 것을 보고 나온 말이었다고 기억한다. 그러면서 나는 그가 씩 웃으면서 고쳐 신거나 고쳐 쥐기를 기대했다. 그러나 그 기대는 크게 어긋났다. 그는 표정이 굳어지더니, "솔직히 말해다오. 나는 진짜 바보가 아니냐?" 하고 대들듯이 물었다. 나는 극구 변명을 했다. 그러나 그는 우울한 얼굴로 내 곁에서 떠났고 그 후 한참 동안 우리의 관계는 소원해졌다. 생각건대, 내가 그 말을 던졌을 때 그는 공교롭게도 무슨 일로 자기가 바보가 아닌지 의심하고 있었는데, 내가 마침 그의 콤플렉스를 확인해준 꼴이 되었던 것 같다. 오해란 많은 경우에 발신자의 언어의 진의가 무슨 이유에서이건 수신자에게 그대로 전달되기 어려워서 생기는 것이다.

오해의 또 하나의 대표적 경우는 한결 더 복잡하다. 텍스트에서 지적되고 있는 것처럼 오해를 불식하려다가 사태를 더 악화시킬 가능성이 커서, 차라리 오해를 유지하는 것이 나을지도 모르는 경우가 있을 것이다. 가령 다음과 같은 일을 상상해보자. '나'는 A의 자택 초대를 두 번이나 받았는데, 무슨 얄팍한 이유를 대고 거절했다고 하자. 그러면 A는 내가 자기를 별안간 싫어하게 된 것이라고 의심할 것이다. 그러나 사실은, A는 B의 신세를 크게 지고 있어서 B도 함께 초대했는데, B는 나로서는 징그러운 벌레처럼 기피하는 사기꾼이어서 차마 동석할 수가 없기 때문이다. 혹은 최근에 결혼한 그의 아내가 한때 나와 비밀스럽게 사귄 사람이었기 때문이다. 그러나 양단간에 그 사실을 A에게 말하면서 오해를 풀려고 할 수는 없다. 그러다가는 나로서는 여전히 친밀감을 가지고 있는 A를 궁지로 몰아넣게 될 것이다. 이럴 경우에는 솔직함은 해독이며, 오해를 받아가면서 사는 것이 더 지혜로운 일이다. 언젠가는 오해가 풀리리라 기대하면서. 혹시 B가 불성실한 자임이 A에게도 밝혀지고, 또 그의 아내가 스스로 과거를 고백할지도 모르니까 말이다.

§ 95

제4편 『소돔과 고모라』 제3장의 끝. 휴양지 발벡에 오랫동안 머물면서 부단히 사교계에 출입하던 화자는 그 고장의 자연에서 얻던 신선한 느낌을 잃고, 도리어 인간들의 냄새를 맡는 것을 편안하게 느끼게 된다.

"이 지나치게 사회화된 계곡— 그 중턱에는, 보이건 안 보이건 간에 많은 친구들이 매달려 살고 있구나, 하고 느껴지는 그 계곡에서 들려오는 저녁나절의 시적인 소리는 이미 올빼미나 개구리 소리가 아니라, 크릭토 씨의 '안녕하세요?'나 브리쇼의 '카이레(Khaire, 그리스어로, 안녕히 가시오의 뜻)'라는 소리로 변해버렸다. 그곳의 대기도 이미 격렬한 불안을 일으키지 않고, 오직 인간이 풍기는 냄새만으로 가득 차서 숨 쉬기 편하고 진정 효과가 지나칠 정도였다. 내가 그런 환경에서 취한 이득은, 적어도, 모든 것을 다만 실리적인 견지에서만 판단하자는 것이었다. 그

래서 알베르틴과의 결혼은 미친 짓으로 보이게 된 것이다."(8/383)

이와 같이 화자 '나'는 사교적 교제가 신경병적인 불안을 가라앉히는 이득을 준다는 것을 알고, 그 경험으로부터 모든 일을 시적 견지에서가 아니라 실리적 견지에서 판단하게 된다. 나는 이런 견지에서 자기를 반기는 여러 사교계의 사람들과 즐겁게 어울리는 것을 낙으로 삼고, 이런 판단의 연장선상에서 애인 알베르틴과의 결혼은 터무니없는 짓이라고 생각하게 되었다.

이런 대목에서는 화자 나는 분명히 프루스트의 대변자가 아니라 그의 비판의 대상이다. 프루스트와 실리적 인간은 대척적이라는 것은 너무나 뻔하니까 말이다. (원리적으로, 일인칭 소설은 작가와 다원적 관련을 가질 수 있다는 이점이 있다. 그리고 독자로서는, 나의 설정이 작가 자신의 현실이나 견해나 이상을 반영하려고 했기 때문인지, 혹은 단순히 서술상의 필요나 편의 때문인지, 혹은 이 경우처럼 비판의 대상으로 삼으려고 했기 때문인지, 또 혹은 그런 요청들을 한꺼번에 수행하도록 마련했기 때문인지 살펴보는 데서 어려운 재미를 느낄 수도 있을 것이다.)

그렇다면 프루스트 자신은 어떤 결혼관을 가지고 있었던 것일까? 나는 실리적 생활을 반겨 결혼을 어리석은 짓이라고 판단했지만, 실리적 생활의 낙을 경멸하는 프루스트는 결혼의 긍정적 가치를 인정했던 것인가? 혹은 나와는 다른 입장이지만 그 역시 결혼의 뜻을 경시한 점에서는 나와 같지 않았을까? 그것을 알기 위해서는 후속하는 텍스트를 더 읽어보아야 할 것 같다. 왜냐하면, 이 제4편의 제4장에서는 나는 다시금 알베르틴과의 결혼을 생각해보는데, 이런 변덕의 이야기를 계속하면서, 프루스트는 사랑과 결혼의 관계에 관한 그 자신의 견해를 드러낼 것이기 때문이다.

§ 96

"우리는 인간에 익숙하게 되듯이 사물에게도 익숙하게 된다. 그러나 문득 사물들이 여러 의미를 지녀왔다는 것을 회상할 때, 그리고 그 사물들이 모든 의미를 상실한 후에도, 지금의 일과는 다른 일들의 배경을 이루어왔다는 것을 상기할 때, 동일한 천장 아래서, 동일한 유리창 달린 책장들 사이에서 연출된 행위들의 다양성은, 또 그 다양성이 내포하는 마음과 삶의 변화는, 배경이 줄곧 변함없기 때문에 더욱 부각되고 장소가 동일하기 때문에 더욱 뚜렷한 것이다."(8/404)

이 텍스트는 착잡한 문장에도 불구하고 매우 상식적인 이야기를 하고 있다. 빈한한 집이라도 그곳에서 오래 살아왔고 그곳에서 있었던 가지가지의 일들을 상기하면 감개가 무량할 것이다. 같은 방에서 부모를 여의고 공부를 했고 아내와 함께 생활해왔고 아이를 낳아 기뻐했고 중병에 걸려서 고생했고… 그 옛날과 똑같은 그 방은 지금도 변함없이 그 모든 일들을 간직하고 있는 것이다. 방만이 아니라 침상에도 또 심지어 오래된 물건들에도 우리의 행위들의 역사가, 그리고 그 행위들을 자아낸 마음과 삶의 역사가 담겨 있을 것이다.

그러나 이런 변함없는 사물들에 둘러싸여서 달라지는 행위와 마음과 삶의 변화가 어찌 집이나 방이나 그에 딸린 물건들의 경우만에 한정되어 있겠는가? 더 넓게는 한 지역, 한 사회, 한 국가라는 상대적 무변동, 그리고 세계라는 절대적 무변동의 배경하에서 전개되는 무수한 인간사의 경우가 아니겠는가? 그러나 우리는 그 모든 변화를 기억할 수 없어서 기록으로 남긴다. 그리고 그 엄청난 변화의 다양성 속에서도 어떤 패턴들을 생각해보려고 한다. 다만, 이런 거시적 비전을 프루스트에게 요구할 일은 아니다.

§97

억지로 제4편 『소돔과 고모라』를 다 읽었다. 마지막 장면— 한심하다. 알베르틴의 동성애를 의심하고 질투하면서 울고, 어린애처럼 어머니가 달래주는 화자의 꼴, 그야말로 목불인견이다. 어쩌면 이렇게 겁 많고 비굴하고 처량할까! 가장 유치한 사랑 타령(가령 『춘희』 같은 것)만도 못하다. 상대방에게 호소하고 매달리고 상대방과 따지고 다투면서 사랑을 이루려는 적극성이 없는 이 질투의 화신이며 신경병적인 이기주의자, 상대방을 성적 대상으로만 삼고, 인격적 교류를 거부하고, 일방적 소유만을 노리는 화자의 태도는 참으로 치사하다.

다음 권에서는 그 태도가 일신하는 방향으로 이야기가 이어져 나갈까?

§ 98

오늘부터 제5편 『갇힌 여인』을 읽기 시작했다. 한 쪽을 넘기니까 다음과 같은 반가운 구절이 나온다. 이 소설을 대하면서 느끼는 즐거움의 하나는 나도 알고 체험해온 보편적인 사실들을 매우 요령 있게 명시해주는 데 있다. 그것은 고마운 일이다.

"남의 생활에 관해서 어떤 정확한 사실 하나를 알게 된 사람들은 그 사실로부터 정확하지 못한 결론을 곧 도출하고, 그 새로 발견한 사실에서, 그것과는 어떠한 관계도 없

는 일들을 설명하려고 한다."(9/10)

　　우리는 이런 잘못된 합리주의적 추측이 당사자의 심성과 행위에 대해서 엄청난 오해와 폐해를 가져온다는 것을 잘 알고 있다. 가령 A가 주의력 부족으로 넘어졌다면, 그것을 알게 된 B는 그 후의 A의 실수를 모두 그가 경망해서 그렇다고 해석하는 따위이다.

　　나는 이 텍스트를 대하면서 당장 카뮈의 『이방인』을 상기했다. 이 소설에서 주인공 뫼르소가 사형을 구형당한 것은 바로 검사가 그런 잘못된 추리를 했기 때문이다. 뫼르소는 어머니의 장례를 치르기가 무섭게 여자 친구와 해수욕을 하면서 시시덕거릴 정도로 패륜적인 위인이니, 태양을 핑계 삼아 살인을 하는 것도 당연하다는 그의 논리, 그리고 그런 극악무도한 인간은 이 사회에서 소탕해야 한다는 그의 결론… 그 검사와 같이 인간과 인생을 모르는 자들이 사회의 상층부에 군림하고 있다는 것을 카뮈는 다시 일깨워준다. 그뿐이랴, 앞서 예시했듯이, 우리 자신도, 인간의 성품과 심리와 행위는 수미일관하고 거기에는 변함없는 통일성이 있다는 허위적 개념을 믿고, 대소 간에, 남을 진실로 이해하지 못하는 어리석음을 저지르는 잘못에 항상 노출되어 있다. 그 점에서도 프루스트의 텍스트도 카뮈의 소설도 우리의 반성을 촉구해주는 고마운 말들이다.

§99

"나는 스스로 잘 알고 있었듯이, 알베르틴을 조금이라
도 사랑했던 것은 아니다. 사랑이란 아마도 어떤 격정에
이어 영혼을 뒤흔드는 소용돌이들의 확산에 불과할지도
모른다. 하기야, 발벡에서 알베르틴이 뱅퇴유 양에 관해
서 이야기했을 때, 그러한 소용돌이가 내 마음을 뿌리부
터 뒤흔들었지만, 그것도 이제는 가라앉았다. 나는 이제
알베르틴을 사랑하지 않는다. 왜냐하면, 몽주뱅에 아마도
여러 번 간 일이 있었을 알베르틴의 소녀 시절이 어떠한
것이었는지를, 발벡의 기차 안에서 알았을 때의 괴로움이
이제는 치유되어 더 이상 그 흔적도 남아 있지 않았기 때
문이다."(9/26-27)

이 단상에서 거듭 지적했지만, 화자의 연애관은 매우
편협하다. 사랑이란 상대방의 심신을 공히 완전히 제 것으
로 소유하겠다는 욕망이며, 그것은 또한 이 욕망의 충족을
불가능하게 만들지도 모르는 상대방의 심정과 행위에 대
한 의심이라는 괴로움을 동반한다는 것도 알 만한 일이다.
그러나 이 괴로움을 불식하고(위의 텍스트에서처럼 단순
히 망각하는 것이 아니라), 타자 소유의 욕망의 진실한 성
취를 실현하기 위해서는, 성패 여하를 불문하고 두 가지
윤리적 요청을 받아들여야 한다.

첫째는 상대방의 성실한 고백을 유도하기 위한 성실한 호소이다. 그리고 만일 과거에 상대방이 이중적 행위를 했다 해도 그의 성실한 고백은 그 배반적 은폐를 정화한 것으로 믿고 용서하는 것이다. 또 하나는 상호성의 윤리이다. 상대방이 나만의 완전 소유가 되기를 바란다면 '나' 자신도 상대방의 완전 소유의 대상이 되어야 한다. 이러한 소유자인 동시에 피소유자로서의 존재태가 진실한 사랑의 성취와 기쁨을 이룬다. 이런 점에서 질투의 소용돌이가 가져오는 괴로움의 소멸은 사랑의 종말을 의미한다는 이 텍스트의 화자의 발언은 경망하다.

그렇다면 프루스트 자신의 사랑에 대한 견해는? 그는 화자와는 대립되는 입장(내가 윤리적 요청이라고 제시한 것)에 선 어떤 다른 인물을 보여줌으로써 화자를 비판할 것인가, 혹은 그러지 못하고 결국은 화자의 그 오죽잖은 사랑 타령에 동조하여 '사랑의 본질은 다름 아니라 의심과 질투에서 오는 괴로움이다'라는 식으로 말할 것인가? 읽어갈수록 필경 후자가 아닐까 싶은 생각이 든다.

§ 100

"그 누구라도 자기의 기억력이 모아놓은 여러 추억들을 다시 떠올리는 것은 기쁜 일인데, 그런 기쁨이 특히 강럴하게 느껴지는 경우가 자주 있다. 예컨대, 육체적 고통에 시달리면서도 날마다 치유의 희망을 안고 있는 사람들의 경우가 그렇다. 그들은 그런 추억들과 닮은 화폭을 자연 속에서 찾으러 갈 수 없지만, 다른 한편으로는, 머지않아 자기들도 그렇게 할 수 있으리라고 상당히 믿고 있어서, 그 추억들에 대해서 욕망, 욕구의 상태를 간직하고, 다만 추억이나 화폭으로만 생각하지 않기 때문이다."(9/35-36)

이 텍스트는 알베르틴이 두 감시자와 함께 외출한 후에 혼자 있게 된 화자가 자신으로 돌아갈 여유를 갖고 과거를 즐겁게 회상하는 대목에서 나온 술회이다. 도스토옙스키처럼 행동하는 인간의 현실을 포착하여 그 실존적 드라마를 제시하지 못하는 프루스트의 장기는 그 대신 바로 이런 보편적 인간상을 반성적으로 성찰하는 데 있다.

나는 이 글을 읽으면서 앙드레 지드가 한 말을 다시 상기했다. 그에 의하면, 인생을 가장 짙게 사는 사람은 회복기의 환자이다. 회복기에 들어서면, 치유되는 과정 하나하나가 마치 한겨울에 시들어 죽은 줄만 알았던 풀에서 새싹이 돋아나듯 하는 재생의 기쁨을 만끽하게 되기 때문이다. 그러나 이제 프루스트는 회복기가 아니라 한창 앓아누워 있는 중이라도 치유의 희망은 존속하고, 일단 회복되면, 지난날 기쁨을 안겨준 고장들을 지금처럼 다만 추억으로만 남겨두지 않고 다시 찾아가겠다는 욕망이 일어 그 기뽐은 더욱 강력하게 느껴진다는 것이다.

이런 병중 추억의 작용은 꼭 어느 한 고장의 정경과의 관련에서만 일어나는 것은 아니다. 그것은 가장 사소한 일에서도 있을 수 있다. 가령 맛있는 음식을 먹었던 추억의 경우도, 귀여운 손자와 놀았던 기억의 경우도 마찬가지이다. 회복하면 그 맛을 다시 볼 수 있고, 손자와 다시 놀 수 있을 것이라는 희망이 그 즐거움의 추억을 더 절실하게 만들어준다. 한데 그 대상이 무엇이든 간에 병중에 떠오르는 추억으로는, 슬프거나 괴로운 추억은 배제되는 것이 보통인 것 같다. 그것은 아마도 우리를 지배하는 것이 생의 욕동이기 때문이 아닐까 싶다.

§ 101

"(…) 그래서 나는 게르망트 공작 부인의 거처로 내려갔다. 어린 시절에는 그토록 신비하게 느껴졌던 공작 부인의 거처를, 단지 실리적 편의를 위해서 그녀를 이용하려고 찾아간다는 것이 얼마나 놀라운 일인지는 거의 생각하지도 않았다. 마치, 전에는 경탄을 금할 수 없었던 초자연적인 기구였던 전화를, 오늘날에는 재단사를 부르거나 아이스크림을 주문하기 위해서 이용하듯이 말이다."(9/43)

화자는 알베르틴에게 줄 장신구에 관해서 자세히 물

어보기 위해 집주인인 공작 부인의 거처로 가는데, 위의 텍스트는 이때의 느낌을 술회한 것이다. 어린 시절에는 신비에 싸인 선녀와 같았던 공작 부인이 이제는 장신구에 관한 문의의 상대라는 실생활의 여성이 되었으니 이것이 웬 말인가!

그러나 이런 변화는 필연적인 것이다. 어린 시절에 느낀 신비롭던 존재가 어른의 이성에 의해서 그 평범한 본체를 드러내게 된다는 것, 전화나 컴퓨터나 또 비행기나를 막론하고 경이로운 발명물이 감격을 잃고 실용화된다는 것, 꿈에 그리던 이상의 도시가 번잡한 장바닥으로 밝혀진다는 것… 그 모든 것이 미지의 대상으로부터 기지의 대상으로 전환함으로써, 비유적으로 말해보자면 시에서 산문으로 전환함으로써 일어나는 현상이다. 하지만 이렇게 대상들이 매력과 마력을 잃고 일상화, 관례화, 범용화하는 것이 바로 생활이다. 만일 신비로운 여인을 끝끝내 신비롭게 유지하고, 경이로운 발명품을 물신처럼 대하기만 하고, 꿈에 그린 이상경이 무너질까 두려워서 가보지 않는 사람이 있다면, 그는 살아갈 수가 없을 것이다. 환상에서 현실로의 과정은 섭섭하지만 삶을 위해서 받아들이지 않을 수 없는 필연적 요청이다. 그 대신 예술은 그 보상을 해줄 수 있다. 일상생활에서는 결코 찾아볼 수 없을 신비와 아름다움과 열락의 경지로 우리를 인도함으로써 우리의 피곤한 영혼을 달래주는 것이 그 중요한 기능의 하나이기 때문이다. 나는 특히 음악에서 휴식과 행복감을 구한다. 아인슈타인은 죽는다는 것은 모차르트를 못 듣게 된다는 것을 의미한다고 말했다지만, 나는 그 말에 바흐를 덧붙이고 싶다.

§ 102

"나는 게르망트 공작 부인의 이야기를, 마치 감미롭고 순수한 프랑스적인 민요처럼 듣고 있었다. 나는 그녀가 메테르링크를 멸시하는 말을 듣고 그것을 이해할 수 있었다. (하기야 그녀는 이제 와서 메테르링크를 찬양하고 있는데, 그것은 여성의 정신적 취약성 때문에, 파문이 뒤늦게 도달하고 나서야 문학적 유행에 민감하게 되기 때문이다.) 메리메가 보들레르를, 스탕달이 발자크를, 폴 루이 쿠리에가 빅토르 위고를, 메이약이 말라르메를 멸시한 것을 이해할 수 있듯이 말이다. 멸시하는 사람이 멸시당하는 사람에 비하여 소견이 한결 좁긴 하지만, 또한 그의 어휘가 더 순수하다는 것을 나는 알고 있었다. 게르망트 부인의 어휘 역시 (…) 순수해서 듣는 사람을 홀리게 하는 것이었다."(9/46-47)

이 텍스트에 관해서 세 가지 주석을 달아두자.

(1) "여성의 정신적 취약성"이라는 말을 보면, 프루스트의 시대까지만 해도, 동양에서와 마찬가지로 서양에서도 여성은 남성에 비해서 정신적, 지적 차원에서 열등하다는 편견이 자리 잡고 있었고, 또한 지적으로 매력 있는 여성 인물을 한 사람도 창작하지 못한 점으로 보아 프루스트 역시 그 편견에서 벗어나지 못했던 것 같다. 이에 비하면 에밀 졸라가 도리어 한결 진보적이다. 그의 많은 소설에서 지배적인 것은 남성이 아니라 여성이다. 특히 생각나는 것은 『부인 백화점Au Bonheur des dames』이다. 새로운 백화점의 기획과 설립에 있어서 리더의 역할을 하는 것은 사장인 옥타브가 아니라, 여점원으로 취직해서 마침내 그의 아내가 되는 드니즈 보뒤이다.

　(2) 앞서 § 101에서 말한 바와 같이 화자는 게르망트 공작 부인을 이미 신비의 여인으로 숭상하지 않고 실생활에 관한 의논을 할 수 있는 보통의 여성으로 대하게 되었다. 그러나 그녀는 여염집 아낙네와는 다른 귀족이며 그 언변은 프랑스 말다운 순수성으로 이루어져 있다. 이 순수성이라는 단어는 아마도 지배계급이 전통적으로 사용해온 표준어의 억양, 어휘, 어법, 의미의 명료성을 뜻하는 것이리라.

　그 점에서는 나도 유사한 체험이 있다. 젊었을 때 무슨 용무 때문이었는지는 몰라도 나는 부산에 내려가서 유진

오 선생의 강연을 듣게 되었다. 내용은 완전히 잊었지만 선생의 말씀을 들으면서, 나는 나의 국어인 한국어가 참으로 아름다운 언어구나 하고 느끼면서 홀린 듯한 기분에 젖어든 일이 있었다. 억양이 전혀 없는 것은 아니지만 그것이 매우 부드럽고, 카타파와 같은 파열음이 극히 절제되어 있고, 마디마디가 분명하고, 어휘가 세련되고 점잖은 한국어… 나는 그 후 그런 '순수한' 우리말을 다만 이희승 선생에게서 들었을 뿐이다.

(3) 이런 언어의 순수성은 오늘날 듣기 어렵게 되었고, 또 읽기에 있어서도 어휘나 어법의 순수성을 만나보기는 쉽지 않게 되었다. 그렇다면 이러한 언어의 순수성에 대한 관심의 큰 후퇴의 이유는 무엇일까?

(3-1) 실리 추구가 삶의 목표처럼 된 현대사회에서는, 언어는 미적 차원을 떠나 단순한 의사소통의 수단으로 전락하고 말았다. 더러운 예지만, 소변을 보고 싶다고 말하는 것이나 오줌을 누고 싶다고 말하는 것에 아무런 차이가 없게 된 것이다. 살기가 각박할수록 언어의 품격은 그만큼 더 삭감될 것이다.

(3-2) 실생활에서의 인간관계에 있어서, 언어는 이용가치로만 치부되기 때문이다. 전에는 실생활에 소원한 중상류층의 교양인들이 존재해서 언어를 아름답게 다듬고 유지하곤 했지만, 오늘날에는 그 존재가 소멸하다시피 하

고 모든 사람이 실생활에 끌려들게 되었다. 이미 고독이나 고립이 불가능하고, 좋건 싫건 간에 대타 관계가 존재의 필연적 조건으로 된 현대사회에서는 그 관계를 매개하는 언어가 더욱 중요하게 되었다. '아 다르고 어 다르다'든가 '말 한마디에 천 냥 빚을 갚는다'는 따위의 속담이 더욱 절실하게 된 것이다. 한데, 이러한 이용 가치로서의 언어가 극히 중대하고도 끔찍한 역할을 하게 되는 것이 정치의 분야이다. 정치적 권력의 유지를 위해서 감행되는 세뇌 공작이나 대중 조작은 물론, 김정은 정권이 공적 방송에서 사용하는 그 광포한 언사에 이르기까지 언어는 학대되고 ⬛⬛⬛이 현실이다. 그리고 더 걱정스러운 것은 그런 정치적 ⬛⬛의 허위와 공포를 폭로하고 언어를 한 발자국이라도 더 ⬛⬛⬛⬛에 가져가려는 세력이 자꾸만 쇠퇴하는 현상이다.

(3-3) 국어의 순수성을 지⬛⬛⬛는 객관적이며 불가피한 이유가 있다. 하루가 멀다 ⬛⬛⬛아져 들어오는 새로운 현상과 새로운 문물에 ⬛⬛⬛ 있는 어휘가 준비되어 있지 않아서, 외래어, 약자, 신조어 따위를 편입시켜야 하기 때문이다. 오래된 이야기지만 가령 '텔레비전을 시청한다'는 말이 그렇다. 텔레비전이라는 외래어를 그대로 갖다 쓰고 '시청하다'라는 새로운 동사를 만들어야 했다. 또한 간편성을 위해서 영어로 된 약칭을 만든다는 것

도 이해할 만하다. 한국방송공사를 KBS라고 부른 지는 벌써 오래되어, 심지어 원래의 한국어 명칭이 무엇인지 잊어버릴 정도다. EBS, JTBC, MBN, YTN 등 많은 방송사가 그 예를 따랐다. 은행 명칭도 마찬가지다. 한국산업은행을 '산은'이라고 통칭하더니 요새는 한술 더 떠서 KDB라고 영어 약자로 지칭한다. 국민은행은 KB, 기업은행은 IBK로 둔갑했다. 아마도 외국과의 거래 관계가 늘어났기 때문이겠지만, 영어를 모르는 사람이나 그 연혁을 모르는 사람은 그것이 무엇을 가리키는지 짐작하기가 어려울지도 모른다. 가령 LH, NH 따위가 그렇다. 아무튼 언어의 지나친 간편화는 불편을 초래할 수도 있는 것이다.

(3-4) 마지막으로 지적하고 싶은 것은 화자가 그 텍스트에서 언급하고 있는 문학적 언어에 관한 것이다. 그는 네 쌍의 이름을 들고 있다. 메리메 대 보들레르, 스탕달 대 발자크, 쿠리에 대 위고, 메이약 대 말라르메. 이 대조에서 전자는 각각 멸시하는 작가이고 후자는 각각 멸시당하는 작가인데, 화자는 순수하고 밝은 전통적인 문체를 보이는 전자의 글을 그 나름대로 사랑한다. 작가인 프루스트 역시 그럴지도 모르지만, 프루스트의 글 자체는 그런 순수성이나 명료성과는 거리가 멀다. 그리고 더욱 중요한 것은 멸시당한 후자들의 비순수의 언어, 파격적인 엉뚱한 언어야말로 문학의 혁신을 가져온 것이며, 순수성은 그들과 그들

의 후예들이 비난의 대상으로 겨냥한 리얼리즘, 자아 탐구, 상징주의, 초현실주의에 의해서 지양되는 것이 당연했기 때문이다. 한때 앙드레 지드에 의해서 버림받았던 프루스트도 이 계열에 속하는 작가이다.

다만 유보 사항이 있기는 하다. 어느 나라에서나 마찬가지지만 순수성의 배척이 반드시 뜻깊은 문학적 혁신을 가져오는 것은 아니다. 나는 요새 이따금 젊은 사람들의 글을 대하면서, 순수한 한국어가 손상되고 있다는 인상을 받는다. 그러나 그것은 새로운 비전과는 무관한 까불까불한 말장난으로 느껴진다. 주제로 보나 문체로 보나 잠시간의 신선미를 풍기는 재치의 표현은 될망정 곧 꺼질 거품과 같다. 혹시 나는 남자이면서도 게르망트 부인과 같은 여성적인 정신의 취약성을 지니고 있어서, 그녀가 멸시하던 마테를링크를 뒤늦게 찬양했듯, 나 역시 한국문학에 관해서 그런 전철을 밟을지도 모르지만.

§ 103

예외적이지만, 이 대목에서는 작자인 프루스트 자신이 직접 전면으로 나와, 샤를뤼스 남작의 동성애와 관련된 이야기를 하면서, 다음과 같은 술회를 하고 있다.

"작자로서는, 이토록 기괴한 묘사에 독자가 불쾌해한

다면, 얼마나 마음이 아픈지 말해두고 싶다. 한편으로는 (…) 이 책에서, 귀족들의 퇴폐가 다른 사회계층에 비해서 한결 더 두드러지게 규탄되어 있다고 생각하는 독자가 있을 것이다. 하지만 그렇다 치더라도 놀랄 일은 아니다. 특히 유서 깊은 가문의 사람들은 벌건 매부리코나 일그러진 턱을 갖추고 있더라도, 그 모양에 그들 특유의 징후를 드러내고 있어서, 우리는 그 '혈통'에 감탄하게 되는 것이다. 하지만 그런 끈질기게 남아 있으면서도 끊임없이 악화하는 특징들 중에도 눈에 보이지 않는 것들이 있는데, 그것은 기질과 취향이다.

다른 한편으로, 그러한 모든 것은 우리에게는 생소하며, 아주 가까운 진실에서 시를 찾아내야 한다는 주장이 더 근거 있는 반론일지도 모른다. 아닌 게 아니라, 가장 비근한 현실에서 추출된 예술이 존재하며, 아마도 그 영역이 가장 넓을 것이다. 그럼에도 불구하고 역시, 우리가 느끼거나 믿는 모든 것으로부터 아득히 떨어진 사고 형태가 있고, 거기에서 유래되기 때문에 우리의 이해를 초월하고, 마치 이유 없는 광경처럼 우리 앞에 전개되는 행동들이 있으며, 그런 행동이 태어나게 하는 커다란 관심과 때로는 아름다움이 있을 수 있는 것이다. 다리우스의 아들, 크세르크세스가 자군의 전함들을 삼켜버린 바다를 회초리로 후려치게 한 것보다 더 시적인 것이 달리 또 있겠는

가!"(9/65-66)

이 긴 텍스트에 관해서 다음과 같은 주석을 달아두자.

(1) 말미에 나온 옛 그리스의 신화에 관한 자세한 해설로는, 9/291의 주석 88을 참조.

(2) 이 대목에서 가장 중요한 것은 고귀함, 아름다움, 시적인 것에 관한 프루스트의 견해이다. 그는 현대의 비근한 현실에서도 그런 예술적 특성을 추출할 수 있다는 것을 인정한다. 사실, 그것이 다름 아니라 보들레르의 『악의 꽃』이 대표하는 미학이다. 프루스트가 과연 보들레르를 염두에 두고 그런 말을 했는지는 모르지만, 우리는 우리의 주위에 비근하게 있는 덧없는 것, 곧 사라질 것이 섬광처럼 보여주는 영원한 것에서 현대성을 구한 그의 미학을 혁명적인 것으로 받아들여왔고, 그 미학은 오늘날에도 유효하다는 것이 나의 생각이다.

(3) 그러나 이렇게 우리들 자신의 일상성 속에서 추출되는 아름다움에 대한 인식은 프루스트의 경우에는 극히 상대적인 것에 지나지 않는다. 그의 미학은 과거로 쏠려 있다. 그는 엉뚱한 연상까지 서슴지 않는다. 타락하고 멸망해 가는 귀족의 못난 용모에 아직도 배어 있는 그들의 고귀한 혈통과 고상한 기질이나 취향을 찾아보고 감탄하는 그는 고대 그리스의 '숭고한' 신화를 상기하고 양자를 동일선상에 올려놓은 것이다. 그 두 가지를 동질적인 것으

로 만들어주는 연결고리는 역사적 거리, 즉 과거이다. 마치 과거가 정화작용을 해서 대상의 정수만을 더 선명하게 부각시키는 것처럼 말이다.

(4) 나는 이런 점으로 보아, 프루스트를 '과거주의자, passéiste'로 규정할 수 있지 않을까 하는 생각이 든다. 그의 의식은 자신의 과거를 되찾으려는 지향에 의해서 지배되고 있을 뿐만이 아니라, 시간관 그 자체에 있어서 과거 우선주의인 것이다. 가치 있는 것, 창조적인 것, 아름답고 고귀한 것은 미래로 뻗는 생성의 과정에서는 있을 수 없고, 오직 과거의 소산이었다는 것이 그의 견해였던 것 같다. 미래는 도리어 그런 바람직한 것들이 더욱 파괴되고, 무식한 천민들이 마침내 봉기하는(화자는 발벡의 호텔의 내부를 기웃거리는 무리들을 보고 벌써 그런 공포심을 느낀다) 끔찍한 시간이 될 터이다. 인간의 향상(로맹 롤랑)과 행복한 사회의 도래(에밀 졸라)를 믿은 낙관주의자의 대극에서, 동시대인 프루스트는 비관주의를 그의 인간관과 사회관의 기조로 삼고 있었고, 그럴수록 모든 분야에서 과거를 더 아름답고 고귀하게 여겼을 것이다.

§ 104

누차 언급했지만, 프루스트가 그리는 사랑은, 스완-오

데트, 화자-알베르틴, 샤를뤼스-모렐 등, 이성애이건 동성애이건 간에, 타자 소유의 욕심과 그 욕심에서 연유하는 책략과 질투와 괴로움으로 이루어져 있다. 그리고 이것은 늘 일방적이며, 소유욕은 항상 지배욕을 겸하고 있어, 서로 사랑하는 것이 아니다. 상애는 '내'가 상대방을 소유하는 동시에, 상대방에게 소유당하기 위해서 '나'의 심신을 내바치기도 하는(상스러운 말로 하자면 '자신도 벌거숭이로 톡 까놓는') 것인데, 그런 너그러운 마음을, 프루스트적 사랑에서는 찾아볼 수 없다. 이것이 프루스트가 도스토옙스키에 못 미치는 근본적 이유의 하나이다. 성욕의 만족을 위한 유혹으로서의 사랑과 구원을 위한 실존적 호소로서의 사랑의 사이에는 천양지차가 있다.

§ 105

오늘은 프루스트를 읽는 재미를 다시 느끼게 해주는 장면을 만나게 되어 기쁘다.

화자가 집주인 게르망트 부인을 만나고 돌아와 보니, 알베르틴이 아직도 외출 중이다. 그래서 잠시 혼자 있게 된 화자는 심심풀이로 엘스티르의 화집과 베르고트의 소설을 뒤적거린다. 그러자,

"내가 아직 그녀와 사귀지 않았을 때, 알베르틴이 내

마음속에서 불러일으킨 가지가지의 몽상들, 그러고는 일상생활이 뭉개버린 몽상들이 뜻하지 않게 돌연 내 속에서 다시 살아났다. 나는 그 꿈들을 마치 도가니에 넣듯, 음악가의 악절이나 화가의 영상 속으로 집어넣고, 내가 읽고 있는 작품의 자양으로 삼았다. 그래서 그 작품은 더 생생하게 보였다. 한데, 알베르틴 역시 그 덕을 보게 되었다. 물질세계의 짓누르는 압력에서 벗어나서 상념이라는 유동적인 공간에서 즐길 수 있게 되었기 때문이다. 나는 잠시간이었지만 문뜩 그 진절머리 나는 계집애에게 열렬한 애정을 느낄 수 있었기 때문이다. 그녀는 그 순간 엘스티르나 베르고트의 작품의 모습을 띠고 있었고, 나는 상상과 예술이라는 거리를 두고 그녀를 보았기 때문에, 잠시 흥분을 느꼈던 것이다."(9/79-80)

보통 이러한 상상(차라리 환상이라는 말이 더 적합할지도 모른다)은 연애의 초기나 짝사랑의 단계에서 일어나는 법이다. 그때에는, 연정의 상대가 비록 곰보라도 보조개로 보이고 그 인격이 성녀 같다고 생각되는 우상화(스탕달이 그의 『연애론』에서 '결정작용'이라고 이름 지은 심리적 현상)가 형성되는데, 사랑의 행위가 일상화되면 환멸로 화하는 것이 보통이다. 화자 역시 예외가 아니다. 그도 알베르틴을 실제로 사귀기에 앞서 여러 몽상을 했다. 그리고 그 일을 회상하고 되살려보려고 하지만, 그때의 사정과 지금의 사정은 다르다. 그때의 상상에는 진실성이 있었고, 그 상상 중의 적어도 한두 가지는 현실이거나 현실화될 수 있는 그녀의 장점이리라는 희망도 함께 품었겠지만, 지금은 "그 진절머리 나는 계집애"가 외출한 틈을 타서, 잠시 상상의 유희를 하고 있을 뿐이다. 그녀의 존재가 마치 화가나 음악가나 작가의 작품의 모델이 된 것처럼, 그래서 그녀의 인품이 고양된 것처럼 아무리 상상해도, 그런 상상과 예술의 혜택은 그녀의 부재가 베푸는 혜택이며, 그녀가 돌아오자마자 물거품이 될 것이다. 더 노골적으로 말하자면, 화자의 이 상상의 유희는 의식의 자위행위라고 부를 만하다.

그러나 다른 한편으로 보면, 화자는 참으로 불쌍한 사람이라는 생각이 든다. 오죽하면 명색 애인이 외출한 틈을 타서 이런 의식의 자위행위를 위하여 예술을 이용한단 말인가? 물론 예술 작품에는 위안이라는 기능이 있다는 것을 부정하려는 것은 아니다. 그러나 예술이 베푸는 위안은 '진인사대천명'의 끝에, 그리고 예술 작품을 가지고 장난을 하지 않고, 타자로부터 그대로 받아들여야 한다. 그러나 위의 텍스트에 따르면 화자에게는 이 두 가지 요건이 결핍되어 있다. 그는 알베르틴과 솔직히 흉금을 털어놓는 대화를 시도하는 일이 없고, 따라서 예술의 위안을 받을 자격조차 없는 것이다. 아마 본인도 그것을 자각하고 있을 것이다. 그래서 상상의 장난을 통한 자위에 의존하려는 것인지도 모른다.

§ 106

"(…) 대개의 경우, 연정이란 어느 처녀의 이미지와 두근거리는 가슴의 결합체이며(그렇지 않으면 그 처녀는 곧 지긋지긋한 존재가 될 것이다), 그 가슴의 고동은 끝없는 헛된 기다림, 그 처녀로부터 맞는 바람과 불가분한 것이다."(9/95)

이 구절과 그 전후의 텍스트를 보면, 남성 중심의 경박한 연애관이 밑에 깔려 있는 것으로 여겨진다. 여자는 남자를 기다림으로 골탕 먹이는 존재라는 말인데, 한 가지 질문이 있다. 기다림이 없다면 곧 지긋지긋하게 될 처녀, 달리 말해서 인품으로 보아 별 값어치 없다고 벌써부터 판단되는 처녀를 무슨 이유에서 두근거리는 가슴을 안고 사랑한다는 말인가? 화자가 말하는 사랑이란 결국 인격적, 정신적 결합이 아니라, 방탕아의 정복욕을 의미하고, 그의 가슴의 고동은 겨냥하는 대상인 처녀를 사로잡으려고 하다가 번번이 놓치기 때문이 아니겠는가? 화자도, 그리고 프루스트 자신도 사랑의 문제에 있어서는 신경병적인 돈 후안에 불과한 것인가? 혹은 세상에는 그런 난봉꾼도 있다는 것을 제시하려고 했던 것인가? 그렇다면, 여러 번 되풀이하지만 양단간에 한심하다.

다만 알베르틴에 대한 화자의 태도에는, 이런 논평과의 관련만으로는 불충분한 섬세한 관찰이 있어서 그나마 다행이다. 특히 9/100-107에 걸쳐, 잠자는 그녀 곁에서 화자가 느끼는 절묘한 감각과 관능성의 기술은 일품이다. 가와바타 야스나리의 『잠자는 미녀』가 연상되는데, 일본의 가장 섬세하고 감각적 작가로 알려진 그의 이 소설이 얼마나 치졸한지 대조적으로 절감된다.

§ 107

"일정한 나이를 넘어서면, 우리의 어린 시절의 영혼과 타계한 조상들의 영혼이, 우리가 느끼는 새로운 감정들에 협력하겠다고 하면서, 그들의 보화와 불운을 듬뿍 뿌리러 온다. 그리고 우리는 그 보화와 불운의 해묵은 형상들을 지워버리고, 그것들을 새로운 감정 속으로 용해하여 어떤 독창적인 창조물로 재주조한다. 이리하여, 나의 가장 어린 시절에 시작되는 과거와 그 너머에 있는 내 친족들의 과거가, 알베르틴으로 향한 나의 불순한 사랑에, 어린애의 것 같기도 하고 어머니의 것 같기도 한 달콤한 애정을 섞어 넣었다. 우리는 어떤 시기에 이르면, 그토록 멀리

에서 와서 우리 둘레에 모여드는 친족들을 받아들이게 되어 있는 것이다."(9/113)

　나의 통찰력이 모자란 탓일지 모르지만 평소의 느낌으로는, 이 말이 어느 정도 보편적 사실인지 가늠하기가 어렵다. 나이가 들면 과거가 어느 때보다도 더욱 절실하게 느껴진다는 것은 모든 사람에게 사실일 것이다. 어린 시절이 더욱 그립고, 선대의 생각이 더 나고, 나도 그분들을 닮아가는구나 하고 감회에 젖을 것이다.

　그러나, 우리가 어떤 새로운 감정을 느꼈을 때, 어린 시절의 영혼과 선대의 영혼이 그들의 경험으로 그것을 도우려 모여들고 우리는 그 협력으로 '하나의 독창적인 창조물'을 만든다고 하는 말은 어떻게 해석해야 할까? 아마도 그것은, 감정만이 아니라 행동거지의 형성에 있어서, 어린 시절의 요소와 조상의 혈통, 즉 유전적 요소가 매우 중요한 작용을 한다는 것이리라. 그리고 그 사실을 인식하는 것은 어느 정도 나이가 들었을 때이며, 그때에는 젊었을 때처럼 조상들에 반항하지 않고 그 존재를 긍정적으로 받아들이게 된다는 것이리라. 그 일례로 들고 있는 것이 알베르틴에 대한 '불순한 사랑'에도 불구하고 느닷없이 느끼게 된 '달콤한 애정'인데, 이 감정이 형성된 데는 조상으로부터 받은 혈통도 크게 작용했다는 이야기이다.

　이런 점에서 보더라도 그의 의식은 과거에 묶여 있다.

그는 개인적으로 과거를 되찾으려고 할 뿐 아니라, 사회적으로도, 귀족계층의 소멸을 섭섭해하고, 앞으로 있을지도 모르는 서민들의 봉기를 예상하면서 두려워한다. 변동하는 현실에는 눈을 감고, 오직 과거 속에서 구원을 찾는 보수주의자, 회고주의자이다. 다른 한편으로, 만일 도스토옙스키를 되살려서, 알베르틴에 대한 화자의 불순한 사랑과 달콤한 애정의 모순을 설명해보라고 하면, 그것은 우리 모두가 지니고 있는 이원성에서 유래한다고 말할 것이다. 악마와 천사, 악과 선, 욕망과 이상, 유혹과 당위의 모순 말이다. 그리고 그의 생각은 과거가 아니라 미래로 향할 것이다. 순수한 애정을 지향하나 번번이 불순한 욕망에 의해서 끌려드는 자기 자신에 시달리는 화자의 모습을, 혹은 기적적으로 그 욕망을 극복하는 데 성공하는 그의 모습을 그릴 것이다.

§108

"우리는 어떤 사람을 위해서 재산과 생명까지도 내바치려고 하지만, 10년 내외가 지나면 그 사람에게 재산을 주지 않기로 하고, 목숨도 바치지 않으리라는 것을 잘 알고 있다. 왜냐하면, 그때가 되면, 그가 우리들로부터 떨어져 나가서 홀로, 즉 무로 되어버리기 때문이다. 우리를 남들과 결속시키는 것은 전날 저녁의 추억이나 이튿날 아침의 희망과 같은 무수한 뿌리와 무수한 연줄이며, 우리가 벗어던질 수 없는 습관이라는 그 지속적인 실타래이다. (…) 우리가 생명을 내바치려는 대상은 어떤 특정한 사람 그 자체가 아니라, 그가 자신의 둘레에 붙잡아 매놓을 수 있었던 우리의 시간과 우리의 나날이다. (…) 우리에게 필요한 것은 그 사람 자신보다도 한결 중요한 그 연줄에서 풀려나는 것이리라. 그러나 그 연줄은 그 사람에 대한 일시적인 의무를 만들어낸 결과를 가져왔기 때문에, 우리는 그로부터 오해를 받을까 두려워서 감히 그의 곁을 떠나지도 못하는 것이다. 그러나 훨씬 후가 되면 떠날 수도 있을 것이다. 왜냐하면 우리로부터 진작 떨어져 나간 그 사람은 이미 우리가 아니게 되고, 우리는 (…) 실제로 오직 우리 자신에 대한 의무만을 짊어지기 때문이다."(9/140-141)

나는 이 텍스트를 여러 번 고쳐 읽었지만, 잘 모르겠다. 내 읽기가 잘못된 것일까?

우리가 재산과 목숨까지도 내바치려는 대상이 되는 사람이 있다고 해도, 10년이 지나가면 우리의 그런 마음이 가실 수 있다는 말은 이해할 수 있다. 또한 그런 생각을 하게 된 이유가 오랜 습관처럼 유지되어온 추억과 희망의 연쇄를 매개로 한 관계에 있다는 말도 애써 이해해보려고 한다. 그리고 그 사람과의 관계가 끊어진 후에도, 우리가 그에 대해서 배려하는 것은, 배은망덕의 비난을 받을까보아 두렵기 때문이라는 것도 경우에 따라 있을 수 있다고 생각해본다.

그러나 프루스트는 연애관과 마찬가지로 대타 관계론에서도 어쩌면 이렇게까지 치졸한 자기중심주의에 빠져 있을까 하는 생각이 사라지지 않는다. 그가 기껏 말하는 것은, 우리가 어떤 사람을 위해서 자기희생까지 생각하는 것은 우리가 스스로 걸머진 의무에 불과하다는 것이다. 그렇다면 무슨 이유에서 그런 의무를 걸머지는가? 위의 텍스트에 의하면, 길어야 10년간 이어지는 습관화된 연분에 끌렸기 때문이다. 그동안 우리는 그 사람을 구실로, 우리의 나날의 추억과 희망을 이어왔는데, 마치 그 사람이 우리에게 그것을 안겨주었다고 역으로 생각하기 때문이다. 비유적으로 말하자면, 그 사람은 우리 자신의 추억과 희망을 온통 매달아놓을 수 있는 든든한 장대에 불과하며, 그 연원이 아닌 것이다. 그리고 10년 내외가 지나면 그런 관계가 끊어지는 것이 보통이며, 그때가 오면 우리는 그 사람의 크나큰 은혜를 갚아야 하겠다는 잘못된 의무감에서 풀려난다는 것, 이리하여 이 모든 일은 우리 자신에게서 비롯되는 것이 분명해진다는 것이다.

이상이 내가 억지로 해석해본 내용인데, 과연 그런 말인지 모르겠다. 만일 그렇다면 프루스트의 생각은 참으로 한심하다. 텍스트의 모두에서 말한 '어떤 사람, un être'이 부모 자식이 아니라, 다만 순전한 타인만을 의미한다 해도, 우리가 그 사람에게 재산이나 생명을 내바치는 일은 얼마든지 있다. 가난한 사람을 위해서 평생 모은 돈을 모두 기부하기도 하고, 재난을 당한 사람을 살리려고 뛰어들었다가 생명을 잃는 의인도 있고, 주군을 위해서 죽는 무사도 있으며, 애인의 행복과 평화를 위해서 죽음을 선택하는 사람(소설로는, 베르테르와 『백치』의 나스타샤)도 있다. 측은, 인정, 의리, 사랑과 같은 도덕적 가치를 표상하는 이런 매우 흔한 사례가, 상류사회 살롱의 에토스에 젖어 있는 회고적 자기중심주의자 프루스트에게는 무관심하거나 아예 눈에 띄지 않는 것이다. 그래서 남을 위해서 재산이나 생명을 내던지려는 사람에 관해서 이 텍스트와 같은 치졸한 견해를 피력하고, 그것이 마치 보편타당한 현실인 것처럼 말하고 있는 것이다. 그의 인간 이해의 폭은 참으로 좁다. 나는 화자의 입을 통해서 나오는 이런 사설이 정말 프루스트의 견해를 반영한 것인지를 거듭거듭 의심하면서, 그리고 내 생각이 틀렸기를 스스로 바라면서 이 글을 썼다.

§ 109

　"그 시기(발벡에서의 사랑의 초기)에는, 알베르틴의 시간은 지금(그녀를 자택에 가두고 있는 현재)처럼 그렇게 많이 내게 예속되어 있지 않았다. 그럼에도 불구하고, 그 임시의 시간이 도리어 더 많이 내게 속해 있는 것 같았다. 왜냐하면, 당시의 나는 알베르틴과 함께 보내는 시간만을 고려했는데(내 사랑의 감정이 그 시간을 특별한 호의의 표시라고 기뻐하면서), 지금은 오직 그녀가 내 곁에서 떠나 홀로 보내는 시간만을 고려해서, 나의 질투심이 그간에 그녀가 배반할 가능성을 불안스럽게 탐색했기 때문이다."(9/153)

　프루스트의 매력은 바로 이러한 스타일에 있다. 사랑이 싹틀 때의 시간과 그 후 질투로 자학하는 시간의 기막힌 대조—. 전자에 있어서는 애인과 함께 즐긴 짧은 시간만이 중요했고, 후자에 있어서는 그녀와 떨어져 있는 한결 긴 질투의 시간만이 '나'의 시간이라는 의식—. 사실이 그럴 것이다. 초기에는 그녀는 다른 일도 있어서 잠시간만 애인의 곁에서 머무를 수 있었겠지만(그때는 질투심이 아직 싹트지 않는 단계이다), 이제는 외출하고 여간해서 안 돌아오기 때문에 그만큼 더 질투의 시간이 길다. 그러나 비록 사랑의 시간이 아무리 객관적으로 길었다 해도 심리적으로는 짧고, 또 역으로 짧은 괴로운 시간은 길게 느껴지는 법이다.

이 대목에서, 사랑은 결국 질투로 끝나는 것이냐는 따위의 문제를 제기하는 것은 합당하지 않다. 질투하는 인간은 그렇다는 현상을 매우 간결하고도 교묘하게 표현하고 있는 그 재주를 탄복하면 되는 것이다.

지금까지의 나의 인상으로는, 삶과 세계에 대한 윤리적, 실존적 질문의 제기와 그 대답을 위한 치열한 드라마의 제시를 프루스트에게는 주문할 것이 아니다. 그 점에서는 그의 글은 환멸적이다. 그 대신 인간에게 숨어 있는 어떤 성질들을 들추어내는 섬세한 감각과 그 표현을 위한 희한한 스타일은 특출한 것이다. 이러한 내면적 리얼리즘의 언어를 높이 사면서 읽는 것이 프루스트 읽기의 한 방법이다.

§ 110

"우리는 보통 우리와 닮은 것을 싫어하며, 우리 자신의 결함을 남들에게서 발견하면 짜증이 난다. 한데, 제 결함을 천진하게 드러내는 나이를 지나, 가령 가장 흥분하게 된 순간에도 얼음장 같은 표정을 짓게 된 사람이, 자기보다 더 젊거나 더 천진하거나 더 어리석은 작자가 왕시의

자기와 똑같은 결함을 드러내는 것을 보면 얼마나 더 그 결함을 혐오하게 되겠는가!"(9/156)

프루스트는 우리가 잊고 있던 이런 흔한 일을 다시 일깨워서 우리의 반성을 촉구하는 사람이다. 사실 나의 경험으로도, 남의 결함에 대한 혐오는 나 자신의 동일한 결함에 대한 혐오였다. 특히 그 타자가 나보다도 더 어리석고 경망하다고 평소에 생각해왔다면, 같은 결함을 지닌 나 역시 그런 열등한 인간일지도 모른다는 느낌 때문에 자기 멸시에 빠지기도 했다. 이런 반갑지 않은 경험은 결함을 아무렇게나 드러냈던 젊은 시절이나, 그것을 감추기에 어느 정도 성공한 노년이나 마찬가지이다. 그 혐오는 이 텍스트가 지적하듯이 그것을 감추려고 하는 노년에 오히려 더 심한 것도 같다.

그러나 프루스트가 지적하지 않은 것이 있다. 만일 나와 똑같은 결함이, 나보다도 한결 더 지적이고 더 올바르고 더 도덕적인 사람에게서 되풀이되는 것을 발견했다면 어떻게 느끼게 될까? 아마도 자신에 대해서 짜증이 덜 나게 될지도 모른다. 세상에 결함 없는 완벽한 인간은 존재하지 않으니, 되도록이면 제 결함을 바로잡으려고 애쓰면서 살아가고, 아울러 남들의 결함에 대해서도 다소는 너그러워질 수 있을 것이다. 그러나 이런 넉넉한 마음은 프루스트에게서는 기대하기 어려울 것 같은 생각이 든다.

§111

"귀족들의 옛 거리가 가지고 있는 매력은, 그 거리가 귀족적인 동시에 서민적이라는 점에 있다. 과거에, 대성당의 정문 가까이에는 가끔 여러 종류의 소상인들의 가게가 있었듯이, (…) 귀족적인 게르망트 저택의 앞으로도 그런 소상인들이 오늘날에는 행상으로서 지나다녀, 때로는, 교회가 지배하던 그 옛날의 프랑스를 상기시키곤 하였다."(9/168)

이 인용문은 프루스트가 회고주의자라는 것을 단적으로 보여준다. 귀족의 거리를 돌아다니면서 행상을 하는 서민들의 존재에서 매력을 느끼고, 정교일치 시대의 옛 프랑스를 그립게 상기한다는 이 회고적 태도는 그가 얼마나 상황 외적인 사람, 현실에서 유리되어 있는 사람인지를 분명히 알려준다. 또한 이 텍스트의 바로 다음에는 그의 현실 유리는 심미화로 나타나서 그 행상인들의 물건 파는 소리에서 음악을 듣는다. 미사를 집전하는 사제의 시편 영창을 연상하고, 드뷔시, 무소르그스키, 라모의 곡들을 상기한다.

물론 이런 회고주의와 심미화가 금물이라는 것은 아니다. 그러나 귀족의 거리에서 행상하는 서민을 오직 그런 차원에서만 대하는 것에 부족감 같은 것이 느껴진다. 샤를루이 필리프처럼 서민의 애환을 인정 있게 대하는 태도를 편린이라도 보여주었으면 하는 아쉬움이 남는 것이다. 두 작가의 출신 성분이 너무 달라서, 프루스트에게는 무리한 주문일지도 모르지만.

§ 112

"(…) 깊은 잠으로 빠져들기에 앞선 명석한 이상異常 상태에서는, 예지의 편린들이 반짝이면서 떠돈다. (…) 한데 매일 밤 계속되지 못하는 그 꿈을, 각성한 세계는 아침마다 이어갈 수 있다는 이점이 있다. 아마도 각성의 세계보다도 더 현실적인 다른 세계가 존재하는 것일까? 하기야 각성의 세계에서도, 예술적 혁명은 그때마다 그 세계를 변모시키고, 동시에 그 이상으로, 능력과 교양의 정도의 차이는 예술가와 무식하고 어리석은 자와의 완연한 구별을 가져온다."(9/178)

이 텍스트는 세 가지 사항을 이야기하고 있다. 납득할 만한 지적이다.

(1) 우리가 깊은 잠에 빠지기 전에 꿈을 꾸는 초기의 수면 단계는 현실과의 경계에 있다. 그것을 프루스트는 limpide folie('명석한 이상 상태'라고 번역해보았다)라고 부르고 있다. 엷은 잠 속에서 꾸는 이 단계의 꿈에서는 그

236

내용이 일상성을 벗어나 있으면서도 합리성을 간직하고 지혜의 밝은 빛을 띠고 있을 수 있다.

(2) 그러나 이 바람직한 꿈은 그 후에 더 깊은 잠에 함입했을 때의 꿈으로 이어지지는 않는다. 다만 다행스러운 것은, 아침에 깨었을 때, 우리는 그 꿈을 재생시키고 계속하고 연장시켜볼 수 있다. 그러면 간밤의 꿈을 잇는 이 백일몽 속에서 새로운 세상이, 가령 보들레르가 「여행으로의 초대」에서 노래한 절묘한 초현실적 세상이 전개될 수 있다.

(3) 프루스트가 마지막으로 하고 있는 이야기는 일종의 환유적 연상이다. 꿈이 촉발하는 다른 세계의 이야기를 하다가, 다른 세계는 예술에 의해서도 태어난다고 화제를 옮긴 것이다. 그리고 그 김에, 예술가가 창조하는 다른 세계(그리고 아마도 예술적 엘리트는 수혜자로서 참여할 수 있는 세계)에는 바보 같은 대중은 접근할 능력도 교양도 없다는 말을 하고 있는 것이다.

그러나 프루스트가 예견하지 못한 것이 있다. 오르테가 이 가세트가 이미 1920년대 말에 주목한 바와 같이, 이 무식하고 어리석은 대중이 엄청난 세력을 갖추게 됨에 따라, 그들에게 어울리는 비속한 문화가 나날이 더 크게 번창하고, 엘리트 계층이 즐기던 이른바 '고급문화, high culture'를 마이너리티의 문화로 몰아넣은 것이다. 그리고 이 추세는 마침내 '고급문화' 쪽의 반성을 촉구하고, 지난날의 그 옹호자들이 대중문화의 어떤 요소들을 자진해서 흡수하고, 심지어 종래의 미학을 스스로 부정하기에 이르렀다. 이것이 프루스트의 생각과는 정반대로, 오늘날의 '예술적 혁명'이다.

§ 113

"우리의 인생에서는, (…) 반드시 사랑의 질투 때문이라든가, 젊고 활동적인 상대와 생활을 함께할 수 없는 허약한 상태 때문만이 아닌 어떤 다른 사정도 있겠지만, 공동생활을 계속하느냐 혹은 지난날의 단독생활로 돌아가느냐는 문제는 거의 의학적인 측면에서 제기된다. 두 종류의 휴식 중의 어느 쪽에 몸을 맡길 것인가(매일 과로를 계속할 것인가, 혹은 상대가 곁에서 사라져서 불안으로 돌아갈 것인가), 즉, 머리의 휴식이냐 마음의 휴식이냐는 문제가 생기는 것이다."(9/191)

여기에 언급되어 있는 내용은, 화자와 알베르틴의 관계를 밑에 깔고 하는 말이다. 중년인 화자는 새파란 처녀를 애인으로 삼고, 그녀를 독점하기 위해 제집에서 함께 살게 만들었다. 그가 육체적 관계를 매일 계속할 수 없는 건강상의 한계를 가지고 있어서인지, 그녀는 자주 외출을 한다. 한데 그 외출은 그의 사랑의 질투를 가져와서, 그는 그것을 살피고 그녀의 행적을 캐묻고, 되도록 그 외출을 막아보려고 백방으로 술책을 쓴다. 그래서 이럴 때에는, 가슴은 쉬고 있지만, 머리에 과로를 가져온다. 그렇다고 만일 그녀가 달아나게 내버려둔다면, 이번에는 버림받은 자로서의 굴욕이 남고 그 어느 때보다도 더욱 질투심에 시달릴 것이다. 그래서 이 경우에는 머리는 쉴 수 있을지 모르나 가슴의 아픔이 심할 것이다. 양단간에 안녕이 없는 것이다.

과연 이런 의미일까? 그리고 이것이 나이 차가 심한 두 애인이나 부부간의 보편적 현상일까? 비록 좌절과 실패로 끝난다 해도, 상대에 대한 호소와 신뢰와 헌신의 과정이 있을 만하지 않겠는가? 그래야 사랑의 파탄이 비극적인 색조나마 띨 것이 아니겠는가? 그러나 만사에 있어서 자기중심주의에 사로잡혀 있는 프루스트로서는 끝끝내 이런 윤리는 연목구어였는지 모른다.

필경 두 프루스트가 있다. 한편으로는 해박한 지식과 예리한 관찰력과 섬세한 감성을 갖춘 프루스트가 있고, 다른 한편으로는 윤리적, 실존적 지향을 갖추지 못한 프루스트가 있는 것이다.

§114

"만일 연정과 관련된 우리의 호기심의 법칙을 하나의 공식에 담으려고 한다면, 언뜻 본 여인과, 가까이 가서 애무한 여인 사이의 최대 편차에서 그 법칙을 찾아야 할 것이다."(9/207) "연정에서 유래하는 호기심은 어느 고장의 이름이 우리 마음에 촉발하는 호기심과 마찬가지로, 항상 환멸로 귀착되지만, 다시 태동하고 항상 만족할 수 없는 상태로 남는다."(9/209)

극히 상식적인 이야기이다. 미지의 대상은 매혹적, 환상적이고, 기지의 대상은 환멸을 가져오는데, 이 과정이 되풀이된다는 것은 프루스트의 지적대로 어떤 고장과의 관련에서 거의 언제나 일어난다. 알랭푸르니에Alain-Fournier의 『몬 대장Le Grand Meaulnes』은 그런 환상과 환멸을 주제로 삼고 있는 소설이다.

그러나 이상경을 찾아다니다가 결국은 그런 곳이 없다는 것을 알면, 체념을 하고 평범한 곳도 제 고장으로 삼고 정을 붙이면서 살아가는 것이 인간이다. 그런 일은 남녀 관계에서도 일어나고 또 일어나야 한다. 두 가지 이유가 있다. 첫째로 호기심이 유발하는 환상이 현실로 될 만한 이상적인 사랑의 대상은 존재하지 않고, 누구나 제 나름대로 결함을 가지고 있기 때문이다. 또 한 가지로, 이런 환상적 상대의 부재는 이 텍스트에서처럼, 남성이 여성을 볼 때만이 아니라, 여성이 남성을 대할 때도 마찬가지로 느낄 것이다. 한데 프루스트적 사랑의 근본적 결점은 '남성은 보고 평가하는 자, 여성은 보여지고 평가받는 자'라는 정당화될 수 없는 이분법에 있다. 그의 이런 자기중심주의는 비단 연애론에서만 나타나는 것이 아니다. 이 대하소설 전체에 걸쳐서, 화자가 대타 존재로서의 자신을 의식화하고, 타자에 의한 평가를 수용하고 요청하면서 자신을 객체시하고 자기비판이라는 정화적 반성을 시도하는 모습은 전혀 찾아볼 수 없다. 그리고 이런 중대한 약점은 대부분의 경우 화자를 대변자로 삼고 있는 프루스트 자신의 것이기도 하다고 여겨진다.

§ 115

"기억이라는 것은, 우리 생활의 다양한 일들의 복제를 항상 우리 안전에 제시해주는 것이 아니다. 그것은 차라리 일종의 공허이며, 우리는 현재와의 유사성의 덕분으로 가끔 사멸한 추억을 되살려서 그 공허로부터 끌어내는 것이다. 그러나 그 기억의 잠재 능력의 범위에서 벗어나 있어서, 우리가 영영 확인할 수 없는 무수한 작은 사실들이 있다."(9/213-214)

이 구절과의 관련에서 다음 세 가지를 간단히 적어두자.

(1) 이 텍스트에서 '공허, néant'라고 이름 지은 것은 잠재의식 내지는 무의식을 가리키는 것으로 생각된다. 그렇다면 '공허'보다는 '혼돈, chaos'이라는 말이 더 적합할지도 모른다.

(2) 무수한 과거의 일들 중에서 어떤 것을 추억으로 되살려 떠오르게 하느냐는 것은 비단 현실과 유사한 것(그 유명한 마들렌 과자의 일화처럼)뿐만 아니라, 현실과 대조되거나 현실이 연상시키는 것일 수도 있다.

(3) 영원히 묻혀버리고 마는 작지만 귀중한 기억들이 있을 것이다. 그것을 인력으로 억지로 끌어내보려고 해보아도 허사인 경우가 많다.

좀 다른 이야기일지 모르지만, 나는 현재와의 아무 관련 없이, 단순히 내 기억력이 크게 쇠퇴하지 않았는지 확인하기 위해서, 사람의 이름이나 책의 제목이나 노래의 가사 따위를 상기해보려고 하는 때가 있다. 그럴 경우 대개는 썩 만족스러운 결과를 얻지 못한다. 한데, 가령 70여 년 전, 청소년 시절에 외운 가사는 살아남아서 '혼돈'으로부터 고스란히 부상하는데, 최근에 외운 노랫말은 늙은이의 치아처럼 드문드문 빠져서 생각이 잘 나지 않는다. 그래서, 기억의 지구력은 나이가 들수록 약화되는구나 하고 체넘하면 될 터인데, 심한 정신박약이나 건망증에 걸렸는지 자신을 의심하고 괴롭히는 어리석은 짓을 한다.

§ 116

"우리는 자신이 품는 욕망은 순수하다고 여기고 남이 품는 욕정은 끔찍하다고 여긴다. 한데, 우리와 연관된 것과 우리가 사랑하는 여성과 연관된 것 사이에서 드러나는 그러한 대비는, 비단 욕정에만 국한된 것이 아니라, 거짓말의 경우도 역시 그렇다. 가령, 일상적으로 허약한데 그 상태를 가려서 튼튼해 보이려고 한다거나, 어떤 못된 습관을 감춘다거나, 혹은 남의 기분을 상하게 하지 않고 자기가 하고 싶은 짓을 한다거나, 거짓말처럼 흔해 빠진 것이 또 어디 있겠는가? 거짓말은 가장 필요하고 가장 널리 사용되는 자기 보호 수단이다. 그런데도 우리는 사랑하는 여성의 생활에서 거짓말을 몰아내겠노라고 주제넘게 굴고, 도처에서 거짓말을 염탐하고 냄새 맡고 혐오하는 것이다."(9/248-249)

프루스트는 이런 치졸한 글을 왜 썼는지 얼른 이해하기가 어렵다. 지금까지 알베르틴과의 관계를 살펴온 나로서는, 당장 두 가지의 근본적인 모순이 눈에 띈다. 첫째로 자기가 하는 거짓말은 순수하고 남들이, 특히 사랑의 상대인 여성의 거짓말은 끔찍하다는 말은 역지사지를 전혀 모르는 어리광인가 무엇인가? 혹은 화자의 철저한 자기중심주의를 변명해주려고 한 것인가? 또 한 가지로, 거짓말이 피차에 가장 필요하고 가장 널리 사용되는 자기 보호 수단인 것을 아는 바에야, 화자는 왜 사랑하는 여인을 그토록 염탐하고 질투해서 그녀의 '껍데기'를 벗겨 무방비 상태로 만들려고 하는가? 요새 우리 사회에서 유행하는 속어대로 '내로남불'에 해당하는 것인가?

설마 이런 것을 모르고 프루스트가 이 글을 썼으리라고는 도저히 생각할 수 없다. 그래서 다른 추측을 해본다. 작가는 이 경우에는 화자에게 대변자 노릇을 시킨 것이 아니라, 그를 비판의 대상으로 삼고 있는 것이 아닐까? 이 텍스트를 통해서, 인간이란 사랑에 열중하면 삼척동자도 지적할 만한 모순된 처신을 마다하지 않는다는 말을 하려고 했던 것이 아닐까? 혹은 한 걸음 더 나가서, 세상에는 화자와 같은 후안무치한 이기주의자도 있으니 독자들은 그자를 반면교사로 삼으라고 말하려는 것인가? 만일 이런 연애 관계가 어김없이 프루스트 자신의 것이라면(하기야 그런 징조가 안 보이는 것은 아니지만), 그의 연애관은 참으로 치사하고 한심하다. 내게 그런 언짢은 생각이 드는 것은, 프루스트가 말하는 사랑이란, 이중의 욕망, 즉 성적 욕망과 그 충족을 위한 상대방 여성을 오직 자기의 전유물로만 간직하려는(자신은 그녀의 전유물이 됨이 없이) 욕망을 뜻하는 것이기 때문이다.

§117

"우리에게는 보통 자신의 신체가 보이지 않지만, 다른 사람들은 그것을 보고 있으며, 다른 사람들에게는 보이지 않는 대상, 즉 우리의 상념을 우리는 마치 목전에 두고 있듯이 따라가 본다. 그런 보이지 않는 대상을, 예술가는 가끔 제 작품에 드러낸다. 한데, 그런 작품을 칭송하는 사람들이 작가에게서는 도리어 환멸을 느끼는 일이 있다. 왜냐하면 작품의 내면적인 아름다움이 그의 얼굴에는 완전하게 반영되어 있지 않기 때문이다."(9/265)

작품의 깊이나 아름다움에 감격하여 그 작가의 용모나 인품 역시 그러리라고 상상하고 만나보았더니, 초라하게 생겼고 인격적으로도 천했다는 경험은 매우 흔한 것이다. 화자는 이름난 작가 베르고트를 내세워서 이런 이야기를 하고 있다.

한데, 프루스트는 이런 평가가 근본적으로 잘못된 것임을 독자에게 가르쳐주려고 이 대목을 다루고 있는 것이다. 작품의 내용은 작가의 용모, 인격, 실생활과는 관련이 없다. 그 이유는 프루스트의 말대로, 작품을 창조하는 것은, 일상생활을 영위하는 자아와는 다른 또 하나의 자아이기 때문이다. 그리하여, 이 텍스트는 이른바 전기적 비평에 대한 날카로운 비판의 한 조각을 이루고 있고, 프루스트는『생트뵈브에 반대함』에서 그 유파의 대표자인 생트뵈브를 규탄하고 있다.

위와 같은 찬미자의 잘못된 반향은 문학 이외의 분야에서도 얼마든지 있을 수 있다. 나는 제법 나이가 들어서까지도, 천상의 소리 같은 소프라노를 들으면 그 가수도 절세의 미인이라고 상상한 일이 비일비재였는데, 이 환상은 대부분의 경우에 깨져서 낙담하곤 한 기억이 난다. 그리고 특히 음악의 경우, 연주와 연주자의 용모를 연결하려는 나의 잘못이 가시지 않았기 때문인지, 요새도 씨름 선수처럼 육중하고 사무라이처럼 사납게 생긴 연주자가 가령 드뷔시의 섬세한 곡을 치는 것을 TV 화면에서 보고 있으면, 어쩐지 어울리지 않는 기이한 느낌을 받는다. 크게 잘못된 일이다.

§118

"자연은 상당히 짧게 끝나는 질병밖에는 우리에게 줄 수 없는 것 같다. 그런데 의학이 질병을 연장시키는 기술을 갖추었다. 각종 치료약과 그것이 가져다주는 병세의 일시적 차도, 그리고 그것을 중단하면 다시 나타나는 증세 등이 의사증을 만들어내고, 환자의 습관이 마침내 그 의사증세를 (…) 고질화시켜버린다. 그렇게 되면 약의 효과가 감소하여 그 용량을 늘리지만, 더는 효험이 없고, 불편이 오래 지속된 탓에 도리어 해를 끼치기 시작하기도 한다. (…) 그러자 인위적으로 접목된 병이 뿌리를 내려서, 이차적이지만 진실한 질환으로 변하는데, 유일한 차이는, 자연이 준 병은 치유되는 반면에 의학이 만들어낸 병은 결코 치유되지 않는다는 사실에 있다. 왜냐하면 의학은 치유의 비밀을 모르기 때문이다."(9/267)

20세기 초의 의학은 오늘날에 비하면 원시적 단계였다는 점을 고려하더라도, 또, 그 자신이 어려서부터 천식으로 평생 시달렸다는 사실을 참작하더라도, 그리고 오늘날에도 약해가 비일비재이며 처방도 의사에 따라 다르다는 것을 숙지하고 있더라도, 프루스트는 어찌 이런 단호하고 소박한 말을 할 수 있었는지 모르겠다. 자연에는 치유력이 있어 짧은 시간에 병을 낫게 해주는데(이 자연의 치유력이라는 말은 건강 회복과 아울러 평화로운 죽음이라는 이중적 의미를 지닌 것인가?), 의약은 병을 연장시키고 악화시킬 따름이라는 단언은 어떤 근거에서 한 말인지 가늠할 수가 없다. 무엇보다도 자신의 지병인 천식이 백약무효라는 실망에서 추출된 부당 명제가 아닐까 하는 의심이 간다. 그리고 이 실망은 의학과 의사 전반에 대한 철저한 불신으로 확대되어, 부친과 아우가 외과의사인데도 불구하고, 의학은 극도로 희극적인 엉터리 과학이라는 표독한 말을 서슴지 않았고, 소설에서도 조모를 돌본 코타르 의사를 냉소하고, 말년의 소설가 베르고트를 진단한 의사들을 조롱하고 있다.(9/271) 만일 프루스트가 이런 불신을 내걸면서 그것이 보편적 사실이라고 공공연히 천명했다면, 당시라도 반증과 항의가 얼마든지 쏟아져 나왔을 것이다.

프루스트의 과격한 의학 고발보다는, 약물은 자연의 치유력을 도와준다는 아리스토텔레스의 견해가 한결 합리적이다. 프루스트도 이 말을 존중하면서, 오진과 약해를 경계해야 한다는 식으로 언사를 누그러뜨렸으면 좋았겠다는 생각이 든다. 그러나, "나는 무엇을 아는가?" 하며 치열하게 자문한 몽테뉴의 대척점에서, '나는 진실의 계시자'라고 외치고 싶었을 이 철저한 자기중심주의자에게 그런 융통성 있는 발상법을 요구하는 것은 연목구어였을 것이다.

§119

"베르고트는 자기가 연정에 사로잡혀 있다고 느끼는 분위기에서만큼 작품을 더 잘 쓸 수는 없다는 것을 알고 있었다. 사랑은, 아니 그 말이 지나치다면, 어느 정도 육신으로 스며드는 쾌락은, 글쓰기에 도움이 된다. 그 쾌락이 다른 쾌락들, 가령 사교계의 쾌락처럼 누구에게나 똑같은 쾌락을 면해주기 때문이다. 그리고 그러한 사랑이 비록 환멸을 가져다준다 하더라도, 정체되기 쉬운 영혼의 표면을 그 환멸을 통해서 뒤흔들어놓기라도 하는 것이다. 따라서, 욕망이 작가에게 무용하지 않은 것은, 우선, 그를 다른 사람들로부터 떼어놓아 그들에게 순응하지 않게 해주기 때문이며, 그다음으로, 어떤 나이가 지나면 굳어져버리기 쉬운 정신이라는 기계에 얼마큼의 탄력을 공급해주기 때문이다. (…) 그래서 베르고트는 이렇게 생각했다. '나는 계집애들을 위해서 억만장자 이상으로 돈을 쓰고 있지만, 그 애들이 내게 안겨주는 즐거움과 환멸이 책을 쓰고 돈을 벌게 해준단 말이다.'"(9/268)

이 텍스트에서, 화자가 뜻하는 바와 같은 '사랑'의 즐거움이 사교계의 '싱거운' 즐거움을 면해준다는 발언은 사교계에 출입하던 극히 일부의 한량에게만 해당될 수 있었던 것이므로, 그 점을 사상하고 이야기하는 것이 좀 더 보편적일 것이다. 그렇게 본다면 시대나 지역을 막론하고, 젊은 여성과의 소위 사랑이 문필가만이 아니라 다른 예술가는 물론, 일반인에게도 활력의 원천이 될 수 있다는 것은 널리 알려진 일이다. 내가 알았던 K 화백의 작열하는 붉은색의 화폭은 그런 여성들과의 정열적인 관계와 무관하지 않았다. 또한 그런 사랑이 회춘의 샘이라는 말도 동서고금의 상투어이다.

그러나 일정한 나이가 되면, 베르고트와 같은 창작 활동을 도울 그런 정력 보강책을 써보라고 모든 예술가에게 권유할 수는 없다. 허약한 체질의 사람이 그러다가는 도리어 폐인이 될 것이고, 또한 여러 '계집애'들과 희롱하는 대신에, 어느 정도 연하의 여성 한 사람을 정부로 삼고 그녀와의 상애의 결과로(목적이 아니라) 창작을 위한 에너지를 증진시킬 수도 있을 것이다. 그것이 바로 에밀 졸라의 경우였다. 그러나 양단간에 이런 외도는 금욕주의자의 비판의 대상이 되고, 오늘날에는 특히 페미니스트의 맹렬한 규탄을 받을 것이다.

§ 120

프루스트는 죽음은 곧 없어지는 것이라는 생각을 염담하게 받아들이기가 아무래도 어려웠던 것 같다. 그래서인지, 9/273-275에 걸쳐서 다음과 같은 장면을 만들어 놓고 있다.

작중인물인 소설가 베르고트가 페르메이르의 「델프트의 조망」에 그려진 황색의 작은 벽면을 응시하다가 현기증을 일으켜 돌연사한다. 그러자 화자는 그가 정말로 죽은 것인가 하고 자문하면서 비교적秘教的인 생각을 피력한다.

'인간의 현세는 가생假生의 세상이다. 인간이 걸머지고 있는 책무는 그것이 윤리적이건 예술적이건 간에 전세에서 정해진 것인데, 현세에서는 그 책무를 이행한들 보람이 없다. 인간은 그런 책무를 지닌 채 그가 원래 살았던 전혀 다른 세계에서 빠져나와 보람 없는 현세에서 잠시 머물다가 다시 그 별세계로 돌아가서 미지의 율법에 따라 살아간다. 누가 그 율법의 교훈을 인간의 마음속에 새겨 넣었는지는 몰라도, 깊은 지성적 작업을 하는 사람은 그 율법에 접근할 수 있으며, 오직 어리석은 자만이 그것을 보지 못하는 것이다. 따라서 베르고트는 영원히 죽지 않았다는 생각은 터무니없는 것이 아니다.'

전세, 내세, 영생, 전생, 환생, 부활, 내생, 윤회, 영원회귀 등, '영혼의 이주'에 대한 고래의 비교적 믿음을 전혀 가지고 있지 않은 나는 프루스트가 여기에서 말하고 있는 어리석은 자에 속할지도 모른다. 나로서는, 양의 동서를 막론하고 밀교에도 현교에도 편재하고 있는 이런 믿음은 세 가지 요인에 의한 것으로 생각된다. 첫째로 방금 전까지 숨을 쉬고 있던 친근한 사람이 돌연 숨을 거두어 물질로 화했다니 믿을 수 없다는 감정이 있다. 둘째로는 모든 인간은 죽게 되어 있다는 이치를 받아들일 수 없다는 생각이 있다. 셋째로 인간은 영원히 살고 싶다는 욕망을 떨치지 못하는 동물이다. 이러한 지적 한계를 넘어서서 영생의 욕망을 충족시키려는 마음이 죽음을 초월한 삶이라는 믿음을 가져오는 것이다.

다른 한편으로 나는 이 믿음을 역사적, 과학적 견해로 전환시킬 수 있다고 생각한다. 개인의 차원을 넘어서 총체적 차원에서 인간의 존재를 살필 때, 오해가 없다면 우리는 그 과거, 현재, 미래를 각각 전세, 현세, 내세라고 불러도 좋으리라. 그러나 이 세 시기는 상대적이다. 시간의 흐름에 따라, 현세는 부단히 전세가 되어 사라지는 동시에 내세로 현세가 새로 흘러 들어오는 이중의 운동이 이어져 나간다. 그렇다면 전세는 다시 내세가 되는 순환적 가역성을 지닐 것인가? 앞으로 어떤 엄청난 사건의 돌발에 의해서, 혹은 작은 사건들의 누적적 결과에 의해서 인류가 다시 원시시대로 돌아가서 새롭게 생존을 위한 작업을 시작하게 될지, 혹은 아예 절멸할지 아무도 모를 일이다. 다만 지금으로서는, 인간은 긍정적이건 부정적이건 간에 변화를 거듭해왔다는 것을 확인하고 앞으로 이 변화의 속도는 더욱 가속화되리라는 예측을 할 수 있을 뿐이다. 그리고 이 가속화되어가는 변화가, 혹시 유토피아를 가져올지도 모른다는 희망을, 19세기의 사람들처럼 지금도 품어볼 수 있을지도 모른다.

전세로부터 현세를 거쳐 내세로 가는 이 부단한 움직임은 전 인류가 출산이라는 행위를 일시에 중단하지 않는한, 두 가지 차원에서 계속된다. 하나는 유전을 통해서, 또하나는 문화를 통해서이다. 그러나 이 양자에 있어서는 계승만이 아니라 변화가 있고 변화는 현세에서 이루어진다. 이런 점에서 현세는 단순히 내세로의 교량이거나 또 프루스트가 생각하듯이 가생의 시간도 아니다. 유전자는 전생으로부터 인간이라는 생명의 근본을 이어 나가는 동시에 달라지는 환경에 적응하도록 그 요소를 변화시키고, 때로는 돌연변이를 겪기도 하며, 근자에는 생명공학이라는 인위적 조작을 통해서 그 조합이 개변되기도 한다. 이 모든일이 현세에서 이루어진다. 또한 인간이 그 생존 조건을 향상시키기 위해서 이어 나온 문화 역시 현세에서 변화를 쌓아가는데, 프루스트가 전생에서 결정된 책무라는 것도 사실은 이 문화적 유산의 산물이며 그 구조나 내용은, 그리고 그 가치체계는 미래가 현세로 전개됨에 따라 부단히 바뀌어 나갈 것이다.

나도 프루스트를 따라 베르고트는 영원히 죽은 것이아니라고 말할 수는 있다. 그러나 그것은 그의 '영혼의 이주'와 관련되어서가 아니라, 그가 남긴 업적이 삼세에 걸쳐 있기 때문이다. 그의 분신이라고 말할 수 있을 그의 소

설은 전세에서 전해온 소설의 전통을 밑거름으로 삼아 현
세에서 개화했고, 이번에는 그것이 내세로 편입되어 미래
의 현재에서 창조될 다른 소설들을 위한 밑거름이 될 터이
다. 훌륭한 작품은, 그리고 그 작가의 이름은, 전통과 변화
를 이어가는 예술 창조의 중요한 한 고리가 되는 것이다.

§ 121

"나는 그날 하루 동안 거둔 성과 두 가지를 나의 마음
에 간직하고 있었다. 우선, 알베르틴의 고분고분함이 나
에게 가져다준 평온함의 덕분으로, 그녀와 결별할 수 있다
는 가능성이 생기고, 그 결과 그래야겠다는 결심이 섰다는
것이었다. 또 한 가지로는, 피아노 앞에 앉아서 그녀가 돌
아오는 것을 기다리는 동안 생각하던 성과인데, 그것은 내
가 되찾은 자유를 바치려고 작정한 '예술'이라는 것이 희
생을 감수할 만한 가치가 있는 그 무엇이 아니라는 생각이
었다. 즉, 예술은 인생에서 벗어나 있어서 그 헛됨과 허무
와 무관한 어떤 것이 아니라는 생각이었다. 왜냐하면 예술
작품 속에 구현된 진정한 개성과 같이 보이는 것도 사실은
능란한 기교에 의한 눈속임에 불과하기 때문이다. (…) 나
는 이 두 가지 성과를 분명히 따져보았지만, 그것들이 오
래 지속되지 않았다. 당장 그날 저녁부터, 나의 예술관은

오후에 겪었던 실추로부터 복권한 반면에, 평온한 마음, 따라서 예술에 전심전력을 바칠 자유는 다시금 빼앗겼던 것이다."(10/16)

내가 이 긴 텍스트를 인용한 것은, 여기에 프루스트의 생각의 근본이 반영되어 있기 때문이다. 그것은 다음의 세 가지로 정리될 수 있을 것이다.

(1) 평온하고 안정된 심정은 역설적이다. 우리는 그런 상태를 바라지만 그것은 역효과를 낸다. 화자는 마침내 알베르틴을 완전 정복하고, 가정부인처럼 된 그녀의 순종을 획득했다고 생각한다. 그러자 사랑이 식어버리고 타성과 권태를 느껴 그녀와 결별하려고 한다. 또한 평온은 예술관의 변화를 가져온다. 예술은 삶을 희생해도 아깝지 않은 어떤 초월적 진리로 이르는 길이 아니라, 한낱 기교에 불과하다는 생각이 든다. 이것이 오후의 생각이었다.

(2) 화자는 새로운 사랑을 꿈꾸지만, 사랑이란 누차 보아왔듯이 타자 소유의 욕망에서 비롯되는 의심과 질투의 괴로움이다. 평온은 권태이며 사랑은 괴로움(저녁에는 화자가 다시 알베르틴에 대한 이 사랑의 괴로움에 빠져든다)이라는 이 이중의 불행에 가하여, 상류 사교계의 체험은 인생이 허영과 허무에 불과하다는 것을 가르쳐주었다. 프루스트는 결국 삶에 대한 비관주의를 그의 근본 사상의 한 기둥으로 삼고 있는 것이다.

(3) 또 하나의 기둥은 이 비관적 인생관을 배경으로 삼고 그것을 초극하는 것이 예술이라는 생각이다. 바꾸어 말하면 인생이 비관적이니까 예술의 존재 이유가 있다는 말이다. 저녁때의 변화는 오후에 품었던 예술가교론을 버리고 예술의 드높은 지위를 회복시킨 것이다.

(주) 나 역시 프루스트의 견해에 원칙적으로 동의한다. 가치 있는 예술의 밑에는 인생의 불행에 대한 인식이 깔려 있다. 다만 그의 비관주의는 극히 한정된 빈약한 체험의 소산이라는 점을 지적하지 않을 수 없다. 그에게 있어서 사랑은 오직 상대방에 대한 의심과 질투의 연속일 따름이고, 인생의 허영과 허무는 상류사회를 출입하면서 느낀 것에 불과하다. 그에게 근본적으로 부족한 것은 좌절의 체험이다. 다시 말해서 현실 속에서 어떤 이상이나 목표를 설정하고 그 달성을 위해서 몸을 내던지다가 결국은 이루지 못하는 비극적 체험이 그에게는 없다. 그리고 이 점이 그의 예술관을 보들레르나 앙드레 말로의 예술론에 비해서 덜 절실하게 만들어주고 있는 것이다.

§ 122

최근에 이와나미문고로 새로 나온 일본어 번역의 제11권에는, 역자 요시카와 교수가 붙인 해설에 다음과 같은 한 문장이 나온다. 사랑의 심리를 질투심과 의심의 반죽으로 보는 프루스트의 "연애심리 분석은 이렇듯 자타를 불문하고 인간은 궁극적으로는 이기주의자라는 본질적인 통찰에 의거해 있는 것이다."(564면)

　프루스트 연구의 일인자로 알려진 역자 요시카와가 지적하는 그런 프루스트의 견해를 나도 여러 번 밝혀왔다. 다만 요시카와가 그 점을 높이 평가하는 것과는 반대로 나는 부정적으로 생각한다. 날카롭고 타당한 많은 관찰과 분석에도 불구하고, 이것이 바로 프루스트의 근본적 한계이며, 그의 소설을 읽을수록 재미없게 만드는 이유이다. 나는 인간이 이기주의자라는 점을 전적으로 부정하려는 것이 아니다. 그러나 성패 여하를 불문하고 인간은 또한 그 한계에서 벗어나려는 윤리적 지향을 가진 존재, 세계와 타자를 향해 자신을 열기 위해서 자신과의 투쟁을 전개하는 존재이기도 하다. 바로 이 시도에서 삶의 뜻이 생긴다. 각성과 좌절이, 서사시와 비극과 희극이 생긴다. 이런 드라마틱한 측면이 전혀 없는 철두철미한 이기주의자 프루스트의 편협한 태도는 참으로 실망적이며, 이 소설을 완독할 보람이 없는 것으로, 나쁘게 말하면, 얼마큼의 분량의 선집으로 읽어서 충분한 것같이 만들어놓고 있는 것이기도 하다. 역설적이지만, 나는 이 사실을 인식하고 확인한다는 슬픈 작업을 위해서 이 기나긴 소설을 읽고 있는 셈이다. 그러면서도 끝에 이르러서는 '프루스트가 마침내 이기주의 내지는 자기중심주의에서 벗어났구나, 적어도 벗어나려고 애쓰고 있구나' 하는 느낌을 갖게 되기를 이 시점에서는 아직도 바라고 있다.

§ 123

"1900년 전부터, (…) 모든 관습적 동성애— 가령 플라톤이 말한 청소년들이나 베르길리우스가 노래한 목동들의 동성애는 사라졌고, 다만, 자신의 의지로서는 어쩔 수 없고 신경증세와 같은 동성애, 남들에게 감추고 자신에게조차 왜곡시키는 그러한 동성애만이 살아남아 증식하고 있다."(10/27)

동성애의 위상의 변화— 옛날에는 관습이었던 것이 금기가 되고, 오늘날은 그 금기를 위반하는 자들이, 남들에게 감출 뿐 아니라 자신에게도 속이면서 저지르는 행위가 되었다. 이런 위상의 변화는 동성애의 경우만이 아니다. 옛날에는 당연하고 마땅한 관례였던 것이 오늘날에는 폐습 내지는 금기가 된 예는 얼마든지 있다. 남존여비(19세기까지는 동양만이 아니라 전 세계적이었던 관습), 노예(노비)제도, 자녀 교육에 있어서의 폭력 사용('회초리를 아끼면 아이를 버려놓는다Spare the rod and spoil the child'는 영국의 속담) 등이 모두 필요했고 정당했는데, 그런 행위가 오늘날에는 법으로 금지되어 있기까지 하다. 그러나 그런 금기와 금제가 실질적으로 폐지된 것 같지는 않고, 옛 관습은 간접적으로, 혹은 변형되어서 존속하고 있는 것 같다. 독재국가만이 아니라, 모든 위계 조직의 사회에서는 그런 관습에서 완전히 해방될 수는 없을 것이다. 게다가 언제 반전현상이 일어날지 모른다. 가령 오늘날에는 동성애가 프루스트의 시대와는 달리 법으로 보장된 떳떳한 행위가 되어 있듯이 말이다. 사회적 변동과 그에 따른 이데올로기의 변동은 버려진 옛것을 다시 수습하고 새로운 의미를 부여하면서 부활시킬 수도 있는 것이다.

§ 124

"솔처럼 짧게 깎은 머리에 검은색 정장 차림의 엄격한 샤를뤼스와, (…) 진한 화장을 하고 장신구로 치장한 젊은 이들 사이에는, 마치 안절부절못하면서 재게 말하는 흥분한 사람과, 말을 천천히 하고 언제나 냉정하게 처신하는 신경병질의 사람 사이에서처럼, 순전히 외견상의 차이밖에 없었다. 임상의사가 보기에는 양자가 똑같이 신경쇠약에 걸려서, 같은 불안에 시달리고 같은 결함의 희생자가 되어 있는 것이다."(10/38)

늙은 남색가 샤를뤼스와 그의 상대인 청년들은 복장과 용모에 있어서 정반대되는 것 같지만, 사실은 동일한 신경병의 소산이라는 이 말은, 부동성이 동일한 뿌리를 갖고 있으며, 양극은 통한다는 사실을 확인시켜주는 것이다.

그러나 우리는 이 사실을 뒤집어 말할 수도 있다. 뿌리는 같지만, 열매는 다르다는 식으로 말이다. 근본의 동일성을 강조하는 대신에, 현상의 차이에 더 큰 주목을 해야 하는 경우도 있기 때문이다. 특히 글 쓰는 직업을 가진 사람의 이야기를 할 때는 그럴 필요가 있을 것이다. 문필가들은 언어에 대해서 신경병적인 반응을 보이는 사람들이다. 그 점에서는 모두 같다. 그러나 특히 시인과 작가의 경우에는, 언어에 대한 공통적인 집념이라는 신경병적 증세 그 자체보다도 그 개별적 표현이 한결 더 중요하다. 왜냐하면, 서로 다른 그 개별적 언어에서 각자의 독창성이, 다시 말하면, 각자의 상이한 예술관, 인생관, 세계관이 나타나기 때문이다. 가령, 언어 그 자체의 예술성을 추구한 플로베르와 초현실의 세계의 현전을 위해서 언어를 주리 튼 초현실주의자들 사이에, 언어의 비일상화라는 점을 제외한다면, 무슨 공통성이 있단 말인가? 하지만 그들 각자의 본질적 중요성은 바로 그들이 산출한 언어의 부동성에 있는 것이다.

이렇듯, 일상성과 상식의 세계를 등진다는 '불안과 결함'을 스스로 지니고 자신의 독특한 세계를 만들어 나가는 '신경병자'가 어찌 시인과 작가뿐이랴! 음악, 조각, 회화 등 모든 분야의 진정한 예술가가 그런 사람들이다. 그리고 우리는 이 신경병자들의 덕분으로, 우리가 모르던 희한한 세계를 즐길 수 있고, 우리가 모르던 남들의 사정을 이해할 수 있고, 우리가 모르던 우리 자신의 속에 깃든 악을 인식할 수 있는 것이다.

§125

"드레퓌스사건이 사교계를 상대로 그토록 음흉한 계획을 꾸몄다고 규탄할 사람은 없을 것이다."(10/71) (…) "정치적 정열은 다른 종류의 정열과 같아 오래 지속되지 않는다. 그 정열을 이해하지 못하는 새로운 세대들이 도래한다. 심지어 그 정열을 느끼던 세대조차 변해서, 지금 느끼는 정치적 정열은 이전의 것을 그대로 베낀 것이 아니어서, 배제의 대의명분도 바뀐 이상 배제되었던 사람들의 일부를 복권시키게 된다."(10/72)

이 두 인용문은, 프루스트가 드레퓌스사건에 있어서 비록 드레퓌스 옹호파의 입장에 섰다고 하나, 본질적으로는 유한계급의 국외자로서 정치적 현실을 보고 있다는 것을 말해준다. 하기야 그는 앞에서도 자주 그 사건에 대해서 언급하고 있기는 하나, 그 언급은 사교계 인사들의 잡담과 그들 사이의 관계의 변화에 한정되어 있다. 여기에서도 마치 사교계의 운명이 프랑스 사회의 가장 중요한 문제인 양, 그 사건과 사교계의 관련을 생각해본다는 기상을 보여주고 있다. 만일 누가 '드레퓌스사건이 사교계에 미친 영향'이라는 논문이나 책을 썼다면, 그것이 그 엄청난 일에 관한 중요한 관점의 하나라고 생각할 사람은 별로 없을 것이다. 또 하나의 텍스트 역시 구체적인 정치적 문제를 넘어서서 일반론으로 희석해버리는 안이한 태도를 보여주고 있다. 드레퓌스 옹호를 위해서 에밀 졸라처럼 직접 참여하지는 못할망정, 그 중대한 사건이 앞으로 프랑스 정치와 사회에 어떤 변화를 가져올지, 혹은 별로 흔적을 남기지 않고 사라질지 하는 당면한 문제에는 무관심하고, 기껏 이 정도의 성찰밖에는 할 수 없는 것이 사교계를 애호했던 국외자로, 사적私的 인간으로 머문 프루스트의 한계였을 것이다. 환언하자면, 그는 행동뿐만 아니라, 사고와 시야와 상상력에 있어서도 계급성에 의해서 극히 제한되어 있던 사람이다. 그에게서 자기비판, 역지사지, 공감과 공생과 같은 윤리를 기대하느니, 전신주에서 꽃이 피는 것을 기대하는 것이 낫다.

§ 126

　연구자가 아니라 아마추어로서 이 소설을 샅샅이 읽어 나가기는 쉬운 일이 아니다. 나는 지금 번역 제10권 『갇힌 여인』 후편을 읽고 있는데, 정말 견딜 수 없을 정도로 지루하다. 지겨울 정도로 되풀이되는 동성애, 질투극, 사교계의 인간관계⋯ 고인 물처럼 정체되어 있는 이런 이야기들을 아예 뛰어넘을까 하다가도 계속 통독하고 있는 것은 그간간이 프루스트다운 예리한 관찰과 자기중심적 편견이 눈에 띄어, 그런 말들은 살펴보아야겠기 때문이다.

　오늘 내 주목을 끈 것은 화자가 베르뒤랭 부인의 모임에서 샤를뤼스가 꾸민 음악회에 참석한 이야기이다. 그 참석의 본래의 목적은 알베르틴의 동성애 상대로 의심되는 여성을 살피기 위해서였다. 그러나 그녀는 오지 않았고, 화자는 뱅퇴유의 미발표 음악을 듣게 된다.(10/91-93) 한데 처음으로 듣는 그 곡이 주는 청각적 이미지와 공감각적 효과의 묘사가 기막히다. 화자는 그가 들어온 소나타와는 전혀 다른 인상을 주는 이 7중주에서, 새벽으로부터 정오에 이르기까지의 소리와 정경의 변화를 영묘하게 표상하고 있다. 나 자신도 음악을 들으면서 여러 이미지를 떠올리고 여러 소리를 연상한다. 그러나 이런 특출한 감성과 표현력은 나로서는 도저히 가까이 갈 수 없는 참으로 부러운 것이다. 비록 심리적, 심미적 차원에 한정되어 있지만, 프루스트의 본령은 바로 이런 데에 있다.

§ 127

"뱅퇴유는 특별히 심오한 천부의 재능에 더하여, 대부분의 작곡가들이나 화가들에게서 찾아볼 수 없는 재능을 갖추고 있었다. 그것은 색채를 사용하는 재주였는데, 그 색채들이 매우 안정되어 있을뿐더러 매우 개성적이기도 해서, 세월이 그 신선함을 손상시키지 못함은 물론, 그 원작자를 모방하는 제자들도 또 그를 능가하는 거장들조차도 그 독창성을 퇴색시키지는 못하는 것이다. 그 색채의 출현이 이루어낸 혁명의 성과는 무명화되어 다음 세대로 동화되는 일은 없다. 그러한 혁명이 다시 일어나고 터지는 것은 오직 영속성 있는 혁신자의 작품이 다시 연주될 때뿐이다. 가장 박식한 음악가가 습득한 세상의 모든 법칙들을 동원해도 모방할 수 없는 색채가 소리마다 배어 있어서, 뱅퇴유는 비록 제 시대에 나타나 음악사에서 제자리에 고정되어 있기는 하더라도, 누가 그의 작품들 중의 하나를 연주하자마자 항상 그 자리에서 벗어나서 선두에 서는 것이다."(10/97-98)

이 긴 텍스트를 내가 인용한 것은 프루스트의 다소 과

장된 견해가 내 생각과 일치하는 점이 많기 때문이다. 나는 50년 가까이 서양 고전음악을 들어왔다. 그동안 나도 소리에서 색깔을 보고 그림을 그리곤 했다. 이런 공감각은 음악을 들어온 많은 사람이 경험했을 것이다. 앙드레 지드의 『전원교향악』을 보면, 선천성 시각장애인 제르트뤼드의 색감을 유발하기 위해서 화자인 목사가 악기들의 여러 소리와 색깔의 관계를 설명하는 장면이 나온다.

또 한 가지 언급하고 싶은 것이 있다. 다른 모든 독창적인 우수한 예술 작품과 마찬가지로, 음악 작품 역시 이 텍스트에서 지적되어 있듯이, 시대적으로 한정된 산물이면서도 영원히 새로운 초시대적 독창성을 지닐 수 있다는 것도 누구나 아는 사실이다. 이른바 '개별적인 것 속의 보편성, l'universel dans le particulier'인데, 화자는 뱅퇴유의 소나타가 앞으로 그런 영원한 보편적 가치를 지닐 것으로 믿고 있다. 그러나 시대를 넘어서는 가치에 관한 문제는, 음악의 경우에는 그렇게 간단한 이야기가 아니다. 프루스트가 살았던 때와 오늘날과는 음악 향유의 수단과 방법에 있어서 천양지차가 있기 때문이다.

프루스트가 이 글을 썼을 20세기 초엽에는 축음기가 발명되어 있긴 했지만, 그 기기는 양질의 소리를 재생할 수는 전혀 없었다. 그래서 음악 듣기는 아직도 실연주에 의지할 수밖에 없었는데, 그것이 그렇게 자주 개최될 수는 없었을 것이다. 그리고 주최자는 필경 영속적 생명을 이어 갈 걸작만을 골라 연주곡목으로 삼았고 청중은 대부분의 경우 그 선택에 의지하면 되었을 터이다. 반면 오늘날에는 음향 재생 기기가 고도로 발전하고 녹음 기술도 획기적으로 개량되었다. 물론 실연주를 듣는 것만은 못하겠지만 레코드로 어느 정도는 만족할 만한 형편에 이르렀다. 이것은 그런 기기를 가진 각 개인이 스스로 음악을 골라 들을 수 있게 되었다는 것을 의미한다. 이상적으로 말하면, 그는 어떤 음악이 영속적 가치가 있는 위대한 음악인지를 자신의 책임하에 판단하면서 그 엄청나게 많은 음반에서 선택해야 하는 것이다. 하지만 그 선택이 쉬운 것이 아니라서 그때그때의 기분에 좌우되기가 십상이다.

나의 음악 듣기의 경험으로는 청년 시절에는 차이콥스키, 장년기에는 베토벤, 초로에는 브람스, 그리고 말년인 지금은 바흐, 모차르트, 슈베르트, 슈만을 다른 음악가보다 더 많이 듣게 되었다. 모두들 시대의 산물이지만 시대의 테두리에서 벗어나서 영속적 독창성을 가지고 있는 거장들이다. 그러나 그 선택은 결코 객관적이 아니라, 나자신의 내적 욕구와 밀접히 관련되어 있다. 필경, 청년 시절의 강렬한 정서로부터 점차 안정되고 평화로운 즐거움의 향유를 바라오게 된 것이리라.

§ 128

"(…) 우리 각자가 느낀 것의 본질을 구별해주는 이 말할 수 없는 것(그것을 구태여 남들에게 전하려고 하면, 만인 공통의 싱거운 겉치레 이야기밖에는 못 하는 이상, 말하기 시작하다가 그만두게 되는 그런 말할 수 없는 것)은 오로지 예술만이, 뱅퇴유와 엘스티르와 같은 사람의 예술만이 나타나게 할 수 있는 것이다. 그들은, 우리가 개인들이라고 부르고 있지만, 예술이 없으면 결코 알 수 없을 그 세계들의 심오한 조직을 스펙트럼의 색깔로 표출한다. (…) 유일한 진정한 여행, 유일한 '회춘의 샘'은 새로운 풍경을 찾으러 가는 것이 아니라, 다른 눈을 갖는 것, 다른 한 사람의, 백 사람의 눈으로 세계를 보는 것, 그들 각자가 보고 각자가 구성하고 있는 수많은 세계를 보는 것인데, 그것은 엘스티르나 뱅퇴유와 함께할 때, 그와 유사한 사람들과 함께할 때 가능하다. 그때 우리는 진실로 이 별에서 저 별로 날아다닐 수 있는 것이다."(10/103)

이 텍스트는 프루스트의 예술관의 핵심을 단적으로 표현하고 있다. 그것에 관해서 몇 가지 주석을 달아두자.

(1) 이 예술관은 최종 권인『되찾은 때』에서도 되풀이 된다. 각각의 예술 작품은 서로 다른 세계를 형성하며, 우리들 수용자는 우리 자신과 일상성에서 벗어나서, 예술

작품이 아니면 결코 표상할 수 없는 그 수많은 초월적 세계를 향유할 수 있다는 그 주장에 나 역시 원칙적으로 동의한다.

(2) 이 예술관은 보들레르의 「여행으로의 초대」를 연상시킨다. 다만 다른 점이 두 가지 있다. 보들레르는 일상적 풍경과는 다른 풍경을 상상하고 그 초월적 매력에 도취하는 더없는 기쁨을 말하고 있다. 즉 그는 상상에 중점을 두고 있는 반면에, 프루스트의 주안은 발견에 있다. 새로운 발견에 의한 우리의 인식의 부단한 혁명에 진정한 예술작품의 의의가 있다는 것이다.

또 하나 다른 점은 더 중요하다. 프루스트는 이런 예술로서 회화(엘스티르Elstir)와 음악(뱅퇴유Vinteuil)을 들고 있고, 시에 대한 언급은 없다. 예술은 원래 말로 표현할 수 없는 것(ineffable)을 감각적 소여로서 설정하고 느낌을 통해서 세상을 새롭게 보게 하는 기능을 하는 것이므로 논리와 분석의 도구인 언어가 관여할 바 아니라는 것이 프루스트의 생각일까? 그래서 베르고트로 대표되는 소설에 대한 언급은 하지 않은 것인가? 그 점은 이해할 수 있다. 그렇더라도 왜 시마저 제외한 것인가? 시는 말로 표현할 수 없는 것을 말로 표현하려고 언어를 주리 트는 행위(랭보가 '언어의 연금술'이라고 부른 작위)인데도 말이다. 이 점은 납득하기 어렵고 앞으로 시에 대해서는 무엇이라고 하는지

유심히 살펴보아야겠다.

(3) 프루스트의 예술론의 밑에는, 대타 관계가 필연적일 수밖에 없는 현실 세계에서의 생존에 대한 페시미즘이 깔려 있는 것이 틀림없다. 그렇기 때문에 세상을 다른 눈과 다른 귀로 대한다는 말에서 정치적, 사회적 함의는 전혀 찾아볼 수 없다. 우리의 현실적 인생은 밝은 미래로 뻗어갈 가능성이 없기 때문에 예술이 베푸는 다른 세계를 반기게 된다는 것이 그의 생각이다. 이 점에서 그는 19세기를 지배한 '인간의 완전 가능성, perfectibilité humaine'의 이념뿐만 아니라, 20세기 초엽에 벌써 큰 세력을 차지하게 된 사회주의적 낙관론과 대척적이다.

(4) 아울러 프루스트에게는 미적 체험의 윤리적 전환이라고 부를 수 있는 조망이 없다. 일례로 반 고흐가 그린 신발들을 보자. 그 그림은 특히 나같이 육체에 의존하면서도 육체를 도외시하면서 살아온 자들의 눈을 뒤집어놓는다. 프루스트의 표현을 빌리자면 다른 눈이 베푸는 다른 세계가 목전에 펼쳐진다. 그러나 단순히 순수한 예술 작품으로만 우리 앞에 제시된 것이 아니다. 그 찌그러진 신발들이 눈이 아프게 표상하는 것, 그것은 단순히 걷기 위한 도구가 아니라, 삶의 무게를, 삶의 시련을 견뎌낸 인간의 고행이다. 그 구두를 지그시 보고 있으면, 내 마음속에서는 그 다른 세계에 대한 겸손의 감정이 파도처럼 밀려

온다. 예술과 윤리는 서로 떨어져 있는 것이 아니다. 예술
은 자아에 대한 반성과 비판이라는 길을, 그리고 그 정화
의 길을 트는 것이다.

§ 129

"도덕적 의무라는 것은 (…) 우리의 윤리학 교실에서
가르치는 것만큼 그렇게 명백한 지상명령은 아니요. (…)
우리는 선의 본질이 무엇인지 개탄스럽게도 모르고 있소.
결코 자랑하고 싶어서 하는 말이 아니지만, 아주 순수한
입장에서 칸트의 철학을 학생들에게 가르쳐온 나 자신도,
내가 지금 직면하고 있는 사교적 결의론에 도움이 될 만한
정확한 지침을, 『실천이성비판』의 어디에서도 찾아볼 수
없단 말이오."(10/139-140)

현학적인 수다쟁이인 소르본 대학 철학 교수 브리쇼
는, 그가 출입하는 살롱의 여주인 베르뒤랭 부인으로부터
남색가 샤를뤼스 남작을 그녀의 사교계에서 추방하는 데
협력하라는 요청을 받는다. 그러자 브리쇼는 진퇴양난의
곤경에 빠진다. 샤를뤼스는 그의 친구이지만 만일 그 추방
에 협력하지 않으면 그 자신이 사교계에서 추방될 것이며,
만일 협력하면 친구를 배반하는 꼴이 되겠기 때문이다. 위
의 텍스트는 그런 사정에 처한 브리쇼가 그의 곤경을 화자

에게 철학적으로 표명한 것이다.

나는 이 기회에 그의 현학적인 고민의 토로를 객관적인 테마로 삼아, 칸트의 이른바 정언명령과 결의론(決疑論, casuistry)의 관계를 잠시 생각해보려고 한다. 여기에서 브리쇼가 말했듯이 사교계에서의 행동 지침을 칸트의 도덕적 의무론인 정언명령에서 추출할 수 없는 것은 물론이다. 사실, 인생의 거의 모든 문제에서, 가령 작게는 자식의 훈육을 위해서 회초리를 들 것이냐는 문제로부터, 크게는 전쟁의 조속한 종결을 위해서 핵무기를 사용할 것이냐는 문제에 이르기까지, '케이스 바이 케이스'로 상이하고 잠정적인 결정을 해야 하는 결의론에 의지할 수밖에는 없다. 실제적인 인생은 어떤 굳건한 원칙에 의한 행동이 아니라, 이렇게 불안정하고 위태로운 선택의 연속으로 이루어진다.

그러나 결의론에 의한 선택은 결코 단순한 변덕과는 다르다. 그 선택에는 엄청난 책임이 따른다. 자식에게 회초리질을 했다가 자식을 반항아로 만들 수도 있고 반대로 회초리를 쓰지 않다가 그를 응석꾸러기로 기를 수도 있다. 그러나 양단간에 어버이는 책임을 지고 자신의 유죄성을 인정해야 한다. 이런 책임 의식과 유죄성의 가능성을 스스로 지니고 미래 세대의 심판 앞에 서는 것은 특히 정치 지도자의 가장 큰 덕목이다.

또 한 가지 지적해둘 것이 있다. 그것은 결의론에 의한 선택(그것은 잘되고 못되고 간에 모두 가언명령으로 낙찰되지만)은 결코 정언명령을 무효화하지 못한다는 것이다. 정언명령은 역시 밤하늘에 반짝이는 북극성처럼 우리를 인도한다. 계몽된 사회란 바로 그 인력이 강하게 작동하는 사회이다. 예컨대 오늘날 부모에 의한 회초리질조차 고발되고 있는 것은 폭력이 모든 경우에 악이니 삼가야 한다는 것이 정언명령으로 인식되어 있기 때문이다. 또 다른 예로, 많은 나라에서 사형이 폐지되거나 집행되지 않는 것(비록 사형선고는 잔존할망정) 역시 '어떤 경우에도, 어떤 구실로도, 살인하지 말라'는 율법이 정언명령으로 받아들여지고 있다는 의미이다. 이런 점에서는 우리 한국 사회도 문명화되고 계몽된 사회의 반열의 말석에 간신히나마 끼어들기 시작한 것 같다.

§ 130

"가끔 어느 천재적 재능을 가진 사람의 새로운 걸작을 읽으면서, 일찍이 우리가 무시하였던 자신의 생각과 같은 것, 우리가 억제하였던 자신의 유쾌한 기분이나 슬픔과 같은 것을 거기에서 발견하면 기뻐하게 된다. 자기가 하찮게 여기던 여러 감정들을 재현하고 있는 그 책이

아연 그런 감정들의 가치를 우리에게 가르쳐주기 때문이다."(10/153)

충분히 납득할 만한 발언이다. 새로운 책만이 아니라 옛 책을 읽으면서도 우리는 같은 체험을 하게 된다. 자기가 별 뜻이 없다고 묻어버렸던 생각이나 감정을 천재적 작가들도 역시 가진 일이 있다는 것을 알면, 인간은 모두 마찬가지구나 하고 느끼게 된다.

그러나 이 느낌은 천박할 따름이다. 중요한 것은 최초의 생각이나 감정의 동질성이 아니라, 그 연원과 의미를 추구했느냐 안 했느냐는 피아간의 차이에 있는 것이다. 가령 사르트르의 『구토』를 예로 들어보자. 그 주인공 로캉탱은 어느 날 바닷가에서 손에 쥔 조약돌이 미끄덩거려서 기분이 나빠 던져버린다. 그와 동일한 경험은 누구나 있을 수 있다. 미끈미끈한 조약돌이 그렇게 기분 좋은 느낌을 주는 것이 아니기 때문이다. 우리는 집에 돌아와서 손을 씻고 그런 하찮은 일은 무시해버리고 만다. 반면에 로캉탱에게는 그 일이 존재에 대한 근본적 성찰의 계기가 되어, 존재의 부조리성, 무근거성이라는 엄청난 사실의 인식에 이른다. 그리고 그것을 우리에게 알려준다.

문학작품의 가장 중요한 기능의 하나는 이른바 '이화, 소격화, 소외효과(ostranenie, defamiliarization, Verfremdungseffekt)'를 통해서, 일상화된 대상이나 행위를 그 일상성에서 떼어내 다른 양상으로 제시함으로써, 새롭게 인식시키려는 데 있다. 다시 『구토』의 예를 들자면, 바닷가에서 주운 그 조약돌을 그 자체의 존재로 보면서 그것이 이 세상에 왜 있어야 하는지 생각해보는 것이다. 이런 재인식의 작업은 또한 철학이 제시하는 근본 문제이기도 하다. 진리란, 선이란, 아름다움이란, 인생이란, 신이란 무엇인가라는 질문, 그리고 철학 그 자체의 본질에 대한 질문에 이르기까지, 인간사의 모든 것이 소격화되어 새로 성찰의 대상으로 오르는 것이다. 이 작업은 무진무궁하며 그 대답도 천차만별이다. 일반 독자로서는 그 선택이 매우 어렵지만, 자신의 전적인 책임하에 그중 가장 납득력 있어 보이는 것을 골라가는 길밖에는 없다. 그리고 대화를 통해서 상호이해를 꾀하는 길밖에는 없다. 진리의 길은 모든 분야에서 가시덤불의 길이며 모험의 길이다.

§131

"나폴리 왕비가 호감을 가진 사람들은, (…) 도스토예프스키의 소설에서 호감을 가질 수 있는 등장인물들— 아첨꾼, 기식자, 도둑, 주정뱅이, 납작 엎드리다가도 불손하게 되는 자, 방탕아 그리고 심지어 살인자와 같은 인간들은 결코 아니었다. 그러나 양극단은 상통하는 법이라서,

왕비가 보호하려고 하던 지체 높고 자기와 가까운 모욕당한 친척은 (⋯) 엄청난 악벽들이 미덕을 감싸고 있는 그런 사람들이었다."(10/199-200)

이런 텍스트 역시 프루스트를 읽는 재미의 하나이다. 겉보기에는 도스토옙스키가 여러 가지로 그리는 불량배와 나폴리 왕비가 선호하는 귀족은 대척적이다. 그러나 조금만 뜯어보면 양극은 통한다. 그 불량배들에게도 호감이 가는 점이 있고 그 귀족들에게도 악벽이 있다. 모든 인간은 흔히 말하듯이 '겉 다르고 속 다르다'. 만일 이 이원성을 무시하고 인간을 판단한다면, 이 이원성 때문에 각자가 괴로워하고, 여러 잔꾀를 꾸미기도 하고, 그 극복을 시도하다가 좌절하기도 한다는 사실을 인식하지 못한다면, 그런 사람은 인간 이해에서 머나먼 소견 좁은 위인일 따름이다.

다만 이 텍스트에서 다소 아쉬운 것은 도스토옙스키가 보여주는 불량배의 어떤 면에 호감이 가는지 언급이 없는 점이다. 이 소설에는 다른 곳에서도 이 러시아 소설의 거장에 대한 언급이 있을 터이니까, 앞으로 주의해서 읽으면 그 점이 좀 더 구체적으로 밝혀지리라고 기대해본다. 그러면 내 느낌으로는 대척적으로 보이는 프루스트와 도스토옙스키가 그 인간관에 있어서 과연 대척적인지, 혹은 반대로 이 경우에도 양극은 상통하는지 재미있는 성찰이 될 것 같다.

§ 132

"(…) 사람들을 원망해서도, 어떤 못된 언행의 기억에 의지해서 판단해서도 결코 안 된다. 왜냐하면 다른 어떤 순간들에 그들의 마음이 진정 원하고 실천하려고 했던 모든 좋은 면을 우리는 알 수 없기 때문이다. 그래서 단순한 예상이라는 관점에서도 우리는 오류를 범한다. 필경, 우리가 결정적으로 확인했던 짓궂은 면이 다시 나타날 수도 있을 것이다. 그러나 인간의 마음이란 한결 풍요로운 것이어서, 그런 사람들 역시 많은 다른 면을 가지고 있지만, 우리는 그들이 앞서 보인 나쁜 면 때문에 그 온화한 측면을 보려고 하지 않는 것이다."(10/206-207)

이 텍스트는 타인에 대한 우리의 인식과 평가의 편향성을 지적하고 있다. 모든 인간에게는 장점과 단점, 좋은 점과 나쁜 점이 있는데, 그 양면을 함께 인식하면서 평가하기는 쉬운 일이 아니다. 그 이유는 선입견 때문이다. 프루스트는 여기에서 나쁜 면에 대한 인상이 강해서 좋은 면을 보려고 하지 않는다는 점만을 말하고 있지만, 역으로 장점에 대한 강한 인상이 지배적이어서 단점이 눈에 띄지 않는 일도 있을 것이다. 그러나 프루스트가 인간의 양면성에 관한 이 언급에서 놓치고 있는 더 큰 두 가지 사항이 있다.

한 가지는, '나'의 욕망, 편견, 감정, 이기심 따위가 상대방의 장점의 인식을 가로막는 경우이다. 이것이 다름 아니라 애인 알베르틴에 대한 화자의 태도이다. 질투에 사로잡힌 그는, 위의 텍스트가 보여주는 지당한 반성의 발언자임에도 불구하고, 그녀를 오직 동성애자로만 의심하고, 그녀에게도 있을 '풍요로운 마음'에 대해서는 맹목이다.

또 한 가지로, 우리 각자는 자신 속에 깃들어 있는 장점과 단점, 선과 악의 이원성을 스스로 의식하고 전자를 위해서 후자를 극복하려고 시도할 수도 있다. 그러나 그 노력이 성공하지 못하고 번번이 후자의 유혹에 의해서 좌절되는 일이 많다. 눈에 보이지 않는 이 의식의 드라마, 그렇기 때문에 남들의 눈에는 건달, 불량배, 악당, 죄인으로만 보이는 현실, 이것은 프루스트 아닌 도스토옙스키의 인물들이다.

§133

"(…) 내가 그런 말을 한 것은 알베르틴으로부터 고백을 이끌어내려고 했기 때문이다."(10/230)

이 한마디는 이 소설의 대부분의 인물들, 그중에서도 특히 화자가 언어를 무슨 목적에서 이용하는지를 단적으로 말해주고 있는 것이다. 그것은 상대방을 떠보고 사로잡고 위협하고 그의 비밀을 들춰내고 그를 곤경에 빠뜨리기 위한 술책이며 올가미이다. 그 언어에서는 상대방에게 자신을 털어놓는 솔직성도 상대방에게 호소하는 성실성도 찾아볼 수 없다. 그것은 형사가 용의자에게 유도심문을 할 때에 이용하는 언어이다. 이 올가미로서의 언어는 학생들이 신임 교사를 '골탕 먹이기' 위해서도 악의적으로 이용된다. 그들은 미리 짜고 그에게 별의별 질문을 쏟아붓는 호된 세례를 가하면서 즐거워하는 것이다.

나는 직업적이건, 악희의 소산이건, 혹은 이 텍스트에서처럼 상대방을 사로잡기 위해서이건 간에, '인간은 인간에 대해서 늑대'라는 말이 잘 나타내고 있는 적대 관계로서의 대타 관계의 대극에는 또한 공생 관계가 존재의 여건으로 있다고 생각한다. 그래서, 그런 긍정적 인물도 등장시켜서 우리 독자들에게 삶의 문제를 재고하도록 촉구하지 못한 이 대하소설을 아쉬워하는 것이다. 이 아쉬움은 뒤이어 나오는 다음의 텍스트를 읽을 때 더욱 커진다.

"이렇듯 우리 두 사람(알베르틴과 화자)은, 서로에게 실제와는 전혀 다른 외양만을 드러내고 있었다. 필경, 누구라도 두 사람이 서로 마주 보고 있으면 그렇게 될 수밖에 없다. 왜냐하면, 각자는 상대방의 내면에 있는 것 중의 일부분을 모르며(심지어 알고 있는 것도 부분적으로는 이해할 수 없다), 양자가 다 같이 가장 개성적이지 않은 면만

을 드러내 보이기 때문이다."(10/233)

　프루스트의 생각으로는, 우리가 아무리 애써도 진실한 상통은 이루어지지 않는다는 것이 결코 아니다. 두 사람 사이에서는 누구의 경우라도 언어는 아예 상통의 시도를 위해서가 아니라, 오직 자신의 본체를 은폐하면서 상대방을 염탐하기 위한 허위, 위장, 계략으로만 존재한다는 것이 그의 생각이다. 그의 이런 처량한 언어관은 그의 대타 관계가 사교계에 한정되어 있어서 생긴 것이 아닌가 싶다.

§134

　"내가 알베르틴과 헤어지고 싶다고 말한 것은 오직 그녀 없이는 견딜 수 없다고 느꼈을 때뿐이었다. 또한 발벡에서, 내가 다른 여자를 (한 번은 앙드레를, 또 한 번은 알쏭달쏭한 어떤 여자를) 사랑한다고 알베르틴에게 고백한 것도, 두 번 모두 질투심 때문에 그녀에 대한 연정이 되살아났을 때였다. 따라서 내가 한 말들에는 나의 감정이 조금도 담겨 있지 않았다. 그러나 독자는 그런 인상을 별로 받지 않았을 텐데, 그것은 내가 서술자로서 나의 발언들을 전하는 동시에, 나의 감정을 독자에게 밝히고 있기 때문이다. 만일 내가 독자에게 나의 감정을 숨겨서 독자는 다만 나의 발언밖에는 몰랐다면, 나의 그 발언과 전혀 어울리지 않는 나의 행위가 야릇한 돌변이라는 인상을 빈번히 받았겠고, 내가 거의 미쳤다고 생각할 것이다."(10/238)

이 텍스트는 같은 이야기를 두 가지의 다른 차원에서 하고 있다. 하나는 소설 내적인 인물 알베르틴을 청자로 삼은 화자의 발언이고, 또 하나는 이야기 밖에 있는 독자가 그것을 읽으면서 혹시 오해할까 보아 서술자인 화자가 독자에게 직접 해설을 하는 경우이다.

(1) 화자가 그의 연인 알베르틴에게 너와 헤어지고 싶다고 말하고, 또 전에 다른 여자를 좋아한다고 고백했던 것은, 그녀를 제 곁에 머물게 하기 위해서 사용한 역설적 언어 플레이이다. 그럼으로써 그가 기대하는 것은 알베르틴이 "앞으로는 당신의 의심을 사지 않도록 하겠어요" 하는 한마디이다. 만일 그녀가 "나도 당신이 지겨워요. 어서 헤어집시다"라고 응답했다면 그의 두뇌 플레이는 완전히 자존심을 해치는 자해행위가 될 것이다.

한데 이런 언어적 두뇌 플레이는 일상화되어 있다. 우리는 분노, 위선, 체면, 소심, 염치 등 때문에 정도의 차이는 있지만 항용 언어를 역설적으로 사용한다. 자식의 잘못을 꾸짖기 위해서 아버지가 "이 나쁜 놈아, 당장 나가라!"라고 호통칠 때, 그는 자식이 "아버님, 앞으로는 조심하겠으니 용서해주십시오"라는 사죄의 말을 듣고 싶을 따름이었지, 자식을 추방할 뜻은 전혀 없었을 것이다. 그러나 만일 자식이 그 말을 곧이곧대로 듣고 나가버렸다면, 그것은 큰 화가 되었을 것이다. 또 다른 예를 들자면, 뜻하지 않은 값진 선물을 받게 된 A가 선물을 주려는 B에게 "저는 이런 값진 것은 과분해서 받기가 어렵군요"라고 말할 때, 그의 진심은 선물을 받고 싶은 것이지만 체면상 사양을 하는 척한 것이다. 이 경우 B의 마땅한 행동은 "별것도 아니니 받아주세요" 하고 종용하면서 선물을 주는 것인데, 만일 이 프로토콜을 모르고 "그래요? 그러면 그만두세요" 하고 도로 가져간다면 두 사람의 관계는 서먹서먹하게 될 것이다. 하기야 어떤 때는 언어의 디노테이션과 코노테이션을 분별하고 대응하기가 어려워서 실수하는 경우도 있을 것이다. 특히 농담의 경우가 그런데, 나 역시 농담을 하거나 들으면서 그런 실수를 저지른 일이 가끔 있었다.

다만 이 텍스트에 대해서 한 가지 불평이 있다. 그것은, 진실한 사랑의 경우라면 이런 역설적 두뇌 플레이는 참으로 마땅치 않고, 차라리 사생결단을 하자고 과격한 언어를 쏟아내는 것이 더 합당할 것이다. 뒤집어 말하면 이런 언어적 술책은 화자의 알베르틴에 대한 연정이라는 것이, 돈 후안다운 방탕이나, 상대방을 일방적으로 소유하려는 욕심에서 나온 것에 불과하다는 사실을 분명히 말해주고 있다.

(2) 객관적 상황이나 사태, 그리고 자신의 본뜻이나 감정과 어울리지 않아 보이는 언행, 서로 모순된 언행, 야릇하고 비합리적인 언행 등을 서술한 이야기를 그것 자체로만 본다면 그 행위자는 정상적 인간이 아닌 것으로 잘못 읽혀질지도 모른다. 그래서 오해를 막기 위해서는 그런 행위의 이유나 동기를 해명하는 역할을 누가 담당해야 한다. 그 역할의 담당자에는 세 종류의 사람이 있다.

첫째는 이야기를 하는 서술자 자신이다. 서술자는 독자의 오해가 없도록 예비책을 강구해놓는다. 이 텍스트가 그런 경우인데, 서술자인 화자는 자기가 알베르틴에게 갈라서자고 한 것은 그녀를 곁에 두고 싶은 욕망의 역설적 표현일 따름이라는 것을 독자가 미리 알아두게 만든다. 이런 리얼리즘의 이야기와는 반대의 입장에서이지만, 역시 자작 해설을 한 것은 디드로의 경우이다. 그가 『운명론자 자크』에서 독자를 끌어들이는 것은 그의 소설이 현실과 무관한 꾸민 이야기라는 것을 언명하기 위해서이다. 양단간에 그런 자작 해설이 없으면 독자의 오해를 초래하는 일이 많을 것이다.

둘째로는 해명의 역할을 이야기에 등장하는 어떤 인물이 맡는 일이 있다. 도스토옙스키의 『카라마조프의 형제들』을 보면, 악한 일을 하다가 크게 후회하지만 선으로 선회하기가 수월치 않은 인물들이 여럿 등장하는데(그중

대표적 인물은 맏형 드미트리이다), 그것은 모든 인간의 밑바닥에는 선악, 진위의 양면이 모순되게 깔려 있다는 것을, 그리고 당분간 악과 위僞가 선과 진을 억압하고 있기 때문이지만, 결국은 선과 진이 승리할 것이라는 희망을 겸하여, 막내 알렉세이와 같은 인물을 통해서 해명하고 있다.

마지막으로, 해명의 역할을 아예 독자에게 맡기는 이야기가 있다. 서술자는 이렇게 말하는 것 같다. "이러이러한 모순되고 앞뒤가 맞지 않고 기이한 언행들이 있는데, 독자 여러분은 어떻게 생각하십니까?" 이 도전에 대하여 매우 드물지만 특별히 유능한 독자는 진실한 해명을 제시하는 것 같다. 그것이 프로이트가 옌센의 『그라디바』와 호프만의 「모래 사나이」를 비롯한 문학작품에 대해서 시도한 해석이다.

그러나 많은 경우에, 독자에 의한 해명에 대해서는 왈가왈부가 많을 수밖에 없다. 독자들 각자는 자기의 극히 한정된 체험과 식견으로 판단하게 되기 때문이다. 가령 카뮈의 『이방인』의 주인공의 수미일관하지 않은 '망나니' 행동에 대해서, 그리고 검사가 그를 고발하면서 패덕자로 규정한 것에 대해서 어떻게 생각하느냐고 독자들에게 물으면 여러 대답이 나올 텐데, 그중의 어떤 것이 진정하고 어떤 것이 틀렸다고 말하기는 쉽지 않을 것이다. 또 다른 예를 들자면 사무엘 베케트의 『고도를 기다리며』에서 고도란 누구인지 무엇인지 해명하고 왜 끝끝내 기다리다가 허탕을 치는지도 생각해보라고 독자에게 요구한다면 그 대답도 일정하지 않을 것이다. 한데, 이런 다양한 해명과 해석을 유발하는 것이 걸작의 요건이라는 것은 뜻깊은 아이러니이며, 셰익스피어의 『햄릿』은 이 아이러니의 대표적 케이스이다.

§ 135

"내가 이렇게 시간을 앞지르면서까지 거짓말을 꾸며서 늘어놓은 것은, 알베르틴에게 겁주기 위해서라기보다도, 나 자신을 괴롭히기 위해서였다. 처음에는 화를 낼 만한 중요한 이유도 별로 없었던 사람이 갑자기 제 호통 소리에 스스로 취해서, 불만이 아니라 자꾸만 커지는 제 노기에 끌려서 야단법석을 치듯이, 나는 나 자신의 설움의 비탈길로 굴러떨어져서, 더욱더 깊은 절망의 나락으로 빠져들었다. 그 타성은, 마치 추위가 엄습하는 것을 느끼면서도, 추위와 싸우지 않고, 도리어 벌벌 떨면서 일종의 쾌감을 느끼는 사람의 타성과도 같았다."(10/253)

앞에서도 언급한 것처럼, 화자는 연인 알베르틴을 제 곁에 단단히 묶어두기 위해서 역설적 언어를 사용한다. 이 텍스트에서도, 너와 헤어지면 앞으로 몇 년 동안이라도 네 근처에는 가지 않겠다고 앞질러 선언한 것이다. 그러자 그 선언이 그녀에 대한 협박이라기보다도, 이별의 상상에서 오는 자학이라는 생각에 스스로 슬퍼지고 이 슬픔은 마치 급경사를 타고 굴러떨어지는 돌처럼 가속도가 붙고 절망의 나락으로 빠진다. 일종의 자승자박이며, 도끼에 제 발을 찧고 제 꾀에 스스로 넘어간 것이다.

이런 일은 매우 흔한 것인데, 프루스트를 읽는 재미는 누차 말했듯이, 우리가 일상생활에서 항용 체험하는 딱하고 끔찍하기도 하고 때로는 우스꽝스럽기까지도 한 행위들을 톡 꼬집어서 제시하는 그의 재주에 있다. 내가 이 텍스트에서 보여준 슬픔의 증식과 격화와 같은 성질의 다른 예를 들어보자면, 별것도 아닌 사소한 일로 화를 내다가 그 화가 자체적으로 격해져서 곁에 있는 사람에게 칼부림을 한다거나 제집에 불을 지른다거나 하기조차 한다. 더 작은 일로는, 조상을 하러 가서 상주의 눈에 눈물이 고인 것을 보고 자기도 눈물을 흘리다가 상주보다도 더 슬프게 우는 여성도 있다.

종류나 정도는 어떻든, 감정의 자동적 격화는 성인군자가 아닌 다음에야 누구에게나 있을 수 있는 일이다. 이런 경우, 이성에 의한 통제가 이루어지면 좋겠지만, 피차간에 그것이 여간 어렵지 않은 것이 현실이다. 그러나 그

럴수록 더욱 절실한 것은 '자신에게는 엄격하게, 남에게
는 관대하게'라는 윤리적 요청이다.

§ 136

"그 음악은 알려진 모든 책들보다도 더 진실된 것으로
느껴졌다. 가끔 나는 그 이유를 다음과 같이 생각했다. 인
생살이에서 우리가 느끼는 것은, 상념이라는 형태를 띠는
것이 아니기 때문에, 만일 문학적, 즉 지적으로 표현한다
면 그것을 설명하고 분석하면서 전달할 수는 있으나, 음
악처럼 재구성할 수는 없다. 음악에서는 여러 가지의 소
리들이 생존의 굴절을 파악하고, 다양한 감각들의 내적이
며 첨단적인 부분을 재현하는 듯싶다. 한데, 바로 이 부분
이야말로 우리가 가끔 느끼는 특수한 도취감을 베푸는 것
이다."(10/278)

이 대목은 화자가 작중인물인 작곡가 뱅퇴유의 작품
「7중주곡」을 들었을 때의 술회이다.

이 글에서 "알려진 모든 책들"이라는 말이 세상에 알
려진 동서고금의 모든 책을 두고 한 말인지, 혹은 화자 자
신이 알고 있는 책이라는 뜻인지는 분명하지 않다. 그러나
여기에서 그 차이는 큰 문제가 되지 않는다. 더 큰 문제는
음악이 유성 언어로 된 모든 표현(특히 문학적 표현을 가

리키는 것 같다)보다 "더 진실된 것으로 느껴"진다는 발언에서, '진실되다'는 것은 무슨 뜻이냐는 것이다. 텍스트의 내용으로 보아, 시의 언어가 아무리 음악성을 존중해서 언어, 의미, 음악의 삼위일체를 겨냥한다 하더라도, 시 역시, 음유시인의 시대가 지나간 그 옛날부터, 벌써 책으로 나오니까, 순수음악의 '진실됨'에는 못 미칠 터이다. 그렇다면 그 진실성이란 과연 어떤 것인가?

　그것은 언어가 그 본질상 절대로 접근할 수 없는 영역— 설명이나 분석은 물론, 재현, 비유, 반어, 논리, 부조리 등, 일체의 언어적 기교나 판단을 배제하는 영역이다. 한데, 필설을 넘어서는, 즉 규정할 수 없는 그 신묘하고 아찔한 영역은 자아의 밖에 있는 것이 아니라, 내부에 있다. 이런 것이 화자의 입을 빌린 프루스트의 음악 체험이며 음악에 대한 생각이다. 그리고 나도 이 말에 동의한다. 그러면서도 "무엇보다도 음악을!"이라는 베를렌의 일성과, "나는 나의 시어를 건축 기사처럼 차곡차곡 쌓아가지만, 여러분은 그것을 음악으로 들어라!"는 발레리의 권유가 귓전에서 사라지지 않아 그들의 말을, 역시 음악성을 중시했던 보들레르의 시에 적용하면서 다음과 같은 대조표를 시험적으로 만들어보았다. 프루스트의 본뜻을 어기는 것이 되겠지만.

보들레르의 실작實作 / 이원적 자아, 자아비판 / 자아 밖의 경지 / 특정한 경지를 추구――「여행으로의 초대」에서 읊은 바와 같은 이상향에서의 안주 / 좌절된 실현.

프루스트의 음악 체험과 주장 / 철저한 자기중심주의 / 자아 내부의 경지 / 불특정하고 아찔하고 신묘한 감각 / 청자의 정신적 태세와 걸출한 작품 여하에 따라 언제나 성취.

한 가지 비고를 달아두자. 회화에 관한 언급을 할 때도 적어두었지만, 음악의 경우도 마찬가지이다. 그 향유에 지적, 이성적 언어가 뛰어들면, 그 체험은 망쳐지지만, 후일 언어를 거부하는 그 체험이 인생에서 왜 중요하고, 나아가서 예술이란 무엇인가 하는 통합적 문제에 마주칠 때, 지적 언어는 반드시 필요한 것이다. 다시 강조하지만, 프루스트는 감성과 지성의 이율배반을 말하려는 것이 아니라, 감성의 선립성과 지성의 후립성을 말하려는 것이다. 이 매우 정당한 주장을 간파하지 못하고, 그가 오직 감각주의자인 것처럼 잘못 생각하는 사람이 가끔 있는 것 같다.

§ 137

프루스트(이하 P로 약기)와 도스토옙스키(이하 D로

약기).

이 두 작가의 소설을 다소라도 읽어본 사람은 그 입장과 생각이 전혀 다르다는 것을 느꼈을 것이다. 한마디로 요약하자면 P의 그것은 자기중심주의이며, D의 경우는 타자를 향해서 그 의식이 활짝 열려 있다. 전자는 이미 분명한 사생관을 가지고 있고, 후자는 산다는 의미를 밝혀나가는 실존적 과정을 소설의 핵심으로 삼고 있다.

그럼에도 불구하고 P는 자기와 판이한 D를 높이 평가하고 있다. 그는 이 소설에서도 D에 대해서 군데군데 긍정적으로 언급하고 있지만, 특히 우리의 주목을 끄는 것은, 가둬놓은 애인 알베르틴에게 문학에 관한 설명을 하는 장면이다.(텍스트 10/279-288) 여기에서 그는 D의 소설의 특징을 대개 다음과 같은 두 원리를 기둥으로 삼아 해설한다.

첫째로 재주 있는 작가는, 작곡가 뱅퇴유의 여러 악보에서 볼 수 있는 바와 같은 동일성을, 여러 문학작품에서 보여주고 있다. 다시 말하면 개개의 상이한 작품은 어떤 동일한 특질의 베리에이션이라는 것이다. 그렇다면 D의 소설들의 경우에는 그 동일한 특질은 무엇인가? P에 의하면, 그것은 영어로 uncanny한 것에서 찾아볼 수 있는 새로운 미(아름다움)이다. 마치 보들레르가 악에서 미를 찾아낸 경우와 흡사하게 말이다. 이것이 D의 소설들을 특징

짓는 또 하나의 기둥이다. 이 두 원리를 합해서 말해보자면, D의 여러 소설들은 야릇한 대상에서 미를 찾아내는 동일성을 지니고 있다는 말이 될 것이다. 그 예로서 늘 수수께끼 같은 얼굴을 하고 있고, 선량한 표정이 별안간 교만함을 드러내는 여성들의 파격적인 미가 있고, 또한 범죄가 자행되는 장소의 음흉한 분위기의 야릇한 미가 있다.

그뿐 아니라, D의 소설들에는 사랑과 증오, 선의와 배반, 소심함과 교만함 등, 모순된 양상을 본성처럼 갖추고 있는 인물들이 제시되어 있는데, 작가는 독자가 자기의 최초의 인상을 조금씩 수정해 나가면서 그 양면성을 인식하도록 배려하고 있다. P는 이런 예술적 수법도 미라는 카테고리에 편입시키고 있는지도 모를 일이다.

P의 소설에서 화자가 언급하고 있는 D에 관한 일련의 내용을 거칠지만 이렇게 정리해보았다. 그것이 과연 P가 D에 대해서 품고 있는 견해의 전부인지, 혹은 그 자신은 그의 소설에서 논한 것 이외로 더 깊은 성찰을 하고 있는지는 모르겠지만, 나는 야릇한 미라는 차원에서 D의 소설들을 다룬 이 대목을 흥미 있게 읽고 D에 대한 내 생각을 넓혀 나간 것 같다. 그러면서도 P의 읽기는 미흡하다는 느낌을 지울 수가 없다. 왜냐하면 D의 소설들은, 신과 악마가, 정과 사가, 유혹과 자책이, 깨끗함과 더러움이, 요컨대 인물들의 모순된 양면성이 P가 생각하듯 단순히 병렬 상

태가 아니라, 서로 갈등하여 처절하게 싸우는 자리로서의 인간의 마음의 기록이며, 이 거대한 주제야말로 그의 작품들의 진실한 동일성이기 때문이다.

한두 가지 예를 들어두자. 『백치』에서 교만한 나스타샤는 그녀의 정부 로고진을 찾아가서 죽게 되는데, 그 이유는 이렇다. 그녀는 순진무구한 무쉬킨의 사랑의 대상이 되고 그녀 역시 그의 사랑에 호응한다. 그래서 두 사람은 결혼하기로 약속하고 식장까지 잡아놓는다. 그러나 식장에 나타난 무쉬킨은 아무리 기다려도 신부가 오지 않아 허탕을 친다. 그렇다면 그녀가 식장에 오지 않은 이유는 무엇인가? 자신의 더러운 마음과 몸으로서는 필연코 그 깨끗한 신랑 무쉬킨을 오염시키게 될 테니 그것이 두려워, 즉 그를 진실로 사랑하기 때문에 죽음을 선택한 것이다. 마치 사랑하는 샤를로테의 안녕을 지켜주기 위해서 자살을 하는 베르테르처럼 말이다.

또 한 가지 예로 『카라마조프의 형제들』에 나오는 이반을 들어두자. 이 표도르의 둘째 아들은 사적으로는 재산 문제로 아버지를 증오하고, 공적으로는 무신론자이다. 한데 이반은, 부친이 하인처럼 부리는 그의 사생아 스메르디아코프에게 스승과 같은 역할을 한다. 불우한 스메르디아코프는, 신이 존재하지 않는 이상 모든 행위가 정당화된다는 이반의 주장에 젖어들고, 또한 부친에 대한 이반의 증오에 자극받아 자기의 불우를 초래한 원흉인 표도르를 역시 증오하여, 마침내 그를 살해하고 자신은 자살하고 만다. 그러자 이반의 견딜 수 없는 자책이 시작된다. 스메르디아코프가 표도르를 살해한 것은 자기가 시킨 것이나 다름없어, 그 점에서 자기가 부친 살해라는 죄를 저질렀으며, 더구나 한 인간의 자살을 유도한 것도 자기라는 이중의 끔찍한 자책감에 중병자처럼 앓아눕게 된 것이다. 그리고 역설적으로, 이 극단적 괴로움이 아마도 이반의 구원과 갱생의 첫 단계가 되는 것인지도 모른다.

그러나 이런 실존적 드라마를 겪으면서 살아가는 인간들에 대한 P의 언급은 그의 소설에서는 전혀 찾아볼 수 없다. 그렇다면 P는 D의 소설들을 읽으면서 그 점에 대해서 전혀 무감각했을까? 혹은 그것이 D의 소설들의 한결같은 주제라는 것을 알면서도 다루기에 마땅하지 않거나, 혹은 다룰 만한 가치가 없다고 생각해서, 오직 미적 차원에만 주목한 것일까? 지금 나로서는 알 수 없지만, 만일 샅샅이 살펴보아도 그런 주제에 관해서는 일절 언급이 없다면, P의 D론은 매우 미흡한 것이 될 것이다. 그렇지 않기를 바라면서 후학의 연구를 기대해본다.

§ 138

"만일 내가 애인에게 완전히 충실했다면, 불충실 따위는 생각조차 못 했을 것이며 따라서 그것 때문에 괴로워하지도 않았을 것이다. 그러나, 알베르틴의 마음속을 상상하면서 내가 괴로워한 것은, 새로운 여자들의 호감을 얻고 소설 같은 새로운 사랑을 시작해보려는 나 자신의 끊임없는 욕망 때문이었다. 일전에, 그녀가 내 곁에 있는데도 불구하고, 나는 불로뉴 숲의 탁자 앞에 앉아 있는 자전거 타는 처녀들에게 시선을 던지지 않을 수 없었는데, 그런 시선을 알베르틴에게도 상정해보았다. 우리는 오직 자기 자신밖에 알 수 없듯이, 질투도 오직 자신의 질투만이 존재할 따름이라고 해도 지나친 말은 아닐 것이다."(10/294-295)

어느 정도 옳은 말이다. 우리는 세계와 타인에 대한 지식이나 판단에 있어서 자신이 갖춘 생각이나 식견이나 체험에 의거하는 것이 보통이다. 그리고 화자는 여기에서 제법 역지사지를 하고 있다. 자기는 알베르틴을 애인으로 삼고 있으면서도, 다른 여자들과의 사랑의 로맨스를 욕망하면서 그녀들에게 곁눈질을 하는데, 알베르틴 역시 다른 남자들에 대한 욕망을 품고 있으리라는 것이다. 그러니까 그가 그녀의 행실을 의심하고 질투를 느끼는 것도 자초한 괴로움이다. 화자의 말대로, 만일 그가 애인에게 완전히 충실했다면 그녀의 불충실 같은 것은 생각하지도 못하고, 따라서 질투도 괴로움도 없었을 것이다.

그렇다면 이런 곁눈질은 보편적이고 불가피한 일이며, 이 소설 저 소설에서 그렇게도 많이 묘사되어온 한 대상만을 향한 한결같은 정념은 한낱 신화에 지나지 않는 것인가? 혹은 화자의 그런 불충실한 곁눈질은 비난받을 만한 비도덕적 작태라는 것을 독자에게 알리고 반면교사로 삼으라는 뜻에서 그 이야기를 길게 늘어놓은 것일까? 사랑은 이기적인 소유욕이며 질투와 괴로움만을 가져온다는 뜻의 말이 수없이 되풀이되는 것을 보면 아무래도 후자의 가정은 성립하기 어렵다.

다만, 이 대목에서 우리가 주목할 만한 것은, 너의 불충실은 나와 마찬가지일 것이라고 자기를 표준 삼아 상대방을 넘겨짚은 점이다. 그렇다면 화자는 어떤 해결책을 생각하는 것일까? 나는 앞으로 너에게만 충실할 테니, 너도 곁눈질은 하지 말고 나에게만 충실하라고 요구하고, 서로 그러기를 맹서하는 것일까? 아니다. 화자의 선택은 그런 것이 아니고, 그는 매우 이기적인 태도를 보인다. "나는 너를 좋아하지만 다른 여자들에 대한 유혹도 씻어낼 수 없다. 그러나 너는 오직 나의 독점물이 되어, 나의 질투심을 야기시키는 일이 없도록 해다오"라는 것이 그의 소원이다.

허나, 알베르틴이 비록 그런 부조리한 소원을 들어준다고 해도, 그 속마음을 알 길이 없어, 화자는 여전히 질투심으로 괴로워하는 것이다.

만일 화자의 이런 태도가 사랑의 본질이라면, 인생은 참으로 슬프고 구질구질하리라. 그러나 좌절된 사랑의 경우에도, 이성과 욕동의 갈등으로 비극적 드라마를 겪는 라신의 페드르로부터 애인의 안녕을 위하여 제 몸을 불사르는 베르테르에 이르기까지, 숭고한 삶의 모습이 있는 것이다.

§139

"사건이라는 것은 그것이 발생하는 순간보다 더 광대해서, 그 순간 속에만 완전히 담기는 것이 아닌 것 같다. 물론 그것은 우리가 간직하는 기억에 의해서 미래로 넘쳐나지만, 또한 그 이전의 시간에도 자리를 요구한다. 사건이 일어나는 순간에는 그것이 미래에 어떻게 될지 알 수 없다고들 하지만, 또한 과거의 추억에 있어서도 변형이 생기는 것이 아니겠는가?"(10/317)

이 술회가 나온 곡절은 다음과 같다.

화자는 그의 애인 알베르틴의 동성애를 끊임없이 의심하고 힐문한다. 하루는 밤이 깊어지고, 그는 자기만이 그녀를 소유하고 있다는 것을 확인하기 위해서인 양 그녀에게 옷을 벗으라고 요구한다. 그러나 그녀는 거절한다. 그러자 화자는 자기의 침대에 앉으라고 요구한다. 그녀는 승낙하고 그의 발치에 앉고는 그 자리에서 꼼짝하지 않는다. 둘은 이것저것 이야기를 이어 갔는데, 돌연 비둘기들이 애절한 외침처럼 울기 시작한다. 그 소리를 들은 화자는 마치 그녀가 곧 죽기라도 하듯이 죽음이라는 말을 중얼거린다. 그는 무슨 곡절에서 그런 끔찍한 말을 입에 올렸을까? 이유가 명시되어 있지는 않다. 혹시 그녀의 부동의 자세를 보고 외조모의 죽음이 상기되었기 때문일까? 혹은 그 자세와 아울러 비둘기의 울음소리가 애절하게 들리고, 또한 뱅퇴유의 「7중주곡」의 아다지오가 머리에 떠올랐기 때문일까? 혹은 전부터 질투에 못 견뎌서 그녀를 죽이고 싶다는 끔찍한 망상에 끌렸기 때문일까? 그 이유가 언급되어 있지는 않지만, 어떠한 돌연한 생각에도 그 뿌리가 과거에 있다는 것은 납득할 만하다.

반대로, 현재의 생각이 미래와 무관하지 않다는 말도 이해할 만하다. 화자가 알베르틴에게 덧씌운 죽음의 이미지가 미래에 더 혹독하게 변형하여 그녀를 감쌀지, 혹은 어떤 뜻하지 않은 반가운 계기가 있어서 그 추억은 씻은 듯이 가시고(사실은 잠재의식으로 가라앉은 것이겠지만), 그때 가만히 앉아 있던 그녀의 자세에서 화자는 사랑과 평화의 모습을 찾아보았다고 기억할지도 모른다. 아무튼 과거이건 미래이건 간에 시간은 우리의 의식과 인식을 한결같이 유지시켜주지 않는다.

위의 인용문이 말하려는 것은 이런 것인가? 내가 텍스트의 뜻을 잘못 넘겨짚고 헛소리를 한 것인지도 모른다.

§ 140

"내가 집착하는 육체적 만족을 그녀로부터는 얻을 수 없게 되자, 이 초봄의 쾌청한 날씨가 불러일으킨 나의 욕망이 그 모든 여자들을 향유하지 못하고 있구나 하는 느낌이 더욱 절실했다. (…) 봄철의 이 영토가 내게는 여자의 고장으로 느껴지고, (…) 도처에서 제공되는 쾌락이 회복기의 나의 체력에도 허용될 것 같았다. (…) 체념해서 나태하게 살고, 체념해서 금욕하고, 체념해서 사랑하지도 않는 한 아내와의 쾌락밖에는 모르는 것은, (…) 우리가 엊그제까지도 못 벗어난 구세계, 삭막한 겨울의 세계에서는 가능했다. 그러나 잎이 우거진 새로운 세계에서는 이미 있을 수 없는 일이다. (…) 나는 알베르틴이 곁에 있는 것이 짐스러웠고, (…) 일찍 헤어지지 않은 것이 불행이라고 느끼면서 그녀를 바라보았다."(10/322-323)

이 텍스트는 화자가 얼마나 이기주의적인 난봉꾼인가

를 단적으로 보여준다. 알베르틴을 힐문하고는 이어 동침하자는 부탁을 그녀가 거절한 이튿날의 소회를 적은 것이다. (여기에서 갑자기 봄이 와서 어제까지도 겨울철 잠자고 있던 성욕이 발동했다는 주장은 한낱 핑계에 불과하다.) 그러니까 화자의 심보는 다음과 같은 것이다. '나는 나의 육욕을 내 멋대로 처리할 자유를 가지고 있다. 네가 상대를 안 해주면 나는 너의 존재가 귀찮아지고, 다른 여자들에게서 쾌락을 구하려 한다. 비록 네가 순응한다 해도 나는 얼마든지 방탕을 할 수 있다. 나는 너의 손아귀에 사로잡힐 인간은 아니다. 그러나 너에게는 이런 자유는 없다. 너는 오직 나만의 소유물이 되어야 하고 너의 심신을 나에게만 전적으로 바쳐야 한다.'

앞서도 언급했다시피 이것이 프루스트 자신의 성관이건 아니건 간에, 지겨울 정도로 되풀이되는 이 비열한 성적 이기주의(그리고 그것 때문에 화자가 자초하는 의심과 질투와 괴로움)는 화자와 알베르틴의 관계가 주인과 노예의 관계라는 것을 말한다.

삼문소설에서나 나옴 직한 이런 시답지 않은 텍스트에 주석을 달고 있자니, 한국전쟁 당시 이곳에 와 있던 한 영국군 장교와 어느 기자 사이의 문답을 신문지상에서 읽은 기억이 대조적으로 번뜻 떠오른다. 대충 다음과 같은 내용이었다. '당신은 여기 온 지 한참 되었는데 성적 욕구는 어떻게 처리하고 있는가? ― 적당한 여자들을 만나고 있다. ― 그렇다면 멀리 고향에서 혼자 살게 된 당신의 부인에게 미안하지 않은가? ― 아니다. 왜냐하면 내 아내도 자기 나름대로 욕망을 채우고 있을 것이다. ― 그러면 당신들의 부부 관계가 뒤틀리지 않겠는가? ― 무슨 말이냐? 일시적인 성관계와 부부간의 사랑의 연줄은 다른 것이다. 영국으로 돌아가면 다시 사이좋게 지낼 것이다.' 그 장교의 말대로 그런 화합이 과연 가능한지, 또 귀국 후 그의 뜻대로 되었는지는 알 수 없다. 다만 그의 성관은 이 소설의 화자의 비열한 이기주의에 비해서 한결 더 합리적이고 공평하고 관대하다고 여겨진다.

§141

이기주의적 질투극이 지긋지긋하고, 관심의 대상이 상류사회에 한정되어 있지만, 이 소설을 읽는 독특한 재미가 분명히 있기는 하다. 갇혀 있던 애인 알베르틴이 사라지자, 화자가 자기의 충격을 언급하면서 적은 다음과 같은 관찰과 반성도 음미해볼 만하다.

"우리의 지성이 아무리 대단하다 해도, 마음을 구성하고 있는 모든 요소들을 인식할 수는 없다. 그 요소들은 거의 언제나 기화 상태로 남아 있는데, 그것들을 분리시킬

수 있는 어떤 현상이 일어나서 고체화가 시작되도록 하지
않는 한 지각이 불가능한 것이다. 나는 내 마음을 뻔히 안
다고 생각하고 있었는데, 그것은 착각이었다. 한데, 정신
의 가장 섬세한 지각 작용도 일찍이 주지 못했던 그 인식
이 괴로움이라는 갑작스러운 반응의 형태로 내게서 생긴
것이다. 마치 소금의 결정체처럼 단단하고 눈부시고 야릇
하게 말이다. 나는 알베르틴을 곁에 두고 있는 습관에 하
도 깊이 젖어 있었기 때문에, 이제야 '습관'이라는 것의 새
로운 면모를 갑자기 알게 되었다. 지금까지는, 습관이라
는 것은 지각의 독창성뿐만 아니라 그 의식마저 말살하는
파괴력이라고만 생각해왔다. 그러나 이제는 습관이 무서
운 신으로 보였다. 우리들 속에 하도 단단히 자리 잡고 있
고, 그 특징 없는 얼굴이 우리의 마음에 하도 깊이 박혀 있
어서, 만일 그것이 우리에게서 떨어져 나간다면, 우리가
거의 식별하지도 못했던 그 신은 어떠한 고통보다도 더 끔
찍한 고통을 우리에게 가할 것이며, 그때는 그 고통이 죽
음처럼 잔인할 것이다."(11/8-9)

이 긴 인용문에 관해서 두 가지 사족을 달아두자.

(1) 지성에는 한계가 있고, 현실, 특히 자신의 현실의
인식에 있어서 거의 무능하다는 것은 오늘날에는 잘 알려
져 있는 사실이다. 그래서 우리가 자신의 진상을 파악하는
길에는 두 가지가 있을 것이다.

첫째는 그런 지성의 한계를 솔직히 받아들이는 것이다. 그 계기가 되는 것은 생각하지 못했던 큰 충격을 받았을 때이다. 이 소설의 경우, 화자는 알베르틴이 설마 달아나랴 하고 안심하고 있었는데, 예상을 뒤엎고 사라져버렸다. 그러자 그 지겨웠던 그녀의 존재의 돌연한 결핍이 그의 마음에 견딜 수 없는 고통을 초래했다. 그것은 일관성을 존중하는 지성으로는 도저히 예상할 수도 납득할 수도 없는 일이다. 파스칼이 말한 대로 심정은 이성이 모르는 그 자체의 논리를, 즉 불가예측성을 가지고 있는 것이다. 내 생각으로는, 이 사라짐이 가져온 고통에는 터무니없게도 마음의 공허가 생겼기 때문만이 아니라, 또한 자기가 상대를 버린 것이 아니라 반대로 상대에게 버림을 당했다는 굴욕감도 섞여 있을 것이다. 이럴 때, 우리는 자신이 무너진다고 느끼겠지만, 그 무너짐의 느낌은 어디에서 왔는지 통렬한 자기반성을, 다시 말해서 자신의 취약성과 자기기만을 줄기차게 인정해 나가는 작업을 이어 나가야 한다.

그러나 자기의 속을 자기가 들여다본다는 이 작업, 즉 자기를 주체와 대상으로 이분하는 작업은 결코 용이한 것이 아니다. 자신을 아무리 대상화 객관화하려고 해도 그 작업은 주체로서는 못 미치기 때문이다. 프루스트의 멋진 표현을 빌리자면 소금처럼 결정되지 못하고 기화 상태로 떠 있는 요소들은 파악할 수 없는데, 바로 이 기화 상태의 요소들을 밝혀주는 것이 정신분석가를 위시한 타인일 것이다. 이 타인 의존이 자기 인식의 또 하나의 길, 아마도 자기반성보다 더 확실한 길일 것이다. 우리는 타인의 시선을 빌리지 않고는 자신의 진모를 알 수 없다. 나 스스로는 성실하다고 생각하지만 사실은 위선자일 수도, 사랑한다고 생각하지만 사실은 원한을 위장하기 위해서인지도 모른다. 그러나 우리는 타인의 이러한 진상규명을 솔직하게 받아들이기가 어렵다. 이런 점에서는 자기 인식은 윤리적 문제이기도 하다.

(2) 또 하나는 이 텍스트가 습관에 관해서 매우 상식적이면서도 적절한 복안적 견해를 피력하고 있다는 점이다. 뜻깊은 작가나 시인은, 그리고 진지한 독자는 모두 이 텍스트의 말대로 습관을, '지각의 독창성뿐만 아니라 의식마저 말살하는 파괴력'이라고 생각해왔다. 나 역시 그런 입장에서 문학을 보아왔고 또 지금도 그렇다. 나는 시클롭스키가 말한 '소격화ostranenie'를, 단순히 새로운 지각을 위한 예술적 수법이라고만 생각하지 않고, 윤리적, 실존적 계몽으로 보아왔다. 사르트르의 『구토』의 로캉탱, 카뮈의 『이방인』의 뫼르소, 도스토옙스키의 『백치』의 무쉬킨이 그런 역할을 하는 인물들이다.

그러나 그런 문학관은 결국은 지적 차원의 것이었고, 나의 실생활은 습관에 밀착되어왔다. 로캉탱도 뫼르소도 무쉬킨도 지적 반성의 계기를 주기는 하지만, 그들은 동시에 그 대가로, 생활환경의 습관으로부터의 탈피가 얼마나 엄청난 소외를 가져오는지를 보여주고 있었기 때문이다. 한데 프루스트는 이제야 뒤늦게 습관으로부터의 일탈이 가져오는 무서운 고통을 부각하고 있다. 극단적인 경우 그것은 삶 자체의 붕괴를, 우리의 몸이 공중으로 뜨고 폭발하는 것과 비슷한 끔찍한 느낌을 줄지도 모른다.

하기야 이런 극단적인 체험은 드물고 또 시간과 더불어 엷어져가리라. 망각을 통해서, 새로운 여건에 적응하면서, 습관을 회복하면서, 또는 예외적이겠지만 소외와 고통을 끝끝내 영웅적으로 감내하면서, 또는 불교적인 깨달음이나 기독교적인 구원의 희망을 통해서, 우리는 어떻게든지 살아남을 길을 찾을 것이다. 그러나 습관의 상실이 당장에 주는 충격은 엄청난 것이며, 그것을 익히 알고 이 텍스트를 통해서 재삼 확인한 나는, 지적으로는 여전히 새로운 인식을 위한 소격화를 옹호하면서도, 익숙한 환경 속에서 살고 싶다(말년에는 더욱 그렇다)는 이중적 생활을 영위해온 것을 새삼스럽게 자각하게 된다. 그러나 큰 후회는 없다. 지적으로도 습관에 묻혀 있었다면, 지금보다도 더 소견 좁은 인간이 되었을 것이라고 자신을 달래본다.

§ 142

"지성은 진실을 포착하기 위한 가장 섬세하고 가장 강력하고 가장 적합한 도구는 아니다. 바로 그렇기 때문에, 진실의 포착을 무의식의 직관으로부터, 예감에 대한 기성의 믿음으로부터 시작하지 말고 지성으로부터 시작해야 할 이유가 생긴 것이다. 그러나, 우리의 심정이나 정신에 가장 중요한 것을 가르쳐주는 것은 추상적 지성이 아니라 다른 힘들이라는 사실을, 인생은 그때그때 조금씩 일러준다. 그러면 지성 스스로가 그 힘들의 우월성을 깨달아 그 앞에서 항복하는 것을 이치로 삼고, 그 협력자와 하녀가 되기를 승낙하는 것이다."(11/13-14)

이 텍스트는 진실 인식의 3단계를 말하고 있다. 혹은 4단계라고 말하는 것이 더 적합할지도 모른다. 첫째는 무슨 직관이나 예감이나 신념 따위를 내세워서 진실을 주장하는 경우이다. 우리나라의 예를 들어보면 무당의 사설이 그런 것이다. 둘째 단계는 그것을 초극하기 위한 도구로서 지성을 동원하여 많은 경우에 추상적, 형이상학적 이치를 따지고 논리를 펴나가는 일이다. 조선시대의 이기론 따위가 그 대표적인 것이다. 그러나 지성은 개념 구성을 위한 도구이지, 삶의 현장에서의 개별적 체험과 인식을 위한 도구는 아니다. 그 도구는 감성이다. 예컨대, 내가 마주하는 밤은 그때의 나의 개별적인 기분이나 지향을 밑에 깔고 대하는 밤, 가령 삼라만상을 정화하는 듯한 밝디밝은 달밤일 수도, 반대로 두려움을 주는 칠흑 같은 어둠일 수도 있다. 한데, 프루스트에 의하면 지성은 구체적 진실을 체험하는 이 감성 앞에서 자신의 무력을 자각하고 물러선다. 이것이 진실 파악의 셋째 단계이다.

그러나 지성의 역할은 둘째 단계, 즉 감성이 들어앉을 자리를 마련하기 위한 의식의 청소 작업으로 끝나는 것이 아니다. 지성은 텍스트의 마지막에서 지당하게 언급되어 있다시피, 감성의 "협력자와 하녀"의 기능을 수행한다. 마치 아무 종잇장에나 긁적긁적 적어놓은 귀중한 초고를 정리하고 엮어서 어엿한 한 권의 책으로 만드는 편집자처럼, 지성은 현상화現像化되지 않은 채 산재하는 그 감성의 산물들을 현상화시켜 그것들에 의미를 부여하고 거기에서 사물관이나 예술관을 추출하는 것이다. 이런 "협력자와 하녀"로서의 지성의 중요한 역할을 소홀히 하고, 프루스트가 감성만을 일방적으로 중시한 듯이 주장하는 전공자조차 있는 것은 딱한 노릇이다.

§ 143

위의 141항에서 언급한 바 있는, 알베르틴의 출분이

가져온 화자의 고통은 그녀의 돌연한 부재에 연유하는 습관의 붕괴 때문이기도 하려니와, 그보다도 더욱, 그의 자존심의 상처 때문이다. 몇 번이나 지적했지만, 그의 사랑이라는 것은 자기희생조차 서슴지 않는 헌신적 정열이 아니라, 성적 욕동을 충족시키기 위한 일방적 소유를 겨냥하는 자기중심적인 수작일 따름이다. 따라서 상대방의 출분은 그의 기도의 좌절을 의미하며, 그는 쌍말로 '한 방 크게 먹은 것'이다. 그렇다면 그의 자존심이 입은 이 상처는 어떻게 치유될 수 있을까? 그의 대답은 이렇다.

"일찍이 내가 질베르트를 상대로 하면서 느꼈던 것 중에서 지금껏 남아 있는 것은, 알베르틴에게 사람을 보내 돌아오라고 간청케 함으로써 그녀의 노리개가 되고 싶지 않다는 자존심이었다. 내가 그녀의 귀환에 연연하는 기색을 보이지 않아도 그녀가 돌아오기를 나는 바라고 있었다."(11/22-23)

그에게 중요한 것은 끝끝내 체면이다. 내가 찾아 나서고 내가 돌아오라고 간청하는 것은 자존심이 절대로 허락할 수 없는 것은 물론, 그녀가 돌아오도록 남에게 주선해 달라고 부탁하는 것도 굴욕적인 일이다. 따라서 그는 그 출분에 별로 신경을 안 쓰는 척하는 제스처를 유지하고, 그녀가 제 발로 스스로 돌아오기를 바란다는 극히 얄미운 심보를 지니고 있는 것이다.

이런 것이 과연 프루스트 자신의 종극적 연애관일까? 지금까지 읽은 바로는 그 대척점에 전심전력을 바치는 사랑을 표상하는 인물이 전무하고 그런 사랑에 대한 긍정적 언급조차 없는 것을 보면, 남녀 간의, 그리고 동성 간의 사랑에 관한 그의 생각에는 아무래도 한계가 있는 듯이 여겨지기도 한다. 그의 견해로서는 사랑이란 결국 이기적인 성욕의 충동인데, 그 견해는 그 한도 내에서 비판적이다. 다시 말하면 그의 연애관은 비관적일 따름이며 결코 비극적이 아니다. 아무튼 끝까지 읽어보아야겠다.

· § 144

"소위 경험이라는 것은 우리 성격의 어떤 특징이 우리 자신의 눈에도 분명하게 드러나는 것에 지나지 않으니까, 그 특징은 자연히 다시 나타난다. 그것은 더구나 우리 자신에게 이미 분명히 밝혀놓았으므로 더욱 강력하게 재현된다. 그래서, 애초에 우리를 인도했던 자발적인 반응이 회상의 그 모든 암시들에 의해서 보강되는 것이다. 사람이 가장 벗어나기 어려운 표절은 개인에게도(또 심지어 잘못에 빠져들 뿐 아니라 잘못을 자꾸 악화시키는 국민들의 경우에도) 자기 자신의 표절이다."(11/32)

여기에서 '경험'이라는 말은 '새로운 시도'를 의미하는 것이 아니라, '이미 했던 일'과 관련된 것이다. 가령 '내 경험으로 보아 그것은 불가능하다'라고 말할 때의 경험이다.

이 텍스트는 프루스트가 연애 관계뿐만 아니라, 인간관 그 자체에 있어서 비관적이라는 것을 보여주고 있다. 우리는 다른 경험들을 통해서 자신의 생각과 행동을 반성하고 고쳐 나간다는 미래 지향적인 차원을 등한시하고, 자기의 성격이 반영된 과거의 어떤 태도에 습관적으로 함몰된다는 것이 프루스트의 생각이다.

이런 경험은 사람마다 다를 것이다. 한데, 그것은 따지고 보면 속단, 체념, 경망, 비겁성, 타산적 경향, 감정의 우위 등, 당사자의 성격적 특징의 소산이다. 그리고 그 경험은 거듭될수록 마치 당연한 것처럼 굳어져간다. 가령 무슨 일에서 자주 실패하면, 그것은 누가 시도해도 실패할 것이라고 속단한다. 그러나 가장 큰 문제는 대인 관계에서 일어난다. 어떤 친구가 서너 번 약속을 어겼다고 하여 배신자로 낙인찍고 그와 단교하고 그 사실을 주위에 알리는 감정 과잉의 사람도 있다. 그러고는 추억에 의해서 증식하는 이 배신감에 시달리다가, 우정 그 자체의 존재를 부정하고 마침내 대인공포증의 징후를 보일 수도 있다.

그러나 이렇게 응결된 경험의 함정에서 벗어나기 위한 노력도 아울러 무시할 수 없다. 필요하다면 우리는 정신과 의사의 도움을 받아, 자신의 제한된 경험이 짜놓은 올가미에서 벗어나려고 시도할 수 있다. 집단의 차원에서도 마찬가지이다. 자본가와 노동자의 상호 관계의 개선도, 침략자와 그 희생자 사이의 적대 관계의 해소도 과거의 경험에 대한 치열한 반성에 의해서 이루어질 수 있다는 미래 지향적인 희망을 왜 미리 꺾어버리려는 것인가? 현대건설의 설립자 정주영 회장은, 어려운 새 공사 앞에서 그 가능성을 의심하는 베테랑 책임자(그 의심은 물론 자신의 과거의 경험에서 나온 것이다)에게 "해보았나?" 하고 한마디 툭 던지고는 다시 새로운 방식으로 시도해볼 것을 종용했다고 한다.

흔히 말하듯이 백 번 찍어 안 넘어갈 나무는 없다는 불굴의 실험 정신(이것은 자기 자신과의 투쟁이기도 하다)이 필요한 것이다. 만일 그래도 실패하고 좌절한다면 그때야말로 과거의 경험을 운명애로 받아들일 자격을 얻을 것이다.

§ 145

"어떤 사람과 우리들 사이의 연줄은 우리의 생각 속에서만 존재할 뿐이다. 그래서 기억력이 약화되면 그 연줄도 이완된다. 그리고 우리는 환상에 스스로 속기를 바라고, 또 사랑, 우정, 예절, 체면, 의무 등으로 남들을 속이지만, 결국은 고독한 존재이다. 인간이란 자신의 밖으로 나올 수 없고, 타인을 안다고 해도 자기 자신 속에서만 알 따름이다. 만일 그 반대의 말을 한다면 그것은 거짓말이다."(11/54)

이 텍스트는 너무나 당연한 말을 하고 있는 것 같다. 다만 세 가지 사족을 달아두고 싶다.

(1) 부모 형제까지 포함하여 모든 타인과의 바람직한 관계도 우리 자신의 생각 속에서만 존재한다는 명제에 반대할 사람은 아무도 없을 것이다. 그러나 우리는 또한 자신이 품은 타인의 이미지가 어느 정도 옳은지 확인해볼 수는 있을 것이다. 가령 '나'와 지인 A 사이의 다음과 같은 대화: '나— 자네는 Y를 만나본 일이 있나? 내가 보기에는 매우 성실하고 인정 있는 사람 같군. A— 그 사람이라면 나는 오래전부터 보아왔지. 조심스럽게 대해야 할 인간일세. 그 성실성은 상대를 이용하기 위한 꾸밈새에 불과하지.'

(2) 기억력의 감퇴는 친우였던 사람의 이름조차 망각하는 딱한 일을 초래할 수 있다. 과거의 우정을 동원하여 그의 존재를 추억하려 해도 그 이미지는 추상적인 것으로 머문다. 그러나 이 망각은 어느 정도 보충될 수도 있다. 집 안에 널려 있는 잡동사니 속에서 그가 주었던 작은 물

품을, 그의 편지 한 장을, 또 학창 시절에 함께 찍은 사진을 발견하면, 과거가 되살아나고, 그 친구의 모습이 환상이나 기만이 아닌 구체적 실인간으로서 그리워질 것이다.

(3) 우리는 결국 혼자 죽어갈 고독한 존재이다. 그러나 이 운명적인 고독을 면해보려고 애쓰는 존재이기도 하다. 그래서 글을 쓴다. 회상기로부터 파란만장한 소설에 이르기까지, 그것을 쓰고 세상에 내놓는 행위는 자신을 자랑하기 위해서라기보다도, 타자에게 호소하기 위해서이다. 즉, 고독한 죽음으로 단절될 타자와의 연줄을 이어 가기 위해서이다. 프루스트의 이 대하소설도 그 예외는 아닌데 (이 '단상들'이 바로 그와 나를 이어주는 연줄이다), 실존적 대타 관계에 무관심한 그는 자신의 그런 연줄의 욕망에 대해서도 스스로 크게 의식하지 않았을 따름이다.

§146

"나는 누구든 소설을 읽을 때, 자기가 사랑하는 여성의 모습을 그 여주인공과 겹치게 한다는 것을 알고 있었다. 그러나 이야기의 결말이 아무리 행복해도 소용없다. 그동안 우리 자신의 사랑은 한 발자국도 앞으로 나가지 못했고, 우리가 사랑하는 여성이 소설 속에서는 마침내 우리에게로 돌아왔어도, 책을 덮었을 때는 실제로는 우리를 더

사랑하게 된 것은 아니다."(11/57)

　다소 유치해 보이는 이 푸념이 나온 곡절은 다음과 같다. 화자의 귀에는 위층에 사는 여성이 마스네의 오페라곡 「마농」의 일부분을 피아노로 치는 소리가 들렸다. 그러자 그 작품의 가사를 잘 외우고 있는 화자는, 출분했던 여주인공 마농이 사랑하는 남자 데그류 곁으로 돌아와서는 "내 영혼의 유일한 사랑이여, 오늘에서야 그대의 착한 마음을 알았네"라고 영탄하는 구절을 상기하고 눈물을 흘렸다. 화자는 달아난 제 애인 알베르틴을 마농에 덧씌워서 그녀도 제 곁으로 돌아오리라는 환상에 잠시 젖어들었던 것이다. 그러나 화자는 소설을 비롯한 허구의 이야기가 실인생과 다르다는 것을 잊고 달콤한 기분에 취할 멍청이가 아니다. 그래서 도리어 그녀가 돌아오도록 궁리한다.

　그런데, 세상에는 행이건 불행이건 간에, 이야기의 주인공을 전형으로 삼아, 자신의 생각이나 행위나 상황을 그 작중인물과 동일시하려는 독자들이 없지 않다. 그런 독자의 경우에는, 책을 덮고 나서도 그 체험은 오래 계속되고 때에 따라서는 요지부동한 신념으로, 인생관으로 고착될 수도 있다. 한데, 이런 경향이 어떤 계기에서 널리 퍼지면 가부간에 사회적 중요성을 띠게 된다. 한끝에서는 권선징악의 문학에 쏠리는 보수적 작가와 소박한 독자가 한통속을 이루고, 다른 한끝에는 어떤 문학적 표현이 끼치는 해독에 주목하여, 그것을 배척해야 한다는 주장이 대두한다. 가톨릭교회가 오랫동안 유지해왔던 금서 목록, 장 자크 루소의 연극 유해론, 오늘날까지도 지속되는 외설문학 시비, 정치적 이데올로기와의 충돌, 왕시에 베르테르가 자극했던 자살 광풍 따위가 얼른 머리에 떠오른다.

픽션과 실인생의 일체성을 겨냥하는 글쓰기와 읽기—소박한 리얼리즘이라고 부를 수 있을 이런 경향이 완전히 소멸되기는 어려울 것이다. 다만 작품에 무작정 끌려들지 않고 약간이라도 거리를 두고 보려고 꾸준히 애쓰면(한 작품을 두 번째 읽을 때, 그리고 특히 대립적이거나 다른 경향을 보여주는 작품을 읽을 때) 그러기가 좀 더 쉬울 것이다. 그런 독자는 나날이 더 비판적 리얼리즘(작품에 대한 비판과 동시에, 작품에서 비롯된 자신의 현실에 대한 비판)에 가까워질지도 모른다.

이상은 인용된 텍스트에 대한 주석이 아니고, 그것이 연상시킨 사족일 따름이다.

§ 147

다음의 인용문은, 화자가 달아난 애인 알베르틴의 거처를 알아내고, 그녀에게 돌아오라는 편지를 낼까 말까 망설이면서 생각해본 내용이다.

"우리의 욕망의 성취가 별것 아니라고 생각하는 것은 분명히 잘못이다. 왜냐하면 욕망의 실현이 불가능하다고 생각하기 무섭게 우리는 욕망에 다시 집착하고, 오직 그 욕망은 실현되지 않을 수 없다고 확신할 때에만 그것은 추구할 가치가 없다고 생각하게 되기 때문이다. 하지만 욕망의 성취가 별것 아니라고 생각하는 것이 옳기도 하다. 왜냐하면 그 성취와 행복이 하찮게 느껴지는 것은 그것이 확실하게 되었을 때뿐이기는 하지만, 그나마 그 성취와 행복은 변하기 쉽고, 그것에서 나오는 것은 오직 비애뿐이기 때문이다. 게다가 행복이 완벽하게 이루어질수록 비애도 그만큼 더 클 것이며, 행복이 자연의 법칙에 반하여 한동안 지속되어 습관이라는 것으로 변하면, 그만큼 더 비애를 견디기가 불가능해질 것이다."(11/69)

이 착잡한 텍스트가 말하려는 것은 그렇게 어려운 이야기는 아니다. 아래와 같이 정리해볼 수 있을 것이다. 화자가 염두에 두고 있는 것은 남녀 관계에 관한 것이지만, 다른 종류의 대인 관계나 인간과 사물의 관계에 있어서도 통할 수 있을 것이다.

(1) 어떤 욕망의 실현을 대수롭게 생각하지 않을 수도 있다. 그러나 그 실현이 기대한 것처럼 성취되지 않을지도 모른다고 고쳐 생각하면 우리는 그 실현에 집착한다. 즉, 그 실현을 대수롭게 생각한다.

(2) 다른 한편으로 보면, 욕망의 실현을 대수롭지 않게 생각하는 것이 결국은 옳다. 왜냐하면 욕망 실현의 기쁨과 그것이 주는 행복감은 결코 오래 지속되지 않고, 곧 습관으로 변해버려 아무런 감흥도 없게 되고 도리어 사는 것이 구슬프게 느껴질 것이다. 그러면 욕망을 새로운 대상으로 옮겨서 새로운 행복을 찾아 나설 것이다. 그러다가 또 같은 습관으로 전락하고… 이렇듯 욕망은 마음의 정처를 빼앗아버린다.

(3) (나의 생각) 그러나 이 견해는 일방적이다. 우리는 위에 인용한 § 141에 함께 주목해야 한다. 습관이 무너지면 우리 속에 깃들어 있던 신이 떨어져 나가 우리에게 엄청난 고통을 주고 삶의 바탕이 흔들린다. 사실, 화자가 알베르틴을 돌아오게 하려는 것도 오랫동안 그녀를 곁에 두면서 지배하고 있었을 때의 안정감을 되찾기 위해서이다. 결국 습관은 행복감을 뭉개버린다는 부정적 작용을 가하는 동시에, 안정감을 준다는 긍정적 작용을 하는 양면성의 괴물이다. 그러니까 세상을 지혜롭게 산다는 것은 그 모순을 받아들이면서 행복을 추구하는 것인지도 모른다.

§ 148

"우리의 이기주의egoism는 전 기간에 걸쳐서 항상 자기에게 귀중한 목표를 목전에 설정해놓고 있으나, 그 목표에 끊임없는 관심을 쏟는 '나 자신'이라는 그 존재에는 결코 주목하지 않는다. 이와 마찬가지로, 우리의 행동을 지배하는 욕망도 그 목표로 하강하기는 하나, 그 자체로까지 다시 상승하지는 않는다. 욕망이라는 것은, 지나치게 실리적이어서 행동으로 뛰어들기만 할 뿐, 진실 인식 따위는 업신여기기 때문일까, 혹은 현재의 환멸을 바로잡기 위하여 미래를 추구하기 때문일까, 또 혹은 나태한 정신이 상상이라는 수월한 내리막길을 선호하고, 자기 성찰이라는 급경사를 거슬러 오르기를 기피하기 때문일까?"(11/77)

이 텍스트는 이기주의가 어떤 특별한 부류의 인간의 특성이 아니라 모든 인간의 속성이라는 인식에 기초하고 있다. 그러기에 "우리의 이기주의"라는 말을 쓰고 있고, 나는 그 표현이 정당하다고 생각한다.

누구나 가지고 있는 이기심— 화자의 견해에 의하면, 우리는 이기심이 가져오는 욕망의 충족을 위하여 일단 나서고 나면 마치 브레이크 없는 수레처럼 제동이 어렵다. 그래서 욕망 그 자체에 쏠리는 나머지, 심지어 욕망을 일으키게 한 장본인의 용모에조차 무관심해진다. 화자는 사라진 애인 알베르틴과 관련해서 그런 예를 들고 있다. "내가 알베르틴을 생각한다고 말한 것은, 사실은 그녀가 돌아오도록 할 방법, 그녀와 다시 함께 있게 될 방법, 그녀가 무엇을 하고 있는지 알아내는 방법이었다. (…) 그 끊임없는 고초가 지속되는 동안에, 나의 고뇌에 수반되던 영상들을 가시적으로 드러낼 수 있었다면(다른 사람들의 영상이었을 것이며), 결코 알베르틴 자신의 영상은 아니었을 것이다."(같은 면)

욕망의 역학이라고 부를 수 있을 이런 사태가 보편적이라는 지적에 나도 충분히 동의할 수 있으나, 그것은 전폭적인 동의는 아니다. 왜냐하면 우리의 속에는 또한 보편적인 것으로서 '나 자신'으로, "자기 성찰이라는 급경사를 거슬러 오르"려는 성향이 내재되어 있기 때문이다. 물론 그것은 욕망의 충동에 비하면 미약하지만 그 작동은 그렇게 드문 것이 아니다. 정상 정복을 향하여 험한 산에 오르다가 악천후를 맞아 제 생명을 보전하려고 그 욕심을 일단 포기하는 사람처럼, 사랑하는 상대방의 안녕과 평화를 위하여, 애욕을 억제할 뿐 아니라, 제 몸을 희생하는 사람도 있는 것이다. 앞에서도 언급한 바 있는 괴테의 베르테르, 도스토옙스키의 나스타샤(『백치』), 토마스 만의 아셴바흐(『베네치아에서의 죽음』)가 그런 예이다. 그것들은 모두 사랑이라는 제 욕망의 수행이 사랑하는 상대의 삶의 파탄을 가져오라는 냉철한 자기비판의 결과이다.

프루스트의 이 엄청난 소설에 대한 나의 불평이 있다면, 그것은 이 사랑의 국면을 위시하여 모든 면에서 대타관계 속에서의 자신에 대한 사회적, 윤리적 성찰이 결여되어 있다는 것이다. 내가 그의 소설을 완독하고는, 『카라마조프의 형제들』로 달려간 것은 '우리의 이기주의'와 '타인 속의 우리'가 갈등하는 '우리의 실존적 드라마'를 보고 싶었기 때문이다. 이 말년에도 정온한 글보다는 그런 격동적인 글을 선호하다니…… 수양이 덜 된 탓이리라.

§ 149

애인 알베르틴이 사라지자 그녀의 친구 앙드레를 임시로 불러들이고, 알베르틴의 동향을 살피고 그녀를 돌아오게 할 궁리만 할 뿐, 그녀 자신에 대해서는 무관심했던 화자에게 청천벽력으로 엄청난 비보가 날아든다. 그녀가 말을 타고 산책하다가 사고로 급사했다는 소식이다. 뒤미처 그녀가 죽기 직전에 써 보냈을 두 통의 편지가 배달된다. 하나는 자기 대신 와 있는 앙드레에게 잘해주라는 부탁이고, 또 하나는 당신이 돌아오라고 하면 언제든지 돌아가겠다는 내용이었다. 그러자 화자의 머리에는, 등한시해왔던 그녀 자신에 대한 생각이 왈칵 솟아오른다. 지금까지는 잠시 그녀의 출분이 괴로웠는데, 이제는 영영 못 만나는 고통 어린 비탄에 휩싸이게 된 것이다. 그때 통곡하면서 그녀의 모습을 떠올렸던 경험을, 그는 다음의 텍스트와 같이 일반화하여 술회하고 있다.

"어떤 사람이 우리의 내면으로 들어오기 위해서는, 형태를 띠고 시간의 테두리를 따라야 한다. 왜냐하면 그 사람은 연속하는 순간에만 우리 눈앞에 계기繼起하기 때문이다. 그는 우리에게 자신의 존재에 관하여 한 번에 단 한 모습씩만 보일 수 있을 따름이며, 단 한 장의 사진만을 제공할 수 있을 따름이다. 이렇듯, 한 인간이 순간들의 단순한 집적으로만 존재한다는 것은 틀림없이 큰 약점이겠지만, 또한 큰 힘이 되기도 한다. 왜냐하면 인간은 기억의 관할하에 있으며, 한순간의 기억은 그 순간 이후에 일어난 모든 것들은 전혀 모르는 반면, 기억이 수록해놓은 그 순간은 아직도 지속하고 아직도 생존하며, 아울러 그 순간에 떠올랐던 존재도 함께 생존하기 때문이다. 그리고 이러한 순간들의 분산은 죽은 여성을 다시 살게 할 뿐 아니라, 그녀를 증식시킨다. 내가 진정하기 위해서는, 단 한 명의 알베르틴이 아니라 무수한 알베르틴을 망각해야 했을 것이다. 이 알베르틴 한 사람을 잃은 슬픔을 감당하는 데 성공했어도, 다른 또 하나의, 아니 수백의 알베르틴을 상대로 해서 다시 시작해야 했다."(11/96-97)

이 텍스트를 대하면서 내가 주목한 것은 다음과 같은 것이다. 엉뚱한 읽기일지도 모른다.

(1) 한 명의 알베르틴이 가져오는 슬픔을 가라앉힌다 해도 수백 명의 알베르틴이 나타나서 또 비탄에 젖곤 한다는 말은 세분화된 그녀의 다른 모습들이 연속적으로 떠오르기 때문만일까, 혹은 그 이외로도 거리에서 접하게 되는 수많은 처녀들 역시 그녀를 상기시키기 때문일까? 이 후자도 함께 생각해봄 직하다.

(2) 당장은 어렵겠지만, 세분화된 많은 인상들을 기억의 금고에 축적하고 나서는 지성으로 하여금 그것들을 정리하고 통합하게 하여, 당사자의 인격이나 특질을 밝혀낼 수는 없을까?

(3) 이런 슬픔에서 결정적으로 풀려나는 길은 오직 망각뿐이다. 화자 자신도 그렇게 생각한다. "내게는 장차 희망할 것이 이미 하나밖에 없었다. 그것은—불안보다도 더 갈가리 폐부를 찢는 희망이었지만—알베르틴을 망각하는 것이었다."(11/102)

이 말에 접하면서 나는 17세기 프랑스의 우화 작가 라 퐁텐이 지은 『청상과부』라는 이야기를 연상했다. 자기도 남편의 뒤를 따르겠다고 대성통곡을 하는 젊은 과부를, 그녀의 아버지는 당분간 그냥 놓아두었다가 재혼 이야기를 꺼내본다. 그러나 딸은 끝끝내 수절할 테니 아예 그런 말

320

말라고 아버지에게 항변한다. 그러다가 또 얼마 후부터 아버지는 무도회도 열고 젊은 남자들도 출입하게 만들어 집안의 분위기를 즐겁게 꾸며놓는다. 그러자 딸은 스스로 아버지에게 묻는다. "아버지가 구해주시겠다던 신랑감은 어디 있어요?"

이 우화에 대한 작가 자신의 해설은 다음과 같다. "슬픔은 시간의 날개를 타고 사라지니, (…) 한 해의 과부와 하루의 과부 사이에는 크나큰 차이가 있어, 아무도 같은 사람이라고는 믿지 않으리라."

사정은 프루스트의 화자의 경우도 마찬가지일 것이다. "갈가리 폐부를 찢는 희망"으로 알베르틴을 망각하기를 바라지 않더라도, 시간의 날개는 그녀의 죽음에 연유하는 슬픔을, 또한 알베르틴이라는 존재 자체를 실어갈 것이다. 다만 화자와 관련하여 내가 알고 싶은 것이 두 가지 있다. 첫째는 알베르틴이 화자의 의식에서 맴도는 동안이라도, 그는 그녀와의 영원한 이별을 서러워하는 동시에, 그녀의 경우를 역지사지하고 그녀의 사고사에 도의적 책임을 느껴보았는지 궁금하다. 만일 그런 생각을 해보지 않고 오직 그녀의 죽음이 준 빌충할 수 없는 이별만을 한탄한다면, 그것은 그가 끝끝내 연민을 모르는 자기중심주의자에 머무는 협량의 인간이라는 것을 의미한다. 또 한 가지로, 그녀의 죽음이 야기한 고통과 슬픔이 시간의 날개에 실려 사라지고 나면, 화자는 어떤 남녀 관계를 이어 나갈까? 여전히 상대방을 독점하려고 궁리하는 반면에, 자신은 상대방으로부터 전적으로 자유로운 입장을 유지하려는 최악의 이기주의를 그대로 견지할 것인가? 아직 소설이 끝나지 않았으니 좀 더 살펴보아야겠다.

§ 150

죽은 애인에 대한 화자의 괴로운 생각과 추억은 꼬리에 꼬리를 물고 연연히 이어져서 소설의 상당 부분을 차지한다. 다음의 인용문은 화자가 알베르틴이라는 인간 자체를 어떻게 생각했는지 알려주는 중요한 텍스트이다.

"알베르틴의 지성을 생각할 때면, 내 입술은 본능적으로 불쑥 앞으로 나와서 어떤 추억을 음미하곤 하였는데, 나는 그 추억의 실체가 나의 외부에, 상대방의 객관적 우월성에 내포되어 있으면 좋겠다는 느낌이었다. (…) 그러나 사랑은 무소불위이고 이기적인 것이어서, 우리가 사랑하는 사람들의 지적이며 도덕적인 특질이 객관적으로 매우 흐리멍덩한 것이 되고, 우리는 우리 자신의 욕망과 두려움에 따라 그들을 끊임없이 다시 그린다. 이렇듯, 우리는 그들을 우리로부터 떼어놓지 않는지라, 그들은 우리의 애정이 표출되는 광막하고 모호한 자리에 불과하

다."(11/121-122)

　이 구절들은 우리가 연애 심리라고 부를 수 있을 현상을 극명히 보여주고 있다. 사랑하는 사람은 상대방을, 특히 그 인격을 결코 객관적으로 파악하지 못하고, 자신의 인상, 사랑의 추이에 따라서 여러 가지로 굴절되고 변질된 인상을 상대방에게 뒤집어씌워 그것이 마치 그의 본질적 특성인 것처럼 치부한다. 그리고 상대방이 말하자면 배우가 되어서 자기가 원하는 역할을 수시로 다르게 연기하기를 원한다.

　화자는 여기에서 알베르틴에 대해서 그런 인격적 횡포를 가해온 것을 반성하고, 내가 바로 앞의 §149에서 바랐던 것처럼, 객관적 존재로서의 그녀 자신을 무시한 것을 스스로 규탄하고, 자기의 처사가 그녀의 출분과 죽음의 원인이 되었다는 죄의식에 괴로워한다. "따라서 알베르틴 그녀 자신을 알려고 더 노력하지 않은 것은 아마 나의 잘못일 것이다. (⋯) 나는 그녀의 성격을 제삼자의 성격처럼 이해하려 노력했어야 할 것이며, 그랬다면 아마, 그녀가 자기의 비밀을 나에게 왜 그토록 집요하게 감추려 하였는지 이해하였을 것이고, (⋯) 알베르틴의 죽음을 초래하지도 않았을 것이다."(11/122)

　이리하여 화자는 지금으로서는 자기중심주의에서 벗어나 있고, 또 알베르틴에 대한 추억이 계속되는 동안에는 간간이 자기의 행위와 그녀의 죽음에 대한 도의적 책임감에 시달릴 것이다. 그러나 차후의 사랑의 행각에서는 어떻게 될까? 그 체험이 어느 정도 살아남을까? 그것이 자기중심주의를 초극하는 결정적 전기가 될까? 혹은 이 역지사지는 한 에피소드에 불과할 것인가? 우리는 과연 환골탈태가 가능한 존재일까? 소설의 재미는 아직도 계속된다.

§ 151

알베르틴의 돌연한 사고사에서 비롯된 상념과 회상과 반성이 이어지는 중에, 화자는 지난 1년의 동서同棲 생활이 자기에게 불가결한 것이었다는 점에 생각이 미친다. 그러고는 이런 말을 한다.

"그 생활은 불가결했으나, 그 자체로서는, 그리고 최초에는 아마도 필연적인 일은 아니었을 것이다. 왜냐하면, 만일 내가 어느 고고학 책에서 발벡의 교회에 관한 묘사를 읽지 않았다면, 만일 스완이 그 교회가 거의 페르시아 스타일이라고 말하면서 내 관심을 노르망디풍 비잔틴양식으로 이끌어가지 않았다면, 만일 어느 호화 호텔 경영 업체가 발벡에 위생적이며 쾌적한 호텔을 신축해서, 나의 부모가 내 소원대로 나를 발벡에 보내기로 결심하지 않았다면, 내가 알베르틴을 만나 사귀는 일도 없었을 것이기 때

문이다."(11/129)

이 텍스트는 불교에서 말하는 연기나 인연의 개념을 그대로 옮겨놓은 것 같다. 모든 것은 우연한 것들의 인과 관계로 생기한다. 그것을 의심할 사람은 아무도 없을 것이다. 그러나 그 사실에 대한 해석과 대처 방식에는 여러 가지가 있다. 얼른 머리에 떠오르는 네 가지를 적어둔다. 사람에 따라 그 어느 쪽으로 생각이 쏠릴 것이다.

(1) 우리가 우연적 생기로 인식하고 있는 것은 사실은 어떤 초월적인 존재가 이미 예정해놓은 필연적인 것이다. 그 초월적 존재를, 사람들은 신이라고도 운명이라고도 부른다. 파스칼은 클레오파트라의 코가 조금이라도 낮았다면 역사가 다르게 전개되었으리라는 역사 우연론을 시사하고 있지만, 그것도 초월적 절대자의 귀에는 인간의 망상에 지나지 않을지도 모른다. 심지어 그런 절대적 존재로부터 자유로워지려는 인간의 시도도 이미 절대자 자신에 의해서 결정되어 있는 것이다. 우리는 그 절대자의 손바닥에서 놀고 있을 뿐이다… 이런 주장을 하는 사람들은 우리가 종국적으로 취해야 할 태도를 체관 또는 운명애라고 부른다.

(2) 과거사들이 우연의 연속이며 그 하나하나가 원인이 되고 결과가 되는 것은 사실이지만, 그 각각의 우연이 동일한 무게를 지닌 연속체는 아니다. 그중의 어떤 것은

우리의 의식이나 생존에 있어서 다른 것들보다 더 중요한 의미를 지닐 수 있다. 위의 텍스트에서 보자면, 화자를 발벡으로 가게 만든 일련의 우연의 클러스터가 있고, 그것이 말하자면 '특별한 계기moment privilégié'(사르트르,『구토』에 나오는 용어)를 이루어 결국 알베르틴과 만나게 된 것이다. 화자에게는 가장 중요한 우연이다. 그는 그 우연의 결과를 주체적으로 받아들여, 그녀와 동서한 "그 일 년의 흐름 속에 (…) 충만할 뿐 아니라 가늠할 수 없을 만큼 광막하고 불가결해 보이던 그 애정 어린 생활을 위치시켜야 했던 것이다."(같은 면) 그러나 결국 승리한 것은 일련의 우연이다. 알베르틴의 낙마와 급사를 초래하고 그를 비탄에 빠뜨린 그 연기 말이다. 그는 비관주의적 인생관으로 기운다.

(3) 그러나 우연을 이렇게 부정적, 비관적 측면에서만 생각할 것은 아니다. 크게는 우리가 다른 생물들과 함께 이 지구상에 존재하게 된 것이 우주 생성의 우연한 과정들의 축적에 의한 것이며, 작게는 천재지변에서 살아남는 기적을 누리는 것도, 로토 당첨으로 뜻하지 않은 재산을 마련하는 기회를 만나는 것도 우연의 소치이다. 심지어, 우연은 '우리 만남은 우연이 아니!'라는 가사가 암시하듯이, 필연적 행복이 출현하기 위한 복잡하고 역설적인 과정이었는지도 모른다. 이런 행복한 우연을 믿고 사는 사람들의

낙관주의는 부럽다.

(4) 마지막으로, 또 한 가지가 머리에 떠오른다. 그것은 필연이면서도 많은 경우에 우연히 닥치는(그 우연 자체가 다른 우연들의 연기의 결과이지만) 최후적인 것, 즉 사고사를 의식적으로 무릅쓰고, 팔자나 운명과 같은 개념을 불식하고, 인간으로서의 최대의 가능성에 도전해보려는 사람들의 존재이다. 호랑이 새끼를 얻기 위해서 호랑이 굴로 감연히 들어가는 사람들 말이다. 모험의 성공, 혁명의 완수, 전투에서의 승리, 악과의 투쟁, 사명의 추구, 절대의 탐구 — 그 종류나 목표야 어떻든 간에, 우연한 죽음이 지뢰밭처럼 깔려 있는 지대에서 극한상황에 마주치면서 자기실현을 강행하려는 사람들, 그러다가 자기의 고행이 헛수고임을 자각하고 스스로 물러서기도 하고, 불가항력의 장애에 봉착하여 좌절하기도 하며, 무릅써온 죽음의 신으로부터 예기치 못한 기습을 당하기도 하는 사람들이 있다. 그들을 가장 좋은 의미에서 영웅주의자라고 명명해도 좋을 것이다.

§152

"자기가 장차 죽을 것이라는 상념은 실제 죽는 것보다 더 잔인하지만, 다른 이가 죽었다는 상념보다는, 그리고 한 사람을 집어삼킨 현실이 그 자리에 파문 하나 남기지 않고 다시 평평하게 펼쳐 있다는 상념보다는 덜 잔인하다. 그 사람이 배제되어 아무런 의지도 의식도 이미 존재하지 않는 현실로부터 거슬러 올라가서 그 사람이 살아 있었다고 생각하는 것은, 최근까지 아직 살아 있던 사람의 추억이, 우리가 읽은 소설의 인물들이 남긴 추억, 그 어렴풋한 영상들과 비슷하다고 생각하는 것만큼 어려운 일이다."(11/141)

누구나 납득할 만한 말이다. 여기에서 화자는 '다른 이'라는 말을 사용해서 마치 이 세상의 아무에 관해서나 마찬가지인 것 같은 인상을 주고 있지만, 그렇게 해석할 필요는 없다. 그 말은 부모 형제를 비롯하여 우리의 생존과 밀접히 관련되어 있거나, 우리가 관심을 가지고 대해온 사람을 가리킨다고 그 지칭 범위를 좁혀서 생각해보는 것이 더 합당할 것이다.

그런 사람이 죽으면, 더구나 홀연히 죽으면 거짓말 같다. 특히 그런 일이 최근에 일어났으면 더 그렇다. 망자의 일거수일투족이, 그 표정과 음성이 생생히 우리의 머리에 박혀 있어서, 소설의 인물을 제 마음대로 형상화하는 자의적 행위와는 다르다. 그 자리에 방금 전까지도 있었던 사람, 지금도 그 자리에 있어야 할 사람이 보이지 않고, 아무리 기다려도 오지 않는 사람,— 죽음이 그를 영원히 앗아

갔다고 생각하기는 정말 어렵다(원문에서 '그 자리'라는 말은 '죽은 자리'를 의미하겠지만, 나는 '망자가 늘 기거하던 자리, 가령 그의 거실, 침실, 서재 따위라고 억지 해석을 해보았다. 가까운 사람이 죽고 나서 그런 곳에 들어가 보면 그 자리가 비어 있다는 것이 있을 수 없는 일처럼 느껴지고, 이 슬픈 느낌이 한참 되풀이되기 때문이다).

그러나 우리는 시간이 가면 차츰 그의 부재를 현실로 받아들인다. 그 자리에서 그의 영상이 엷어지고 망각되어, 그곳에 "파문 하나 남기지 않"는 것에 집념하지 않게 된다. 그렇다고 그의 추억마저 완전히 망각되는 것은 아니다. 그의 영상은 우리의 잠재의식에 숨어 있다가 때와 자리를 가리지 않고 간헐적으로 불쑥불쑥 솟아오른다. 그러나 그리운 그 영상의 부상도 시간이 갈수록 드물어지고 급기야는 우리 자신에 닥쳐오는 죽음에 의해서 끝난다. 덧없고 슬픈 일이지만, 그동안 살아가기 위해서는 불가피한 과정이었을 것이다.

§153

"우리가 진실로 인식하는 것은 오직 새로운 것, 우리에게 충격을 주는 변조變調를 별안간 우리의 감수성에 가져오는 것, 습관이 아직 맥 빠진 복사로 바꾸어놓지 않은 것

뿐이다."(11/171)

이 텍스트는 우리가 일상적으로 경험하고 있는 사실을 적확하게 표현하고 있다. 새로운 것, 습관에 의해서 무뎌지지 않은 것만이 우리의 진실한 인식의 대상이다. 예를 들어 역으로 말하자면, 가령 최초의 입맞춤만이 진실한 기쁨이며 오래된 결혼 생활은 그것을 요식행위화해버린다. 맛있는 음식도 되풀이해 먹으면 그 맛을 잃는다. 그러나 습관화가 진실한 인식의 둔화나 상실을 불가피하게 초래한다 하더라도, 그것에서 벗어날 수 있는 길은 막혀 있는 것일까? 프루스트는 그 길이 있다는 것을 암시하고 있다. "변조를 별안간 우리의 감수성에 가져오는 것"이라는 말이 그것이다. 가령 애인의 돌연한 죽음이 식어가던 사랑의 절실함을 슬픔과 함께 자각시킨다거나, 회복기의 환자가 아연 삶의 기쁨을 만끽하게 된다는 따위가 그것이다. 이런 예기치 않았던 감수성의 변조는 실생활에서 흔히 일어날 수 있는 일이다. 다만 프루스트는 그것이 인위적으로 유발될 수 있다는 측면을 여기에서는 언급하고 있지 않다. 그 언급은 이 소설의 최종 권 『되찾은 때』에 실린 예술론에 나와 있는데, 예술이야말로 우리가 습관에서 해방되어 진실한 인식을 회복하거나 획득할 수 있는 길임은 러시아의 시클롭스키가 같은 시기에 '소격화'라는 개념으로 이론화한 바 있다는 것을 첨기해둔다. 그리고 나

330

는 이러한 예술의 탈습관화의 기능이 바로 문학이며, 그것은 인생과 세계의 이해와 자신에 대한 비판이라는 나의 평소의 생각과 유기적으로 연관되어 있다는 사족도 함께 달아두고 싶다.

§154

"너무나 일상화된 상념들을 명확히 의식화하기 위해서는 그것과 대립하는 것이 필요할 때가 있다. 예를 들어 1870년의 보불전쟁 동안 살았던 사람들은 전쟁이라는 생각이 자기들에게는 마침내 자연스럽게 보이게 되었다고 말한다. 그것은 그들이 전쟁에 대해서 충분히 생각해보지 않았기 때문이 아니라, 도리어 항상 전쟁의 생각을 하고 있었기 때문이다. 한데, 전쟁이라는 것이 얼마나 괴이하고 엄청난 것인지를 이해하기 위해서는, 그 한결같은 집념에서 해방되는 어떤 계기가 생겨서, 전쟁이 군림하고 있다는 것을 망각하고 평화 시와 같았던 모습을 되찾게 될 필요가 있다. 그러면 마침내 그 일시적인 공백의 배경에, 오랫동안 항상 다른 것은 못 보고 보아온 유일한 대상이었던 그 기괴한 현실이 홀연히 부각될 것이다."(11/180)

이 견해는 매우 타당한 것으로 여겨진다. 대조되고 반대되는 생각에 의해서, 습관화, 상태화常態化된 처지를 반성하고 극복한다는 것은 상식적인 이야기이다. 크게는 삶의 뜻은 죽음과의 대조하에서 새로 자각하게 되고, 작게는 가령, 평소 당연하게 여겨온 자유의 몸의 고마움을, 영어의 몸이 되었을 때의 불편함을 상상함으로써 의식화하는 것이 그런 것이다.

이 견해는 누구나 받아들일 수 있는 상식적인 것이다. 그러나 이러한 의식화는 다만 대립적 상황을 추억하거나 상상함으로써만 이루어지는 것은 아니다. 두 가지 경우를 보충해둘 만하다.

(1) 그 의식화는 추억이나 생각보다도 더 자주 현실적 체험으로 이루어진다. 우리가 몰랐던 외부로부터의 새로운 사태에 직면했을 때 탈습관화를 가져오는 전환은 충격적, 필연적으로 초래된다. 이것이 19세기 후엽에 서양의 침략 앞에서 동양 3국이 겪었던 문화사적 충격이다. 국가의 독립을 보전하기 위해서는, 이 충격을 당하여, 오랫동안 관습화되어 있던 사상과 제도의 근본적 혁신이 필연적임을 의식하게 되었던 것이다. 개인의 경우에도 마찬가지다. 가난이 일상화되어 의식조차 하지 않고 그날그날을 연명해온 사람이라도 부유한 사람들의 실태를 목격하면 새삼 자기의 불행을 뼈저리게 느끼고 극복을 위한 행동으로 나서기도 한다. 또한 비교적 드문 일이지만, 역으로 부유한 사람이 빈한한 사람들의 현실을 직시하면 그들의 구제

를 위해서 자진 나서기도 한다.

(2) 이 각성의 촉구는 예술의 으뜸가는 기능이기도 하다. 고전주의로부터 리얼리즘을 거쳐 오늘날의 포스트모더니즘에 이르기까지 예술이라는 이름에 마땅한 모든 창작물은 우리의 인식과 의식을 습관화, 관례화된 상태에서 해방시켜, 대상을 새롭고 놀란 눈으로 보게 만들었다. 이른바 소격화defamiliarization의 작업이다. 보들레르는 육안으로는 보이지 않는 화사한 세계의 존재를 알려주는 상징이라는 것을 가르쳐주었고, 사르트르는 도리어, 우리 자신을 포함하여 모든 존재에 필연성이 없다고 주장하고, 이 존재의 부조리를 어떻게 극복해 나가느냐는 문제를 해결하는 것이 인간의 길이라고 말한다. 예술의 길이 진리를 향한 길인 이상, 소격화의 작업은 하루도 끊임없이 지속될 것이다.

그것이 평생 문학을 업으로 삼아온 나의 희망이다. 그러나 이 희망이 성취되기는 어려울 것이라는 생각도 든다. 날이 갈수록 더욱 발호하는 대중과 그들의 위안과 기분 전환을 겨냥하는 사이비 예술의 확장되는 세력, 그리고 그 대중에 의지하는 정치와 경제, 그 모든 것이 진정한 예술의 존립을 매우 위태롭게 만들고 있기 때문이다.

§155

"옛날들은 그보다 앞선 날들을 조금씩 덮어버리고, 자신들도 뒤이어 오는 날들 밑에 묻혀버린다. 그러나 그 옛날의 하루하루는, 마치 가장 많은 고서들이 소장되어 있는 거대한 도서관에는 필경 아무도 열람하지 않을 판본들이 한 부는 있듯이, 우리들 속에 보존되어 있다. 한데, 그 옛날의 하루가 후속한 시기의 반투명한 층을 가로질러 표면으로 떠올라 우리 내부에 퍼져서 우리를 몽땅 덮어 싸면, 그 순간 이름은 옛날의 의미를 되찾고 사람들은 옛날의 얼굴을 되찾으며 우리 자신은 당시의 마음을 되찾는다. 그러고 그때는 이루 말할 수 없는 고통을 주던 문제들이 이미 오래전부터 해결 불가능이 되어버린 것을 느끼고 새삼 막연한 고통을 느끼지만, 그 고통은 이제 견딜 만하고 오래 지속되지도 않는다. 우리의 자아는 우리의 연속적인 상태들이 차곡차곡 쌓여서 이루어지고 있다. 그러나 이 중첩은 산의 성층처럼 요지부동한 것이 아니다. 끊임없이 융기가 생겨서 옛날의 단층들을 표면으로 노출시킨다."(11/194-195)

이 긴 텍스트는 그렇게 어려운 이야기를 하고 있는 것은 아니다. 여기에는 세 가지 언급이 있다. (1) 우리의 자아는 경험한 모든 것을 차곡차곡 담아서 제 속 깊숙한 곳에 간직한다. (2) 무슨 계기가 있으면 그중의 어떤 것이 불쑥 의식의 표면으로 부상한다. 이럴 경우, 먼 옛날의 일들은 가까운 과거의 일들에 의해서 순차적으로 더 심층으로 매몰되지만, 그것은 결정적으로 단층화되는 것이 아니라, 그 옛날의 일이 제 위에 쌓인 여러 층을 관통하여 다시 떠오를 수가 있다. (3) 그러나 그 당시에는 매우 괴로웠던 일들도 지금으로서는 어찌할 수 없는 해결 불가능한 일이 되어버려서, 괴로움은 그렇게 강렬한 실감을 동반하지 않고 또 오래 지속되지도 않는다. 옛 추억에 동반하는 이 감정의 약화는 기쁨의 경우도 마찬가지일 것이다. 다만 화자는 알베르틴의 돌연사가 가져온 고통의 경감만을 바랄 처지라서, 기쁨의 감정의 마모에 대해서는 언급을 안 했다고 볼 수 있다.

그러나 화자-프루스트는 추억과의 관련에서 이 견해와 부합하지 않는 중요한 두 가지 경험을 앞서 제시한 바 있다. 하나는 그 유명한 마들렌 과자의 에피소드이다. 그 과자를 담근 차를 마셨더니 말할 수 없는 기쁨이 온몸에 퍼져 그 이유를 천신만고 끝에 찾아내고, 그것이 잠재의식에 묻혀 있던 방대한 과거를 재생시켰다는 이야기는, 이 소설을 읽는 사람이면 누구나 가장 중요한 내용의 하나라고 생각할 것이다. 이럴 경우, 우리는 '과거의 추억은 인식의 진환'이라고 가히 말할 수 있을 것이다.

또 하나는 '마음의 간헐성'이라는 소제목이 달린 장면이다.(§ 74, 158면) 화자는 두 번째로 휴양지 발벡으로 와서 처음 왔을 때와 같은 호텔에 체류한다. 그러자 지난날 조모와 함께 그곳에 머물렀을 때 담뿍 사랑을 베푼 조모, 그러나 지금은 사별하여 다시 볼 수도 다시 함께 올 수도 없게 된 조모, 그리고 그동안 배은망덕한 손자처럼 기리지 못한 조모의 추억이 왈칵 솟아올라, 가슴이 찢어지는 것 같고 어느 때보다도 고통이 심하다. 그러나 미구에 또다시 무심하게 될지도 모른다.

이런 이야기와 앞의 텍스트를 함께 읽으면, 인간이란 확고한 정견 없이 흔들리는 변덕스러운 존재라는 생각이 저절로 떠오른다. 그러니, 자신의 변덕을 직시하여 겸손해지고, 남의 변덕을 너그럽게 이해하는 것이 삶의 윤리가 아닐까 하는 매우 평범한 생각으로 이르는데, 그것이 가장 실천하기 어려운 생각일지도 모른다.

§ 156

"내가 그 논설을 쓰고 있었을 때 그 문장이 나의 생각에 비해서 어찌나 빈약한지, 나의 조화롭고 투명한 비전에 비해 어찌나 착잡하고 흐리터분한지, 내가 끝끝내 달리 메꿀 수 없었던 고백으로 어찌나 가득 찬지, 그것을 읽는 것이 고통이었다. 그 문장은 내가 무력하며, 치유할 수 없을 정도로 재능이 결핍하다는 것을 통감시킬 뿐이었다. 그러나 지금, 스스로 독자가 되려고 애쓰면서, 나 자신을 평가한다는 괴로운 의무를 다른 사람들에게 떠넘기니, 그것이 내가 쓴 것이 아니라고 생각해보는 데는 최소한 성공하였다. 나는 그 논설이 다른 사람의 것이라고 애써 자신을 설득하려고 하면서 그것을 읽었다. 그러자, 그 모든 영상들, 그 모든 견해들, 그 모든 수식어들이 나의 의도를 나타내는 데 실패했다는 추억 없이, 그 자체로서 받아들여지고, 그 광채와 규모와 깊이로 나를 매혹하는 것이었다."(11/235)

이 텍스트는 화자가 신문사에 보낸 글이 마침내 지상에 발표되었을 때의 감회이다. 나는 이것을 읽으면서 나 자신의 경우를 잠시 생각해보았다. 그리고 그 전반부에 대해서는 나도 어느 정도 동감하지만, 후반부에 관해서는 다르다는 느낌을 받게 되었다.

글을 쓰면서 자기가 무능하고 결함투성이며 자기에게 재주가 없다는 것을 괴로워하는 점에서는 화자도 나도 마찬가지이다. 아무리 머리를 쥐어짜도 적절한 단어나 표현이 떠오르지 않는다. 글을 쉽게 쓰는 사람이 그렇게 부러울 수가 없다. 17세기의 문학 이론가 브왈로가 한 말에 '분명하게 생각된 것은 분명하게 표현된다. 그리고 그것을 말하기 위한 말들은 쉽게 떠오른다'는 유명한 구절이 있는데, 쉽게 쓰는 사람의 경우는 쓰기 전부터 생각이 명료하게 잡혀 있고, 나의 괴로움은 생각이 막연하고 혼돈 상태에 머물러 있기 때문일까? 생각과 언어의 관계가 과연 그런 것인지는 모른다. 그러나 아무튼 간에, 나는 몇 번씩 고쳐 쓴 원고를 '이 정도면 됐겠지' 하고 신문사나 잡지사에 보낸다.

그러나 화자와 나는 발표 후의 태도에 있어서는 크게 다르다. 화자는 그 지상에서, 자신의 고심의 흔적을 쓰디쓰게 되씹는 대신에, 그런 사정을 모르면서 제 글을 찬탄하는 독자의 입장에 잠시나마 서서 지극한 만족감을 느껴보려는데, 나는 화자와 같이 자기기만적인 객관화의 재주를 부릴 생각은 전혀 없다. 그러기는커녕 어느 때보다도 더 고쳐 쓰고 싶어지지만 그것이 이미 불가능하니, 때로는 내 글이 실린 지면을 모두 걷어서 북북 찢어버렸으면 하는 생각마저 든다. 그러나 일단 인쇄되어 사방으로 퍼져 나간 글에 어떻게 손을 댈 수 있으랴! 답답하기만 하다. 혹시 내 글을 읽고 칭찬하는 사람을 만나면 씩 웃으면서 고맙다고 말할 뿐이다. 후일 책으로 엮여 나올 기회가 있으면 그때 다시 살펴보겠다고 벼르지만, 책이 나온 후에도 이 고쳐 쓰기의 욕심은 가시지 않을 것이다. 결국 내게는 글재주가 없구나 하는 씁쓸한 뒷맛만 그때마다 남을 뿐이다.

§157

"이런 부단한 오류가 바로 '인생'이며, 그 무수한 형태는 다만 눈에 보이는 세계와 귀에 들리는 세계만이 아니라, 사회적 세계, 감정적 세계, 역사적 세계에서도 드러난다. (…) 우리는 세계에 관해서 정형이 없고 단편적인 영상들밖에 갖고 있지 못하는데, 자의적이며 위험한 암시를 만들어내는 연상들로 그 결함을 보충한다."(11/239, 240)

여기에서 '이런 부단한 오류'라 함은 가정부 프랑수아즈가 사즈라 부인Mme Sazera의 이름을 언제나 사즈랭 부인 Mme Sazerin으로 잘못 부른다는 사실을 두고 하는 말인데, 이 텍스트에는 과장이 있는 것 같다. 이름을 잘못 부르면 올바로 부르게 자꾸만 가르쳐볼 것이다. 그렇게 하는 것이 교육의 힘이다.

또 한 가지로 '부단한 오류가 인생'이라는 발언의 연장선상에서 하고 있는 발언, 즉 모든 차원에서 우리의 인식과 판단은 언제나 흔들리고 부분적이며, 우리는 당치 않은 연상과 견강부회를 일삼는다는 발언에 대해서도 좀 더 신중히 생각해보아야 한다. 이런 종류의 오류의 연속이 불가피하고 그것이 인생을 이룬다는 뜻의 말은 이름을 잘못 부르는 것과 같은 단순한 경우와는 비교할 수도 없을 만큼 중대하다. 그러나 우리는 플라톤주의자가 되어 아무래도 이데아에 이를 수 없는 것을 한탄하며 살아가야 할 것인가? 나는 다른 상대적인 길이 있다고 생각한다. 화자가 들고 있는 1870년의 보불전쟁의 예를 빌려서 말해보자.

화자는, 독일 사람들의 눈에는, 그 전쟁에서 패배하여 알자스로렌 지방을 빼앗긴 프랑스 사람들은 오로지 독일에 대한 설욕전만을 벼르고 있는 것 같았을 것이라는 말을 하고 있다. 그렇다면 이 잘못된 편견을 바로잡아줄 방법은 없는가? 내 생각으로는, 당신들의 견해는 틀렸다고 직공直攻하는 것보다, 프랑스 사람들의 관심은 오직 문화와 평화로 쏠려 있다고 반대되는, 그러나 이 역시 잘못된 편견을 마치 진실인 양 퍼뜨려서 독일 사람들의 편견의 오류를 견제하고 약화시키는 것이 더 효과적일 것이다. 이열치열이라는 말이 있지만, 이오치오以誤治誤의 방법이라고 말해볼까? 우리는 많은 분야에서 진실이나 진리와는 먼, 또한 변증법적 통합과도 먼 대립적 편견에 의해서 문제를 해결해보려는 움직임을 보게 된다.

이런 생각을 하니 영국의 역사학자 E. H. 카가 한 말이 생각난다. 달리는 자전거는 똑바른 자세로가 아니라, 좌우로 흔들리면서 전진하는데, 우리의 역사적 전진도 직선 코스를 따르는 것이 아니라 좌우로 흔들리면서 이루어진다는 것이다. 진리가 무엇인지, 유토피아로 가는 길이 어디 있는지 모르고, 항상 오류를 껴안고 살아야 하는 현실적 인간으로서는 별다른 수가 없는 노릇이다.

§158

대표적인 귀족인 게르망트 공작은 스완의 딸 질베르트에게, 돌아간 그녀의 부친과 조부는 좋은 사람들이었다고 칭찬한다. 그러나 그들을 칭찬하는 말투로 보아, "만일 그들이 아직도 생존해 있다면, 공작은 주저하지 않고 그들을 어느 정원사로나 추천했을 것 같았다. 한데 이러한 것이, 귀족들이 한 중산층 사람에게 다른 중산층 사람들에 대해서 이야기하는 태도였다. 이야기가 계속되는 동안만은, 대화 상대자가 남성이건 여성이건 간에 그를 예외시하여 그의 기분을 좋게 해주기 위해서, 아니, 차라리 그럼으로써 동시에, 그를 모욕하기 위해서였다. 이렇듯, 유대인 배격론자는 한 유대인에게 듣기 좋은 말을 쏟아놓는 바로 그 순간에 유대인들에 대한 험담을 하는 것이다. 그것이 상스럽지 않게 상대방에게 상처를 줄 수 있는 일반적인 방법이다."(11/250)

이 텍스트는 일상생활에서 언제나 일어날 수 있는 언어적 기만을 기술한 것이다. 자기가 멸시하거나 증오하는 어느 집단이 있다는 것을 그 집단에 속하는 사람에게 알리는 가장 간사하고 효과적인 방법은 '당신만은 예외적으로 그렇지 않지만' 하면서 모욕적 언사를 쏟아놓는 것이다. 프루스트는 여기에서 귀족의 중산계급관 이외로, 당시의 초미의 화제였고 또한 자신의 출신이기도 한 유대인과 관련된 문제를 또 하나의 예로 들고 있지만, 우리 한국인으로서 절실한 체험은 식민지 시대에 있었던 일, 즉 일본인의 '조선인 멸시'와 관련된 문제였다. 그들 역시 동일한 방법을 쓰는 일이 많았다. 이야기를 잘 들어줄 만한 한국인을 앞에 놓고, "당신은 전혀 조선인 같지 않지만, 조선인은 일반적으로 더럽고 거짓말쟁이고 면종복배를 잘한다"는 따위의 언사를 농하는 일이 비일비재했다.

이런 말을 들었을 때의 한국인의 태도에는 두 가지가 있었다. 첫째는 자기를 예외로 설정한 것은 기만적 수사이며 자기 역시 한국인으로서 모욕을 당하고 있다고 올바르게 자각하는 경우였다. 둘째로는 자기가 진실로 조선인 같지 않은 것으로 알고, 자손에게까지 한국인임을 속이고 일본인 행세를 하면서 동족을 무시하는 어리석음을 보여주는 사람들도 있었다. 이런 사람은 특히 재일 교포 중에 많았는데, 그 땅에서 살아가려면 할 수 없었는지 모르지만 권할 만한 일은 못 된다.

아무튼 그 시대는 멀리 지나갔다. 그러나 언어의 간사

한 사용, 함정으로서의 언어의 사용은 모든 분야에서 인류와 더불어 존속해 나갈 것이다. 왜냐하면 인간은 '공생'을 바라지만, 현실적으로는 '적대 관계'에서, 여러 가지 양상의 약육강식에서 벗어날 수 없기 때문이다.

§ 159

화자는 피가로지에 제 글이 실려서 여러 사람들로부터 축하의 편지를 받는다. 그는 그 김에 귀족계급과 중산층의 사람들의 편지의 문체의 차이에 관해서 다음과 같이 말하고 있다.

"귀족계급의 인사들은 '친애하는 ××× 씨'라고 첫머리에 쓰고, '경의를 표함'이라고 말미에 쓰는 정해진 틀로 일종의 울타리를 만드는데, 그 안에서는 기쁨과 찬양의 아우성이 만발한 꽃들처럼 피어오르고, 그 화사한 향기를 울타리 너머로 꽃다발처럼 쏟아내는 수가 있다. 그 반면에, 중산층 사람들은 관례에서 못 벗어나, '당신의 당연한 성공'이니, 기껏해야 '당신의 멋있는 성공'이니 하는 일정한 그물망으로 편지의 내용조차도 가두어놓는다. 자기들이 받은 교육에 충실하고, 단정하게 차려입은 조신한 아가씨들은 흉사에도 경사에도 똑같이 '진심을 바칩니다'라고 써서 보내면 제 마음을 토로했다고 생각한다."(11/265)

화자에 의하면, 귀족계층으로부터 온 편지는 모두와 말미가 일정한 형식으로 되어 있으나(참고로, 우리나라의 경우에도 유식자들이 사용하던 편지틀이 있어서, 대개 모두에는 '산만刪蔓', 끝에는 '여불비례餘不備禮'라고 썼다), 그 내용은 백화만발과 같은 언어여서 읽기가 기쁘고 보람 있게 느껴질 것이다. 반면에 중산층 사람들이 보내오는 빈약하고 판에 박은 듯한 언어로 된 편지는 고맙기는 하나 별로 가치 없는 싱거운 것으로 느껴질 것이다.

화자 즉 프루스트의 선호는 물론 전자이고, 후자에 대해서는 뒤이어 든 아가씨들의 편지에 관한 언급으로 보아도 멸시하는 말투가 역력하다. 그러나 귀족주의자인 그가 주목하지 못한 점이 있다. 귀족층의 미사여구가 가식적인 것이며(이 경향, 이른바 préciosité는 17세기 이래 프랑스어의 무시 못 할 전통이 되어왔다), 도리어 중산층의 소박하고 천편일률적인 언어에 진정이 담겨 있는지도 모를 일이다. 표현의 서투름이 반드시 감정의 빈약성을 의미하지는 않기 때문이다.

§ 160

"내가 지금 막 지나온 사라진 시간에 조모에 대한 사랑의 흔적이 없었던 것과 마찬가지로, 내 앞에 펼쳐 있는 미답의 새로운 공간에도 알베르틴에 대한 사랑의 흔적이 없을 터였다. 이렇듯, 내 인생은 여러 시기들의 연속으로 이루어져 있는데, 한 시기가 지나가면 그것을 지탱하고 있던 것들은 후속하는 시기에는 이미 아무것도 남기지 않았다. 그래서 내 인생은 동일하고 영속적인 개인으로서의 자아의 바탕이 전혀 없는 그 무엇으로 여겨졌다. 그것은 미래에는 아무 소용없고 긴 과거만이 있는 그 무엇, 죽음이 밑도 끝도 없이 아무 때나 삶의 흐름을 끊어버릴 그 무엇으로 여겨졌다."(11/269-270)

사랑했던 알베르틴이 죽고 나서, 마침내 망각의 길로 들어선 화자의 감상이다.

세 가지 주석을 달아봄 직하다.

(1) 모든 것이 흔들리고 덧없다. 모든 것이 변전한다. 모든 것이 새로 생기다가는 또 사라져서 망각의 나락으로 함몰한다. 그래서 나라는 존재도 확고한 근거가 없다. 소위 주체성이 없는 가변적 존재, 그러다가 마침내 죽음이 홀연 닥쳐와서 생명 그 자체를 앗아가는 부조리한 존재, 그것이 인간이다.

(2) 그렇다면 어떤 것이 올바른 삶의 길인가? 크게 두 가지가 있을 것 같다. 하나는 불교적인 길이다. 제행무상, 생자필멸이 가져오는 번뇌의 얽매임에서 벗어나, 정적 속에서 불생불멸의 진리를, 즉 열반의 경지를 체득하는 길이

있다. 그러나 이 도통의 길을 위한 수양의 과정은 지난이며, 더구나 서양 문화에 젖어 있는 사람들에게는 낯선 것이다. 그들은 도리어 제 스스로 존재의 근거를 마련해보려고 한다. 이것이 또 하나의 길인데, 프랑스 문학에서 그런 시도를 대표하는 것이 사르트르이다. 나는 아무 근거 없이 이 세상에 내던져져 있는 존재라는 객관적 인식은, 주체성 없는 곤죽 같은 삶을 강철같이 단단한 주체성을 갖춘 삶으로 바꿀 자립의 길을 찾게 만든다. 넓게 보면 서양 문학의 많은 부분은 이렇게 부정적 여건으로부터 긍정적 생성으로의 길을 지향해왔다고 볼 수 있다.

(3) 제행무상과 이에 부수하는 자아의 부재에 관한 상념이, 화자가 알베르틴을 망각하기 시작하는 이 시점에서 절실해졌다는 사실에는 이중의 아이러니가 있다. 첫째로, 비록 화자에게 있어서 그 상념이, 알베르틴을 망각해 나감에 따라서 엷어지고 사라진다 하더라도, 그 상념 자체는 변하지 않고 몇 천 년을 이어온 사상, 제행무상을 초월한 철학이다. 둘째로 화자는 과연 그 상념을 오래 지니지 못하고, 다른 여자들과 희롱하다가, 마침내 시간을 초월한 예술 작품에서 진실과 구원을 찾는다. 우리는 그것을 뒤미처 보게 될 것이다.

§ 161

"그녀(앙드레)가 모르는 것이 있었다. 그것은 오만한 사람들조차 사랑해야 하고, 그들의 오만을 격파하기 위해서는 더 강력한 오만이 아니라 사랑이 필요하다는 것을 모르고 있었다."(11/286)

성서나 불경에 나옴 직한 이 구절, 화자 자신에게 되돌려주었으면 좋을 것 같은 이 구절이 튀어나온 곡절은 이렇다.

화자의 애인 알베르틴이 죽자, 대신 불러들인 그녀의 친구 앙드레는 알베르틴이 자기와 동성애를 했으며 그 이외로도, 동성 이성 할 것 없이 방종한 짓을 하고 다녔다는 비밀을 폭로한다. 그 이야기를 들으면서 화자는 앙드레의 성격과 심리를 분석한다. 그에 의하면 그녀는 (1) 근본적으로 성격이 고약해서 그런 폭로로 친구를 배반하고 화자를 괴롭히려는 것이 아니다. (2) 표면으로 나타나지 않는 다소 깊은 마음속은 섬세한 배려가 아니라 질투심과 오만으로 이루어져 있다. (3) 그러나 더욱 깊은 마음속에는 제3의 본성이 내재하는데, 그것은 완전히 실현되지 않지만 이웃에 대한 선의와 사랑을 목표로 삼고 있다는 것이다. 한데, 앙드레는 (3)을 지향하면서도, 우선 상대방을 모멸해서 그 콧대를 꺾어놓는다는 (1)과 (2)에 가까운 교만한 행동을 하니, 그것은 제 본심을 배반하는 꼴이 된다. 따라서 그녀가 나갈 길은 오직 사랑의 길이다.

이런 것이 그 사랑에 관한 언급이 나오게 된 문맥이다. 그래서 화자가 갑자기 도덕군자로 변모해서 한 말이 아니라는 것은 분명하다. 다만, 화자 역시 그의 연애 행각에서 다소라도 자기중심주의와 질투의 감정에서 벗어나, 제 몸조차 내바칠 수 있는 사랑 그 자체의 길을 갔으면 하는 아쉬움이 남는다.

§ 162

"어떤 여성이 풍기는 매력에는, 그녀의 눈과 입과 몸매가 주는 매력에는, 우리가 모르지만 우리를 가장 불행하게 만들 수도 있는 요소들이 분명히 내재해 있다. 그래서 우리가 그녀에게 끌리고 그녀를 사랑하기 시작한다는 것은 곧, 그 여성이 아무리 순결하다고 우리가 주장한다 해도, 그녀의 모든 배신과 과오를 다른 문맥으로 읽는 것이다."(11/295)

'나'의 사랑은 언제라도 상대의 배반에 의해서 불행으로 전락할 수 있다는 것을 미리 자각하고 사랑한다는 것("그녀의 모든 배신과 과오를 다른 문맥으로 읽는"다는 말은 그런 의미인가?)은, 나의 사랑은 상대와 영원한 화합을 이루리라고 믿고 사랑하는 것만큼 어리석은 일이다. 그러나 전자의 신경병과 후자의 순진성의 양극단 중에서 굳이 선택해야 한다면, 필자인 본인으로서는, 화자와는 반대로, 후자를 선택하고 싶다. 왜냐하면 사랑한다고 하면서 매 순간을 의심과 질투로 자신을 괴롭히기보다는, 어느 한순간 벼락 맞는 것처럼 충격을 당하는 편이 낫기 때문이다. 한데 이 소설의 가장 큰 결점은, 귀담아들을 만한 성찰이 가득한 반면, 바로 전자에 연유한 처량한 사랑 타령, 즉 애인을 부단히 질투하고 감시하는 이야기가 되풀이되어 읽기를 지루하게 만드는 데 있다.

§163

"늙음은 우선 어떤 새로운 일로 뛰어드는 것을 불가능하게 만드나, 그럴 욕망을 품지 못하게까지 하는 것은 아니다. 아주 오래 사는 노인이 행동을 단념하듯이 욕망마저 포기하는 것은 오직 늙음의 제3기에 들어서서이다. 그때가 되면, 그렇게 자주 입후보해서 당선하려고 했던 대통령 선거와 같은 하찮은 선거에도 더는 나가지 않는다. 그들은 외출하고 먹고 신문이나 읽고 하는 것으로 만족하면서, 공연히 연명하는 것이다."(11/332)

이 텍스트는 노년기를 세 단계로 나누고 있는데, 분명

하지는 않지만 다음과 같을 것이다. 첫 단계는 기력이 떨어져서 새로운 일을 기도할 수 없는 단계이며, 다음으로는 그럴 욕망만은 살아남아서 괴로운 단계가 오고, 마지막 제3단계가 되면 욕망마저 사라지고 또 관례적으로 하던 일도 포기하고는 무위도식으로 연명한다.

이 말은 아주 늙어버린 나의 경험으로 보아도 옳은 말이다. 슬프지만 이것이 인생의 경로이며 자연의 이치이다. 그러나 이 슬픈 이치를 순순히 받아들이느냐 아니냐는 것은 각자의 선택에 달려 있다. 달리 말하자면 인생의 문제는 끝끝내 욕망의 문제이다. 첫째로는 인생을 좌우하는 그 자연의 이치에 거역해서, 제2, 제3의 단계에서도 새로운 기도의 욕망을 실천해보려고 하다가 낭패하는 수가 있을 것이다. 그 반대로는 얼른 소멸하지 않는 그런 욕망을 소멸시키려고 하는 욕망, 그러기 위해서 수도하려는 욕망이 있을 것이다. 그것이 무엇보다도 불교의 길이다.

§ 164

"분명히, 애인에 대한 미련이나 잔존하는 질투는 결핵이나 백혈병과 마찬가지로 육체적인 질환이다. 그러나, 같은 육체적인 질환이라 해도, 순전히 육체적 요인에 의해서 유발되는 질환과 오직 정신을 매개로 해서 육체에 작용하는 질환을 구별할 필요는 있다. 특히 매개의 역할을 하는 정신이 기억인 경우—즉, 질병의 원인이 소멸되었거나 멀어진 경우,—고통이 아무리 혹독하고 신체에 미친 장애가 아무리 심각해 보이더라도, 정신은 갱신의 능력을 갖추고 있기 때문에, 아니 그렇게 말하기보다도, 생태 조직과는 달리 자기 보존의 능력이 없기 때문에, 그 예후가 좋지 않은 일은 거의 없다. 처자를 잃고 슬픔에 잠긴 사람이, 암에 걸린 환자가 죽을 만한 기간에 치유되지 않는 일은 거의 없다."(11/345)

이 발언은 분명히 일반적 현상을 말하고 있지만, 보편적인 것으로 여겨지지는 않는다. 그 이유를 간단히 설명해보자.

(1) 여기에서 우선 언급되어 있는 것은, 정신과 의사들이 심신증psychosomatic disease이라고 부르는 현상이다. 어떤 근심, 슬픔, 번뇌와 같은 언짢은 기분에 휩싸이면 그것이 육체에 반응하여, 두통, 소화불량, 신경통 등을 유발하는 것이다. 나 자신도 그런 일을 몇 차례 겪었다.

화자의 입을 통해 프루스트가 여기에서 말하고 있는 것이 바로 그런 것이다. 다만 한 가지 주목할 것은, 이 기능적 병상과 기억의 관계를 지적하고 있는 점이다. 우리의 생각은 한곳에 머물지 않고 부단히 변화하는 것이므로(이 변화는 생각하는 사람의 입장에 따라 망각이라고, 혹은 생성이라고, 또 혹은 변덕이라고 할 것이다), 아무리 슬프고 괴로운 기억도 시간의 흐름과 더불어 엷어지고 멀어지며, 이에 따라 육체적 증상도 사라진다. 화자는 그 예로 홀아비를 언급하고 있지만, 내 머리에는 라 퐁텐La Fontaine의 우화 『청상과부 La Jeune Veuve』가 떠오른다. 이 우화는 '일 년의 과부는 하루의 과부와 크게 다르다. 같은 사람 같지가 않다'고 하면서 시간에 의한 기억의 마모, 즉 망각에 의한 변심을 화자와 똑같은 입장에서 재미있게 이야기하고 있다.

(2) 우리는 이 변화를 인지상정으로 알고 긍정적으로 받아들일 수 있고 또 그래야 너그럽게 인생을 향유할 수 있다. 이것이 상식이다. 그러나 이 상식을 가로막는 또 하나의 현상이 있다. 우리는 그것을 집념적인 이미지, 근원적 체험 또는 매우 흔하게 트라우마라고 부른다. 그것은 여간해서 망각되지 않고 인생의 전 과정을 무겁게 짓누르고 지배하기까지 한다.

하기야 망각된 것으로 알았던 기억도 경우에 따라서는 되살아나는 수가 있을 것이다. 그러나 재생된 기억은 말하자면 단순한 기억이지, 애초에 느꼈던 충격이나 희로애락은 그대로 추체험되기는 어렵다. 가령 사랑하는 애인과 사별했던 일이 다시 생생히 떠올라도, 가슴을 에는 듯했던 그 비통한 느낌은 이미 사라지고 그 쓰라림 역시 한낱 기억으로 굳어져 있을 뿐이리라. 이에 반해서 트라우마 는 과거의 충격과 괴로움을 사후事後에도 그대로 재생시 킨다. 어떤 특정한 음식을 먹다가 심한 복통이나 구토를 겪은 사람은 그 음식을 대할 때마다 겁을 먹을 것이다. 어 렸을 때 강간을 당한 여성은 성년이 되어서도 과거가 떠 올라 남성을 두려워할 것이다. 이런 이야기를 하니, 프랑 스 루앙에서 베트남의 고아를 돌보던 김양희 씨의 말이 생 각난다. 이미 충분히 성장한 한 고아 출신의 소녀는 무슨 폭음이 터지는 소리를 들을 때면, 그 지능이 네 살 정도의 유아로 후퇴한다는 것이었다. 베트남전쟁에서 포탄이 터 지는 굉음으로 공포에 휩싸였던 당시의 상황이 현재를 집 어삼켰기 때문이다. 망각되지 않고 현재에도 지속되는 과 거— 우리는 모두 대소를 막론하고 그런 과거를 지니고 있 을지도 모른다.

(3) 그러나 망각에 의한 기억의 소멸 내지는 원격화와 그에 따른 감정의 사라짐이라는 이 테마에 보편성이 없다 는 것을 증명하는 엄청난 아이러니가 있다. 그것은 이 소 설 자체가 사라진 시간을 되찾아서 애초의 느낌을 다시 느 껴보겠다는 야심의 소산이기 때문이다. 이렇게 보면 프루 스트는 이 소설을 씀으로써 자연에 대한 인간의 항거를 증 거하려고 했던 것이리라. 비록 결국은 죽음이라는 자연의 추세에 굴복하지 않을 수 없으면서도 말이다. 그 점에서는

프루스트 역시 앙드레 말로Andre Malraux처럼 예술 작품이라는 상흔을 대지에 남겨놓은 것이다.

§ 165

"나는 나 자신보다도 알베르틴에게 집착하고 있었다. 그러나 지금에 와서는 그녀에게 집착하지 않는다. 왜냐하면 얼마 동안 그녀를 보지 못하고 있기 때문이다. 그러나 나 자신과는 죽음에 의해서 별리되고 싶지 않다는 욕망, 죽은 후에 소생하고 싶다는 욕망은, 알베르틴과 헤어지고 싶지 않다는 욕망과는 달리, 끝끝내 존속했다. 그렇다면 그것은 내가 나 자신을 그녀보다도 더 소중하다고 여기고, 그녀를 사랑했을 때에도 나 자신을 더 사랑했기 때문일까? 아니다, 그렇지 않다. 그 이유는, 나는 그녀를 못보게 되자 그녀를 사랑하기를 멈추었지만, 나 자신과의 나의 일상적 연줄은, 알베르틴과의 연줄처럼 툭 끊기지 않아서, 여전히 자신을 사랑했기 때문이다. 그러나 만일 내 육신과의, 즉 나 자신과의 연줄 역시 끊긴다면? 필경 마찬가지일 것이다. 삶에 대한 우리의 애착은 우리가 떨쳐버리지못하는 고래의 관계일 따름이다. 그 힘은 그 영속성에 있다. 그러나 그 관계를 끊는 죽음은 영생이라는 우리의 욕심을 치유해줄 것이다."(11/346-347)

일인칭 소설의 경우에 작가와 화자가 아무리 유사해 보일망정 동일인이 아니라는 것은 누구나 알고 있는 상식이다. 이 소설에 있어서도 화자 마르셀이 곧 마르셀 프루스트가 아닌 것은 물론이다. 그러나 소설의 이야기에 간단없이 끼워놓은 주석이나 명제나 성찰이 작가 자신의 생각이거나 그 반영이 아니라고 말하기는 어려울 것 같다. 나는 이런 전제에서 지금까지 내 감상을 적어왔는데, 앞으로도 그럴 것이다. 그리고 그런 언급을 할 때는 작가의 이름을 내세울 것이다.

위의 텍스트는 프루스트의 사상이 근본적으로는 유물론에 입각해 있다는 것, 반기독교적이라는 것을 분명히 말해준다. 그에 의하면 삶의 현실과 현상은 정신이 아니라 육체의 소산이며 정신은 육체에 의존하고 있다. 사랑의 망각 역시 시간의 경과가 가져오는 필연적 현상이라기보다, 오랫동안 서로 만나보지 않았다, 영원히 만나볼 수 없게 되었다는 육체적 한계 때문이다(이 점에서는 '去者日疎'라는 동양의 속담도, 또 특히 '본다'는 행위를 강조하는 'Out of sight, out of mind'나 'Loin des yeux, loin du coeur'와 같은 서양의 속담도 매우 구체적이다). 따라서 '영원히 내 마음에 새겨진 그녀의 모습으로 말미암아 나는 가시지 않는 사랑에, 원한에, 혹은 질투에 시달리고 있다'는 따위의 지속적인 정신적 반응은, 자신의 감정에 항구성이 있다는 것을 자랑하고 싶은 헛소리에 지나지 않을 것이다.

프루스트는 사랑의 소멸에 대한 이 반성으로부터 영생에 대한 욕망의 실체가 무엇인지를 부연 설명하고 있다. 우리가 영생을 바라는 것은 우리가 사는 동안 매일처럼 우리 자신을, 우리의 육체를 '만나보고' 있기 때문이다. 따라서 죽음으로 우리 자신의 육체를 만나보지 못하게 되면, 영생이니 영혼 불멸이니 하는 개념도 사라질 것이다. 죽음이 영생을 잡아먹는 것이다.

그러나 프루스트는 과연 이런 유물론적 견해로 일관했을까? 아니다. 그는 기억과 회상이라는 기능, 육체에 의존해 있지만 정신적인 기능이 사라진 것을 어느 정도 되살리는 역할을 한다는 것을 보여주고 있다. 작게는 그가 '마음의 간헐성'이라는 소제목까지 붙여서 작고한 할머니에 대한 망각을 배은망덕이라고 자책하고 새삼 그리워하는 장면이 그렇다. 그리고 크게는 물론 이 소설 자체가 '거자일소去者日疎'에 대한 저항이다. 이런 것이 자아의 통일성이니 조리 있는 사고니 하고 떠들어대는 도학자가 모르는 인생의 아이러니이다.

§ 166

"방심하고 특히 선입견에 사로잡혀, 편지가 그이로부터 왔구나 하고만 생각하는 사람은 한 단어에서 얼마나 많은 철자를 읽고, 한 문장에서 얼마나 많은 단어를 읽을 것이리요? 우리는 읽으면서 멋대로 짐작하고 지어내기까지 한다. 그런 모든 것은 최초의 오류로부터 시작한다. (⋯) 우리가 고집스럽게 또 같은 정도로 성심성의 믿고 있는 대부분의 것은(최후의 결론까지 그렇지만) 전제들에 대한 최초의 오해에서 비롯된다."(11/363)

이 텍스트는 오독에 관한 언급인데, 읽기에 있어서도 흔히 말하듯이 첫 단추를 잘못 끼면 모든 단추를 잘못 끼게 되는 현상이 일어난다는 사실을 지적하고 있다. 그렇다면 읽기의 경우 첫 단추를 올바로 끼려면 어떻게 해야 하는가? 가령 어떤 사람으로부터 느닷없이 대단한 칭찬의 편지를 받았을 때, 그것이 과연 진심인지 혹은 무슨 책략인지 또 혹은 장난인지 어떻게 알 수 있는가? 이리 해석 저리 해석해보아도 확증은 없다. 비록 발신자의 의도를 알았다 해도(그런 일은 드물지만) 그의 글이나 말이(편지만이 아니라) 그의 뜻을 곧이곧대로 표출하고 있다는 확증 역시 없다. 더구나 발신자가 이미 사망한 경우에는 그런 작업조차 불가능하며, 또한 생사 여하를 불문하고, 잠재의식을 탐구하거나 일정한 이데올로기에 따라서 텍스트를 읽는 경우에는 전혀 다른 엉뚱한 해석이 나올 것이다. 단적인 예로 햄릿을 둘러싼 그 무수한 해석들을 생각해보라.

이런 사실을 감안할 때, 마치 우리가 텍스트의 발단을 올바르게 파악할 수 있는 왕도가 존재하는 듯이 말하고 있는 프루스트의 견해에는 무리가 있어 보인다. 모든 이해는 오해라고 대담하게 발언하고 나선 최근의 새로운 비평가들에게 오히려 일리가 있다고 여겨진다.

§ 167

"낙관주의는 과거의 철학이다. 일어날 수 있었을 모든 사건들 중에서 실제로 일어난 사건만이 우리가 아는 것이기 때문에, 그 사건이 야기시킨 재난은 우리에게는 불가피한 것으로 보이고, 그것이 수반할 수밖에 없었던 약간의 좋은 점을, 우리는 그 덕분이라고 생각하여, 그 사건이 없었다면 그런 좋은 점은 생기지 않았으리라고 상상하는 것이다."(11/370)

이 첫째 문장을 대하는 사람은 누구나 고개를 갸우뚱하거나 그렇지 않다고 항변할 것이다. 그것은 낙관주의는 이미 시대에 뒤떨어진 사상이라는 뜻인가? 혹은 우리의 전도는 개인적으로나 집단적으로나 낙이 없다는 뜻인가? 낙관적인 미래관이 얼마나 많은가? 그런데 그것이 모두 잘못된 생각이라는 말인가? 나 역시 당황하여 이 구절이 나오는 문맥을 다시 살펴보았다.

이 텍스트는 화자의 어머니가 그녀의 어머니(즉, 화자의 외조모)의 죽음에 관해서 언급한 대목에 이어서 나오는 것이다. 어머니의 말로는 당신의 모친의 죽음은 애통한 일이지만, 일찍이 별세함으로써, 여러 가지의 불행하고 걱정스러운 공사 간의 일들을 보지 않게 되어서 큰 괴로움을 면한 것이 다행이라는 것이었다. 노골적으로 말하자면, 모친이 죽은 것 자체는 불가피한 불행이지만, 이것저것 못된 꼴 안 보고 일찍 죽어서 그나마 행복했다는 것이다. 이것이 낙관주의는 과거의 철학이라는 말의 연유이다.

그렇다면, 그 문장 앞에 '이 경우에는'이라는 한정사를 붙여야 할 것이지, 마치 모든 낙관주의가 과거의 철학이라는 보편적 명제를 내세울 수 있는 것처럼 글을 쓴 것은 시건방진 일이다. 하지만 이런 건방진 짓은 누구나 저지르기 쉽다. 가령, 어떤 부당한 처사를 당하고 이 세상에는 정의가 없다고 외치는 따위가 그런 것이다. 이런 말을 곧이곧대로 듣는 사람은 소박할 따름이며, 언어생활에 신경을 쓰는 사람이라면 당사자가 격앙되어 있구나 하는 정도로 이해해주는 것이 기껏이리라. 나는 프루스트의 이 텍스트에 대해서도 그렇게 생각해두려고 한다.

§ 168

한 가족의 내력을 이루는 데이터들을 시간과 공간의 여러 위치에 정해놓는다거나, 박물관 미술관 교회 등에 소장되어 있는 유물들의 곡절을 추적해본다는 따위의 일도 필경 무사(뮤즈)로부터 받은 자극에서 연유할 것이다. 그러나 "이 무사는 철학과 예술을 관장하는 더 고차적인 무사들이 버린 것을 수습한 무사, 진리에 기반을 두지 않은 모든 것, 다만 우연적이면서도 다른 법칙들을 보여주는 모든 것을 수습한 무사, 즉 역사이다."(11/392)

프루스트는 여기에서 멋을 부려, 그리스신화에서 학문을 관장한다는 여신들을 들먹이고 있으나, 단순히 각각 철학, 시가(문학), 역사를 두고 하는 말이라고 해석하면 된다. 그런 것보다 더 중요한 것은 프루스트가 여기에서, 진리와의 관련에서 인문 분야의 세 가지 활동의 가치론적 순위를, 철학 상, 문학 중, 역사 하로 정해놓은 아리스토텔레스의 견해를 답습하고 있는 것 같다는 느낌이다. 그러나 이런 주장은 이미 니체 이후 무너졌으며, 특히 역사에 관한 담론이 기껏 연대기에 지나지 않고, 진리의 담론이 아니라는 주장은 역사학의 성립 이후 견지할 수 없게 되었다.

그런 사정은 프루스트도 잘 알고 있었을 것이니, 내 느낌은 아마도 틀렸을 것이다. 그래서 나는 바로 앞 항목에서 했던 것과 똑같은 불만을 되풀이하고 싶다. 텍스트의 맨 마지막 구절 "즉 역사이다" 앞에 '소위'라든가 '선남선녀들이 생각하는'과 같은 한정사를 붙였다면 좋았겠다는 생각을 지울 수 없다. 하기야 원문은 Histoire라고 되어 있는데, 그 대문자가 그런 한정사의 역할을 해서, '나 자신은 그렇게 생각하지 않지만'이라는 뜻을 내포하는 것인지는 모르지만.

§ 169

"모든 것이 마모되고 모든 것이 소멸되는 이 세상에서 멸망해 가는 이 세상에서, 흔적도 없이 붕괴되는 것, 미모보다도 더 철저히 파괴되는 것이 있으니, 그것은 괴로움이다."(12/15-16)

이 말은 사랑하는 여성에게 배반당한 지 오래되었을 때의 술회이다. 시간이 지나면 실연이 가져온 못 견딜 괴로움과 슬픔도 덧없이 사라진다는 말은 이미 들은 바 있으니 여기에서는 다시 언급하지 않으려 한다. 내가 여기에서 잠시 주목하려는 것은 시간은 모든 것을 파괴하고 소멸한다는 대전제인데, 이 판단은 정당한지 의심스럽다. 여기에서도 프루스트는 그의 버릇대로 자신의 개인적 체험이 보편타당한 체험인 것인 양 과대포장하고 있는 것이다.

프루스트 개인의 사정을 생각하면 그런 인식이 나올 수 있다고 이해해줄 만도 하다. 평생 천식이라는 불치의 지병에 시달리고 머지않아 죽음을 맞을 비종교적인 사람에게 낙천주의자가 되라고 주문하는 것은 지나친 일이다. 다만 다음과 같은 두 가지 주석은 필요할 것이다.

(1) 내세나 천당이나 부활을 믿는 사람(나 자신은 그렇지 않다)을 제외하고도, 죽음을 낙천적으로 넘어서려는 사람이 있다. 그는 삶을 개인적, 미시적 차원이 아니라, 인류사적, 거시적 차원에서 생각하고, 인류는 선대의 죽음을 비료로 삼아 발전을 이어 나간다는 비전을 생의 철학으로 삼는다. 이 생사의 변증법을 문학의 분야에서 가장 두드러지게, 환상이라고 할 만큼 과장되게 피력한 것이, 프루스트와 거의 동시대인인 에밀 졸라이다.

(2) 프루스트 자신으로 이야기를 돌리면, 참으로 반가운 아이러니가 있다. 그렇게도 절실했던 괴로움에 이르기까지, 모든 것이 소멸하는 이 세상에서, 그는 소멸되지 않는 것, 소멸에 항거하려는 것, 즉 예술 작품을 창조했다. 우리가 살펴보고 있는 이 작품, 『잃었던 때를 찾아서』는 바로 소멸의 원흉인 시간에 대한 항거 그 자체를 라이트모

티브로 삼고 있는 작품이다. 소멸의 자각은 반드시 소멸에 체념해야 한다는 뜻이 되는 것은 아니다. 불교에서도 '제행무상'의 자각은 무상하지 않은 진리로의 길, 즉 도통의 경지로의 촉구를 위한 것이다. 현실을 당위로 추구하려는 이 기도가 성공할 수 있는 확률은 매우 낮을 것이다. 그러나 성패 여하를 불문하고, 그 기도 자체가 인간만이 보여줄 수 있는 귀중한 삶의 증거이다.

§ 170

원문 12/50-51에 걸친 내용은 재미있다. 여기에서 화자=프루스트는 개개인의 표면적인 특징에 주목하고 그것을 미문으로 장식한 공쿠르의 글과 자신의 글이 근본적으로 다르다는 것을 천명한다. "나의 내면에는 다소간을 막론하고 깊이 주시할 줄 아는 인물이 있었는데, (…) 그 인물은 여러 현상들에 공통되는 어떤 보편적인 본질이 드러날 때만 그것을 양식으로 삼고 기쁨으로 삼았다." "(나의 정신이) 추구한 것은 다소 깊은 곳에, 외양을 넘어선 곳에, 좀 더 후미진 지대에 있었다." "내가 표면적인 매력에 유의하지 못하는 것은 마치 외과의사가 여성의 반들반들한 복부는 거들떠보지도 않고 그 내부를 잠식하고 있는 속병만을 보는 것과 같았다."

이 구절들은 내가 프루스트의 관찰과 성찰을 높이 평가하는 이유를 작가 자신이 밝히고 있는 것 같아서 매우 반갑다. 문학의 본질이 무엇인지를 따지는 사람들은 이 견해에 모두 전폭적으로 찬동할 것이다. 왜냐하면 문학이라는 이름에 마땅한 글쓰기는 외양이 아니라 그 밑에 가려져 있는 진실을 찾아내고 밝혀내는 것이기 때문이다. 우리는 이 작업을 그냥 리얼리즘이라고도 그 역어인 사실주의라고도 부를 수 있겠지만, 이 말들이 공쿠르와 같이 외양을 진실로 아는 사람들에 의해서 남용되고 있기 때문에, 흔히 '심층적'이라는 한정사를 앞에 붙여서 '심층적 리얼리즘'이라고 부른다.

그러나 심층적 리얼리즘은 결코 궁극적 진리를 터득할 수 있는 길이 될 수 있는 것은 아니다. 그것은 마치 방사선 진단이 겉으로는 보이지 않는 수많은 속병을 드러내지만, 인류의 죽음을 공통적으로 야기시키는 어떤 유일한 근원적 질병, 다른 질병들의 원인이 되는 질병을 발견하지는 못하는 것과 같다. 또한 그런 절대적인 '왕초' 질병이 있는지도 의심스러우며, 마찬가지로 어떤 궁극적 진리가 있는지도 역시 의심스럽다.

따라서 심층적 리얼리즘은 이理와 기氣의 알력이나 신의 존재 여하에 관한 논의에서 볼 수 있는 바와 같은 형이상학적 주장들(내 생각에는 무익한 주장들)과 반드시 연관되는 것이 아니다. 관심, 인식, 기도, 역사관, 세계관과 같은 개인적 상태가 바뀌고, 또 시대, 환경, 문화와 같은 삶의 여건이 바뀌면 그에 따라 외양과 진실의 배리는 무한히 다른 양상을 보일 것이다. 다시 말하면 문학의 본령인 심층적 리얼리즘의 과업도 한이 없을 것이다. 그러나 인간에게서 그 영혼을 박탈하려고 하는(나는 그것을 탈혼작업이라고 불러왔다) 대중문화와 그 팽창을 노리는 원흉들이 이 심층적 리얼리즘의 과업의 존속을 위태롭게 하고 있어서 심히 걱정스럽다.

§ 171

　제1차 세계대전과 관련된 이야기 한 토막.(12/84) 프루스트는 두 작중인물을 내세워서 대조시킨다. 한 사람은 서민 출신의 유대인 블록이며, 또 한 사람은 귀족 출신의 생루이다.

　블록은 처음에 근시로 병역면제를 받았을 때, 열렬한 적극적 배외주의를, 즉 프랑스를 위협하는 모든 외국 세력을 배제하기 위한 군비를 갖추어야 한다는 말을 공언하고 다닌다. 자기는 군대에 안 가도 되기 때문이다. 그러나 다시 신체검사를 받은 결과 병역 적격의 판정을 받자, 이번에는 반군사력을 주장하고 나선다. 자신이 병역면제가 되면 군사력 강화를 주장하고, 병역 적격자가 되고는 평화주의를 떠들고 다니니, 이 표변은 가장 비겁하고 속악한 기회주의적 태도이다.

반면에 생루는 과묵했지만, 절실한 애국심을 품고 있었다. 그는 전선에 나가지 않는 기병대에 소속되어 있었으나, 자진해서 보병 정예부대로 전과하여 출진한다. 그것은 귀족으로서의 책무를 실천하려는(noblesse oblige) 고귀한 태도이다.

이러한 상반된 태도가 과연 이 텍스트가 암시하는 바와 같이 서민과 귀족의 심성의 근본적이며 보편적인 차이인지는 확실치 않다. 많은 경우에 그렇다고 말할 수 있을지는 모른다. 귀족계층의 사람들은 그들의 항산을 즐길 수 있고, 어떤 특별한 야심이 없다면 제 긍지를 지키고 제 처지에 안주할 수 있는 사람들이다. 반면에 서민, 특히 부귀영화를 누릴 수 있는 사회적 상승을 위해서 대도시로 몰려드는 서민은 변화하는 시대와 환경을 약삭빠르게 이용하면서 행동해 나가야 한다. 그런 타입의 인간들, 이 곡예에 성공하거나 실패하는 서민들의 모습을 집대성한 것이 바로 발자크의 『인간 희극』이다.

그러나 한 가지 유보할 사항이 있다. 프루스트는 이 텍스트만이 아니라 다른 대목에서도, 각 개인의 심성과 행위를 그의 출신 성분에 따라 구별하고 있지만, 귀족계급이 실질적으로 소멸된 오늘날에는 그의 견해는 이미 통하기가 어려워 보인다. 한 인간의 고귀성 여하는 출신 성분이 아니라 그가 놓인 환경을 주체적으로 다루는 능력 여하에 달려 있다. 그래서 '노블레스 오블리주'라는 속담도, 사람마다 자기의 신분이나 지위에 마땅한 책무를 피하지 말아야 한다는 뜻으로 쓰이게 되었다. 그리고 백 년 전의 프루스트로서는 상상하기 어려웠을 일이 생겼다. 가령, 빈한한 노동자의 아들이 살신성인을 서슴지 않는 영웅적 애국자가 되고, 그 반면에 유서 깊은 가문의 자식이 저속한 건달로 타락하여 패가망신하는 일도 일어날 수 있게 된 것이다. 프루스트를 읽을 때는 이런 시대의 변천도 염두에 두어야 할 것 같다.

§ 172

화자는 바로 위에 언급한 곳에서 생루의 용맹심은 "그의 생태적인 진정한 고결함에 있었다"고 말한 바 있다.(12/88) 그러면서도 그 용맹심에는 여러 가지 다른 요인들도 뒤섞여 있다고 부언하고 있는데, 그중에서 가장 중요한 것으로, 생루 역시 많은 동성애자들처럼 자기의 "감정의 근저에 육체적 욕망이 자리 잡고 있음을 인정하려 하지 않고, 그 감정을 다른 원인으로 귀착시킨다"는 점을 지적하고 있다.(12/90-91) 그러나 바로 그 점에서, 생루의 남자다운 고결성의 이상은 인습적이며 허위로 가득 차 있다는 것이 화자의 비판이다. 화자의 견해로는, 그가 최전선으로 지원해서 출진한 것도, "자신의 목숨을 기꺼이 내놓게 하는 남자들 간의 우정에서 발견되는 지적, 도덕적 고결함을 위해서가 아니다. 만일 동성애자들이 근본으로 돌아가서 자기 판단을 한다면, 전쟁은 절망이기는커녕 그들을 열광시키는 한 편의 소설이 되었을 터이다."(12/91)

이상이 화자가 생루에 관해서 내린 또 하나의 평가인데, 직전의 §171에서 지적된 사항과 함께 생각해보면, 우리로서는 다음과 같은 두 갈래의 다소 어긋나는 주석을 붙일 수 있을 것이다.

(1) 인간을 움직이게 하는 것은, 스스로 내세우는 동기가 아니라, 또렷이 자각하지 못하는, 혹은 자각하지 않는, 또 혹은 자각하기 싫어하는 어떤 다른 동기이다. 여기에는 의식적인 은폐, 총명성의 결핍으로부터 무의식이나 잠재의식에 이르기까지 여러 층위가 있을 것이다. 그리고 평자들은 여기에서 자기기만을 지적하는 일이 많으나(제 근저를 이루는 육체적 욕망에 눈을 감는 생루가 바로 그런 경우이다), 본인으로서는 이 진정한 동기를 아무리 탐색해보아도 미진할 수가 있다. 잠재의식이나 무의식에서 유래하는 동기가 그런 것인데(이 소설에서도 그 좋은 예로 마

들렌 과자의 일화가 있다), 대개의 경우, 이런 동기의 해명을 위해서는, 심리분석가나 정신과 의사에게 의뢰할 수밖에 없다. 대표적으로 프로이트가 보여준 옌센의 『그라디바』의 분석을 들 수 있다.

(2) 그러나 인간의 행위를 평가할 때, 동기 여하를 그 척도로 삼는 것이 반드시 옳은 것은 아니다. 작중인물의 예를 다시 보자면, 동일한 남색가지만 그것을 감추고 다니는 샤를뤼스 남작보다는, 욕망의 여한 없는 실현을 위해서 위험한 전쟁터로 뛰어드는 생루가 한결 가상하다고 말할 수 있을 것이다. 이렇게 동기는 별개의 것인데, 이런 말은 특히 예술적 표현에 해당된다. 동기로 말하자면, 모차르트의 「아이네 클라이네 나하트뮤직」은 그 작곡 동기를 알 수 없고, 발자크는 돈벌이라는 저속한 동기로 그 방대한 『인간 희극』을 창작했으며, 말러는 빈의 오케스트라 지휘자가 되기 위해서, 가톨릭으로 개종하여 유대인이라는 출신 성분을 가렸다. 그렇지만 이런 사실은 우리가 그들의 작품을 수용하고 감상하는 데 아무런 지장이 되지 않는다. 극단적으로 말해보자면 '인간과 작품'과 같은 책을 써서 작가의 생애의 일들과 작품 사이의 인과관계를 설정하는 작업은, 프루스트의 명언처럼 예술 창조는 또 하나의 다른 자아의 행위라는 것을 모르고 하는 짓이다.

§173

　제1차 세계대전 당시에 글을 썼던 거의 모든 사람과 마찬가지로, 프루스트 역시 그 전쟁에 대해서 무관심할 수는 없었다. 다만 전투를 체험한 작가들과는 달리, 그는 후방인 파리의 사람들, 특히 그가 줄곧 출입한 상류사회의 사람들의 반응에 관한 이야기를 많이 하고 있는데, 그중의 한 토막으로 위기의식과 관련된 문제를 다루고 있다.

　살롱의 여주인인 베르뒤랭 부인은 평소 크루아상을 밀크 커피에 적셔서 먹는 것을 즐겼는데, 전시라서 그 빵을 여간해서 얻어먹을 수 없게 되자, 의사 코타르의 특별 처방전을 얻어(크루아상이 편두통에 좋다는 구실로) 그것을 특별히 만들어 받았다. 그리고 한 손에는, 독일 잠수함의 공격을 받아 150여 명의 승객과 함께 침몰한 영국 여객선 루시타니아호의 참사를 대서특필한 신문을 펼쳐 들고, 다른 손으로는 그 특별한 빵을 음미했다. 그러면서 그녀는 "이런 끔찍한 일이 또 어디 있겠어요?" 하고 외친다. 화자는 이 장면을 그리고 나서 한마디 그녀의 인상을 이렇게 적어놓았다. "그러나 (크루아상의 풍미를 즐기는 그녀의 표정을 보니) 그 모든 익사자들의 죽음 자체는 그녀에게 십억 분의 일로 축소되어 보였을 것임에 틀림없다."(12/130)

나는 이 에피소드를 읽으면서 1950년 6월 25일의 일을 상기했다. 그날은 일요일이었지만 다른 날과 마찬가지로 동숭동 캠퍼스의 불문과 학생 연구실로 나가 있었다. 한데, 점심시간쯤에 이상한 검은 비행기 한 대가 서울 상공에 떴고, 곧 공산군이 38선을 뚫고 내려왔다는 소식이 들렸다. 그러나 나는 아군이 그들을 격퇴할 것이라 믿었고, 방송도 정부 발표라고 하여 그렇게 보도했다. 그것은 허위였고, 사흘 후에는 서울이 점령되고 내 평생 최대의 시련이 시작되었다. 위기의 한복판에서도 이래저래 상황을 낙관한 끔찍한 대가였다.

그 괴로웠던 체험이 지난 지 70년. 만일 지금도 그런 위기가 엄습하더라도 또다시 그런 잘못된 상황 인식에서 벗어나지 못하고, 베르뒤랭 부인처럼 '오불관언'의 여유를 부리다가 큰일을 당할지도 모른다.

그러나 그런 무심무명無心無明한 태도를 가졌으면 하고 바라는 일이 한 가지 있다. 그것은 나를 완전히 파괴할 죽음과 관련된 일이다. 죽음에 무심하다가 홀연히 쓰러지면 얼마나 좋겠는가? 왜냐하면 죽음이 괴로운 것은 그 과정의 의식이며 죽음 그 자체가 아니기 때문이다.

§ 174

　작중인물 모렐은 동성애자였는데, 한 여성에게 반한다. 그리고 그녀의 적극적 노력으로 마침내 이성 간의 사랑에 눈뜨게 된다. 화자는 그 이야기를 하고 나서 다음과 같은 거시적인 명제를 내세운다.

　"이렇듯, 인류의 번영을 위하여, 여러 가지의 심리적 법칙이 적절하게 맞물려서, 어떤 요소의 과잉화나 희소화 때문에 한쪽으로 쏠려 종의 멸망을 초래할지도 모르는 사태를 모두 상쇄해준다."(12/143)

　한 개인의 심리적 전환으로부터 이런 엄청난 명제를 추출하는 것이 과연 온당한지의 판단은 차치하고, 그 명제 자체로만 본다면 수긍 못 할 것도 없다. 인류가, 또한 어느 집합체가 행복하게 존속하기 위해서는, 과부족이 없는 균형 잡힌 영위가 필요하다. 그것은 인체의 건강을 유지하고 증진하기 위해서는 여러 영양소의 균형 있는 섭취가 필요한 것과 마찬가지이다. 그것이 한 사회의 가이드라인이기도 하지만 그 준수는 참으로 어렵다. 우리가 매일 보게 되는 것은 목전의 이해관계와 얽힌 과부족, 불균형, 극단화이다. 오늘날의 과학기술 지상주의, 금전만능주의, 가공할 전쟁 준비 그리고 대중문화의 지배는 인문학을 위축시키고, 도덕적 배려를 구석방으로 밀어 넣고, 취미의 저속화를 가속화시키고 있다. 더구나 우리나라에서는 극단적인 당파심에 쏠린 권력자들이 후안무치한 짓으로 정치를 망치고 있다. 국내외를 막론하고, 프루스트의 낙관적 명제는 공염불이 되어가고 있고, 이대로 세월이 계속된다면, 인류는 번영이기는커녕 멸망의 나락으로 빠져들 날이 머지않을 것 같다.

이런 우울한 생각을 할 때마다 내 머리에 떠오르는 두 소설이 있다. 올더스 헉슬리의 『멋진 신세계』와 조지 오웰의 『1984』이다.

§175

"내가 다시 들어간 요양소도, 최초의 요양소와 마찬가지로, 나를 쾌유시킬 수 없었다. 그리고 여러 해를 보내고는 겨우 그 요양소를 나왔다. 파리로 돌아오는 기차를 타고 있는 동안, 나는 또, 내게는 문학의 재능이 없다는 생각에 (…) 다시 사로잡혔는데, 어느 때보다도 더 통한스러운 느낌이었다."(12/253)

문학만이 아니라 모든 분야에서 '내'게 재능이 없다고 느낀 사람들, 그러면서도 그 실의에서 벗어나 큰일을 해낸 사람들이 있는데, 프루스트 역시 그런 사람이다. 내가 여기에서 이 인용문을 끌어낸 것은 그 점을 지적하고 싶어서라기보다도, 요양소에 관한 화자의 언급이 나의 주목의 대상이 되었기 때문이다. 이 텍스트에서 화자는 다년간 요양소에 있었다고 적고 있는데, 새로 나온 일본어 번역의 역자 요시카와 교수는 화자가 들락날락한 요양소 생활이 근 20년에 걸쳐 있다고 말하고 있다. 그렇다면 그 생활의 실시간도 도합 수년은 될 터이다.(이와나미문고판 14/312)

이 부분은 나로 하여금 최근에 읽었던 토마스 만의 소설『마의 산』의 주인공 한스 카스토르프와 프루스트의 주인공인 화자와의 대조에 생각이 미치지 않을 수 없었다. 요양소에 들어간 카스토르프에게 그 체험은 자신의 존재를 뒤집어엎을 만한 것이었다. 그가 그곳에서 7년간을 지내는 동안 접촉한 상이한 사람들의 상이한 사상과 언행들은 안정된 사회에서 안정된 생활을 이어 나갈 수 있으리라는 전망에 근본적으로 의심을 갖게 했다. 반면에 화자 마르셀은 그 장구한 세월을 요양소에서 보냈으면서도 그곳에서의 체험에 대해서는 일언반구 없다. 어찌 된 일일까? 아무와도, 심지어 의료진과도 접촉이 없는 절대적 고독 속에서 20년을 보냈는가? 그렇게 생각하기는 어려운 일이다. 혹은 타인들과 최소한의 접촉이 있긴 했지만 전혀 무의미한 것이어서 언급할 필요가 없기 때문이었을까? 요양소의 분위기는 그에게 익숙한 상류사회의 살롱과 전혀 달랐을 텐데, 그 근본적인 차이에 사소한 충격도 받지 않을 만큼 그는 도통하거나 무감각한 인간이어서 그런가?
그것은 말도 안 되는 헛소리다. 화자가 아무리 자기중심
주의자이며 유아독존적 태도로 일관했다 하더라도 참으
로 이해하기 어렵다. 잃었던 때를 되찾겠다고 하면서 그
기나긴 세월은 지하 깊숙이 함몰되도록 내버려두었으니
말이다.

§176

아직 이 소설을 다 읽지는 못했으나, 프루스트의 한계
를 알려주는 매우 중요한 텍스트와 마주쳤다. 하기야 내가
벌써 여러 번 지적했지만, 12/270-283면에 걸친 글은 프
루스트가 부유한 상류계급에 속하는 병자이며, 또한 철저
한 자폐적 자기중심주의자였다는 것을 분명히 드러낸다.
이하, 그 요지를 적고, 그것에 대한 나의 주석과 비판을 병
기해보려고 한다.

(1) 현재의 사소한 체험이 과거의 동일한 체험을 연상
시키고, 그것이 '뜻하지 않은 기억mémoire involontaire'의 작
용에 의해서 마음 한구석에 매몰되어 있던 희한한 과거
의 일을 부상시킨다는 이른바 '기억의 연금술alchimie de la
mémoire'을 우리들 독자도 크게 반길 수 있다. 그것이 이 대
하소설이 베푸는 큰 기쁨이며 가장 중요한 의미의 하나이

다. 또한 이렇게 되살아난 과거를 이제는 죽을 때까지 단단히 잡아두려고 글로 결정시키는 것이 작가의 행복일 뿐 아니라, 아주 오래오래 독자의 행복이기도 할 것이다. 그런 의미에서 순간을 영원화한다는 기쁨은 이중적이다. 이리하여 우리는 가령 마들렌의 맛이 나는 차로부터 콩브레 전체가 피어나고, 냅킨의 빳빳한 감촉이 발벡을 다시 탄생시키고, 포석에 걸려 넘어질 뻔한 일이 베네치아의 모습을 눈앞에 펼쳐주는 기적을 향유하게 된다. 나도 누구 못지않게 이런 장면에 감탄한다. 이와 아울러 이미 여러 번 적었듯이 상류사회에 출입하면서 목격한 인간의 천박함과 허영심과 겉치레에 대한 그의 날카로운 관찰에도 탄복한다.

다만 한 가지 의문이 생긴다. 만일 어떤 계기에 이런 뜻하지 않게 떠오른 기억이 괴롭고 혐오스럽고 타기하고 싶은 과거의 일을 재생시키는 경우는 없을 것인가? 그리고 그런 부정적 과거가, 아무리 기피하려 해도 그 후로는 잠시도 뇌리에서 떠나지 않는 줄기찬 집념으로 남는 지옥 같은 일은 없을 것인가? 이 소설에는 그런 예는 없다. 그리고 그 이유는 아마도 프루스트가 그 누구와도 실존적 관계를 맺어본 일이 없기 때문일지도 모른다. 그는 타자가 존재하는 세계를 그냥 스쳐 갔을 뿐, 그 속에 끼어든 일이 없기 때문이다. 그것이 도스토옙스키와 근본적으로 다른 점이다.

(2) 그래서 나는 프루스트의 세계와 전적으로 동의하

지는 못할뿐더러, 이 소설의 마지막 권까지 어서 읽고는 그와는 결별해야겠다는 생각을 굳히게 되었다. 나는 일찍부터 그런 생각을 품어왔으나, 그 결심을 굳히게 된 이유는 "우정이라는 것도 겉치레에 지나지 않는다"는 말을 들었을 때이다. 그에게 친구란 쓸데없는 잡담으로, 예술 창조에 바쳐야 할 아까운 시간을 낭비하게 하는 백해무익한 자에 지나지 않는다. "친구란 우리가 인생의 도중에 사로잡히는 그 감미로운 광기에 있어서만 친구일 따름이다."(이상 12/282) 그는 문경지교刎頸之交라는 것은 꿈에도 꾸어본 일이 없고(앙드레 말로의 소설 『인간 조건』의 마지막 장면에서, 체포된 혁명 투사 카토브가 자살용으로 가지고 있던 청산가리를 동지에게 선뜻 내주고, 자신은 화형이라는 치욕적 죽음을 당하는 장면은 바로 문경지교의 한 감격적인 변형이다), 연대 의식이라든가 공감이라는 단어도 낯선 어느 이방의 말일 것이다. 그의 사전에는 너그러움, 역지사지, 공생과 같은 단어는 존재하지 않는다. 그러면서도, 앞서 §174에서 본 바와 같이 심리적 균형의 확보에 의한 인류의 번영을 이야기하고 있으니 황당한 노릇이다.

§177

바로 위의 항목에서 프루스트 이해에, 차라리 그의 한계의 인식에 중요한 텍스트를 한 가지 적출했는데, 12/288에는 그것보다도 더 결정적인 주장이, 그의 문학관이 얼마나 편협한지를 여실히 보여주는 글이 실려 있다. 요약하면 다음과 같다.

그는 마들렌 과자를 적신 차가 절묘한 기쁨을 준 이유를 밝힌 과정을 독자에게 상기시키면서, 미지의 표징signe을 해독하기 위해 무의식을 탐사했다고 말한다. 여기에서 기쁨을 느낀 것 자체는 표징이며 그 이유를 밝히는 작업은 해독이다. 한데, 그 해독을 위해서 자기 자신의 무의식을 탐사하는 일은 해저를 탐사하는 잠수부의 작업만큼 지난의 일이다. 더구나 이 작업은 아무도 도와줄 수 없고 오직 자기의 독력으로 이어 나갈 수밖에 없는 창조 행위이다. 그렇게 때문에 많은 작가들이 자신의 내면을 밝히는 그런 어려운 책무를 회피하고, 드레퓌스사건, 전쟁, 민족, 정의 등과 같은 것에 집착하고, 문학을 생각할 여유를 못 가질 것이다….

이상이 서투르게나마 요약해본 화자=프루스트의 견해인데, 여기에서 특히 나의 주목을 끈 것은 그런 공동체의 일들을 관심사로 삼는 작가들은 문학을 염두에 두지 않는 사람들이라는 말이다. 환언하면 오직 '나'처럼 자신의 내면을 탐사하는 작가만이 진실로 문학도라는 것이다. 또 다시 말하면 『일리아드』와 '향가'로부터, 파스테르나크와 이청준까지 연면히 내려온 전통, 우리가 귀중한 세계문학으로 알아온 그 전통은 문학이 아니라는 말이다. 여기에 이르러, 프루스트의 자기중심주의와 유아독존은 고황에 든 불치의 중병이 되었다고 해도 과언이 아니다.

§ 178

가슴속에 깊이 박힌 희한한 인상을 캐내고 그것을 되살리면서 맛보는 행복이야말로 문학의 정수라는 뜻의 프루스트의 생각은 1900년 내외의 인상주의의 테두리 내에서도 이해될 수 있을지 모른다. 그 관련에서 내 머리에 얼른 떠오르는 것은 드뷔시의 음악이다. 그의 「전주곡」이야말로 섬세한 인상을 섬세하게 포착한 귀중한 산물이다. 그러나 드뷔시와 프루스트를 다 같이 인상주의자라고 지칭하더라도 그들의 의식의 지향은 대척적이다. 전자의 의식은 외계를 향해 있어 그의 작품을 개방적 인상주의라고 부를 수 있다면, 후자의 의식은 제 속에 간직되어 있는 인상과 관련되어 있으니까, 우리는 그의 지향을 두고 자폐적 인상주의라고 부를 만하다.

한데, 지금 내가 간신히 읽고 있는 부분에서는, 그 자폐적 인상주의를 위한 편파적인 주장이 연연히 반복되고 있다. 오늘은 다음과 같은 글과 마주쳤다.

"여러 사물들은 (…) 우리들에게 바라보이는 순간, 우리들 속에서 비물질적인 것이 되고, 바로 그때의 우리들의 관심사나 감각과 동일한 성질을 띠면서 그 관심사나 감각과 분리할 수 없이 섞이는 것이다. (…) 그렇기 때문에, '사물들을 묘사하는 것'으로, 사물들의 윤곽이나 외관의 빈약한 일람표를 꾸미는 것으로 만족하는 문학은, 사실주의라고 불리는데도 불구하고, 현실에서 가장 먼 문학이며, 우리를 가장 빈한하고 가장 슬프게 만드는 문학이다. 왜냐하면 그런 문학은, 사물들 속에 그 진수가 간직되어 있는 과거, 그리고 사물들이 우리로 하여금 그 진수를 다시 음미할 수 있도록 해줄 미래와 현재의 우리의 자아와의 모든 교류를 불쑥 단절해버리기 때문이다. 예술이라는 이름에 마땅한 예술이 표현해야 하는 것은 바로 이 진수이다."(12/296)

인용이 길어졌지만, 이 텍스트는 내가 문학에서 찾아오고, 또 문학의 이름에 마땅한 문학이 지향해온 바와 예각적으로 대립하는 것이다. 프루스트에게는 오직 개인적, 주관적 체험만이 중요하다. 그는 현재의 사물과 관련된 아찔한 체험이 불러일으킨 과거의 동일한 체험을 그 진수로 삼고 단단히 고정시켜서 거기에서 지극한 행복감을 맛보는데, 미래에도 그런 행복한 체험, 아무에게도 전달할 수 없는 체험이 다시 있기를 기대한다. 다시 말하면 그의 견해로는, 이 자폐적 체험이, 그리고 그 체험을 가져올 무의식의 탐색이 유일한 예술다운 예술, 문학다운 문학이다. 즉, 문학이라고 불리는 다른 모든 기호와 표현은 사이비가 될 터이다.

그렇다면 나는 평생을 두고 사이비 문학을 해온 셈이다. 왜냐하면 나는 제 속에서 프루스트 같은 행복의 원리를 찾기는커녕, 자기혐오로부터 문학적 관심을 갖기 시작했고, 바깥 세계와 타자에게서 영향을 받기를 바랐기 때문이다. 나는 나의 존재의 근거가 어디 있는지, 어디에서 구원을 찾아야 하는지, 무엇을 하는 것이 문학도로서의 책임이며 도리인지를 알기 위해서 내 나름대로 치열한 물음을 이어왔다. 이런 회의는 지금까지도, 아마도 죽는 그날까지도 결정적 대답 없이 존속될 것 같다.

§179

"바레스 씨는 전쟁 초기부터 예술가라면 모름지기 (…) 모든 것에 앞서 조국의 영광을 위해서 봉사해야 한다고 말했다. 그러나 예술가는 오직 예술가로 머무를 때만, 다시 말하면 과학의 경우와 마찬가지로, 미묘한 예술의 법칙을 연구하고, 예술적 실험을 시도하고, 예술적 발견을 하면서, 목전에 있는 진실 이외의 것은—비록 그것이 조국에 관한 것일망정—생각하지 않는다는 조건하에서만, 조국에 봉사할 수 있는 것이다."(12/301)

예술가의 애국은 예술에 전심전력을 바치는 데 있다는 이 당연한 발언에 반대할 이유는 없다. 그러나 한 가지 주석이 필요할지도 모른다. 우리는 이 명제로부터, 예술가의 관심의 대상은 오직 사적인 영역에 머물러야 한다는 결론이 필연적으로 유도될 수 있는 것은 아니다. 모리스 바레스처럼, 예술가는 애국적 이데올로기의 고양을 위해서 예술을 바쳐야 한다고 주장하는 것이 잘못이라고 해도, 또한 예술가는 오직 사적인 차원에서, 다시 말해서 조국의 위기에 무관하면서 그의 작업을 계속해야 한다는 프루스트의 견해도 납득하기 어려운 것이다. 내 생각에는 예술가가 프루스트가 말하는 개인적 예술 창조를 통한 애국, 말하자면 간접적 애국을 넘어서서 직접적 애국, 나아가서는 인간애로 나설 수 있는데, 위기적 상황에서 보게 되는 이 현상은 두 가지 양상을 띤다.

첫째는 위기를 그의 예술의 동기로 삼거나 소재로 삼는 것이다. 우리에게 가까운 20세기만 보더라도 피카소의

「게르니카」, 벤저민 브리튼의 「전쟁 레퀴엠」, 그리고 우리나라를 위시하여 수많은 식민지에서 터져 나온 저항문학, 특히 두 번에 걸친 세계대전에서 무수히 산출된 반전문학 등, 일일이 매거할 수 없다.

또 한 가지는 예술가들이 예술가로서가 아니라, 국민의, 시민의 한 사람으로서 국가와 세계의 위기에 대처함으로써 애국 애족에 나서는 길이 있다. 프루스트가 비난하는 바, 드레퓌스사건 당시에 「나는 고발한다」로 적극적 참여를 외친 에밀 졸라의 후예들이 무수하다. 기미독립운동의 주역을 담당한 48인의 민족대표 중의 한 사람으로 참여한 한용운, 1935년 파시즘과의 투쟁을 선포한 국제작가회의에 참가한 좌우익의 작가들(하인리히 만, 앙리 바르뷔스, 로맹 롤랑, 루이 아라공, 앙드레 지드, 보리스 파스테르나크, 싱클레어 루이스 등), 이 사람들이 과연 예술을 배반했거나 쓸데없는 짓을 한 것일까?

만일 프루스트가 연명하여 제2차 세계대전을 겪었다면, 히틀러의 나치군대가 그의 조국의 안방까지 차지해버렸던 그 시기를 겪었다면, 그 역시 양단간에 그 위기와 분명히 대치하는 태도를 보였을 것이다. 그가 주장해온 사적 순수문학을 이어 가기 위해서 감히 부역자 노릇을 하지는 않았을 것이다.

§ 180

　내 생각에는, 이 소설에서 가장 중요한 부분인 긴 예술론을 여기에 들어 올리고 나의 주석을 첨가해보려고 한다.

　"진정한 예술의 위대성은, (…) 진실된 현실을 찾아내고, 그것을 포착하고, 그것을 우리들에게 알리는 데 있다. 우리는 보통 이 현실로부터 유리된 채로 살아간다. 그 대신 판에 박힌 지식이 더 두텁고 더 단단해지면 그럴수록 우리는 더욱 그 현실로부터 멀어져 간다. 그래서 우리는 판에 박힌 지식이 차츰 두께와 둔감을 더해감에 따라서 더욱더 그 현실로부터 멀어져 가고 있기 때문에, 우리는 다름 아니라 바로 우리의 인생인 그 현실을 모르는 채로 죽어갈 우려가 크다.

　진실한 인생, 마침내 발견되고 밝혀진 인생, 따라서 진정으로 살았다고 말할 수 있는 유일한 인생, 그것이 문학이다. 이 인생은 어떤 의미에서는, 매 순간 예술가의 속에서와 모든 인간의 속에서도 깃들어 있다. 모든 사람의 속에서와 마찬가지로 깃들어 있다. 한데 사람들에게는 이 인생이 보이지 않는다. 그것을 밝히려고 노력하지 않기 때문이다. 그리하여 그들의 과거에는 무수한 음화가 소용없이 가득 쌓여 있는데, 지성이 그것을 '현상(現像)'하지 않았기 때문이다(프루스트의 미학에서 매우 중요한 이 구절의 원문은 parce que l'intelligence ne les a pas développés 이다. 이 구절의 뜻은 '감성의 협력자로서의 지성이 마땅히 해야 할 그런 역할을 하지 않았기 때문이다'라는 뜻인데, 그것을 '지성의 힘으로는 현상할 수 없었다'라고 이해하는 것은 잘못이다. 이 오해는, § 142에서 보는 바와 같이 프루스트가 추상적 지식과 감성의 보조자로서의 지성을 구별하고 있음에도 불구하고 그 점에 유의하지 않아서 생긴 것으로 여겨지며, 또한 후속하는 텍스트에서 '지성의 빛'을 강조하고 있는 것과도 부합하지 않는다). 우리의 인생도 그렇고, 남들의 인생도 그렇다. 이런 말을 하는 것은, 작가에게 문체란, 화가에 있어서의 색채와 마찬가지로, 기교의 문제가 아니라, 비전의 문제이기 때문이다. 문체란 세계가 우리에게 나타날 때의 그 나타남의 모양의 질적 차이를 분명하게 밝혀주는 것인데, 그 밝힘은 직접적이며 의식적인 방법으로는 불가능한 것이다. 만일 예술이 존재하지 않는다면, 그 차이는, 각자의 영원한 비밀로 묻혀 있으리라. 우리는 오직 예술을 통해서만 자신의 바깥으로 나갈 수 있으며, 이 세계를 타인이 어떻게 보는지를 알 수 있을 것이다. 타인이 보고 있는 세계는 우리가 보는 세계와 같은 것이 아니며, 예술이 없다면 그 풍경은 달에 있을 풍경과 마찬가지로 우리에게 미지의 것으로 남을 것이다. 예술의 덕분으로 우리는 자신의 세계라는 단 하나의 세계를 보는 것이 아니라, 다수의 세계를 볼 수가 있고, 독창적인 예술가가 많이 존재하면, 그만큼 더 많은 세계를 자신의 것으로 삼을 수 있다. 이들의 세계는, 무한의 공간에서 돌고 있는 별들의 세계보다도 한결 더 서로 다른 세계이며, 그 빛이 나온 근원이 렘브란트라고 불리건 페르메이르라고 불리건 간에, 그것이 사라지고 몇 세기가 지난 후에도, 여전히 우리에게 특별한 빛을 보내주고 있는 것이다.

물질이나 경험이나 말들 밑에서 다른 무엇을 찾아보려는 이런 예술가의 작업은, 매 순간 우리가 자신에게서 등을 돌리고 살아갈 때, 그리고 자존심, 정념, 지성(추상적 지성의 뜻), 습관 등이 우리들 속에 들어앉아, 진실한 인상 위에, 실용적 용어나 목적을, 다시 말해서 우리가 잘못 인생이라고 부르고 있는 것들을 덮어씌울 때, 그럼으로써 진실한 인상을 완전히 은폐하려는 작업과는 정반대의 것이다. 요컨대 이 복잡한 예술만이 살아 있는 유일한 예술이다. 오직 이 예술만이 우리 자신의 인생을 타인을 위해서 표현하는 동시에 우리에게 보여주기도 한다. 이 인생은 '관찰'될 수 있는 것이 아니다. 관찰의 대상이 된 외관은 번역되고, 많은 경우에 거꾸로 읽히고 힘들게 해독되어야 하는 것이다. 우리의 자존심, 정념, 모방심, 추상적 지성이 했던 작업은 예술에 의해서 타파될 것이다. (…)

(우리들 속에 간직되어 있는 인상은) 음화와 같은 것

이어서, 등불에 가까이 갖다 대지 않는다면 검게만 보일 따름이며 또 이것 역시 뒤집어 보아야 한다. 그 정체가 무엇인지 지성의 빛에 갖다 대지 않는 한 모른다. 오로지 지성의 빛이 그것을 비추고 그것을 지성화해야 비로소 우리는 큰 고통을 견디면서 우리가 느낀 것의 진모를 판별할 수 있는 것이다."(12/311-313)

다소 의역한 이 착잡한 긴 인용문의 이해에 참고가 될 듯하여, 한두 가지 사족을 달아보았다.

(1) 이 글의 이해를 위해서는 § 141을 돌이켜 보는 것이 참고가 될 것 같다. 프루스트는 그곳에서 자기 인식에 있어서 지성(추상적 지식)이 무력하다는 것과 아울러 습관의 상실이 생활의 기반을 뒤집어엎는 무서운 결과를 가져온다는 것을 지적하고 있다. 그렇지만 진실한 자아를 찾기 위해서는 습관과 결별해야 하는데, 그것은 괴로운 일이다. 위의 텍스트에서, 그러기 위해서는 지성(해석적 지성, 감성의 협력자로서의 지성이라고 부를 수 있을 것)의 빛을 비추어서 하는데, 그 작업에는 큰 고통이 따른다고 말하고 있는데, 무의식 탐사의 어려움과 아울러 이 습관의 포기에 수반되는 고통도 감내해야 한다는 뜻이 포함되어 있을지도 모른다.

(2) 훌륭한 예술가들의 서로 다른 세계를 대할 수 있는 공중은 참으로 행복한 사람들이라는 뜻의 발언은 지당한

것이다. 그럼으로써 우리는 자신의 견해나 주장이라는 얄팍한 껍질을 뚫고 나와 가지가지의 다른 체험을 할 수 있으며, 세계와 인생에 관해서 그만큼 더 풍부한 인식과 이해를 향유할 수 있기 때문이다. 이것은 예술 작품의 가장 기본적인 의의이다.

(3) 문체에 관한 그의 견해 역시 전폭적으로 받아들일 만하다. 문체가 단순한 기교가 아니라, 비전(인생관과 세계관)의 표현이라는 명제를 뚜렷하게 피력한 것이다. 이 명제는 레오 슈피처의 그 유명한 『문체의 연구』로 더욱 풍부하고 깊은 성찰로 발전하고 오늘날에는 상식이 되어 있을 정도이다.

그렇다면 우리는 '문체는 인간이다'라는 흔한 표현도 이와 유사한 뜻이라고 할 수 있을까? 그렇지는 않다. 우선 그 말의 원조인 18세기의 뷔퐁Buffon의 '문체는 인간 자신이다Le style est l'homme même'라는 주장의 본뜻에 대해서 잠깐 살펴보자. 박물학자인 뷔퐁은 과학은 일진월보하는 것이며 따라서 과학에 관한 글이 당대에는 아무리 타당했다 하더라도, 세월이 지나면 그 내용은 시효를 상실하고 그 글을 쓴 과학자의 명성도 잊힐 것이라는 온당한 인식을 피력한다. 그렇다면 과학자는 그런 덧없는 존재인가? 그의 이름이 길이 남을 길은 없단 말인가? 뷔퐁은 그 길이 있다고 생각한다. 그것은 글을 멋있게 쓰는 것이다. 그러면 세월이 지나 그 글의 내용이야 폐기되어도 그 문체가 하도 아름다워서, 후세의 사람들은 그 아름다움에 홀려 그의 글을 여전히 감상하고 따라서 그의 명성도 살아남을 것이라는 말이다. 그러므로 뷔퐁은 프루스트나 슈피처와는 달리, 문체를 비전이 아니라 기교의 차원에서 보고 있을 따름이다. 그럼에도 불구하고, 문체가 인간 자신의 표현이라는 견해가 널리 퍼져 있다.

이와 관련하여 또 한 가지 언급해둘 필요가 있다. 문체가 작가의 비전의 표출이라는 말은 그 작가 자신에 깊이 배인 어떤 근원적 인식이나 사고에 관한 것인가, 혹은 그 작가가 쓴 특정한 작품에만 관련되는 것일까? 두 가지 경우가 모두 가능할 것이다. 내 기억이 옳다면, 슈피처는 샤를루이 필리프Charles-Louis Philippe의 소설들을 언급하면서, 그의 글들은 흔히 '왜냐하면, 따라서, 그러므로puisque, parce que, car, donc'와 같은 연결어로 구성되어 있다는 것을 지적하고, 그 점에서 이 작가는 세상을 인과관계하에서 인식하고 있다고 말한다. 이 경우에는 또 다른 의미에서 '문체는 인간이다'라고 말할 수 있을 것이다. 그러나 다른 한편으로는 문체가 나타내는 특정한 비전이 작가 아닌 작품에 한정되어 있는 경우도 있을 것이다. 가령 카뮈의『이방인』이 보여주는 토막 난 문체는 작가의 근원적 세계관의 표출이라기보다도 존재의 부조리를 테마로 삼은 그 소설에 독특한 것이라고 보아야 한다. 왜냐하면 제2차 세계대전의 자극을 받아, 몇 년 후에 나온 『페스트』는 부조리를 극복하려는 이른바 휴머니즘의 운동을 보여주는데, 그 문장은 논리적, 논증적이기 때문이다.

(4) 외양은 진실이 아니며, 진실은 그 밑에 숨어 있으므로 그것을 애써 탐사해야 한다는 말은 오직 진실한 자아의 발견을 위해서만 그렇게 해야 한다는 뜻은 아닐 것이다. 자기중심주의자 프루스트는 그 점만에 안목을 두고 있지만, 우리는 그 명제를 더 널리 존재의 진실과 세계의 진실을 탐사하는 데도 적용해야 할 것이다. 이때에도 역시 '외양/진실[appearance (A)/reality (R)]'의 관계를 그대로 유지하여, A는 마치 달빛을 은폐하고 있는 구름처럼 R을 은폐하고 있는 것으로 치부하고 배척되어야 하겠지만, 양자 간의 관계는 그것과는 다르게 생각될 수도 있다. 이 경우에는 A에 R이 내장되어 있다고 보고, A를 배척의 대상이 아니라 해석의 대상으로 삼는 것이다. 이럴 경우 우리는 외양이라는 말 대신 '현상現象'이라고 부른다. 이것이 근대 프랑스의 문학운동에서는 보들레르와 말라르메가 대표하는 상징주의이며, 또한 앙드레 브르통의 초현실주의이다. 보들레르의 그 유명한 시 「상응Les Correspondances」은 바로 그 측면을 읊고 있다. ●

프루스트를 읽다

겸하여 나의 추억과 생각을 담아서

지은이 정명환
펴낸이 김영정

초판 1쇄 펴낸날 2021년 7월 2일
초판 3쇄 펴낸날 2021년 8월 6일

펴낸곳 (주)현대문학
등록번호 제1-452호
주소 06532 서울시 서초구 신반포로 321(잠원동, 미래엔)
전화 02-2017-0280
팩스 02-516-5433
홈페이지 www.hdmh.co.kr

ISBN   979-11-90885-88-1 03810

* 책값은 뒤표지에 있습니다.